ullstein

Das Buch

Schlimm genug, dass ihr Freund den gemeinsamen Urlaub abgesagt hat, doch dann soll Florence sich auch noch um den Nachlass ihrer Großmutter kümmern. In einer alten Truhe stößt sie dabei auf einen Stapel Briefe aus dem 19. Jahrhundert. Die Sprache ist unverständlich, nur der Ort Lisieux in der Normandie ist zu entziffern. Was hat es damit auf sich?

Fasziniert von den Briefen macht Florence sich kurzentschlossen auf die Suche nach dem Verfasser und gerät in Lisieux prompt mitten in eine Demonstration gegen die geplante Bebauung einer historischen Ausgrabungsstätte. Organisator ist der charismatische Aktivist Alex Dubois. Kann er ihr bei ihren Nachforschungen helfen?

Die Autorin

Margot S. Baumann schreibt klassische Lyrik, Psychothriller und Romane über Liebe, Verrat, Geheimnisse und Sehnsuchtsorte. Für ihre Werke erhielt sie nationale und internationale Preise. Sie lebt und arbeitet im Kanton Bern (Schweiz).

Von der Autorin ist in unserem Hause außerdem erschienen:

Lavendelstürme

MARGOT S. BAUMANN

Im Licht der Normandie

ROMAN

Ullstein

Besuchen Sie uns im Internet:
www.ullstein-buchverlage.de

Diese Ausgabe wurde durch eine Lizenzvereinbarung mit
Amazon Publishing ermöglicht, www.apub.com.

Lizenzausgabe im Ullstein Taschenbuch
1. Auflage Juni 2018
2. Auflage 2018
© für die Originalausgabe by Margot S. Baumann 2015
Die Erstausgabe erschien 2015 im Selbstverlag.
Veröffentlicht bei Tinte & Feder,
Amazon E. U. S. à. r. l., Luxemburg 2015
Umschlaggestaltung: zero-media.net, München,
nach einer Vorlage von bürosüd° GmbH, München
Titelabbildung: © bürosüd° GmbH, München
Satz: Monika Daimer, www.buchmacher.de
Druck und Bindearbeiten: CPI books GmbH, Leck
ISBN 978-3-548-29119-2

*Für
Michelle*

Verloren,
zerronnen und dahin
und einer trägt die Strafe.

Dein war ich,
dein ich immer bin,
derweil ich träum'
und schlafe.

1

Die Autos rauschten an Florence vorbei, während sie an der Fußgängerampel stand und auf ihrer Unterlippe kaute. Der Himmel hatte sich gegen sie verschworen! Anders konnte sie sich ihr Pech nicht erklären. Anstatt mit Marc an einem weißen Sandstrand zu liegen und sich unter der karibischen Sonne zu rekeln, stand sie nun hier im regnerischen Paris und wartete darauf, dass die blöde Ampel endlich auf Grün schaltete.

Sie stellte ihre schwere Reisetasche auf den Boden, ballte die Hand zur Faust und öffnete sie wieder, um die Blutzirkulation in Gang zu bringen. Es war Montagmorgen kurz nach neun Uhr und der erste Tag ihres dreiwöchigen Urlaubs. Urlaub? Netter Witz!

Der April machte seinem Namen alle Ehre. Am frühen Morgen hatte es wie aus Kübeln geschüttet, und nachdem vor wenigen Minuten der Himmel endlich aufgeklart war, türmten sich im Westen schon wieder dunkle Wolken.

Flo sah auf ihre Uhr. Wäre alles nach Plan verlaufen, säße sie jetzt in einem Flieger und würde in acht Stunden in Nassau landen. Sonne, Strand, Palmen! Sie seufzte. Drei Wochen Bahamas, auf die sie sich schon so lange gefreut hatte, fielen ins Wasser, weil Marc kurzerhand für seinen Arbeitskollegen Eric, ebenfalls Pilot, eingesprungen war. Ein hehrer Zug ihres Freundes, ohne Zweifel, aber musste sich Eric genau vor ihrem Urlaub ein Bein brechen? Zwar hatte Marc ihr hoch und heilig versprochen, die Reise nachzuholen, doch wann das sein würde, stand in den Sternen. So gern Flo diesen Umstand auch mit der Ruhe und Gelassenheit einer fünfundzwanzigjährigen erwachsenen Frau ertragen hätte, es war ihr nicht möglich. Sie war stocksauer auf ihren Freund!

Die Ampel schaltete auf Grün. Florence atmete einmal tief durch, griff nach ihrer Reisetasche und überquerte die Straße.

Der Wohnblock in der Rue de Paradis im 10. Arrondissement war nicht die vornehmste Pariser Adresse, aber die Graffiti an den Hauswänden halbwegs ästhetisch. Entlang des Bürgersteigs befanden sich parterre kleinere Geschäfte: ein Friseursalon, ein türkischer Schnellimbiss, eine Zoohandlung und an der Ecke ein Laden mit einer gestreiften Markise. War der neu? Sie konnte sich nicht an ihn erinnern.

Sechs Monate waren vergangen, seit sie ihre Großmutter das letzte Mal besucht hatte. Meist erfand sie eine Ausrede, wenn die alte Dame sie zu sich einlud, größtenteils wegen Marc, weil er Familienbesuche hasste. Und jetzt war ihre Omi tot. Ein plötzlicher Herzanfall. Sie hätte nicht gelitten, wie ihnen der Arzt mitgeteilt hatte. Ein schwacher Trost für die einzige Enkelin, die sich mit Gewissensbissen quälte, ihre Großmutter im Stich gelassen zu haben. Ihr Haushalt musste aufgelöst werden und Flos Eltern hatten die unerwartet abgesagte Ferienreise ihrer Tochter zum Anlass genommen, sie mit dieser Aufgabe zu betrauen. Flo hegte den Verdacht, dass ihre Eltern nicht unglücklich darüber waren, diese Arbeit so elegant an sie delegieren zu können.

Sie marschierte zügig die Häuserreihe entlang bis zum Eckhaus, in dem ihre Großmutter gewohnt hatte, und stand kurz darauf vor dem Geschäft mit der gestreiften Markise. Ein Esoterik-Laden mit dem Namen »Alines Wunderlampe«. Der Hausverwalter hatte ihrer Familie mitgeteilt, dass er den Wohnungsschlüssel ihrer Großmutter dort hinterlegen werde.

Ein Windspiel oberhalb der Eingangstür klimperte unmelodiös, als sie in den Laden trat. Der Verkaufsraum war mit einfachen Regalen eingerichtet, die bis an die Decke mit Büchern, Teesorten, Fläschchen und Pülverchen, Tarotkarten und Figuren aus Ton und Holz vollgestopft waren. Auf der Ladentheke qualmte ein einsames Räucherstäbchen vor sich hin. Mitten im Geschäft lag ein zotteliger Hund auf dem Fußboden, der bei ihrem Eintreten ein Augenlid hob. Es roch nach Staub, Patschuli und exotischen Essenzen. Flo nieste.

»Hallo? Ist jemand da?«, rief sie, suchte in ihrer Handtasche nach einem Taschentuch und schnäuzte sich dann kräftig die Nase.

Der Hund öffnete das andere Auge, gähnte ausgiebig, legte sich auf den Rücken und fing an zu schnarchen. Im hinteren Teil des Ladens hörte Flo ein Rumoren, gleich darauf fiel etwas zu Boden und zerbrach mit einem Knall.

»Zut!«, schallte eine Frauenstimme und anschließend: »Komme sofort.«

Durch einen Perlenvorhang schob sich eine Gestalt. Die Frau um die Vierzig trug eine Art Sarong, darüber eine gelbe Strickjacke. Auf ihrem Kopf thronte ein gewebtes Käppi, an dessen Seiten kleine Spiegel baumelten.

»Bonjour«, sagte die Frau mit dem unverkennbaren Akzent des Nordens und lächelte freundlich. »Ich bin Aline. Womit kann ich dienen?«

Flo starrte einen Moment in die kajalumrandeten Augen und räusperte sich dann.

»Florence Galabert, ich möchte den Wohnungsschlüssel von Mathilde Blanc abholen. Sie war meine Großmutter und ich werde in den nächsten Tagen ihre Sachen durchsehen.«

Die Händlerin lächelte Flo weiterhin an, als ob sie ihre Worte nicht gehört hätte, und runzelte dann plötzlich die Stirn.

»Ein Leben für ein anderes«, sagte sie daraufhin tonlos und mit leerem Blick, als wäre sie mit ihren Gedanken weit weg.

»Bitte?«

Flo hob die Augenbrauen. War die Frau betrunken?

Die Ladenbesitzerin schüttelte kurz den Kopf, beugte sich über die Holztheke und kramte in einem Bastkörbchen herum. Anschließend zog sie einen Wohnungsschlüssel hervor, an dem ein Schlüsselanhänger in der Form einer Eule baumelte, und drückte ihn ihr in die Hand.

»Ja, ich weiß«, erklärte sie, »der Hausbesitzer hat mich angerufen.«

Als Flo die Tür öffnete, schlug ihr ein Schwall abgestandener Luft entgegen, der nach Mottenkugeln und Lavendel roch. Sie fröstelte plötzlich. Der Korridor lag im Dunkeln und sie betätigte den Lichtschalter.

Flo stellte ihre Reisetasche auf den Fußboden und lief den Gang entlang ins Wohnzimmer. Sie kurbelte die Rollläden hoch und Licht flutete herein, dann öffnete sie ein Fenster. Der Raum war kleiner, als sie ihn in Erinnerung hatte. Vor einem altertümlichen Fernseher stand eine Sitzgruppe aus braunem Polsterstoff, daneben ein Schaukelstuhl. Gegenüber ein Tisch mit vier Stühlen. Neben der Balkontür thronte eine Truhe, auf der eine rosafarbene Häkeldecke lag. An den Wänden hingen gerahmte Landschaftsbilder. Der Großteil des Mobiliars war alt und abgenutzt.

Ihr schossen plötzlich die Tränen in die Augen. Weshalb hatte sie sich in den vergangenen Monaten nur so wenig Zeit für ihre Omi genommen? Jetzt war es zu spät und sie konnte ihr nicht mehr sagen, wie lieb sie sie gehabt hatte. Flo atmete tief durch, wischte sich mit dem Ärmel über die Augen und inspizierte dann die restlichen Zimmer, die sich in ihrer Einrichtung kaum vom Wohnzimmer unterschieden: alt und abgenutzt.

Mit einem Seufzen ließ sie sich auf das abgezogene Bett mit der gestreiften Matratze fallen. Die Sprungfedern quietschten empört. Eine feine Staubschicht hatte sich auf die Möbel gelegt. Sie würde zuerst gründlich putzen müssen, bevor sie hier schlafen konnte.

Sie zog ihr Handy aus ihrer Jeans und starrte einen Moment das dunkle Display. Na wunderbar! Weder eine Sprachnachricht noch eine Kurzmitteilung von Marc. Sie hatten sich kurz vor seinem Abflug wegen der geplatzten Reise gestritten. Natürlich verstand sie, dass er für den verunfallten Kollegen einspringen wollte, aber die Enttäuschung über den abgesagten Urlaub saß einfach zu tief. Doch sie musste realistisch sein. Während er ein Flugzeug steuerte, hatte er anderes im Kopf, als seiner daheimgebliebenen, beleidigten Freundin eine aufmunternde Nachricht zu senden.

»Nun denn«, murmelte sie. Bevor die trüben Gedanken sie zu überrollen drohten, sollte sie besser etwas tun. Beschäftigung lenkt ab!

Flo legte ihr Handy auf das Nachtschränkchen, klopfte sich auf die Schenkel und stand auf. Sie würde jetzt erst mal einkaufen gehen, anschließend ein heißes Bad nehmen und sich dann an die Arbeit machen.

2

Ein Geräusch weckte Flo und sie schlug die Augen auf. Im ersten Moment wusste sie nicht, wo sie war, und tastete nach Marc, bis ihr bewusst wurde, dass sie nicht in ihrer Wohnung, sondern in der ihrer Großmutter übernachtete. Der schmale Lichtstreifen einer Straßenlaterne drang durch die Jalousien ins Zimmer und warf ein Zebramuster auf die gegenüberliegende Wand. Flo horchte nochmals – nichts. Aber da war etwas gewesen! Sie tastete nach dem Schalter der Nachttischlampe. Die gelbe Glühbirne vermochte das Schlafzimmer kaum zu erhellen und summte ungesund. Flo schlug die Decke zurück und tappte auf bloßen Füßen zur Schlafzimmertür. Der Holzboden unter ihren Sohlen fühlte sich kalt an und sie schlang fröstelnd die Arme um ihre Brust. Leise öffnete sie die Tür in den Korridor und spähte hinaus. Bleicher Mondschein, der vom Wohnzimmer in den Gang fiel, erhellte ihn geringfügig, ließ aber die Schatten in den Ecken umso bedrohlicher erscheinen. Ein Schauer lief ihr über den Rücken. Obwohl sie sich nicht für eine ängstliche Person hielt, war hier doch immerhin vor Kurzem ein Mensch gestorben.

Das sind nur die Schatten, die mir einen Streich spielen, dachte sie. Trotzdem konnte natürlich ein Fremder eingedrungen sein.

»Hallo?«, rief sie zögerlich und dann etwas mutiger: »Ich habe eine Waffe!«

Als Antwort bellte ein Hund aus der oberen Etage und sie zuckte zusammen. Die Wände hier waren so dünn wie Seidenpapier.

Sie betätigte den Lichtschalter im Korridor. Das grelle Licht blendete. Flo blinzelte einige Male und ging dann langsam an der Wand entlang ins dunkle Wohnzimmer. Ihr Blick huschte in alle Ecken. Kein schwarz gekleideter Dieb mit einem vollen Sack über der Schulter; kein Meuchelmörder mit einem langen, blutigen Messer. Lediglich die rosa Häkeldecke war von der Holztruhe gerutscht, ansonsten konnte sie im Dämmerlicht nichts Ungewöhnliches entdecken.

Sie stieß erleichtert die Luft aus, griff nach der Decke und wollte sie wieder über der Truhe drapieren. Flo hielt in der Bewegung inne. Auf dem Deckel war eine Eule eingeschnitzt. Sie starrte einen Moment auf das Tier. Hatte sie nicht kürzlich erst das gleiche Motiv gesehen? Sie gähnte und strich die Decke glatt, dann drehte sie sich um und ging den Korridor zurück.

Hinter ihrem Rücken hörte sie ein Rascheln und sie wirbelte alarmiert herum. Das Herz klopfte ihr plötzlich bis zum Hals. Mäuse? Oder sogar Ratten? Sie schüttelte sich vor Ekel und lief zum Lichtschalter. Als die Deckenbeleuchtung des Wohnzimmers aufflammte, vermeinte sie in allen Ecken gleichzeitig eine Bewegung wahrzunehmen, aber ihre Einbildung spielte ihr nur einen Streich. Denn nirgends war ein pelziges Etwas zu erblicken.

»Oh Mann!«, stieß sie erleichtert hervor und zog dann die Augenbrauen in die Höhe. Die Häkeldecke lag wieder auf dem Boden. Hatte sie sie nicht richtig darübergelegt? Sie zuckte die Schultern, hob die Decke auf und warf sie erneut über die Truhe, anschließend schaltete sie das Licht aus und ging in die Küche. Sie holte einen Orangensaft aus dem Kühlschrank und trank gleich aus der Packung. Marc bekäme die Krise, wenn er sie so sähe. Aber Marc war ja nicht hier. Überseeflug! Er konnte Gott weiß wo sein, aber sicher an einem wärmeren Ort als sie. Wie schön für ihn!

Flo schnaubte ärgerlich, stellte den Saft wieder in den Kühlschrank und knallte die Tür so fest zu, dass die Flaschen im Halter klirrten. Dann schlurfte sie ins Schlafzimmer zurück, schlüpfte unter das Federbett, verschränkte die Arme hinter dem Kopf und starrte zur Zimmerdecke empor.

»Tut mir leid, dass ich zu spät gekommen bin, Omi«, murmelte sie mit belegter Stimme, drehte sich dann auf die Seite und schaltete die Nachttischlampe aus.

»Madame Galabert? Sind Sie da?«

Flo schreckte auf und warf einen Blick auf ihre Uhr auf dem Nachttisch. Es war zehn Uhr morgens. Sie hatte nach ihrer nächtlichen Exkursion wie ein Stein geschlafen. Die Stimme, die durch die Wohnungstür nur schwer zu verstehen war, kam ihr jedoch bekannt vor. Es klopfte erneut und sie schwang die Beine aus dem Bett.

»Moment!«, rief sie und entriegelte das Türschloss.

An die Wand gelehnt, die Arme vor der Brust verschränkt, stand die Ladenbesitzerin aus dem Erdgeschoss und grinste sie fröhlich an. Heute trug sie hellblaue Pluderhosen, dazu eine violette Weste über einer weißen Bluse.

»Etwas verwuschelt«, meinte sie spöttisch und Flo errötete. Sie wusste, dass ihre kurzen Haare jeden Morgen in alle Himmelsrichtungen abstanden, bevor sie sie mit Kamm und Haargel zu bändigen versuchte. »Wie dem auch sei«, fuhr die Ladenbesitzerin fort, ohne Flo Zeit für eine Begrüßung zu lassen. »Ich dachte, wir könnten zusammen Kaffee trinken. Oder wenn Sie Lust haben, auch einen meiner Spezialtees.«

Sie blickte Flo auffordernd an.

»Jetzt?«, fragte diese und zog ihre ausgeleierte Pyjamahose unauffällig höher, als diese drohte, ihr über die Hüfte zu rutschen.

»Natürlich, ja, jetzt. Oder haben Sie etwas anderes vor?« Die Ladenbesitzerin schaute sie neugierig an.

»Nein, aber …«

»Eben. Übrigens finde ich dieses Gesieze unmöglich. Ich bin Aline, du bist Florence. D'accord?«

»Ja«, stammelte Flo überrumpelt. »Einverstanden.«

Aline trat in die Wohnung und sah sich einen Moment interessiert um. Dann hob sie die Hände wie zum Gebet, hielt sie in die Höhe, schloss die Augen und vollführte mit beiden Armen einen großen Kreis.

Flo beobachtete sie mit weit aufgerissenen Augen. Die Frau benahm sich reichlich merkwürdig und sie bedauerte bereits, die Tür geöffnet zu haben.

»Hm«, meinte Aline unvermittelt, drehte sich zu ihr um und kniff die Augen zusammen. »Hast du hier gut geschlafen?«, fragte sie und schürzte die Lippen.

Flo öffnete den Mund, doch Aline hob die Hand.

»Sag nichts!«, befahl sie. »Ich kenne die Antwort bereits. Es ist etwas Ungewöhnliches geschehen, richtig? Sträube dich nicht dagegen. Man weiß nie, wie sie darauf reagieren.«

Flo schloss die Wohnungstür und stolperte Aline hinterher, die zielstrebig in die Küche marschierte.

»Sie?«, fragte Flo irritiert.

Aline hatte unterdessen den Schrank über der Spüle geöffnet und zwei Tassen hervorgeholt.

»Geister«, sagte sie über die Schulter. »Wo ist der Kaffee?«

Flo zeigte neben den Brotkasten. »Was für Geister?«, fragte sie perplex.

Aline drehte sich um, drückte ihr die Tassen in die Hand und rollte mit den Augen.

»Auch so eine«, erwiderte sie kopfschüttelnd. »Aber das wird sich bald ändern. Er ist nämlich stark und wird dich nicht in Ruhe lassen.«

Flo fragte sich, ob Aline eventuell verrückt war.

»Er?«, echote sie.

»Der Geist«, erklärte Aline leichthin, als würde sie übers Wetter reden. Sie griff nach dem Wasserkocher. »Vermutlich ist er männlich. Aber so genau weiß man das nie, bevor sie sich nicht zu erkennen geben. Ich sage bloß Cideville!«

Flo setzte sich auf einen Küchenstuhl und stellte die Tassen auf die Anrichte. Während der Wasserkocher zu blubbern anfing und Aline den löslichen Kaffee einfüllte, rieb sie sich verwirrt die Augen. Sie verstand nicht, wovon die Ladenbesitzerin sprach.

»Cideville?«, hakte sie nach und ahnte im gleichen Moment, dass sie es vermutlich bereuen würde, danach gefragt zu haben.

»Also«, begann Aline, »in Cideville, das liegt in der Normandie, trieb 1850 ein Poltergeist in einem Pfarrhaus sein Unwesen. Vierunddreißig Menschen bezeugten die auftretenden Phänomene! Rhythmisches Trommeln, Messer, die durch die Luft flogen, Schreibpulte, die auf und ab schwebten, Kissen und Decken, die wie von Geisterhand von Betten weggerissen wurden – das ganz normale Szenario eben.«

Alines Augen leuchteten bei den Worten und ein verzücktes Lächeln lag auf ihrem Gesicht.

»Und?«, fragte sie schließlich. »Fallen Bilder von den Wänden? Wackeln Tische und Stühle? Bewegen sich die Vorhänge, ohne dass ein Fenster geöffnet ist?«

Flo schüttelte stumm den Kopf, erinnerte sich aber plötzlich an die herabgefallene Decke von letzter Nacht. Das war ja fast wie das weggerissene Bettzeug in diesem Cideville. Aline hatte sie währenddessen aufmerksam beobachtet und lächelte verschmitzt.

»Nun sag schon!«

»Aline«, begann Flo, »es tut mir wirklich leid, dich enttäuschen zu müssen, aber es ist absolut nichts passiert. Des Weiteren glaube ich nicht an Geister. Diese Spukgeschichte, von der du erzählst, lässt sich bestimmt durch eine logische Erklärung widerlegen. Im neunzehnten Jahrhundert haben die Menschen auch noch an Hexen und solchen Unsinn geglaubt. Ich tue das nicht. Dein männlicher Spuk ist bei mir an der falschen Adresse.«

Alines Lächeln wurde noch eine Spur breiter und sie zuckte gelangweilt mit den Schultern.

»Schon kapiert, Florence. Aber du wirst noch an meine Worte denken, und wenn du Rat brauchst, weißt du ja, wo du mich findest. Hast du auch Kekse?«

3

»Hör zu, Alex. Es tut mir wirklich leid, aber ich kann dir nicht helfen. Das Baugesuch wurde bewilligt. Alles hat seine Richtigkeit und …«

Alexandre Dubois schlug mit der Faust auf den Tisch und sein Gegenüber zuckte erschrocken zusammen.

»Verdammt noch mal, Jean! Wenn die Bagger vorfahren, ist es zu spät, das weißt du so gut wie ich. Dann wird Unersetzliches zerstört! Ist dir das denn egal?«

Jean Brisset, der Bürgermeister von Lisieux, fasste mit einem Finger in seinen Hemdkragen und zog daran. Sein Gesicht hatte sich gerötet und der Schweiß stand ihm auf der Stirn.

»Nein«, erwiderte er und seine Stimme klang jetzt eine Spur schärfer. »Das ist mir nicht egal. Aber die Gutachter haben keine weiteren Überreste auf dem Areal gefunden. Mir sind die Hände gebunden.«

Alex biss die Zähne zusammen und strich sich mit einer fahrigen Bewegung eine Haarsträhne aus der Stirn. Es hatte keinen Zweck. Der Bürgermeister würde ihm nicht helfen. Gregor Castels Bauunternehmen war ein wichtiger Steuerzahler für die Stadt Lisieux, die im Departement Calvados in der Normandie lag. Was waren dagegen schon ein paar römische Mauern? Und tatsächlich wurden bei der Begutachtung durch die Behörden keine Anzeichen für eine weitere antike Stätte entdeckt. Doch die amtliche Begehung des Areals war eine Farce gewesen. Weder hatte man Probegrabungen noch sonstige Untersuchungen angeordnet. Gregor hatte sich diese schnelle Überprüfung zu seinen Gunsten fraglos eine Stange Geld kosten lassen. Aber Alex war nicht so dumm, diese Vermutung öffentlich zu machen. Er hing schließlich an seinem Lehrerjob und Castel war, nebst in diversen anderen Ämtern, auch in der städtischen Schulbehörde vertreten. Sein ehemaliger Klassenkamerad hatte es wirklich weit gebracht. Kein Wunder, war er doch mit dem buchstäblichen goldenen Löffel im Mund geboren worden.

»Verstehe«, stieß Alex zwischen den Zähnen hervor und stand so hastig auf, dass der Stuhl gefährlich wackelte. »Ich weiß schon, woher der Wind weht.«

Brisset seufzte tief. »Alex, bitte, ich würde ja …«

Dieser unterbrach ihn mit einer wegwerfenden Handbewegung.

»Schon gut.« Er schob die Papiere mit den Zeichnungen der römischen Siedlung auf dem Tisch zusammen und presste sie an seine Brust. »Dann wende ich mich eben an das Nationale Amt für Archäologie. Wir werden ja sehen, was das INRAP dazu meint.«

Er warf dem Bürgermeister einen herausfordernden Blick zu, doch dieser zuckte nur mit den Schultern. Es war ihm anzusehen, dass er sich in seiner Haut nicht wohlfühlte.

Alex wusste, dass er Jean unrecht tat, aber als er heute Morgen die Bagger vor der Römerwiese gesehen hatte, war ihm beinahe übel geworden. Die riesigen Fahrzeuge lauerten wie eine Horde Fleischsaurier auf Beutefang vor der grünen Wiese, auf der soeben der Löwenzahn erblühte. Bald schon würde dort nur noch die Farbe Beton vorherrschen. Der Bürgermeister hatte jetzt einfach das Pech, ihm als Blitzableiter zu dienen. Doch Wut war ein schlechter Ratgeber. Alex riss sich zusammen. Keinem war gedient, wenn er sich jetzt auch noch mit Jean überwarf. Aber dass Gregor die Bewilligung zur Bebauung des Areals so schnell bekommen hatte, grenzte praktisch an ein Wunder. Oder eben an genügend Schmiergeld. Und Alex war sich nicht sicher, in wessen Tasche dies geflossen war.

Als er das Rathaus verließ, türmten sich im Westen graue Wolken über den Hügeln auf und ein kühler Wind ließ die frischen grünen Blätter der Birken am Wegrand rascheln. Es sah untrüglich nach Regen aus. Schade, die Bike-Tour nach Deauville konnte er also vergessen. Noch heute Morgen hatte er sich gefreut, dass der erste Tag der Schulferien mit solch strahlendem Sonnenschein begann.

Alex verstaute die Zeichnungen in seinem Rucksack und schwang sich auf sein Mountainbike. Er musste sich schnellstens etwas einfallen lassen, um die Bagger aufzuhalten. Als er an der Haltestelle des Busses nach Cherbourg eine Gruppe Fußballfans mit Schals und Transparenten ihres Lieblingsklubs erblickte, kam ihm eine zündende Idee. Er schaltete einen Gang höher und trat stärker in die Pedale.

4

»So, jetzt reicht's aber!«

Flo schob energisch das Kinn nach vorne, schnappte sich die rosa Häkeldecke, die erneut vor der Holztruhe auf dem Boden lag, und knüllte sie ärgerlich zusammen. Ständig fiel sie herunter. Langsam hatte sie genug davon.

»Ich lasse mich von dir doch nicht für dumm verkaufen!«, schnaubte sie das wollene Ding an, als wäre es ein atmendes Wesen. »Ich habe Besseres zu tun, als mich dauernd nach dir zu bücken!«

Sie ging ins Badezimmer und warf die Decke in den Behälter für die Schmutzwäsche.

»Einmal heiß gewaschen und dann wollen wir mal sehen, ob wirklich ein Geist in dir steckt!« Bei den Worten warf sie zufällig einen Blick in den Spiegel über dem Waschbecken. Was sie darin sah, erschreckte sie, sah sie doch selbst wie ein Gespenst aus. Ihre Haare standen in alle Richtungen ab, zusätzlich hatte sie dunkle Ringe unter den Augen, die von fehlendem Schlaf zeugten. Kein Wunder, dass sie so dünnhäutig war. Sie musste unbedingt wieder einmal richtig ausschlafen.

Nach Alines gestrigem Besuch hatte sie bis spät in die Nacht hinein die Kleider ihrer Großmutter in Müllsäcke verpackt, um sie der Altkleidersammelstelle zu spenden. Und heute wollte sie die persönlichen Dokumente sichten.

Flo ging ins Wohnzimmer und betrachtete die mit Eisen beschlagene Holztruhe. Ohne die rosa Decke sah das Möbelstück viel besser aus. Vermutlich war es sogar antik und würde einen ordentlichen Preis erzielen, wenn man es einem Antiquitätenhändler anbot.

Sie drehte sich um und öffnete die Schublade einer kleinen Kommode, in der sie die Unterlagen ihrer Großmutter vermutete. Tatsächlich fand sie einen Wust von Papieren und begann sie durchzusehen. Mathilde Blancs Pass, der seit über zwanzig Jahren nicht mehr gültig war, diverse Quittungen, Kontoauszüge einer Bank und eine Unmenge Fotos. Die meisten waren noch schwarz-weiß. Viele zeigten jüngere Versionen ihrer Oma, Flos längst verstorbenen Großvater Jean-Pierre und ihre Mutter als kleines Mädchen. Sie besah sich lächelnd die altmodisch gekleideten Menschen auf den Fotografien, als das Klingeln ihres Handys sie aus ihren Betrachtungen riss. Flo lief ins Schlafzimmer und griff nach dem Mobilfunktelefon auf dem Nachttisch.

»Oui?«, meldete sie sich atemlos.

»Hallo, meine Süße!« In der Leitung knirschte es. »Wie geht's dir?«

Sie schluckte eine schnippische Antwort über ihren derzeitigen Gemütszustand hinunter. Keinem war gedient, wenn sie sich kindisch benahm, schließlich hatte Marc versprochen, den Urlaub nachzuholen.

»Gut, danke. Wie ist Bangkok?«

»Ach, wie immer. Heiß, laut und überfüllt! Hör zu, Chérie, wir haben hier nur einen kurzen Aufenthalt und ich brauche unbedingt eine Mütze Schlaf. Ich melde mich wieder, tschüss!«

Ein Klicken war zu hören, dann nur noch ein unpersönliches Tuten.

Flo starrte verblüfft auf ihr Handy. Was war das denn gewesen? Seit wann schnitt er ihr das Wort ab? Früher hatten sie, trotz der vielen Kilometer, die oft zwischen ihnen lagen, stundenlang miteinander telefoniert und sich danach über die exorbitanten Telefonrechnungen amüsiert, weil sie damit bestimmt im Buch der Rekorde landen würden. Doch seit einiger Zeit wurden ihre Telefonate immer kürzer. Meist schickte Marc, wenn er unterwegs war, nur noch eine SMS, dass er gut angekommen sei.

Sie beide waren oft getrennt. Eine Tatsache, der sich jede Partnerin eines Piloten stellen musste, wie er ihr schon am Anfang ihrer Beziehung erklärt hatte. Flo hatte daraufhin nur gelacht. Das Alleinsein machte ihr nichts aus, weil sie wusste, dass er immer wieder zurückkehrte und sich ihr Wiedersehen jedes Mal wie das erste Rendezvous anfühlte. Doch in den vergangenen Wochen hatte sie oftmals das Gefühl gehabt, dass ihre beiden Leben wie die Kontinente auseinanderdrifteten. Und dass die gemeinsam verbrachten Tage diesen Graben nicht mehr ganz zu kitten vermochten. War das eventuell der Anfang vom Ende? Hatten sie sich nach drei Jahren Beziehung nichts mehr zu sagen? War sie vielleicht deshalb so wütend auf ihn, dass er ihren Urlaub abgesagt hatte?

Ihr Magen knurrte plötzlich, und als sie auf ihre Uhr sah, bemerkte sie erstaunt, dass es schon Mittag war. Doch ihre Energie, sich etwas zu kochen, war gleich null, deshalb beschloss sie, sich eine Pizza liefern zu lassen. Sie stand auf und suchte nach einem Telefonbuch, doch alles, was sie fand, war ein Adressbuch, in dem ihre Oma in gestochen scharfer Schönschrift Telefonnummern notiert hatte. Ein Pizzalieferdienst war nicht darunter. Kurz dachte Flo an ihren Laptop in der Reisetasche, doch ihre Großmutter besaß keinen Internetanschluss. Vielleicht war Aline noch in ihrem Laden. Sie würde sicher wissen, wo man eine Pizza bestellen konnte.

Flo spritzte sich etwas kaltes Wasser ins Gesicht, fuhr sich mit den nassen Händen durch die Haare und tauschte den Pyjama gegen eine Jogginghose und ein T-Shirt. Im Treppenhaus roch es nach Essen und ihr Magen meldete sich noch eine Spur eindrücklicher zu Wort. Im Erdgeschoss führte eine Tür in Alines Büro, das mit dem Ladengeschäft verbunden war.

»Aline?«, rief Flo und klopfte. »Bist du da?«

Hundegebell erklang und kurz darauf öffnete die Ladenbesitzerin die Tür. Heute war sie in ein wallendes grünes Gewand gekleidet, das in der Taille von einem gewebten Gürtel gerafft wurde. Ihr Haar war zu zwei Zöpfen geflochten, die mit farbigen Bändern geschmückt waren. Nur die schwarz umrandeten Augen waren dieselben und Flo fragte sich insgeheim, wie alt Aline wohl sein mochte.

»Klopft er?«

Flo krauste die Nase. »Wer?«

Sie trat durch die Bürotür, als Aline sie mit einer Handbewegung hereinbat.

»Der Geist«, erklärte ihre Nachbarin in nachsichtigem Ton, als würde sie mit einer Schwachsinnigen reden.

»Nein … das heißt. Also, nein!«, erwiderte Flo dann resolut. Obwohl sie vorhin die Häkeldecke angeschrien und dem wollenen Ding beinahe so etwas wie ein eigenes Innenleben zugestanden hatte, war sie nach wie vor davon überzeugt, dass es weder unerklärliche Phänomene noch so etwas wie Poltergeister gab. Des Weiteren hatte sie jetzt einfach Hunger und keine Lust mehr auf neue Schauergeschichten aus dem Hause Wunderlampe. »Ich wollte nur fragen, ob es in der Nähe einen Pizzadienst gibt«, schloss sie in festem Ton.

Aline schaute sie einen Moment mit gerunzelter Stirn an, zuckte dann mit den Schultern und drehte sich um.

»Ich habe noch Reste vom Mittagessen übrig«, sagte sie und trat an die kleine Küchenzeile, die in eine Ecke des Büros eingebaut war. »Wenn du Curry magst, wärme ich dir gerne eine Portion auf.«

Flo betrachtete skeptisch das Tohuwabohu von Tellern, Gläsern und Besteck, das sich in der Spüle türmte. Als sie jedoch Alines prüfenden Blick auf sich spürte, sagte sie entschlossen: »Ich liebe Curry!«

»Shiva, lass das!«

Der zottelige Hund, der sich als zottelige Hündin entpuppt hatte, schaute Flo mit einem waidwunden Blick an, bevor er dem Befehl seiner Herrin folgte und seine Schnauze von Flos Jogginghose nahm. Zurück blieb ein schimmernder Speichelfleck. Flo widmete sich dem Curryreis, der verblüffend gut schmeckte. Aline setzte derweil frischen Tee auf und der Duft von Jasmin und Orangen vermischte sich mit der scharfen Süße des Currys.

»Ich habe Mathilde sehr gemocht«, begann sie und spielte dabei mit den Bändern ihrer Zöpfe. »Schade, dass sie gegangen ist.«

Flo kratzte den letzten Rest Curry mit einem Stück Brot zusammen und dachte dabei über Alines Worte nach. Sie hatte die Ladenbesitzerin bei der Beerdigung ihrer Oma nicht gesehen. An eine Frau ihres Aussehens hätte sie sich zwangsläufig erinnert und war jetzt erstaunt darüber, dass sich die beiden angeblich gut gekannt hatten. Ob ihre Oma ebenfalls an Geister geglaubt hatte? Ein gemeinsames Hobby? Kaum. Mathilde Blanc war eine patente Person gewesen, die mit beiden Beinen fest im Leben gestanden hatte. Aber Aline sah wohl hinter jedem und allem irgendetwas Geheimnisvolles. Das war nicht bloß ein Spleen, die Ladenbesitzerin war von dem ganzen Brimborium anscheinend wirklich überzeugt. Doch das hieß nicht, dass sie, Flo, deren Meinung teilen musste, geschweige denn Zutritt zu dieser Welt des Paranormalen suchte.

»Danke für das Curry«, sagte sie deshalb schnell und erhob sich, bevor Aline ihr noch mehr von diesem Humbug erzählen konnte. »Ich muss jetzt wieder an die Arbeit.«

Sie drehte sich um und hatte schon die Klinke in der Hand, als Alines Stimme sie zurückhielt.

»Un chécret r'à pège teullement qu'à la fin no peut pus l'portaer.«

Flo überlief eine Gänsehaut und sie warf einen raschen Blick über ihre Schulter.

»Bitte?«, fragte sie, doch Aline machte eine wegwerfende Handbewegung.

»Verloren«, sagte die Ladenbesitzerin darauf und seufzte tief, krempelte die Ärmel ihres wallenden Gewandes über die Ellbogen und trat an die Spüle. »Verloren und vergessen.«

5

»Monsieur Castel, ein Alexandre Dubois bittet um ein Gespräch. Ich sagte ihm bereits, dass Sie ohne Voranmeldung keine Besucher empfangen. Er meinte jedoch, er sei mit Ihnen persönlich bekannt und lässt sich nicht abweisen.«

Gregor hob erstaunt die Augenbrauen, als er den Namen seines ehemaligen Mitschülers hörte. Ein leichtes Lächeln umspielte seine schmalen Lippen, weil er sich denken konnte, weshalb Alex gekommen war.

»Lassen Sie ihn eine Viertelstunde warten, dann kann er meinetwegen hereinkommen«, wies er seine Sekretärin an.

Gregor stand auf und trat ans Fenster seines Büros, zog die Anzughose über seinen beginnenden Bauchansatz, strich die Seidenkrawatte glatt und schaute auf das Gelände seiner Firma hinaus. Es war kurz nach zehn Uhr, die Kaffeepause vorbei und seine Angestellten, sofern sie nicht auf auswärtigen Baustellen arbeiteten, gingen wieder an ihre Arbeitsplätze zurück. Im Hof standen ein paar verdreckte Baumaschinen, die ein Auszubildender mit einem Hochdruckreiniger säuberte. Die gelb-rot gestrichenen Maschinen trugen alle das Firmenlogo und waren Gregors ganzer Stolz.

Er wischte sich mit einem Taschentuch den Schweiß von der Stirn. Ungewöhnlich schwül für April, dachte er und warf einen besorgten Blick zum Himmel. Es sah nach Regen aus und er stöhnte innerlich. Die vergangenen Wochen hatte es nahezu ununterbrochen geregnet und sie waren auf der Römerwiese bereits im Verzug, weil nach dem ersten Aushub ein paar lächerliche Mäuerchen gefunden worden waren und das Archäologische Amt das Gelände zuerst auf weitere Ruinen hin untersucht hatte. Dieser Gedanke brachte ihn wieder zu seinem unangemeldeten Besucher zurück, der im Vorzimmer wartete.

Alex war schon während ihrer gemeinsamen Schulzeit ein Idealist gewesen. Ob Robbenjagd oder Walfang, das Abholzen der Regenwälder oder das Betonieren einer mickrigen Blumenwiese, alles musste er schützen. Diese Einstellung und seine Schulmappe, die mit den Emblemen von Greenpeace, dem WWF und noch anderen Umweltorganisationen geschmückt gewesen war, hatten ihm in der Schule den Spitznamen ›der grüne Ritter‹ eingetragen. Doch für Gregor war Alex immer Don Quichotte, der Ritter von der traurigen Gestalt, gewesen und weit entfernt von einem wirklichen Helden. Was hatte seinem ehemaligen Mitschüler dieses ganze ökologische Engagement denn gebracht? Er unterrichtete quengelnde Bälger, fuhr Fahrrad und lebte in einem heruntergekommenen Bauernhaus. Er hingegen hatte nach dem Bauingenieurstudium den elterlichen Betrieb übernommen und ihn stetig vergrößert. Er wohnte in einer gediegenen Villa in bester Lage in Lisieux, hatte ein Strandhaus am Meer, einen Sportwagen und eine Limousine in der Garage stehen und erfreute sich allerseits seines Status einer lokalen Prominenz. Heute bot seine Firma hundert Angestellten Arbeit und war das größte Bauunternehmen im Pays d'Auge. Nein, mit Idealismus war nichts zu gewinnen, und fast tat ihm Alex leid. Aber nur fast, denn sie mochten sich nicht, hatten es nie getan.

Er erinnerte sich an eine Szene beim Jahresabschlussball ihrer alten Schule, als sie beide fünfzehn Jahre alt gewesen waren.

Gregor war gerade dabei gewesen, seinen Kumpels zu demonstrieren, wie man eine leere Bierdose auf der Stirn zerquetscht, als Alex mit seiner neuen Freundin an ihnen vorbeischlenderte. Hand in Hand, als wäre er ein Pantoffelheld. Die Kleine war schnuckelig, trug einen kurzen Rock und ihre großen Brüste wippten bei jedem Schritt. Verdammt, die Schlampe trug keinen Büstenhalter!

Claude, Gregors bester Freund, stieß ihn mit dem Ellbogen an und deutete mit dem Kinn auf das Mädchen. Er pfiff anerkennend durch die Zähne und Gregor nickte zustimmend.

»Hey, Don Q., wohin so eilig?«, rief er, doch Alex warf ihm nur einen vernichtenden Blick zu und ging einfach weiter. Seine Freundin jedoch riss ängstlich die Augen auf. Sie war wirklich rattenscharf! Gregor fühlte, wie seine Hose eng wurde. Wieso bekam er eigentlich nie so eine ab? Er musste sich stets mit Zahnspangenmädels zufriedengeben, die meist flach wie Holland waren und irgendwelche dümmlichen Boybandmitglieder anhimmelten. Wenn es einen gab, der so eine heiße Mieze verdiente, dann doch wohl er! Schließlich war er reich und die halbe Stadt arbeitete in der Firma seines Vaters. Und woher nahm dieser Naturschutzfuzzi sich das Recht, so mit ihm umzuspringen?

»Hey, ich rede mit dir, du Arschloch!«

Seine Kumpels brachen in schallendes Gelächter aus und Gregor warf ihnen einen triumphierenden Blick zu. Er öffnete eine weitere Bierdose, nahm einen tiefen Schluck und rülpste vernehmlich. Das Gelächter wurde noch lauter. Gregor sah aus den Augenwinkeln, wie die Kleine Alex am Arm fasste und ihn weiterziehen wollte. Doch der Idiot blieb stehen, ballte seine Hände zu Fäusten und trat näher.

»Was hast du eben gesagt?«, fragte er leise, seine Augen zu schmalen Schlitzen verengt.

»Ach, taub auch noch?«, höhnte Gregor. »Führt dich deshalb deine Schnalle am Händchen?«

Claude fing an zu grölen und klopfte sich auf die Schenkel. Gregor fühlte sich großartig. Mit einem Schritt zwängte er sich an Alex vorbei, der ihn um fast einen Kopf überragte, und griff mit beiden Händen nach den Titten der Kleinen. Diese stieß einen Schrei aus und im nächsten Moment riss ihn etwas zu Boden. Als er den Kopf drehte, sah er Alex, der mit wutverzerrtem Gesicht auf seinem Rücken saß und ihn mit Faustschlägen traktierte. Doch seine Kumpels zerrten ihn mit vereinten Kräften von ihm herunter und in den folgenden Minuten lernte Don Q., was es hieß, allein gegen Windmühlen zu kämpfen.

Seit diesem Ereignis gingen sie sich, soweit das möglich war, aus dem Weg. Wenn Alex sich also in die Höhle des Löwen wagte, musste er wegen der Römerwiese entweder sehr verzweifelt sein oder einen Trumpf im Ärmel haben, von dem Gregor nichts wusste. Die Aussicht auf Letzteres verursachte ihm ein unangenehmes Ziehen im Magen, zugleich schalt er sich einen Narren. Die Besichtigung des Geländes war zu seinen Gunsten ausgefallen und amtlich besiegelt. Durch ein paar gezielte Spenden hatte er das langwierige Verfahren verkürzen können und er klopfte sich in Gedanken selbst auf die Schultern. Von dieser Seite drohte keine Gefahr. Was also hatte Alex in petto? Gregors Neugier war geweckt.

Er sah auf seine Uhr und hatte gerade noch Zeit, sich wieder hinter seinen Schreibtisch zu setzen, als auch schon die Tür aufging.

»Monsieur Dubois«, meldete seine Sekretärin.

Gregor lächelte.

»Reitet der grüne Ritter wieder?«, fragte er scheinheilig und bemerkte mit Genugtuung, wie sich Alex' Miene verfinsterte.

* * *

»Guten Tag, Monsieur Dubois. Wie geht es Ihnen?«

Der junge Mann im blauen Overall kam Alex bekannt vor, er konnte ihm jedoch keinen Namen zuordnen.

»Sie wissen nicht mehr, wer ich bin, stimmt's?« Der Arbeiter zog amüsiert einen Mundwinkel nach oben. »Yves Aubert«, erklärte er dann und fügte hinzu, »der Schrecken der 7B.« Er zwinkerte Alex zu.

»Yves, natürlich!« Alex schüttelte ungläubig den Kopf. Jetzt erinnerte er sich wieder an seinen ehemaligen Schüler, dessen herausragendstes Talent darin bestanden hatte, den Schulrekord im unentschuldigten Fehlen zu brechen. »Du arbeitest hier?«, fragte er und löste das Fahrradschloss.

»Ich mache eine Ausbildung zum Maurer«, erwiderte der junge Mann stolz. »Es wird, entgegen Ihrer Voraussage, also doch noch etwas aus mir werden.«

Alex lachte, obwohl er lieber etwas zerschlagen hätte. Das Gespräch mit Gregor war alles andere als zufriedenstellend verlaufen. Dieser hatte ihm weder zugehört noch ihm eine Möglichkeit gelassen, nach einem annehmbaren Kompromiss für beide Seiten zu suchen. Er hatte ihn wie einen dummen Bittsteller behandelt und mit ein paar überheblichen Floskeln abgefertigt. Diese Demütigung brannte wie Säure in seinem

Magen und am liebsten hätte er ihm vorhin vor die Füße gespuckt. Die Römerwiese war für Gregor bereits bebaut und abgehakt.

»Tja«, wandte sich Alex an seinen ehemaligen Schüler, der jetzt nach einem Lappen griff, sich auf das Trittbrett eines gelb-roten Ungetüms schwang und dessen Frontscheibe polierte. »Es ist zwar selten, aber selbst ein Lehrer kann sich mal irren.«

Der junge Mann grinste und zeigte ihm den erhobenen Daumen.

»Ich muss los«, fuhr Alex fort, setzte den Fahrradhelm auf und schwang sich auf sein Rad. »Viel Glück, Yves!«

»Danke, Monsieur Dubois. Wird schon schiefgehen!«

»Vermutlich«, murmelte Alex mehr zu sich selbst und hoffte insgeheim, dass er sich irrte. Schließlich konnte sich jeder ändern und hatte eine zweite Chance verdient. Jeder, außer Gregor!

Alex fühlte wieder heißen Zorn in sich auflodern. Gregor war immer noch derselbe Schwachkopf wie in der Schule. Zugegeben, er war ein cleverer Geschäftsmann geworden, der Erfolg seines Unternehmens gab ihm recht, aber was das Menschliche betraf, war er auf der Entwicklungsstufe des ver-zogenen, arroganten Teenagers stehen geblieben, der er wäh-rend ihrer gemeinsamen Schulzeit gewesen war.

Als er das Baugelände verließ, begann es zu tröpfeln. Nun, wenn Gregor mit Worten nicht umzustimmen war, mussten ihn eben Taten überzeugen. Alex stoppte vor dem Bahnhof und zog sein Handy aus dem Rucksack, in dem immer noch die Zeichnungen der ehemaligen Römersiedlung steckten. Er war gar nicht dazu gekommen, sie Gregor zu zeigen. Mit einem grimmigen Zug um den Mund suchte er nach der Nummer seines einstigen Studienkollegen.

»Damien? Hier Alex. Ja, es geht mir gut, danke. Hör zu, wir müssen die alte Truppe zusammentrommeln. Genau, es gibt etwas zu verhindern. Ich schicke dir die Unterlagen per E-Mail. Kannst du einen Rundruf starten? Ich kümmere mich unterdessen um die Presse. Gut, danke. Bis dann.«

Er verstaute das Handy in seiner Hosentasche und schwang sich wieder aufs Rad. Obwohl er im tiefsten Herzen nicht davon überzeugt war, dass die geplante Aktion etwas bewirken konnte, würde sie für Gregor auf alle Fälle unangenehm werden. Wie unangenehm, würde sich zeigen.

6

Die drei brennenden Kerzen tauchten das Wohnzimmer in ein warmes gelbes Licht. Als Flo aus dem Bad trat und die Tür hinter sich schloss, flackerten die Flammen und warfen bizarre Schatten an die Wände. Aline hockte vor der Holztruhe auf dem Boden und wiegte sich vor und zurück, dabei summte sie eine Melodie. Auf dem Esstisch qualmte ein Räucherstäbchen. An dessen Seite standen eine Tonschale, in der ein Bergkristall lag, daneben eine Flasche mit einer klaren Flüssigkeit. Im hintersten Winkel des Wohnzimmers befand sich eine kiesgefüllte Schale, in der irgendwelche Kräuter verbrannten. Flo unterdrückte ein Kopfschütteln. Das würde ihr kein Mensch glauben! Wie hatte die Ladenbesitzerin sie nur zu so einem Unsinn überreden können?

Flo war am frühen Nachmittag die »Rosa-Häkeldecke-Geschichte« herausgerutscht, wofür sie sich jetzt hätte die Zunge abbeißen können. Aline hatte sich darauf gestürzt wie ein Jagdhund auf eine flügellahme Ente. Sie hatte ihr vorgeschlagen, den Geist nach seinen Wünschen zu befragen, um ihm zu helfen, auf eine höhere Ebene zu gelangen ... was immer das heißen mochte. Zuerst hatte Flo nur den Kopf geschüttelt, doch Aline hatte sie so lange bearbeitet und ihr versichert, dass danach Ruhe herrschen würde, bis ihr Flo endlich die Erlaubnis für eine Geisterbeschwörung erteilt hatte. Insgeheim hoffte sie, dass Aline nach dieser Zeremonie selbst Ruhe geben und sie nicht mehr mit diesem leidigen Thema belästigen würde. Immerhin entbehrte das Ganze nicht einer gewissen Komik und ihr belustigtes Schnauben durchbrach die Stille. Aline warf ihr einen ärgerlichen Blick zu und legte einen Finger an die Lippen.

Mit einer geschmeidigen Bewegung erhob sich ihre Nachbarin jetzt, griff nach der Schale auf dem Esstisch und ging in die Mitte des Wohnzimmers. Sie hielt das Gefäß vor ihre Brust und verneigte sich zur Truhe hin, tat dasselbe in alle anderen Himmelrichtungen und hielt sich dann den Napf mit dem Kristall über den Kopf. Dazu murmelte sie etwas, das Flo nicht verstand. Anschließend ging die Ladenbesitzerin von Ecke zu Ecke, verneigte sich abermals und versprach dem Wesen mit jetzt lauter Stimme, dass sie ihm auf der Reise in die nächste Dimension behilflich sein wollte.

Wesen? Flo spürte unvermittelt eine Gänsehaut auf ihren nackten Armen und rieb sie sich fröstelnd. Gab es tatsächlich Geister, wie manche Menschen behaupteten? Lebten die Verstorbenen unter ihnen? Konnte sie sie einfach nur nicht sehen? Sie erinnerte sich an eine Klassenfahrt in der Siebten, als eine Mitschülerin ein Ouijabrett dabeihatte. Eines Nachts hatten sich die Mädchen um eine brennende Kerze und das Brett versammelt und versucht, mit den Toten zu kommunizieren. Aber außer unterdrücktem Mädchengekicher war nichts Übersinnliches passiert. Natürlich, das war alles Unfug! Flo schüttelte den Kopf.

Aline stellte die Tonschale wieder auf den Tisch und Flo hatte beinahe das Gefühl, als leuchte der Kristall ein wenig. Sie blinzelte zweimal und die Täuschung war vorbei. Die Ladenbesitzerin goss nun die Flüssigkeit in die Schale. Es roch plötzlich wie in einer Schnapsbrennerei und Flo vermutete, dass es sich um reinen Alkohol handelte. Aline entzündete ihn mit einem Streichholz und murmelte dabei unverständliche Worte. Dann zog sie ein Säckchen aus der Tasche ihres Kaftans. Bei dieser Bewegung stieß sie mit dem Ellbogen an einen Stuhl. Dieser schwankte und kippte langsam um, im Fallen riss er eine der drei Kerzen und die Schale mit dem brennenden Alkohol zu Boden und der alte Teppichboden fing sogleich Feuer.

Flo schrie entsetzt auf, rannte geistesgegenwärtig in die Küche und drehte den Wasserhahn auf. Sie zerrte ein Küchentuch vom Haken, hielt es unter das fließende Wasser und spurtete zurück ins Wohnzimmer. Aline hatte sich unterdessen die rosa Häkeldecke geschnappt, die nach dem Waschen über einer Stuhllehne trocknete, und schlug damit auf die Flammen ein. Augenblicklich füllte beißender schwarzer Qualm den Raum. Fenster!, schoss es Flo durch den Kopf, doch irgendwo in ihrem Gedächtnis tauchte eine Erinnerung auf, dass Feuer Sauerstoff brauchte, deshalb kämpfte sie den Drang nieder, sie alle aufzureißen. Sie hieb wie wild mit dem nassen Handtuch auf das Feuer ein, doch die Flammen fraßen sich immer weiter in den Teppich. Abermals stürzte sie in die Küche, riss alle Schränke auf, bis sie unter der Spüle einen Eimer fand, füllte ihn mit Wasser und rannte wieder zurück. Sie kippte den Inhalt schwungvoll über den Teppich und mit einem Zischen verlöschte der Brandherd. Aline schlug daraufhin mit der Decke die restlichen Flammen aus, die an der Holztruhe leckten und sie auf einer Seite bereits angekohlt hatten.

»Das war knapp!«, krächzte Flo und wischte sich mit ihrem T-Shirt den Schweiß von der Stirn. Aline sah sie nur mit schreckgeweiteten Augen an. Ihre schwarz umrandeten Augen leuchteten wie polierter Turmalin in dem ansonsten totenbleichen Gesicht. Ein dunkler Rußstreifen verlief quer über ihre Wange. Selbst gemachter Kajal, dachte Flo und wäre beinahe in hysterisches Lachen ausgebrochen.

Sie brauchte unbedingt Luft! Der Gestank war ätzend und sicher auch giftig. Daher zerrte sie die Vorhänge zur Seite, öffnete das Wohnzimmerfenster und atmete gierig die kühle Nachmittagsluft ein.

»Wir müssen die Balkontür öffnen«, wandte sie sich an Aline, die immer noch wie versteinert auf den schwarzen Fleck starrte, der einstmals Oma Mathildes Wohnzimmerteppich gewesen war.

»Aline? Komm, hilf mir mal, die Truhe wegzuschieben.«

Endlich hob Aline den Kopf und nickte.

»Ich … ich …«, begann sie, brach jedoch ab und fasste kopfschüttelnd nach einem der Metallgriffe, die an beiden Kopfseiten der Holztruhe befestigt waren. Sie hoben die Truhe hoch, doch plötzlich schrie ihre Nachbarin auf und ließ das Möbelstück auf den Boden fallen, wo es mit einem Knirschen auseinanderbrach. Sie hielt sich ihre Hand und pustete in ihre Handfläche.

»Heiß, heiß!«, kreischte sie.

»Schnell, halt sie unter fließendes Wasser!«, rief Flo und schon war Aline in der Küche verschwunden.

Flo blickte entsetzt auf die beschädigte Truhe. Auf einer Seite war sie angekohlt, weshalb der Griff vermutlich heiß geworden war. So ein Schlamassel! Etwas Gutes hatte das ganze Chaos jedoch: Der Geist würde sich kaum mehr in einer zerstörten Truhe aufhalten wollen. Jetzt blieb dem Kerl nichts anderes übrig, als sich eine neue Bleibe zu suchen. Alines Geisteraustreibung hatte letztendlich also doch gewirkt, auch wenn die angewandte Methode etwas unkonventionell gewesen war.

Flos Anspannung löste sich in einem Lachanfall auf. Sie ließ sich an der Wand entlang zu Boden gleiten und versuchte sich zwischen Lachen und Husten die Tränen aus dem Gesicht zu wischen.

»Ist schon gut, Aline, es war ja keine Absicht. Mach dir keine Sorgen, dafür hat man schließlich eine Versicherung. Soweit ich informiert bin, läuft die von Oma noch einen Monat.«

Aline schaute Flo unglücklich an. Die ansonsten so selbstbewusste Ladenbesitzerin stand wie ein Häuflein Elend im Türrahmen und knetete die Hände.

»Aber wenn sie nicht alles bezahlen, dann sagst du es mir, d'accord?«

Flo nickte, schob ihre Nachbarin sanft aus der Wohnung und atmete tief durch, als die Tür hinter ihr ins Schloss fiel. Sie hatte nur noch einen Wunsch: ein warmes Bad!

Die vergangene Stunde hatten sie damit verbracht, die Spuren des Brandes zu beseitigen. Der Teppich war zum Glück nur mit doppelseitigem Klebeband befestigt gewesen und ließ sich problemlos entfernen. Darunter kam ein hässlicher PVC-Belag zum Vorschein. Zum Glück hatten die Flammen ihn nur an zwei Stellen leicht angesengt. Der Vermieter konnte Flos Familie daher kaum auf Schadenersatz verklagen, trotzdem roch es in der ganzen Wohnung wie in einer Köhlerkate. Den verbrannten Teppich hatten die beiden Frauen auf den Balkon geschleppt und jetzt lüftete Flo die Zimmer durch, bis der ärgste Gestank nachließ. Ob er aber völlig verschwand, bezweifelte sie. Die braune Sitzgarnitur würde den Weg alles Irdischen gehen und auf dem Sperrmüll landen und die Vorhänge hatte sie kurzerhand in den Müll gestopft. Sie würde jedoch kaum darum herumkommen, das Wohnzimmer neu streichen zu lassen, da sich überall feiner schwarzer Ruß abgesetzt hatte.

Flo seufzte, ging ins Bad, ließ sich auf den mit grünen Plüsch überzogenen Toilettendeckel fallen und drehte den

Wasserhahn der Badewanne auf. Sie zog ihr T-Shirt über den Kopf, schnupperte daran und verzog den Mund. Gott sei Dank befanden sich ihre restlichen Kleider alle noch in ihrer Reisetasche. Sie hoffte inständig, dass die wenigstens nicht nach Rauch stanken. Sie schlüpfte schnell aus ihren verbleibenden Textilien, lief nackt durchs Wohnzimmer und warf das Bündel ebenfalls auf den Balkon.

Es hatte aufgefrischt und sie zitterte im Durchzug. Hoffentlich lag gerade kein Spanner im Nachbarhaus auf der Lauer. Als sie sich umdrehte und ins Bad zurückgehen wollte, fiel ihr Blick auf die ramponierte Holztruhe. Schade um das antike Stück. Doch alles war eben vergänglich. Nicht nur Menschen und Gefühle, sondern auch alte Truhen, in denen Geister spukten. Die Kiste war leer und sie fragte sich, weshalb ihre Oma dieses Ungetüm überhaupt in ihr Wohnzimmer gestellt hatte, wenn sie es nicht benutzte. Aber vermutlich war ihr der Deckel zu schwer gewesen und sie hatte daher nichts darin aufbewahrt.

Flo zuckte die Schultern und drehte sich um, als sie etwas Rotes erspähte. Sie runzelte die Stirn und ging in die Hocke. Der gewölbte Truhendeckel war auf der Unterseite mit einer dünnen Holzplatte verkleidet, die notdürftig mit rostigen Nägeln befestigt war. Das Material unterschied sich in Farbe und Beschaffenheit wesentlich vom Rest des Möbelstückes, als wäre diese Abdeckung erst nachträglich angebracht worden. Durch den Aufprall hatte sie sich gelöst und es war ein Hohlraum zu sehen, aus dem ein Buch mit einer rot gekleideten Figur auf dem Einband hervorlugte. Flo griff danach und versuchte es herauszuziehen, wobei sie sich an einem Nagel die Hand aufriss.

»Verflixt!«, schimpfte sie und leckte sich das Blut vom Handrücken. Sie schaute sich um und holte dann einen Brieföffner von der Kommode. Damit hebelte sie die Holzplatte

vollständig vom Deckel ab und blickte verblüfft auf das Deck-
blatt des Buches: roter Mantel, wildes Haar und ellenlange
Fingernägel. Eine zerfledderte Ausgabe des Struwwelpeters.

»Super«, murmelte sie enttäuscht, »ein paar wertvolle
Schmuckstücke wären mir lieber gewesen.«

Mit Schrecken erinnerte sie sich plötzlich an das Bade-
wasser und stürzte davon. Neben dem Feuer auch noch eine
Überschwemmung? Dieser Tag geizte wirklich nicht mit
Glanzlichtern.

7

Alex schamponierte sich gerade die Haare ein, als sich der Wasserstrahl mit einem Röcheln verabschiedete. Fluchend drehte er am Hahn, aber nur noch ein paar letzte Tröpfchen perlten aus dem Duschkopf.

»Mist!«

Er stieg aus der Dusche, schwang sich ein Badetuch um die Hüften und kontrollierte in der Küche den Leitungshahn. Auch dieser gurgelte nur noch und ein ungesundes Rattern breitete sich durch die Leitungsrohre aus, als würde sich ein Reptil hindurchzwängen. Der Klempner hatte ihn bei der letzten Reparatur gewarnt, dass die Wasserleitungen eine tickende Zeitbombe wären. Wie es aussah, war die gerade detoniert.

Alex griff nach einer Flasche Mineralwasser, wusch sich, so gut es ging, über der Spüle den Schaum aus den Haaren und zog sich dann an.

Er war noch immer stinksauer auf Gregor. Wieso sah dieser nicht ein, dass es die römischen Ruinen zu schützen galt? Gut, der Baustopp würde ihn eine Stange Geld kosten, aber seine Firma konnte sich das leisten. Im Gegenzug konnte sich die Öffentlichkeit jedoch nicht leisten, dass jemand aus

Gewinnsucht unersetzliche Altertümer zerstörte. Weshalb war sein ehemaliger Mitschüler nur so ignorant?

Der Regen klopfte gleichmäßig an die Fensterscheiben, als Alex einen Moment später ins Wohnzimmer trat und seinen Computer einschaltete. Er verzog missmutig den Mund, er hasste solche Regentage. Mit einem Seufzen griff er nach seinem Rucksack, holte die Zeichnungen der römischen Anlage hervor und breitete sie auf dem Esstisch aus.

Im Jahr 1770, als eine feste Straße von Lisieux nach Caen gebaut wurde, fand man auf der Römerwiese Reste von Mauern und Gebäuden. Zwischen Mörtel und zerfallenen Steinen lagen Tonscherben und vereinzelte Münzen, die auf die Existenz einer Stadt hinwiesen, die von den Römern erbaut und dann aufgegeben oder zerstört worden war. Alten Schriften zufolge hieß diese Siedlung Noviomagus Lexoviorum. Sogar ein Amphitheater hatte es gegeben, wovon aber außer einer Vertiefung im Gelände heutzutage kaum mehr etwas zu sehen war. Der Zweite Weltkrieg hatte das Land buchstäblich umgepflügt und viele römische wie auch keltische Ruinen auf immer zerstört.

Alex schüttelte den Kopf. Nur wer die Vergangenheit kennt, hat eine Zukunft, hatte Humboldt einst gesagt. Für ihn, Alex Dubois, war dieser Spruch seit seiner Schulzeit eine unumstößliche Wahrheit und deshalb galt es, die verbliebene römische Anlage auf Gregors Baugrund zu schützen. Wenn nötig eben mit öffentlichem Druck!

Und als hätte Jupiter persönlich seine Gedanken vernommen, ertönte im selben Moment ein ohrenbetäubender Donnerschlag, der die Fensterscheiben klirren ließ.

»Du stimmst mir also zu«, murmelte Alex mit einem Lächeln und faltete die Zeichnungen wieder zusammen. »Nun, wenn schon der römische Wettergott derselben Meinung ist, dann kann ja nichts mehr schiefgehen.«

Er tippte die E-Mail-Adresse seines Freundes Damien ein und schickte ihm alle Dokumente, die er bis jetzt über die Römerwiese zusammengetragen hatte. Verschiedene Zeitungsartikel aus der lokalen Presse, die über den Fund neuer Ruinen berichteten, ein selbst gezeichneter Plan, wie die römische Siedlung ausgesehen haben könnte, und der Anfahrtsweg nach Lisieux nebst dem Link zum Fahrplan der Bahn. Die meisten seiner Mitstreiter würden mit den öffentlichen Verkehrsmitteln anreisen, das war in ihren Kreisen Ehrensache. Und das Bauareal lag unweit des Bahnhofes, von daher wäre es das Beste, man träfe sich auf dem Parkplatz vor dem Bahnhof, um sich dort zu formieren. 9.30 Uhr schien ihm eine angemessene Zeit. Glücklicherweise hatten die meisten seiner ehemaligen Kommilitonen selbst den Lehrerberuf gewählt und somit wie er Schulferien. Von daher hoffte Alex auf zahlreiches Erscheinen. Außerdem wusste er aus Erfahrung, dass sich viele Schaulustige spontan einer Demonstration anschlossen, wenn ihnen das Thema sympathisch war. Er konnte also mit etwa hundert Demonstranten rechnen, wenn nicht mehr.

Nachdem er die Mail abgeschickt hatte, verfasste er eine weitere Nachricht und schickte diese an die verschiedenen Tageszeitungen der Umgebung. Gleichzeitig terminierte er den Versand einer E-Mail mit der Ankündigung der Demonstration für die örtliche Polizeidienststelle auf achtzehn Uhr abends, weil der Polizeiposten nur bis halb sechs geöffnet hatte; die Meldung würde also erst am nächsten Morgen gelesen werden, was ihnen einen zeitlichen Vorsprung gab. Er wusste zwar, dass eine Demonstration vorab bewilligt werden musste, aber das ignorierte er großzügig. Schließlich hatten sie nicht vor, mit Steinen oder Farbbeuteln zu schmeißen. Seine alte Truppe war in die Jahre gekommen und die Zeiten, in denen sie sich mit Ketten an zum Abholzen markierte Bäume gebunden hatten, waren definitiv vorbei. Trotzdem konnte in der Hitze des Gefechts natürlich immer etwas zu Bruch gehen. Aber er wollte den Teufel nicht an die Wand malen. Zusätzlich bot diese kurzfristige Ankündigung gegenüber der Polizei einen weiteren Vorteil: Gregor blieb kaum Zeit, sich gegen den geplanten Protestmarsch zu wappnen. Und selbst wenn, die Presse würde vor Ort sein und darüber berichten. Und hätte Alex erst einmal das Wohlwollen der Öffentlichkeit für sein Anliegen gewonnen, konnten auch Gregors Geld oder seine grimmigen Bauarbeiter nicht mehr viel bewirken.

Alex warf abermals einen Blick durchs Fenster. Der Regen rauschte stetig hernieder, wusch die Blätter der Pappel in seinem Garten blank und ließ die Dächer der Nachbarhäuser glänzen.

Tanja hatte Regentage gemocht, schoss es ihm durch den Kopf. Und wie immer, wenn er an seine verstorbene Schwester dachte, fühlte er einen schmerzhaften Stich in der Brust und das Atmen fiel ihm schwer. Ja, sie hatte den Regen gemocht, wie auch ihren Labrador mit dem dämlichen Namen Professor Higgins. Und ein Regentag war es auch gewesen, der die beiden das Leben gekostet hatte. Auf der regennassen Fahrbahn war ein Kleinlaster ins Schleudern geraten und hatte Tanja und den Hund von der Straße gefegt, als wären sie Styroporpuppen. Beide waren sofort tot gewesen, hatten vermutlich nicht einmal mitbekommen, was mit ihnen geschah, aber das war ein schwacher Trost. Alles hatte sich daraufhin verändert. Der Schmerz über Tanjas Tod hatte ihn wie eine Stahlfaust umklammert und immer stärker zugedrückt, bis von ihm nichts mehr übrig geblieben war als ein Stück Fleisch, das einigermaßen funktionierte. Atmen, essen, stundenweise schlafen. Mehr war nicht mehr möglich gewesen. Eine Gestalt, die das Leben verfluchte und dem eigenen Tod entgegenfieberte.

Drei Jahre war das jetzt her. Irgendwann hatte er sich gefangen, hatte wieder unterrichtet und nicht mehr vierundzwanzig Stunden am Tag mit Selbstvorwürfen verbracht, weil er sich an Tanjas Tod schuldig fühlte. Doch ihr Verlust war stets präsent, wie eine Wunde, die aufriss, sobald man nur ein bisschen daran kratzte. Und Regentage hatten diese Wirkung. Vor allem, wenn es wie jetzt Bindfäden regnete.

Er hatte ihr immer und immer wieder gesagt, sie solle nicht an der Hauptstraße entlanggehen, weil es dort keinen Gehweg gab. Aber Tanja hatte ihn nur ausgelacht und ihn ob seiner nach ihrer Meinung unnötigen Fürsorge geneckt. Alex schüttelte den Kopf, um das Bild seiner lachenden Schwester zu vertreiben, wie sie in Gummistiefeln und einem scheußlichen gelben Plastikhut auf den blonden Haaren mit Professor Higgins das Haus verließ. Ein letztes Mal hatte sie ihm zugewinkt und war um die nächste Hausecke verschwunden. Eine Stunde später hatte eine neutrale Frauenstimme von der Notfallstation angerufen und gefragt, ob er der Bruder von Tanja Dubois sei. Er hatte sofort gewusst, dass seine Schwester tot war, noch bevor er im Krankenhaus angekommen war und in die bestürzten Gesichter der dortigen Ärzte geblickt hatte. Seine Eltern waren kurz nach ihm eingetroffen. Die folgenden Stunden waren in seinem Gedächtnis nicht mehr präsent. Als hätte sie jemand zu einem Gemisch von Farben, Tönen und Gerüchen verrührt.

Alex straffte die Schultern, zog seinen Regenmantel an und legte den Hausschlüssel unter den Blumentopf neben dem Eingang. Dann rief er den Klempner an, der versprach, sich später um die maroden Leitungen zu kümmern. Nach einem letzten Blick zum wolkenverhangenen Himmel holte er sein Fahrrad aus dem Schuppen und fuhr Richtung Friedhof davon.

Der Grabstein glänzte vor Nässe und die eingemeißelte Inschrift sah aus, als hätte sie jemand mit einem schwarzen Filzstift nachgezogen.

Tanja Dubois

1986 – 2011

Die Erinnerung ist ein Fenster,
durch das wir dich sehen können,
wann immer wir möchten.

Alex ging in die Hocke und entfernte ein paar braune Blätter von den blühenden Taubnesseln. Von den Ästen der Birke, die hinter Tanjas Grab stand, fielen dicke Regentropfen auf ihn herunter, doch er bemerkte sie nicht. Er betrachtete sinnend die weißen, gelben und lila Blüten.

Tanja hatte immer eine Aversion gegen typische Friedhofsblumen gehabt. Und als sie einmal über den Friedhof geschlendert waren, hatte sie ihn darum gebeten, sollte sie vor ihm sterben, auf ihrem Grab ja nie irgendwelche Begonien oder Chrysanthemen zu pflanzen, wenn er nicht wolle, dass sie als Geist zurückkäme. Sie hatten beide darüber gelacht, nicht wissend, dass ihr Scherz bald bittere Wahrheit werden sollte. Der Gärtner hatte zwar die Stirn gerunzelt, als er ihn darum bat, das Grab seiner Schwester mit Wiesenblumen zu schmücken, seinem Wunsch jedoch entsprochen. Seine Eltern waren vom Schmerz zu betäubt gewesen, um eine Meinung dazu zu haben, und hatten alles ihm überlassen: die Trauerfeier, das Totenmahl und die Bepflanzung des Grabes. Doch die anderen Friedhofsgänger, die Alex manchmal traf, schüttelten jedes Mal den Kopf, wenn sie an Tanjas letzter Ruhestätte vorbeigingen. Zwischen all den akkurat gestutzten und einheitlich bepflanzten Gräbern wirkte ihres wie ein Fremd-körper. Alex war sich jedoch sicher, dass sich seine verstorbene Schwester diebisch über die empörten Gesichter gefreut hätte.

Die Kirchenglocke schlug die halbe Stunde und riss ihn aus seinen Erinnerungen. Er stand auf und schüttelte sich wie ein nasser Hund. Aus welchem Grund wurde ein fünfundzwanzigjähriges Leben beendet? Wer nahm sich das Recht heraus, zu entscheiden, dass einer hundert Jahre und der andere kaum ein Viertel davon auf der Welt sein durfte? Alex schloss die Augen. Es hatte keinen Zweck, sich den Kopf darüber zu zerbrechen. Es gab keine Antwort, wenigstens keine, die ihn zufriedenstellte. Die Wut über Tanjas sinnlosen Tod überfiel ihn erneut heiß und hinterließ einen bitteren Geschmack in seinem Mund. Er wandte sich hastig ab und ging zu seinem Fahrrad zurück.

Ein halbes Jahr nach ihrem Tod hatten ihm seine Freunde einen Labradorwelpen geschenkt. Sie hatten es sicher gut gemeint und gehofft, der Hund würde ihn aus seiner Lethar-gie reißen. Doch er wollte keinen zweiten Professor Higgins. Er wollte sich überhaupt an nichts mehr binden, das atmete und ihm von einem Tag auf den anderen entrissen werden konnte, wie seine kleine Schwester, die er abgöttisch geliebt hatte und die er doch nicht hatte beschützen können. So schenkte er den Welpen seinen Nachbarn, sehr zur Freude ihrer Kinder. Manchmal beobachtete er, wie sie im Garten mit dem Hund herumtobten. Dann krampfte sich sein Herz zusammen, die Schuld überfiel ihn heiß wie glühende Lava und er musste sich abwenden.

»Ah, Monsieur Dubois. Heute wohl der einzige Besu-cher.«

Alex wandte sich um. Pfarrer Villeroy stand unter dem kleinen Dach, das sich über dem Seiteneingang der Kirche wölbte. Ein Lächeln hellte das zerfurchte Gesicht des Geistlichen auf, der mehr einem wettergegerbten Matrosen als einem Gottesmann glich.

Alex nickte stumm. Obwohl er den Priester mochte, hatte er heute keine Lust, sich mit ihm zu unterhalten. Seine Wut hatte sich noch nicht gelegt und er wollte dem Pfarrer keine Vorhaltungen darüber machen, was sich sein Chef dabei gedacht hatte, seinen Eltern die Tochter und ihm die kleine Schwester wegzunehmen.

Vermutlich merkte der Geistliche, was in ihm vorging, denn er machte keine Anstalten, das Gespräch weiterzuführen.

»Na dann. Einen schönen Abend wünsche ich Ihnen«, sagte er und nach einem prüfenden Blick zum Himmel: »Und etwas besseres Wetter.«

Obwohl es erst früher Abend war, schlich sich bereits die Dämmerung über die Stadt, als Alex kurze Zeit später vor seinem Haus stoppte. Die dunklen Regenwolken türmten sich wie flauschige Kissen über den umliegenden Hügeln und ließen der Abendsonne keine Chance. Im Briefkasten steckte ein Zettel. Er überflog die Zeilen des Klempners und seufzte. Woher sollte er das Geld für eine Sanierung der Rohrleitungen nehmen? Obwohl er von seinem Lehrergehalt gut leben konnte, würde diese Reparatur ein gehöriges Loch in seine Finanzen reißen, und nicht zum ersten Mal überlegte er, das alte Bauernhaus zu verkaufen. Lisieux kam in Mode, es würden sich sicher ein paar stadtmüde Pariser dafür interessieren. Doch wie immer brächte er es nicht übers Herz, das Anwesen zu veräußern, das wusste er jetzt schon. Tanja und er hatten es von ihrem Großvater geerbt und bis zu ihrem Tod gemeinsam darin gewohnt. Die Dubois-Villa hatte sie es immer genannt und sich ausgemalt, wie ihre und Alex' Familie irgendwann, wenn es restauriert sein würde, einträchtig darin lebten. Es kam ihm daher wie ein Verrat an ihren Träumen vor, es einfach abzustoßen.

Er blickte an der bröckeligen Fassade hoch und in diesem Moment stahl sich ein einsamer Sonnenstrahl durch die Wolken, spiegelte sich in den Fensterscheiben, die seit Ewigkeiten nicht mehr geputzt worden waren, und verschwand dann wieder wie eine Erscheinung.

Alex atmete tief durch und fühlte sich ein wenig getröstet. Wenngleich er nicht an Zeichen glaubte, war dies gewiss ein gutes gewesen.

8

Obwohl Flo in der ganzen Wohnung großzügig Raumspray versprühte, roch es nach wie vor penetrant nach Rauch. Das Durchlüften brachte wenig, und da es jetzt wieder zu regnen anfing, musste sie die Fenster schließen, wenn sie nicht Gefahr laufen wollte, auch die restlichen Zimmer zu ruinieren. In Omas Bücherregal fand sie eine Duftlampe. Und während sich der Rauchgestank mit Lavendelmolekülen vermischte, machte es sich Flo am Wohnzimmertisch bequem und betrachtete das Kinderbuch, das sie in der Truhe gefunden hatte. Das Buch war an den Rändern zerfleddert, die Seiten stark vergilbt – es musste dort schon Jahre gelegen haben. Die unteren Ecken waren durchwegs braun verfärbt, als hätten hundert Kinderfinger die kartonierten Buchseiten immer und immer wieder vor- und zurückgeblättert.

Flo erinnerte sich gut an die Geschichten des Struwwelpeters. Ihre Oma hatte sie ihr früher vorgelesen. Ganz zum Ärger ihrer Mutter, die diesem Kinderbuch nichts abgewinnen konnte, weil es angeblich zu brutal sei. Doch Flo hatte die Erzählungen gemocht. Sie waren so gruselig: abgehackte Daumen, verhungernde Bübchen und verbrannte Mädchen. Am meisten hatte sie jedoch die Geschichte vom fliegenden

Robert fasziniert. Diesem Jungen, der einfach mit seinem Schirm davonfliegt und nie mehr gesehen wird. Offenbar hatte sie als Kind ein Faible für morbide Storys gehabt. Und auch jetzt konnte sie sich den gereimten Versen nicht entziehen und vertiefte sich in »Die Geschichte vom bösen Friederich«. Als sie umblätterte und zu der Erzählung von Paulinchen mit ihren Katzen kam, runzelte sie die Stirn. Zwischen den Seiten steckte ein Blatt. Als sie es herauszog, sah sie eng beschriebene Zeilen. Ein Brief! Er war auf hellbraunem, liniertem Papier verfasst, die Schrift zum Teil verblasst oder verschmiert.

Flo stand auf und schaltete das Deckenlicht ein, doch auch im Schein der Lampe war der Text kaum zu entziffern. Über und unter den Buchstaben prangten Hütchen, Punkte und Striche, ähnlich chinesischen Schriftzeichen. Oder waren das Zirkumflexe, Gravis und Akute? Sie glaubte, gewisse Wörter zu erkennen, doch wenn sie sie aneinanderreihte, ergaben sie keinen Sinn. Ein richtiges Kauderwelsch! War das wirklich Französisch? Wenn ja, dann aber ein abstruses. Oder ein Dialekt? Aber welcher? Lediglich das Datum konnte sie zweifelsfrei entschlüsseln und auch nur, weil es sich dabei um Zahlen handelte. 1863. Sie drehte den Brief um und studierte die Unterschrift. Hieß das Louis? Ja, das konnte hinkommen. Augenscheinlich der Verfasser.

Flo legte das Schriftstück neben das offene Buch. Doch bereits auf der nächsten Seite fand sie ein weiteres Blatt, ebenso auf den folgenden. Am Schluss hatte sie zwölf Briefe beisammen, die alle von einem Louis unterschrieben waren. Das war ja seltsam. Wer bewahrte denn Briefe in einem Kinderbuch auf? Und das zusätzlich im Deckel einer Truhe, als würde sie derjenige verstecken wollen?

Flos Magen knurrte, also ging sie in die Küche, setzte Salzwasser auf und öffnete einen Beutel Pestosoße. Wenigstens würde der Basilikumduft den Rauch ein wenig überlagern. Nachdem sie die Spaghetti abgegossen, großzügig grüne Soße darüber verteilt und mit Parmesan bestreut hatte, setzte sie sich wieder ins Wohnzimmer und betrachtete die alten Briefe. Ihre Oma hätte sie vermutlich entziffern können, doch für Flo war diese Schrift eher wie ein abstraktes Gemälde, dessen Form sie zwar bewundern konnte, den Inhalt jedoch nicht verstand. Während sie die Nudeln aß, überlegte sie, wer sich damit auskennen könnte. Ein Bibliothekar? Ein Grafologe? Oder möglicherweise ein Antiquitätenhändler? Bei dem Gedanken schweifte ihr Blick unwillkürlich zu der zerstörten Truhe hinüber. Hatte ihr früherer Besitzer das Kinderbuch mit den Briefen darin versteckt? Die Truhe hatte während Flos Kindheit hier in der Wohnung gestanden. Sie erinnerte sich daran, dass sie das Möbelstück als imaginäres Pferd benutzt hatte. Irgendwann war es jedoch verschwunden gewesen. Wieso stand es jetzt wieder im Wohnzimmer? Hatte ihre Großmutter die Truhe auf den Speicher gestellt und kürzlich heruntergeholt? Aber warum? War sie möglicherweise ein Erbstück, das von Generation zu Generation weitergegeben wurde und an das sich ihre Oma plötzlich erinnert hatte? Vielleicht im Wissen um ihren nahen Tod?

Flo war der Appetit gerade gründlich vergangen und sie schob den halb leeren Teller von sich. Was war nur mit ihrem Leben los? Erst verstarb ihre Oma, die sie aufs Sträflichste vernachlässigt hatte, bis keine Zeit mehr blieb, sich mit ihr auszusprechen, und dann zerstörte sie auch noch deren Wohnung mitsamt den antiken Erbstücken. Und als wäre das alles noch nicht genug, ließ Marc den gemeinsamen Urlaub einfach platzen. Flos Unterlippe zitterte und sie schniefte. Konnte es noch schlimmer kommen?

Als es an der Wohnungstür klingelte, stand sie auf und sah durch den Spion Alines Gesicht. Flo seufzte. Auch das

54

noch! Sie hatte jetzt keine Lust, sich mit der Ladenbesitzerin zu unterhalten, doch als es erneut schellte, gab sie sich einen Ruck und öffnete die Tür.

»Florence, entschuldige, dass ich dich nochmals störe. Ich habe dir einen Flan gebacken. Als Wiedergutmachung.«

Aline hielt ihr einen riesigen Apfelkuchen vor die Nase, der ein ganzes Regiment satt gemacht hätte, und schaute sie dabei zerknirscht an.

»Komm doch rein«, entgegnete Flo müde. Sie hatte keine Energie, die gut gemeinte Geste abzuschmettern. »Ich mache uns Kaffee und wir schneiden das Teil an.«

Alines Augen leuchteten auf und sie nickte erfreut. »Ich schließe nur noch schnell den Laden ab«, sagte sie und lief die Treppe hinunter. »Kann ich Shiva mitbringen?«

»Klar«, entgegnete Flo und murmelte dann leise, »der Rauch wird ihre Flöhe vertreiben.«

»In der Truhe?«

Flo nickte und schob sich ein weiteres Stück des Apfelkuchens in den Mund. Er schmeckte hervorragend; süß und saftig. Ein altes Familienrezept aus der Normandie, wie Aline ihr versichert hatte.

»Ungewöhnlich«, meinte diese und betrachtete den Stapel Briefe. »Darf ich sie mal sehen?«

»Nur zu.« Flo reichte ihr die Schriftstücke über den Tisch und versuchte die sabbernde Shiva unauffällig mit dem Knie wegzustoßen. »Ich verstehe leider kein Wort. Muss irgendeine Fremdsprache sein. Welche hat solche Striche und Hütchen auf den Buchstaben? Kyrillisch? Stammt meine Familie womöglich ursprünglich aus dem Ostblock? Vielleicht sind wir ja Nachfahren des letzten Zaren!«, versuchte sie zu scherzen, verschluckte sich an einem Bissen und fing an zu husten. Aline warf ihr einen schrägen Blick zu und vertiefte sich in die Briefe. Plötzlich runzelte sie die Stirn und schürzte die Lippen.

Flo holte aus der Küche ein Stück Haushaltspapier, wischte sich damit die Augen trocken und schnäuzte sich die Nase.

»Sag bloß, du kannst das lesen!«, rief sie ungläubig, als sie Alines konzentrierte Miene bemerkte.

»Hm«, erwiderte diese und Flo setzte sich wieder an den Tisch.

»Was soll dieses Hm, Aline? Sag schon, was steht da?«

Die Ladenbesitzerin fuhr sich mit der Zunge über die Lippen, wiegte den Kopf hin und her und seufzte dann tief.

Flo wurde ganz flatterig. Am liebsten hätte sie Aline geschüttelt, doch sie bezwang ihre Ungeduld und streichelte stattdessen Shivas Kopf.

»Also«, begann Aline und schaute Flo prüfend ins Gesicht. »Ich bin mir nicht sicher, aber …«

Sie brach ab und stand auf. Flo sah ihr mit offenem Mund zu, wie sie zur Truhe ging und eine Hand auf die Trümmer legte.

Kam jetzt wieder etwas Übersinnliches? Wenn ja, würde sie die Frau trotz des wunderbaren Kuchens hochkant aus der Wohnung werfen. Sie hatte genug von Geistern!

»Ich wusste es«, sagte Aline plötzlich und Flo zuckte zusammen. »Das Ganze ergibt einen Sinn. Die Truhe, du, der Brand, die Briefe. Du musst dich dem stellen, Florence! Er wird sonst keine Ruhe geben.« Sie drehte sich um und fixierte Flo. »Es ist dein Schicksal.«

Den letzten Satz hatte Aline nur noch geflüstert und Flo wurde blass. Für einen Moment schien die Zeit stillzustehen, dann räusperte sie sich und der Bann war gebrochen.

»Ich verstehe nur Bahnhof, Aline. Wirklich! Und ich habe auch keinen Nerv für solchen Humbug! Entweder sagst du mir jetzt, was in diesen Briefen steht, oder ich muss dich bitten zu gehen. Ich bin müde und …«

»Ich kann sie nicht lesen«, unterbrach Aline ihr Gezeter und setzte sich wieder an den Tisch. »Das heißt, ich denke, die Briefe sind in einer alten Sprache verfasst – in einer vergessenen Sprache. Meine Großmutter aus der Normandie spricht manchmal so, wenn es denn dieser Dialekt ist. Geschrieben habe ich ihn jedoch noch nie gesehen, aber möglicherweise …« Sie brach ab und kaute an ihrer Unterlippe. »Ich kann mich leider nur noch an wenig erinnern«, fuhr sie fort. »Vielleicht täusche ich mich ja auch. Aber ich fühle, dass die Schriftstücke mit dir zusammenhängen. Der Geist will dir damit etwas sagen. Er gibt dir eine Aufgabe. Und du darfst dich ihr nicht entziehen.«

Flo schaute Aline konsterniert an und lachte dann schallend.

»Bei dir piepst's wohl!«, stieß sie ungehalten hervor, schnappte sich die Briefe und schob sie in den Struwwelpeter zurück. »Danke für den Kuchen, aber ich will jetzt ins Bett.«

Zur Untermauerung ihrer Worte stand sie auf, räumte die Kaffeetassen und die Teller zusammen und trug alles in die Küche. Als sie wieder ins Wohnzimmer trat, hatte sich Aline ebenfalls erhoben.

»Noviomagus Lexoviorum«, sagte Aline und griff nach Shivas Halsband. »Du musst dorthin. Es ist ein konkreter Hinweis. An jenem Platz wird sich alles finden.«

Dann drehte sie sich um, ging zur Tür und verließ die Wohnung, ohne sich zu verabschieden.

9

»Spreche ich mit Monsieur Gregor Castel?«

»Am Apparat.«

Gregor schaltete den Fernseher leiser und fluchte innerlich. Hatte man eigentlich nie seine Ruhe? Überhaupt, welcher Idiot belästigte ihn zu Hause? Und woher hatte der seine
Privatnummer?

»Gosselin, vom Polizeirevier in Lisieux. Entschuldigen
Sie, dass ich Sie störe, ich bin neu hier, dachte mir aber,
das würde Sie interessieren. Ich weiß ja schließlich, wer Sie
sind.«

Gregor horchte auf. Polizei? War auf einer Baustelle etwas
passiert? Der anhaltende Regen unterspülte manchmal Bau-
gruben und es war schon vorgekommen, dass diese dann ein-
stürzten. Oder war irgendwo ein Kran umgefallen? Himmel,
das fehlte gerade noch!

»Was?«, fragte Gregor, weil er aus dem Genuschel des
Polizisten nicht schlau wurde. »Wer macht was?«

»Ein Protestmarsch«, wiederholte der Beamte. »Morgen.
Halb zehn. Ziel ist die Römerwiese. Alexandre Dubois hat
ihn ordnungsgemäß angemeldet, nur halt etwas kurzfristig,
aber ...«

Den Rest hörte Gregor gar nicht mehr, weil ihm das Blut ins Gesicht schoss und er den Telefonhörer mit solcher Wucht auf die Gabel knallte, dass diese einen Riss bekam.

»Verfluchter Mistkerl!«, stieß er hervor und sah auf seine Uhr. Achtzehn Uhr fünfzehn. Er griff nach seinem Mobiltelefon und wählte die Nummer von Xavier Carpentier, seinem ersten Vorarbeiter. Nach zweimaligem Läuten meldete sich dieser.

»Chef? Etwas passiert?«

Gregor überlegte einen Moment. Er könnte ihm jetzt befehlen, die Demo zu verhindern. Der Mann fände Mittel, dies in die Wege zu leiten. In solchen Dingen konnte er sich auf ihn verlassen, aber vermutlich hatte Alex bereits die Medien informiert und die würden seine Firma in der Luft zerreißen, wenn sie mitbekamen, wie er eine friedliche Protestbewegung zerschlagen ließ. Nein, schlechte Presse konnte er sich nicht leisten. Er blickte auf den Fernseher, in dem derzeit die Nachrichten liefen, und plötzlich hellte sich sein Gesicht auf. Natürlich! Es war ganz einfach.

»Xavier, hör zu …«

In den nächsten Minuten erklärte er ihm, was er morgen zu tun hatte.

»Alles klar, Chef«, erwiderte Carpentier, ohne Fragen zu stellen, und die Verbindung brach ab.

Guter Mann! Gregor betrachtete noch einen Moment das Display seines Handys und ein zufriedenes Lächeln umspielte seine Lippen. Don Q. hatte einen Fehler begangen, und zwar einen gewaltigen. Man legte sich nicht mit Gregor Castel an. Und wenn doch, musste man damit rechnen, als Verlierer dazustehen. Alex würde es morgen schmerzhaft erfahren, wie damals beim Abschlussfest in der Schule.

10

Neun, zehn, elf. Flo zählte die Glockenschläge der nahen Kirchturmuhr lautlos mit. Seit zwei Stunden lag sie nun wach und fand keinen Schlaf, obwohl sie todmüde war. Der Rauchgeruch in der Wohnung trug das Seinige dazu bei, dass sie sich nicht entspannen konnte. Sie kam sich wie ein Schinken im Räucherofen vor.

Noviomagus Lexoviorum. Die beiden Wörter wirbelten ständig in ihrem Kopf herum. Was war Noviomagus Lexoviorum? Vermutlich ein lateinischer Ausdruck. Nur dumm, dass sie kein Latein sprach. Du musst dorthin!, hatte Aline gesagt. Eindringlich, als würde etwas Wichtiges davon abhängen. Also musste es ein Ort sein. Aber wo war er? Du hast eine Aufgabe!, hatte sie weiter erklärt. Das stimmte, sie sollte Omas Haushalt auflösen und sich Gedanken um ihre Beziehung mit Marc machen. War das nicht schon genug? Brauchte sie daneben noch einen Geist, der ihr Aufträge erteilte?

»Schwachsinn!«, murmelte sie und schlug energisch die Decke zurück. Die Truhe war zerstört, die rosa Häkeldecke ebenfalls, es gab keine Geister und ganz nebenbei hatte sie keine Lust irgendwo irgendetwas zu suchen, wenn sie nicht mal wusste, wonach sie eigentlich Ausschau halten sollte.

In den Abenteuerfilmen hatten die Akteure immerhin eine Schatzkarte oder etwas Ähnliches dabei, sie besaß lediglich ein altes Kinderbuch und ein paar Briefe in einer Sprache, die keiner verstand.

Flo ging in die Küche, knipste das Licht an und goss sich ein Glas Wasser ein, das sie in hastigen Schlucken trank. Sie blickte über die Schulter ins Wohnzimmer. Mondlicht fiel durch die Fenster und ließ es bläulich schimmern. Sie betrachtete die Trümmer der Holztruhe, dann den Struwwelpeter auf dem Tisch. Noviomagus Lexoviorum. Wieder stiegen diese Wörter in ihren Gedanken auf. Flo straffte die Schultern. Es würde ihr keine Ruhe lassen. Sie kannte sich gut genug.

Entschlossen ging sie zurück ins Schlafzimmer, zog ihren Pyjama aus und kleidete sich an. Dann griff sie nach ihrem Laptop, schlüpfte in Schuhe und Jacke und verließ, nachdem sie einen der Briefe aus dem Wohnzimmer geholt hatte, die Wohnung.

Die Straßen waren nahezu leer. Nur ab und zu fuhr ein Auto an ihr vorbei. An der nächsten Hausecke blieb Flo stehen, um sich zu orientieren. Dann ging sie zielstrebig Richtung Gare du Nord und erspähte nach kurzer Zeit das gelbe M des Fast-Food-Restaurants. Sie stellte sich an der Kasse an, bestellte einen Latte macchiato und setzte sich anschließend in eine ruhige Ecke, dann startete sie ihren Laptop über den Gratisinternetzugang.

Es befanden sich kaum Gäste im Lokal. Nur eine Gruppe Jugendlicher, die sich eine Portion Pommes frites teilte, und ein einzelner Mann in Anzug und Krawatte, der ebenfalls seinen Computer dabeihatte.

Flo legte den Brief neben sich und tippte, nachdem ihr Laptop die Verbindung ins Internet aufgebaut hatte, ›Noviomagus Lexoviorum‹ in das Feld der Suchmaschine ein. Unbewusst hielt sie den Atem an. 13.000 Treffer.

Flo stieß die Luft aus. Also gab es diesen Ort tatsächlich! Sie klickte wahllos einen Eintrag an. Noviomagus Lexoviorum war gemäß dieses Artikels der römische Name einer Ortschaft in der Normandie. An der Stelle befand sich heute die Stadt Lisieux in der Basse-Normandie im Departement Calvados. Anscheinend war die Niederlassung in der Römerzeit ein wichtiger Handelsort auf dem Weg von Paris nach Cherbourg gewesen. Noch immer konnte man, wie es im Artikel hieß, verschiedene Ruinen besichtigen.

Flo lehnte sich zurück und nippte an ihrem Kaffee. Interessant, aber was sollte sie dort tun? Mit einer Schaufel nach Schätzen buddeln? Sie schüttelte den Kopf. Lisieux? Sie kannte die Stadt nicht. Aber was hatte sie erwartet? Dass eine Saite in ihr erklang, wenn sie nur wusste, wohin Aline sie schicken wollte? Oder dass eine Stimme aus der Vergangenheit nach ihr rief? »Komm, Flo, komm, du warst eine römische Prinzessin und jetzt musst du zurück an deinen Geburtsort!«

Der Gedanke entbehrte nicht einer gewissen Komik und Flo grinste vor sich hin.

Sie griff nach dem Brief und studierte nochmals die Zeilen. Keine Chance! Datum und Unterschrift waren immer noch das Einzige, das sie entziffern konnte. Doch plötzlich stockte sie. Unter dem Namen Louis war noch ein PS angefügt. Und in dem Satz standen zweifelsfrei die beiden Wörter ›Noviomagus Lexoviorum‹. Aline hatte sie demzufolge aus dem Brief! Wie hatte sie selbst sie nur übersehen können? Also nichts mit unverhoffter Eingebung oder Botschaften aus dem Jenseits!

Aber Aline hatte recht gehabt. Die beiden Wörter bezogen sich auf einen realen Ort. Doch was hatte sie, Florence Galabert, damit zu schaffen? Soweit sie wusste, gab es weder einen Louis in ihrer Familie noch Verwandte in der Normandie. Aber natürlich kannte sie ihren Stammbaum nicht bis ins Jahr 1863 zurück. War es möglich, dass einer ihrer Vorfahren selben Namens zu der Zeit in diesem Lisieux gelebt hatte? Dieser Louis war augenscheinlich der Verfasser der Briefe; nur hätte er seine eigenen Schriftstücke kaum selbst versteckt. Das musste logischerweise der oder die Empfängerin getan haben. Natürlich! Das waren sicher Liebesbriefe und die Angebetete hatte sie in dem Kinderbuch verborgen. Aber warum? Normalerweise schlang man doch ein rosa Band darum und bewahrte sie in einem hübschen Schmuckkästchen auf.

Die ganze Sache wurde immer undurchsichtiger. Vergebens suchte Flo daraufhin im Internet nach einem Hinweis zu dieser unverständlichen Sprache. Sie schaute sich zig Seiten mit Schriftproben alter Briefe an, aber keine ähnelte auch nur im Geringsten derjenigen, die sie neben sich liegen hatte. Als sie ein Räuspern hörte, fuhr sie erschrocken zusammen. Vor ihr stand ein Angestellter mit einem Schrubber in der Hand und tippte auf seine Armbanduhr. Flo sah sich um, die anderen Gäste waren verschwunden. Ein Blick zur Uhr bestätigte ihre Befürchtung. Himmel! Es war schon halb eins – Feierabend.

»Bin schon weg!«, rief sie entschuldigend, raffte ihre Utensilien zusammen und verließ das Schnellrestaurant.

Als sie durch die nächtlichen Straßen zurückging, formte sich ein Plan in ihrem Kopf. Sie hatte drei Wochen Urlaub, Omas Bleibe stank wie eine Köhlerkate und den größten Teil ihrer Sachen hatte sie bereits durchgesehen. Was hinderte sie also daran, Alines Vorschlag, nach Lisieux zu fahren, zu folgen? Zudem hatte sie keine Lust brav zu warten, bis Marc wieder zurückkam. Wenn er sich amüsierte, konnte sie das auch! Außerdem war ihr Interesse geweckt.

Flo fühlte ein eigenartiges Kribbeln in den Fingerspitzen, als stände sie unter Strom.

»Alles klar, Geist der Truhe«, rief sie schließlich in die Nacht hinaus. »Du hast gewonnen!«

11

Der Mittwochmorgen glänzte mit Sonnenschein, als Alex aufstand und sich für den Protestmarsch bereit machte. Im Radio berichtete ein gut gelaunter Moderator, dass das schlechte Wetter für heute pausierte und sich der April von seiner besten Seite zeigen würde.

Alex duschte, aß zwei Scheiben Toast, trank dazu Kaffee und packte dann seinen Rucksack. Er war ein bisschen nervös, schon lange hatte er keine Demonstration mehr organisiert, und dass diese jetzt gerade in seiner Heimatstadt stattfinden würde, beunruhigte ihn. Was, wenn sich die Einwohner lieber mit Gregor Castel solidarisierten? Schließlich war er der wichtigste Arbeitgeber in der Region. Wes Brot ich ess, des Lied ich sing! Ob dies auch auf die Lexoviens zutraf? Und würde Alex mit dieser Demo eventuell seinen Job riskieren? Doch jetzt war es zu spät, sich über diesen Aspekt den Kopf zu zerbrechen. Es würde schon alles klappen.

Der Zug von Caen kam um 9.08 an, derjenige aus Paris zehn Minuten danach. Den Teilnehmern bliebe also genügend Zeit, sich zu begrüßen, die Transparente zu verteilen und anschließend gemeinsam zur Römerwiese zu marschieren.

Alex hoffte, dass die Presse dann schon vor Ort sein würde, um ihre Ankunft mitzuerleben.

Tatsächlich standen, als er gegen neun Uhr am Baugelände vorbeiradelte, bereits ein paar Journalisten und Fotografen vor dem abgesperrten Gelände. Einen erkannte er und winkte ihm zu. Dieser hob den Daumen. Gregors Leute waren jedoch auch präsent und Alex presste ärgerlich die Zähne zusammen, als er sah, wie ein Bagger seine gefräßige Schaufel in die Wiese schlug. Hoffentlich befanden sich nicht gerade an der Stelle römische Mauerreste.

Auf dem Areal des Bahnhofs standen gut zwanzig Leute und schwatzten lebhaft miteinander, als er ein paar Minuten später auf den Parkplatz einbog. Er erkannte Damien, seinen Studienkollegen, der anscheinend mit dem Auto gekommen war, an seiner Seite Mireille, seine Frau. Damien hatte Wort gehalten und ihre ehemalige Truppe informiert, Versammlungsort und Zeit koordiniert und sich mit Mireille, wie immer, um alles gekümmert.

Alex atmete tief durch. Auf die beiden konnte er sich jederzeit verlassen. Hoffentlich auch auf die anderen der alten Garde, sonst würde das ein kleines Protestgrüppchen werden. Doch seine Befürchtungen waren unbegründet, denn aus dem Zug aus Caen stieg eine bunte Schar ehemaliger Kommilitonen. In ihren Gesichtern spiegelten sich Freude, Erregung und auch ein wenig der Rebellion wider, die ihnen allen früher zu eigen gewesen war. Alex konnte sich ein zufriedenes Grinsen nicht verkneifen. Er war zwar nur ein Lehrer in dieser Stadt, aber selbst in dieser Rolle war es möglich, dem reichen Gregor Castel die Stirn zu bieten.

»Hey, da kommt ja der grüne Ritter endlich!«, rief Damien aufgeregt, als er Alex entdeckte, der eben vom Rad sprang. Die Anwesenden drehten sich um und winkten ihm lachend zu.

»Schön, euch alle zu sehen!«, erwiderte Alex, umarmte Mireille und klopfte Damien auf die Schulter. »Wie in alten Zeiten, was?«

»Du sagst es«, bestätigte sein Freund. »Wir werden noch unsere Transparente schwenken, wenn wir am Stock gehen.«

Das Gelächter der Umstehenden vermischte sich mit dem Kreischen der Bremsen des Zugs aus Paris, der eben einfuhr.

* * *

»Merci, es geht schon.«

Flo nickte dem Reisenden zu, der ihr mit ihrer Tasche behilflich sein wollte, und stieg aus. Ein frischer Wind, der nach Abenteuer und ein bisschen nach Meer roch, wehte auf dem Bahnsteig und zerzauste ihre Frisur. Himmel, hier herrschte ja ein Gedränge! Was war denn an einem einfach Mittwochmorgen in diesem Lisieux los? Markttag?

Während der zweistündigen Fahrt von Paris nach Lisieux hatte sie über ihren Bestimmungsort im Internet recherchiert. Die Stadt lag am Fluss Touques etwa 30 Kilometer südlich des Ärmelkanals und war Hauptort des Pays d'Auge. Die Bewohner nannten sich, nach dem ursprünglichen keltischen Namen des Ortes, Lexoviens. Die Einwohnerzahl lag bei knapp 22.000. Die Umgebung war bekannt für Camembert, Cidre und natürlich für Calvados, den berühmten Apfelbranntwein. Des Weiteren stand in Lisieux die Basilika der heiligen Thérèse. Angeblich war die Stadt nach Lourdes der zweitgrößte Wallfahrtsort in Frankreich mit jährlich fast eineinhalb Millionen Pilgern und Besuchern.

Flo sah sich suchend um. Wo sollte sie anfangen, über Noviomagus Lexoviorum zu recherchieren? Im Rathaus? Oder gab es eine Stadtbibliothek? Im Grunde hatte sie keinen richtigen Plan, aber sie vertraute auf ihr Glück, und wenn das nichts brachte, war ein bisschen Urlaub in der Normandie schließlich auch nicht zu verachten. Sie hatte schon immer einmal den mondänen Badeort Deauville, den Seehafen von Cherbourg und natürlich den Mont-Saint-Michel mit seinem Kloster, der sich wie ein Vulkan aus dem Wattenmeer erhob, besuchen wollen.

Ihre Eltern waren zwar über den Brand beunruhigt gewesen, doch ihr praktisch veranlagter Vater hatte sogleich das Ruder übernommen. Während Flos Abwesenheit würde der Schadensexperte der Versicherung den Brandschaden begutachten, Maler die Wände streichen und ein Transportunternehmen die restlichen Möbel abholen. Ihre plötzliche Reise in die Normandie hatte sie mit einer kurzfristigen Einladung einer ehemaligen Schulfreundin erklärt. Etwas weit hergeholt zwar, doch manchmal hatte ein sprunghafter Charakter auch seine Vorzüge. Marc hatte sie von ihren Reiseplänen nicht unterrichtet. Warum auch? Offenbar interessierte es ihn nicht, was sie in seiner Abwesenheit tat, sonst hätte er sie sicher danach gefragt.

Flo marschierte zielstrebig zu den Schließfächern und deponierte ihre Reisetasche. Sie wollte sich erst einen Überblick über die Stadt verschaffen und nach einer möglichen Unterkunft suchen und dabei nicht die ganze Zeit das schwere Gepäckstück mitschleppen. Zudem lechzte sie nach einem anständigen Kaffee. Das Gebräu, das sie im Zug getrunken hatte, verdiente den Namen nicht und hatte mehr an gefärbtes Wasser erinnert.

»Salut, ich bin Mike. Eigentlich Michel, aber Mike gefällt mir besser. Coole Sache, was?«

Flo schaute perplex in ein bärtiges, grinsendes Gesicht.

»Florence, angenehm«, stotterte sie, »von welcher Sache sprichst …«

Doch der Bärtige ließ sie nicht ausreden, drückte ihr ein Schild vor die Brust und zeigte dann mit der Hand auf eine Gruppe, die mit ähnlichen Transparenten bewaffnet war.

»Du gehst am besten zu denen dort.« Er sah auf seine Uhr und rieb sich dann die Hände. »In zehn Minuten geht's los!«

Seine Augen leuchteten. Flo blickte erstaunt auf das Schild vor ihrer Brust. Mit dickem schwarzen Filzstift hatte jemand »In den Ruinen der Vergangenheit liegen die Perlen von morgen!« daraufgeschrieben. Hübscher Spruch, anscheinend war sie in eine Demonstration geraten. Wofür, hatte der Bärtige jedoch nicht erklärt. Erst jetzt bemerkte sie, dass auch andere Personen Transparente trugen. Auf einem las sie: Erzähle mir die Vergangenheit und ich werde die Zukunft erkennen! Eine weitere Weisheit lautete: Der eine trägt die Verantwortung – der andere die Folgen! Und über den letzten Spruch musste sie schmunzeln: Bagger stopp – Römer hopp! Dieser war zwar nicht so philosophisch wie die übrigen, aber immerhin witzig.

Römer? Flo riss die Augen auf. Ob es bei diesem Aufmarsch um die Ruinen von Noviomagus Lexoviorum ging? Aber was wollten die Demonstranten erreichen? Und wieso Bagger stoppen? Am besten sie erkundigte sich gleich bei einem der Teilnehmer. Daher schritt sie zu der Gruppe hinüber, zu der sie der Bärtige geschickt hatte, und stellte sich dazu, als wäre es das Natürlichste auf der Welt.

Ein groß gewachsener Mann um die dreißig stand in deren Mitte und erklärte den Anwesenden etwas. Offensichtlich war er ihr Anführer. Er war schlank, trug Jeans und ein weißes Hemd. Seine dunklen Haare hatte er mit Gel in Form gebracht. Ein eitler Demonstrant? Als hätte er ihre Gedanken erraten, drehte er sich in diesem Augenblick um und sah sie an. Seine Augen hatten die Farbe von nassen Kieseln. Flo schluckte. Ihr war, als hätte er ihre Scharade sofort durchschaut, und sie erwartete bereits, dass er sie gleich fortschicken würde. Doch er runzelte nur kurz die Stirn, verlor für einen Moment den Faden und räusperte sich, um die Pause zu überspielen.

»Also, Leute, lasst uns gehen!«, befahl er dann, bedachte sie mit einem prüfenden Seitenblick, drehte sich um und marschierte los.

12

Flo schätzte die Anzahl der Demonstranten auf rund vierzig Leute. Alle waren in etwa demselben Alter und es schien, dass sich die meisten kannten. Ein buntes Gemisch aus Frauen und Männern, die jetzt lachend und scherzend das Bahnhofsareal verließen.

Ein paar Schritte vor ihr ging der Anführer der Prozession. Sie betrachtete seinen Rücken. Er war um die eins fünfundachtzig groß und bewegte sich mit einer natürlichen Lässigkeit. Die Ärmel seines Hemdes hatte er hochgekrempelt. Sie sah gebräunte Unterarme, die mit einem dunklen Flaum überzogen waren. Als er das Transparent schulterte, ahnte sie das Muskelspiel unter seiner Haut und ihr Mund wurde trocken.

Sie rief sich zur Ordnung. Es war jetzt nicht an der Zeit, einen attraktiven Normannen zu begutachten, schließlich war sie nicht zum Vergnügen hier. Außerdem hatte sie einen Freund, auch wenn sich dieser lieber in der Welt herumtrieb, als mit ihr die Sonne der Karibik zu genießen! Trotzdem konnte dieser Mann ihr vielleicht bei ihrer Recherche helfen. Daher beschleunigte sie ihren Schritt und gesellte sich an seine Seite.

»Ihr ... wir haben Glück mit dem Wetter«, sagte sie und sah dabei zum Himmel hinauf. Dieser strahlte in einem intensiven Blau, nur vereinzelt zierte ein weißes Wölkchen das Firmament. Der frische Wind war ein wenig abgeflaut, daher zog Flo ihre Jacke aus und schlang sie sich um die Hüften.

Der Fremde nickte zustimmend und sah dann auf sie herab, da sie gut einen Kopf kleiner war als er.

»Ich habe dich bei unserer Truppe noch nie gesehen«, erwiderte er. Seine Stimme war dunkel wie zähflüssiger Waldhonig. »Bist du mit jemandem hier, den ich kenne?«

Mist, was sollte sie jetzt erwidern? Sie schaute sich suchend um und erspähte den Bärtigen ein paar Meter hinter ihr.

»Ich bin mit ihm hier«, sagte sie, wies mit dem Arm in dessen Richtung und fühlte, wie sie dabei errötete.

Der Anführer folgte ihrem Blick und hob die Augenbrauen.

»Mit Mike?«, fragte er erstaunt.

»Mike, genau«, bestätigte sie.

Er betrachtete sie einen Moment nachdenklich und hielt ihr dann die Hand hin.

»Alexandre Dubois.«

Flo nahm ihr Schild in die andere Hand und ergriff die seine. »Florence Galabert, freut mich.«

Sein Händedruck war fest. Er hatte schlanke, weiche Finger, die nicht von einer körperlichen Arbeit zeugten. Was er wohl sonst tat, wenn er nicht gerade eine Demo anführte? Ob er von hier war? Seinem Akzent nach zu urteilen schon. Gut möglich, dass er ihr tatsächlich bei ihrer Recherche helfen konnte. Der Gedanke war ihr nicht unangenehm, und da sie einen Moment nicht auf die Straße achtete, kam sie ins Stolpern.

»Aufgepasst, Florence«, sagte Alexandre lachend und hielt sie am Arm fest. »Wir wollen doch nicht schon vor dem eigentlichen Höhepunkt eine Mitstreiterin verlieren.«

Flo nickte verlegen. Sein gewinnendes Lächeln, das ihm kleine Fältchen um die Augen zauberte, machte sie nervös.

Sie räusperte sich. »Bitte nur Flo«, erwiderte sie und strich sich eine unsichtbare Haarsträhne aus der Stirn. »Florence nennt mich nur meine Mutter, wenn ich etwas angestellt habe.«

Alexandre zog einen Mundwinkel nach oben. »Gut, dann nur Flo.«

»Alex!«, rief plötzlich jemand hinter ihnen. »Ist es noch weit? Meine Frau muss mal!«

Allgemeines Gelächter ertönte, und als Flo sich umdrehte, sah sie, wie eine Frau mit puterrotem Gesicht dem Mann an ihrer Seite auf den Arm boxte.

»Du bist auch nicht schwanger!«, zischte sie.

Alexander, oder Alex, wie ihn anscheinend die anderen nannten, sah auf seine Uhr und wandte sich dann an die schwangere Frau.

»Weiter vorne gibt's ein Restaurant, Claudine. Dort können wir kurz haltmachen. Wir haben noch genügend Zeit.«

»Super, danke, Alex«, rief die Schwangere und warf ihrem Begleiter einen triumphierenden Blick zu, worauf ihr dieser einen dicken Kuss auf die Wange drückte.

Einen Moment betrachtete Alex, wie es Flo schien, sorgenvoll den gewölbten Bauch der Frau und wandte sich dann brüsk ab. Flo runzelte die Stirn. Mochte er keine Kinder? Oder war es ihm unangenehm, dass eine schwangere Frau an dem Protestmarsch teilnahm?

Dieser Gedanke brachte sie wieder zum eigentlichen Grund ihrer Anwesenheit in Lisieux zurück. Und als sie vor dem Restaurant standen, tippte sie dem Anführer auf die Schulter.

»Alex? Mike hat mich einfach mitgeschleppt, ohne mich näher darüber aufzuklären, worum es bei dieser Demo eigentlich geht. Kannst du mir mehr Hintergrundinfos liefern?«

72

Alex warf ihr einen spöttischen Blick zu und sie war sich sicher, dass er sie für eine komplette Idiotin hielt, aber darauf konnte sie jetzt keine Rücksicht nehmen. Sollte er doch von ihr denken, was er wollte. Sie hatte sowieso vor, sich in einem unbeobachteten Moment wegzuschleichen, ihre Tasche zu holen und sich dann an die Arbeit zu machen. Doch bis dahin würde sie die Gelegenheit nutzen, etwas mehr über die Stadt und vor allem über die römischen Teile von Noviomagus Lexoviorum zu erfahren. Und wenn ihr dieser Dubois dabei nützlich war: umso besser!

»Das größte Bauunternehmen der Region will die Römerwiese überbauen«, begann er, setzte sich auf eine kleine Mauer neben dem Restaurant und zog eine Zeichnung aus seinem Rucksack. Er reichte sie Flo, die ihr Transparent zur Seite stellte und das Schriftstück eingehend betrachtete. Auf dem Blatt waren Häuser und Straßen eingezeichnet. Sie vermutete, dass es sich dabei um den Plan einer römischen Siedlung handelte. Hatte es vielleicht früher hier so ausgesehen?

»Kürzlich wurden«, fuhr Alex fort, »beim Aushub für diese Überbauung Ruinen entdeckt. Die Bauarbeiten mussten eingestellt werden, damit sich das Nationale Archäologische Amt in Cesson-Sévigné einen Überblick über die Fundstellen machen konnte. Leider hielten sie die Mauerreste für unbedeutend und gaben grünes Licht für weitere Ausschachtungen. Wenn wir nichts unternehmen, wird alles, was sich unter der Römerwiese befindet, auf immer zerstört.«

Flo gab ihm die Zeichnung zurück und nickte verstehend.

»Und ihr meint, die Demonstration wird dieses Bauunternehmen davon abhalten?«

Er zuckte mit den Schultern. »Vermutlich nicht«, sagte er und in seiner Stimme klang Resignation mit. »Aber wir machen die Öffentlichkeit wenigstens auf den geplanten Frevel aufmerksam. Die Presse wird da sein, womöglich auch das Fernsehen. Die Menschen sind heutzutage nicht mehr so schnell bereit, ihre Vergangenheit zubetonieren zu lassen. Nur müssen sie es halt erst wissen. Darauf spekulieren wir. Im Grunde ist es aber ein Kampf gegen Windmühlen, denn nicht nur in der Hochfinanz regiert Geld die Welt. Nichtsdestoweniger werden wir nicht tatenlos zusehen.«

Er lächelte sie unverschämt attraktiv an und Flo grinste zurück, dann stand er auf, da Claudine mit erleichterter Miene aus dem Restaurant trat. Die Demonstranten hoben ihre Schilder auf und die Prozession setzte sich wieder in Bewegung. Es hatten sich bereits Zuschauer zu den Protestlern gesellt, die Menschentraube wurde stetig größer.

Flo beschattete ihre Augen mit der Hand und sah in die Richtung, in die sich die Gruppe bewegte. Zwei Kräne erhoben sich hinter einem flachen Bau, den sie als das Postgebäude identifizierte. Ob sie hier einfach stehen bleiben sollte? Jetzt wäre ein günstiger Zeitpunkt, sich davonzustehlen, denn niemand achtete auf sie. Doch gerade, als sie sich umdrehen und zum Bahnhof zurückgehen wollte, schubste sie jemand in den Rücken.

»Falsche Richtung, ma petite!«, raunte eine Männerstimme hinter ihr. »Da geht's lang.«

Eine behaarte Hand schob sich in ihr Gesichtsfeld und deutete auf die Kräne. Als sich Flo umdrehte, zwinkerte ihr Mike grinsend zu. Sie nickte pflichtschuldig, schulterte ihr Schild und trottete den anderen hinterher.

13

Der junge Polizist öffnete das Fenster und streckte den Kopf hinaus. Gregor stürzte seine Tasse Kaffee hinunter und stand auf. Die Protestler waren unpünktlich, wie er nach einem Blick zur Uhr, die über der Eingangstür an der Wand hing, feststellte. Und so wollten sie die Welt retten? Er stieß ein heiseres Lachen aus und der Gendarm wandte irritiert den Kopf.

Als Gregor vor einer Viertelstunde das Polizeirevier betreten hatte, um sich für Gosselins gestrigen Telefonanruf zu bedanken, war ihm eine zündende Idee gekommen. Es schien schon fast ein gottgegebener Zufall zu sein, dass sich die Büros der Polizeidienststelle genau gegenüber der Römerwiese befanden. Wieso die Demonstration nicht von hier aus beobachten und sich damit ein bombenfestes Alibi sichern? Die Wortwahl erheiterte ihn und ein zufriedenes Grinsen schlich sich in sein Gesicht.

»Meine Kollegen regeln während der Demo den Verkehr«, bemerkte der Polizist mit einem Unterton in der Stimme, der davon zeugte, dass er sie darum beneidete.

Gregor nickte, obwohl ihm das vollkommen egal war. Hauptsache, es würden genügend Flics vor Ort sein, wenn …

»Sie kommen«, unterbrach Gosselin seine Gedanken.

Gregor zog seine Hose über den Bauch und gesellte sich zu ihm ans Fenster. Zusammen blickten sie hinaus auf die Römerwiese. Auf dem Gehweg vor der Dienststelle parkten Autos, die die Schriftzüge der regionalen Zeitungen trugen, dazwischen standen Schaulustige. Auf der Straße regelten Wachmänner in Neonwesten den Verkehr, damit der Linienbus ungestört passieren konnte. Ein Kamerateam machte währenddessen Aufnahmen vom Gelände und schwenkte dann auf die Hauptstraße, wo eine Menschentraube sichtbar wurde, die Transparente in die Höhe hielt. Auf der Baustelle wurde derweil immer noch gearbeitet. Nur einige Bauleute reckten die Köpfe, um die Ankunft der Protestler nicht zu verpassen. Xavier Carpentier war nirgends zu sehen.

* * *

Immer mehr Schaulustige, darunter viele Schüler, schlossen sich ihrem Zug an und Alex' Bedenken, dass die Demonstration ein Misserfolg werden würde, verflüchtigten sich. Offenkundig waren die römischen Ruinen den Anwohnern nicht so egal, wie Castel ihm hatte weismachen wollen.

Alex blickte über seine Schulter und hielt Ausschau nach Flo, doch er konnte sie nirgends entdecken. Vermutlich war sie mit Mike zusammen. Er schüttelte den Kopf – dieser Glückspilz! Dass der so eine bezaubernde Freundin an Land ziehen würde, hätte er dem alten Raubein gar nicht zugetraut. Doch ihm blieb keine Zeit, sich weitere Gedanken über die beiden zu machen. Ihr Zug kam gerade bei der Römerwiese an und die Truppe stellte sich entlang der Gitter auf, mit denen der Baugrund abgesperrt war. Immer noch arbeiteten Gregors Leute auf dem Gelände, wenn auch mit weniger Elan als sonst. Einige standen in Gruppen zusammen und warfen den Ankommenden unsichere Blicke zu. Ein Baggerführer lehnte sich aus dem Fenster seiner Maschine und rauchte eine Zigarette. Alex suchte das Terrain nach Xavier ab. Carpentier war Gregors erster Vorarbeiter, nach ihm würden sich alle richten, aber er konnte ihn nirgends ausmachen.

»Monsieur Dubois?«

Er drehte sich um und zuckte erschrocken zurück. Ein Mikrofon prangte direkt vor seinem Gesicht, dahinter stand ein Reporter des Lokalfernsehens nebst einem Kameramann. Alex stellte das Schild und seinen Rucksack an das Abgrenzungsgitter, straffte die Schultern und setzte ein Lächeln auf: Die Show konnte beginnen!

»Und somit ist es wichtig, dass die Bauarbeiten gestoppt werden, bis alle archäologischen Funde ausgegraben, dokumentiert und katalogisiert sind. Keiner verlangt von Gregor Castel, dass er sein Projekt auf der Römerwiese nicht durchführt, nur eben später. Je nachdem, wie wertvoll dieses Fundmaterial ist, ist eine Abtragung und ein Wiederaufbau an anderer Stelle in Erwägung zu ziehen. Wir …«

Ein gellender Schrei unterbrach das Interview und alle Köpfe drehten sich in Richtung des Baugeländes. Rauch quoll aus einem Fenster der Baubaracke, die den Arbeitern als Umkleide und Pausenraum diente, dahinter züngelten orangefarbene Flammen an der Holzwand empor.

»Feuer! Feuer!«, schrie eine panische Stimme. »Diese Ökoterroristen haben Feuer gelegt!«

Ein Raunen ging durch die Menge. Der Kameramann, der eben noch Alex gefilmt hatte, rannte über die Straße und hielt sein Objektiv auf die qualmende Bauhütte, die ebenso wie alle Baumaschinen der Firma Castel gelb-rot gestrichen war.

»Hilfe! Sie brennen alles nieder!«, kreischte wiederum jemand. »Polizei! Wo ist die Polizei?«

In Sekundenschnelle war die friedliche Stimmung umge-schlagen. Menschen liefen verwirrt durcheinander, Schilder wurden zu Boden geworfen, links und rechts der Hauptstraße bildeten sich Autoschlangen, da ein Durchkommen für sie nicht mehr möglich war.

»Da ist noch jemand drin!«, kreischte eine Frau und wies mit dem Arm auf die Baracke. Tatsächlich sah man eine Silhouette hinter einem Fenster, dessen Scheibe in dem Moment zersplitterte.

Alex zögerte keine Sekunde. Er drehte sich um und sprintete los. Kurz sah er Claudines aschfahles Gesicht in der Menge, doch es verschwand wieder, wie eine Erscheinung. Hoffentlich schadet der Aufruhr ihrem Ungeborenen nicht, schoss es ihm durch den Kopf, doch ihm blieb keine Zeit, weiter darüber nachzudenken, denn in diesem Moment zerriss eine Explosion die Luft. Das Dach der Baracke flog davon, als wäre es aus Pappe, eine Wand kippte ganz weg. Die Menschen schrien auf und duckten sich vor den herabregnen-den brennenden Holztrümmern. In der Ferne ertönte das Martinshorn der Feuerwehr.

»Molotowcocktails!«, schrie jemand und Alex hatte das Gefühl, dass er diese Stimme kannte. »Das Pack schmeißt mit Brandflaschen! Rette sich, wer kann!«

Die Hölle brach los. Menschen stürzten in wilder Panik durcheinander. Eine ältere Frau wurde zu Boden gerissen und beinahe zertrampelt, hätte Damien ihr nicht aufgehol-fen und sie hinter dem Bushäuschen in Sicherheit gebracht. Er warf Alex einen hilflosen Blick zu. Sein Gesicht war totenbleich, die Augen darin wie schwarze Löcher. Neben Alex kauerte eine seiner Schülerinnen am Boden und hielt sich ihre blutende Hand. Er zog sein Taschentuch hervor, wickelte es um die Wunde und führte sie aus der Gefahren-zone.

»Monsieur Dubois«, schluchzte die Dreizehnjährige. »Warum tun Sie das? Wir dachten, Sie wären einer von den Guten.«

Ihm wurde eiskalt.

»Ich …«, begann er und brach ab. Was sollte er ihr sagen? Dass dies vermutlich alles arrangiert war, um die Protestbewegung zu diskreditieren? Dass Gregor Castel seine eigenen Leute zu einem Anschlag angestiftet hatte, den sie dann den Demonstranten und schlussendlich ihm, dem Anführer, in die Schuhe schieben würden? Nein, das konnte er ihr nicht sagen. Sie würde es so wenig glauben wie alle anderen.

Alex stand wie zur Salzsäule erstarrt inmitten des Chaos. Die Schreie, das Feuer, der Rauch, alles das sah und hörte er wie durch eine dicke Glasscheibe hindurch.

Es war vorbei – Gregor Castel hatte gewonnen.

14

»Kommen Sie, setzen Sie sich hierhin.«

Flo begleitete den älteren Mann zu einem kleinen Felsen neben der Wiese. Er hatte eine Platzwunde an der Stirn. »Es wird sich sicher bald jemand um Sie kümmern«, versuchte sie ihn zu beruhigen, als sie sah, wie er heftig atmete und sich dann ans Herz fasste. Hoffentlich bekam er keinen Infarkt.

Zum Teufel! Was war bloß in die Demonstranten gefahren? Das hätte sie diesen Leuten und diesem Alex wirklich nicht zugetraut. Sie musste dringend an ihrer Menschenkenntnis arbeiten!

»Bist du verletzt?«

Mike stand mit gerötetem Gesicht und tränenden Augen neben ihr. Er nieste und hustete gleichzeitig.

Flo schüttelte den Kopf. »Das sollte ich wohl eher dich fragen. Tut's weh?«

Der Bärtige machte eine wegwerfende Handbewegung.

»Tränengas«, schniefte er. »Hast du zufällig Wasser dabei?«

Flo nickte und kramte in ihrer Handtasche nach der Flasche Mineralwasser, die sie im Zug gekauft hatte. Dann wies sie auf den älteren Mann. »Er braucht Hilfe.«

Mike hatte sich unterdessen den Inhalt der Flasche über seine offenen Augen geleert und stöhnte erleichtert. Flo verzog den Mund.

»Ich hole einen Arzt«, sagte er dann, wischte sich mit dem Ärmel die Feuchtigkeit vom Gesicht, gab ihr die leere Plastikflasche zurück und verschwand in Richtung Baugelände.

Flo blickte sich suchend um. Die Feuerwehr spritzte von zwei Seiten Wasser auf die Baubaracke, die jetzt mit einem Knirschen in sich zusammenfiel. Nur sie hatte Feuer gefangen. Ein Schuppen und eine zusätzliche Hütte, die sich weiter nördlich befanden, waren nicht Ziel der Brandanschläge gewesen. So wenig wie die vielen Baumaschinen, die übers Gelände verstreut standen. Der Sachschaden hielt sich vermutlich in Grenzen – hoffentlich die Verletzungen der Beteiligten auch. Der Brandgeruch erinnerte sie an das Feuer in der Wohnung ihrer Omi und weshalb sie hier war.

Flo warf dem älteren Mann einen prüfenden Blick zu. Dieser schien sich einigermaßen erholt zu haben. Denn er nickte ihr zu und scheuchte sie mit einer Hand fort, als wolle er sagen: Gehen Sie nur, mir geht es gut. Flo schenkte ihm ein aufmunterndes Lächeln und hoffte, Mike würde wie versprochen bald mit dem Arzt zurückkommen. Dann lief sie zum Bahnhof zurück. Viele der Demonstranten hatten die gleiche Idee gehabt, denn auf dem Parkplatz standen oder saßen die Teilnehmer des Protestmarsches in Grüppchen zusammen. Die Stimmung war gedrückt. Der Enthusiasmus und die Fröhlichkeit, die bei ihrem Eintreffen geherrscht hatten, waren verflogen.

Flo ging schnurstracks zu den Schließfächern und holte ihre Reisetasche. Niemand beachtete sie. Alle waren mit ihren eigenen Gedanken beschäftigt oder ließen die Ereignisse der letzten Stunde nochmals Revue passieren.

Sie schüttelte den Kopf. Wieso taten jetzt alle so, als wäre der Ausgang dieser Demonstration eine Überraschung? Schließlich hatte jemand von ihnen die Molotowcocktails geworfen. Waren sie wirklich so naiv zu glauben, dass sie mit Gewalt etwas bewirken konnten?

Alex Dubois war nicht unter den Anwesenden. Auf der einen Seite war sie darüber ein wenig enttäuscht, auf der anderen jedoch froh. Sie hätte nicht gewusst, wie sie sich von ihm hätte verabschieden sollen. Sie hatte eine Aversion gegen jede Art von Gewalt, und dass sie sich in ihm so getäuscht hatte, ärgerte sie. Aber wer konnte schon in Köpfe sehen, selbst wenn sie so attraktiv waren?

»Hallo? Ist jemand da?«

Flo legte beide Hände neben ihr Gesicht und spähte durch das grüne Glasfenster der Haustür.

Das schmucke Fachwerkhaus mit dem malerischen Reetdach und dem Bed-and-Breakfast-Schild am Zaun wirkte überaus einladend. Die Fassade war mit Efeu bewachsen, auf dem Dach thronte ein geschmiedeter Wetterhahn. Ein Garten mit akkurat angelegten Beeten und altem Baumbestand befand sich neben der Zufahrtsstraße. Dahinter ein alter Brunnen, aus dem jedoch nur ein dünner Wasserstrahl tröpfelte. Osterglocken blühten in einem Behälter, der wie ein ehemaliger Schweinetrog aussah, daneben stand eine verlassene Hundehütte.

Flo steckte den Reiseführer, in dem sie die Pension gefunden hatte, in ihre Handtasche zurück und klingelte abermals – ohne Erfolg. Das Haus von Madame Picot in der Rue Guizot war entzückend. Klein und überschaubar, nicht so groß und unpersönlich wie die Hotels in der Nähe des Stadtkerns. Doch anscheinend war niemand zu Hause. Flo setzte sich auf die Holzbank neben der Eingangstreppe und griff nach der Flasche Mineralwasser, bevor sie realisierte, dass diese leer war.

Die Rue Guizot lag erhöht und bot einen wunderbaren Rundblick über Lisieux und die dahinter liegenden grünen Felder und bewaldeten Hügel. Hier oben war der Wind wieder stärker zu spüren. In ihrem Reiseführer hatte Flo gelesen, dass es ein Sprichwort für diesen Teil von Frankreich gab, das das Klima treffend beschrieb. Es lautete: »In der Normandie gibt es mehrmals täglich gutes Wetter.« Grund dafür war eben dieser Wind vom Meer her, der zwar oft den Himmel mit Regenwolken spickte, sie aber auch immer wieder schnell wegpustete. Das war zwar nett, aber mit dem lauen Wind in der Karibik nicht zu vergleichen. Flo seufzte und schob den Gedanken an den geplatzten Urlaub beiseite.

Noch immer stieg Rauch von der Römerwiese auf, die von hier aus direkt im Sichtfeld lag. Nicht weit von der Pension durchschnitten die Bahnlinie und eine Schnellstraße die Umgebung. Der Lärm war erträglich, lediglich ein diffuses Rauschen zeugte vom nahen Verkehr. Wenn die Schlafzimmer der Pension nach hinten hinaus lägen, würde sie nichts davon mitbekommen. Allerdings war das Zukunftsmusik, denn im Moment sah es nicht danach aus, als würde sie überhaupt ein Zimmer bekommen. Hätte sie bloß vorher angerufen! Außerdem knurrte ihr Magen und die Füße taten ihr weh.

Welcher Teufel hatte sie nur geritten, so eine Exkursion in Angriff zu nehmen? Diese Trotzreaktion auf Marcs Entscheidung war mehr als lächerlich. Zudem wusste er ja nicht einmal, dass sie allein verreist war, und konnte sich demzufolge auch nicht darüber ärgern. Am besten gab sie dieses törichte Unterfangen auf und kehrte nach Hause zurück.

Als Flo vorhin die Rue Guizot gesucht hatte, war sie an einer Ruine vorbeigekommen. Sie hatte rechteckige Mauerreste, anscheinend ein Turm, umrundet und in ein Loch geblickt, das vielleicht einmal ein Abfluss gewesen war. Eine Informationstafel klärte sie darüber auf, dass es sich bei diesen Überresten vermutlich um eine römische Fluchtburg gehandelt hatte. Wider besseres Wissen hatte sie die Mauerreste berührt, in der Hoffnung, es würde sich eine Art Verbindung mit der Vergangenheit aufbauen. Doch der große Aha-Effekt war natürlich ausgeblieben und sie hatte sich daraufhin selbst gescholten. Es waren einfach alte Steine und nichts weiter.

»Ein bisschen Sonne tut gut, nicht wahr?«

Flo wirbelte herum. Vor ihr stand eine Frau um die sechzig. Graue Haare, Pagenschnitt, gestrickte Wolljacke. An einer Leine führte sie einen belgischen Schäferhund.

»Madame Picot?«, fragte Flo.

»Dieselbige«, erwiderte die Frau lächelnd. »Suchen Sie ein Zimmer?«

Sie bückte sich, löste die Leine vom Hundehalsband, worauf das Tier interessiert Flos Reisetasche beschnüffelte.

»Ja, für etwa zehn Tage. Haben Sie etwas frei?«

Madame Picot nickte. »Sie haben Glück, gestern hat jemand abgesagt. Ich kann Ihnen darum mein bestes Zimmer anbieten: Doppelbett, Fernseher, Dusche und Toilette auf dem Gang, Frühstück von acht bis zehn, fünfundsechzig Euro die Nacht. Hundehaare inklusive.« Sie lachte.

Die ältere Frau war Flo auf der Stelle sympathisch und sie nahm das Angebot bereitwillig an. Nachdem die Formalitäten erledigt waren, zeigte ihr die Hausbesitzerin das Zimmer. Es lag im ersten Stock, war penibel sauber und ging tatsächlich nach hinten hinaus. Ein kleiner Balkon gehörte dazu, auf dem ein Bistrotisch und zwei passende Stühle standen. Ein parkähnlicher Garten, dahinter Wald und Wiesen bildeten die Aussicht. Auf einer eingezäunten Weide grasten ein paar Schafe. Wie aus einem Prospekt, dachte Flo und stellte ihre Reisetasche aufs Bett. Sogar einen Internetanschluss gab es und sie stöpselte ihren Laptop in die Steckdose, damit sich der Akku aufladen konnte. Über dem Bett hing eine Bleistiftzeichnung, die eine Eule darstellte. Das Bild erinnerte sie an die Schnitzerei auf der Holztruhe. War das vielleicht schon ein erster Hinweis auf den früheren Besitzer des Möbelstückes und demzufolge auch auf den Verfasser der Briefe? Sie musste sich unbedingt danach erkundigen, ob man diesen Vögeln eine bestimmte Bedeutung zusprach, denn auch an Omis Wohnungsschlüssel baumelte eine Eule. Das konnte doch kein Zufall sein.

»Hätten Sie gern eine Tasse Kaffee, Madame Galabert?«, tönte es durchs Treppenhaus herauf. »Ein Stück Kuchen gäbe es ebenfalls.«

Flos leerer Magen stimmte freudig zu, und nachdem sie sich frisch gemacht hatte, lief sie die Treppe hinunter. Sie setzten sich in den rückwärtigen Teil des Gartens. Eine weiß gestrichene Holzlaube mit Tisch und Stühlen lud zum Verweilen ein.

»Darf ich fragen, was Sie nach Lisieux führt?«, fragte Madame Picot und schenkte Kaffee ein. »Für die Apfelblüte sind Sie etwa zwei Wochen zu früh. Mitte April verwandelt sich die Normandie nämlich in ein weißes Blütenmeer. Und der Apfelblütenduft legt sich wie ein Samtumhang über die Landschaft. Ich kann es jedes Jahr kaum erwarten.« Sie atmete tief durch und lächelte.

Flo überlegte, wie viel sie ihrer Zimmerwirtin von ihren tatsächlichen Beweggründen preisgeben sollte, und entschied sich dann für eine abgespeckte Version der Geisterbeschwörung und der daraufhin gefundenen Schriftstücke. Eventuell konnte ihr die Frau bei ihren Recherchen behilflich sein. Schließlich war sie eine Einheimische und kannte bestimmt Gott und die Welt. Madame Picot hörte ihr aufmerksam zu und rührte dabei in ihrer Tasse.

»Und deshalb bin ich hier«, schloss Flo ihren Bericht.

»Interessant«, meinte ihre Zimmerwirtin und legte ihr, ohne sie gefragt zu haben, ein weiteres Stück des typischen Apfelkuchens der Region auf den Teller. Dieser war aber mit weitaus mehr Calvados zubereitet als Alines Version.

»Wissen Sie«, begann Madame Picot, »Ihnen kann ich das ja sagen, aber zuweilen hört man aus den Ruinen, an denen Sie auf dem Weg zu meinem Haus vorbeigekommen sind, ein Stöhnen. Manchmal auch Schreie und ab und zu eine Frauenstimme, die ein Lied singt.«

Flo verschluckte sich fast an ihrem Kuchen. Madame Picot schien das nicht zu bemerken, denn sie fuhr unbeirrt fort: »In Neumondnächten kann man sogar eine weiß gekleidete Gestalt herumwandern sehen.«

Flo räusperte sich mehrmals.

»Ach, wirklich?«, fragte sie skeptisch.

»Ja, wirklich.«

Madame Picot lächelte dabei, als wäre dies das Natürlichste auf der Welt und nicht in die Sparte Schauermärchen einzuordnen.

»Man muss selbstverständlich für solche Erscheinungen empfänglich sein«, erklärte sie. »Die meisten können diese Phänomene weder hören noch sehen. Deshalb glaubt mir ja auch keiner.«

Sie lachte und pfiff den Hund zurück, der im Garten ein Loch buddelte.

Da bin ich ja gleich an die Richtige geraten, dachte Flo. Von einer Esoteriktante zur nächsten. Anscheinend zog sie solche Leute wie der Honigtopf den Bären an. Aber immerhin hatte sie jetzt eine Unterkunft und was Madame Picot sah und hörte, konnte ihr eigentlich egal sein.

»Sagen Sie«, wandte sie sich an ihre Zimmerwirtin, um das Thema zu wechseln, »gibt es hier eine Bibliothek oder ein Archiv für alte Schriften?«

Madame Picot runzelte die Stirn. »Wir haben hier etliche solcher Institutionen. Der Zweite Weltkrieg, die Invasion, Sie verstehen? Die Vergangenheit ist uns wichtig. Aber in welcher Sie alte Schriften finden, das weiß ich leider nicht. Vielleicht kann Ihnen Maître Dubois weiterhelfen. Der kennt sich mit so was möglicherweise aus.«

Flo horchte auf. »Alexandre Dubois?«, fragte sie gedehnt.

»Derselbige! Kennen Sie ihn? Ein adrettes Mannsbild, nicht wahr? Nur schade, dass er … Obwohl er natürlich nichts dafürkonnte. Er tut mir ja so leid«

Sie brach ab, seufzte und ließ Flo damit im Unklaren, wieso dieser Alex bedauert werden musste.

15

»Ich will, dass alle sofort festgenommen werden!«, befahl Gregor. »Wir leben hier schließlich in einem Rechtsstaat! Wäre ja noch schöner, wenn diese Ökoterroristen damit durchkämen!«

Im Sitzungszimmer des Polizeireviers befanden sich zehn Leute, die durch einen langen Holztisch voneinander getrennt und dadurch in zwei Gruppen geteilt wurden. Auf der einen Seite standen Gregor Castel, einige seiner Arbeiter und zwei Polizisten, auf der anderen Alex, Damien mit Mireille und Mike. Wilde Blicke flogen zwischen den Parteien hin und her. Die Luft knisterte regelrecht.

»Jetzt setzen wir uns doch erst mal alle hin und besprechen …«, begann der Polizeichef, doch er wurde von Gregor unwirsch unterbrochen.

»Ich setze mich nicht mit Verbrechern an einen Tisch!«, zischte er. »Dieses Pack hat mein Eigentum zerstört! Zusätzlich sind Unbeteiligte verletzt worden. Was muss denn noch passieren, bevor eingegriffen wird? Ein Mord?«

Der Polizist zuckte bei dem Wort zusammen und hob beschwichtigend die Hände.

»Im Moment wissen wir ja noch gar nicht, wie das Feuer entstanden ist. Es kann durchaus sein, dass es nicht mit der Demonstration zusammenhängt.«

»Blödsinn!«, knurrte Gregor, stützte sich mit beiden Händen auf den Sitzungstisch und fixierte den älteren Mann. »Was weiß ein einfacher Gendarm schon von solchen Dingen? Lass doch besser die Spezialisten kommen, Tancrède.«

Der Angesprochene erbleichte und schluckte schwer. Alex sah, wie sein Adamsapfel dabei auf und ab hüpfte. Doch er hatte sich gut im Griff und ließ sich nicht provozieren, was er ihm hoch anrechnete. Er an seiner Stelle hätte Gregor vermutlich einen Kinnhaken verpasst.

»Keine Angst«, fuhr Tancrède Auvray fort, »die Spezialisten sind schon unterwegs.«

Castel stieß einen verächtlichen Laut aus und verschränkte die Arme vor der Brust.

Ein junger Polizist, den Alex nicht kannte, flüsterte Gregor etwas zu, worauf dieser einen Mundwinkel nach oben zog.

»War die Demonstration eigentlich bewilligt?«, fragte er leutselig in die Runde.

Jetzt war es Alex, der schluckte. Er hatte den Protestmarsch zwar angemeldet, die Bewilligung jedoch nicht abgewartet. Das könnte sich nun als schwerer Fehler erweisen.

Auvray sah ihn prüfend an und Alex hob leicht die Schultern.

»Sie wurde ordnungsgemäß angemeldet«, sagte der Sergeant. »Die Bewilligung wäre nur eine Formsache gewesen.«

»Aha!« Gregors Grinsen wurde breiter. »Also nicht. Da haben wir's ja! Wie wäre es, wenn du endlich deinen Job machst, Tancrède?«

»Nun mach mal halblang, Gregor«, warf Alex ein. »Von uns hat keiner deine Baracke angezündet. Das ist ja lachhaft! Was hätten wir denn davon? Schließlich wollen wir doch …«

»Ja, sag doch mal, was ihr eigentlich wolltet«, unterbrach ihn Gregor. »Meinst du, mit eurem lächerlichen Marsch und den Pappschildern könnt ihr mein Bauprojekt stoppen? So naiv kannst selbst du nicht sein. Und weil ihr auf legalem Weg nichts ausrichten könnt, habt ihr euch gedacht, dass ihr auf die Schnelle einfach meinen Betrieb abfackelt, nicht?«

Ein empörtes Murmeln setzte ein, das sich zu einer lautstarken Diskussion steigerte. Alle schrien plötzlich durcheinander, bis unvermittelt die Tür aufging und Xavier Carpentier eintrat.

Alex runzelte die Stirn. Castels Vorarbeiter hatte er in den vergangenen Stunden überhaupt nicht zu Gesicht bekommen. Ungewöhnlich, war er doch quasi Gregors Schatten. Was also wollte er auf einmal hier?

»Entschuldigung, wenn ich störe«, sagte er und warf seinem Chef einen eigenartigen Blick zu, den Alex nicht zu deuten wusste. »Aber wir haben etwas entdeckt. Und zwar, worin die Molotowcocktails transportiert worden sind.«

In seinen Händen hielt er ein dunkles Etwas, das er jetzt auf den Tisch warf. Plötzlich roch es im Raum nach Benzin.

Alex schnappte nach Luft. Sein Rucksack!

* * *

»Fabelhaft!« Gregor klopfte Carpentier auf die Schulter. »Ich hätte das nicht besser machen können. Wo hattest du bloß Dubois' Rucksack her?«

Sie waren unterwegs zu Gregors Wagen, den er hinter der Polizeidienststelle geparkt hatte. Der Verkehr lief, das Feuer auf dem Baugelände war gelöscht, die Demonstration vorbei und jetzt ging es wieder an die Arbeit. Alles war wie immer. Doch halt, das stimmte so nicht! Alex hatte sich eine Anzeige wegen Brandstiftung und Sachbeschädigung eingehandelt, sein Ruf als grüner Ritter war endgültig dahin. Gregor konnte sich ein zufriedenes Grinsen nicht verkneifen.

»Der lehnte am Absperrgitter, während Dubois mit den Fernsehleuten quatschte«, erklärte Carpentier und strich sich über seine Halbglatze. »Da habe ich mir gedacht, nimmst ihn halt mit, als das Chaos ausbrach. War ein spontaner Einfall.«

Gregor nickte zufrieden. »Manchmal braucht man eben auch ein bisschen Glück. Ich bin wirklich gespannt, wie sich Alex da herausreden will.«

»Es ist aber doch niemand ernstlich verletzt worden?«, fragte Carpentier und Gregor warf ihm einen überraschten Blick zu. Seit wann hatte Xavier denn Skrupel?

»Nein, soviel ich weiß, nicht«, gab er zur Antwort und öffnete die Tür seines Wagens.

Carpentier nickte. Ihm war anzusehen, dass ihn diese Nachricht sichtlich erleichterte. Er setzte sich auf den Beifahrersitz und betrachtete seine rot geschwollene Hand.

»Kleiner Arbeitsunfall«, erklärte er, als er Gregors Blick bemerkte. »Nicht weiter tragisch.«

Dieser runzelte die Stirn. Hoffentlich entdeckte das die Polizei nicht, ansonsten würde sie noch die richtigen Schlüsse ziehen.

»Wenn du einen Arzt brauchst, dann fahr nach Rouen in die Notaufnahme. Auf keinen Fall zum hiesigen Doktor, kapiert?«

Carpentier nickte. »Klar, Chef, ich bin doch nicht blöd. Aber so schlimm ist's nicht, etwas Brandsalbe und ein Paar Handschuhe zum Arbeiten und keiner merkt was.«

16

»Wer will Kaffee?«

Alex stand in seiner Küche und betrachtete stirnrunzelnd den kümmerlichen Rest Kaffeepulver.

»Ich hätte lieber einen Schnaps, wenn's dir nichts ausmacht«, rief Mike aus dem Wohnzimmer.

Alex nickte. Ehrlich gesagt konnte er jetzt auch etwas Stärkeres vertragen.

Nachdem sie das Polizeirevier endlich verlassen durften, waren sie zum Bahnhof zurückgekehrt. Der größte Teil ihrer Freunde war bereits wieder weggefahren. Wer konnte es ihnen verdenken? Mit so einem Ausgang hatte keiner gerechnet. In Damiens verbeultem Renault waren sie anschließend zu Alex nach Hause gefahren, um sich von dem Schreck zu erholen und eine zukünftige Strategie zu entwickeln. Bis jetzt war jedoch noch kein vernünftiges Gespräch zustande gekommen. Der Schock über den Brand und Carpentiers Fund saß zu tief.

Alex griff nach einer Flasche Wodka, nahm vier Gläser aus dem Schrank und ging zurück ins Wohnzimmer. An seinem Esstisch saßen Damien, Mireille und Mike. Claudine und ihr Mann hatten nicht mehr mitkommen wollen. Und nach diversen Versicherungen, dass es der werdenden Mutter gut gehe, waren die beiden abgereist.

»Ah, Mütterchen Russland lässt grüßen!«

Mike, der aussah, als hätte er einen Sonnenbrand im Gesicht, griff grinsend nach der Flasche und schenkte großzügig ein.

Alex wunderte sich nicht zum ersten Mal, dass sich Mike und Damien so gar nicht ähnelten. Sie waren Cousins und daher hatte Mike sich ihrer Gruppe damals angeschlossen, obwohl er selbst nicht an der Uni studiert hatte. Er war immer der Mann fürs Grobe gewesen und stets einer der Vordersten, wenn es galt, ihre Postulate etwas nachdrücklicher zu vertreten. Ganz im Gegensatz zu Damien, der mit seinem Organisationstalent glänzte. Den Vergleich mit Dick und Doof hatten sich die zwei während ihrer aktiven Zeit des Öfteren gefallen lassen müssen. Obwohl Damien natürlich alles andere als doof war und sich das Bild auch mehr auf die äußeren Unterschiede der Cousins bezog. Im Moment wusste Alex nicht einmal, welchem Beruf Mike gerade nachging. Er konnte sich ihn jedoch gut als Türsteher vorstellen.

»Wie konnte das nur passieren?«, ergriff Mireille das Wort und nippte am Wodka. »Von uns war das sicher keiner.« Sie warf Damien einen fragenden Blick zu. Dieser zuckte mit den Schultern und schüttelte dann den Kopf.

Alex setzte sich an den Tisch, drehte das Schnapsglas einen Moment in den Händen und stürzte den Wodka dann hinunter.

»Das war arrangiert«, sagte er grimmig.

Der Schnaps verbreitete eine angenehme Wärme in seinem Bauch und er goss sich noch ein halbes Glas ein.

»Arrangiert?«, echote Mike und sah ihn verständnislos an.

Alex nickte. »Ich bin sicher, Gregor Castel steckt dahinter, beziehungsweise sein Kettenhund Xavier Carpentier.«

»Aber der würde doch nicht seine eigene Hütte in die Luft jagen. Was hätte er denn davon?« Mireille nahm noch einen Schluck Wodka und verzog das Gesicht. »Kann ich mir nicht vorstellen.«

Alex lachte bitter. »Ich schon«, stieß er zwischen den Zähnen hervor. »Was ist denn schon in die Brüche gegangen? Eine alte Baubaracke. Weder sind die teuren Maschinen beschädigt worden noch sonst etwas Wertvolles. Nein, ich bin mir sicher, das war geplant, um unsere Sache zu sabotieren. Kein Mensch wird uns noch Gehör schenken. Ökoterroristen! Habt ihr das gehört? Das Wort wird uns jetzt anhaften und niemand wird sich noch auf unsere Seite schlagen. Ganz zu schweigen davon, dass ich meine Reputation verloren habe. Und vielleicht auch noch meinen Job.«

»Vergiss die Anzeige nicht!«, warf Mike ein.

»Ja, danke«, erwiderte Alex eisig, »die hätte ich doch beinahe vergessen.«

Mike wedelte mit der Hand und widmete sich dann weiter dem Wodka. Die anderen schwiegen betroffen.

»Wo ist eigentlich deine Freundin abgeblieben?«, wandte sich Alex an Mike.

Er hatte am Bahnhof nach Flo Ausschau gehalten, sie aber nirgends entdecken können.

»Freundin?« Mike sah ihn verständnislos an.

»Die kleine Dunkelhaarige mit den Rehaugen«, erklärte Alex. Und als Mike verwirrt die Augenbrauen hochzog, fügte er hinzu: »Florence.«

»Ach die!« Mike lachte, lehnte sich auf dem Stuhl zurück und schnalzte mit der Zunge. »Es schmeichelt mir zwar, dass du mir zutraust, eine solche Schönheit an Land zu ziehen, aber ich habe sie erst in Lisieux getroffen. Ich dachte, sie gehört eher zu dir, so wie du sie mit den Augen verschlungen hast.«

Er lachte meckernd und zwinkerte ihm mit seinen geröteten Augen zu.

Flo war nicht Mikes Freundin? Alex spürte, wie sich zur Wodka-Wärme in seinem Bauch ein weiteres Gefühl dazugesellte, das er nicht identifizieren konnte, aber seine schlechte Laune war gerade etwas abgeflaut.

»Verstehe. Na, dann habe ich mich getäuscht«, sagte er leichthin und übersah dabei geflissentlich Mikes feixenden Gesichtsausdruck. »Nun«, er räusperte sich und stand auf. »Ich danke euch fürs Kommen und entschuldige mich nochmals für den unerquicklichen Ausgang dieses Tages. Wir haben zwar eine Schlacht verloren, den Krieg hat Castel aber noch lange nicht gewonnen. Denn wie sagte ein alter japanischer Kaiser einst so treffend? Es gibt nur zwei Arten, aus einer Schlacht zurückzukommen. Mit dem Kopf des Gegners oder ohne den eigenen!«

Mireille bedachte ihn mit einem entsetzten Blick.

»Mach ja keine Dummheiten, Alex!«, sagte sie warnend, räumte die Gläser zusammen und trug sie in die Küche. Dann blieb sie unter dem Türsturz stehen und stemmte ihre Hände in die Hüften. »Ich habe nämlich keine Lust, dir einen Kuchen mit integrierter Feile zu backen, sollten sie dich einsperren.«

17

»Und Minz und Maunz, die Katzen,
erheben ihre Tatzen.
Sie drohen mit den Pfoten:
Der Vater hat's verboten!
Miau! Mio! Miau! Mio! Lass stehn!
Sonst brennst du lichterloh!«

Flo schreckte auf. Ihr Herz pochte wild, als hätte sie eben einen Hundertmeterlauf absolviert. Sie schaute sich alarmiert um. Lisieux, Rue Guizot, Madame Picot – natürlich. Sie rieb sich die Augen und fuhr sich dann mit beiden Händen durch die Haare. Sie war eingeschlafen, als sie sich für einen kurzen Moment hatte ausruhen wollen. Durch das Fenster sah sie die Sonne, die bereits über dem nahen Wald stand, und ein Blick auf ihre Uhr bestätigte ihr, dass es schon kurz vor sieben Uhr abends war. Sie hatte den ganzen Nachmittag verschlafen.

Im Traum war sie ein kleines Mädchen gewesen, dem eine männliche Stimme die Geschichte von Paulinchen vorgelesen hatte. Sie fühlte noch, wie sie sich angenehm gegruselt hatte. Doch plötzlich hatte sich der Tonfall verändert. Er war böse geworden. Anders konnte sie es nicht ausdrücken. Böse und unheimlich, deshalb war sie auch aufgeschreckt.

Sie fröstelte und rieb sich die Arme. Eine heiße Dusche wäre jetzt genau das Richtige. Den Besuch im Rathaus oder in einem der Museen konnte sie vergessen, die hatten bereits geschlossen. Das musste also bis morgen warten.

Flo stand auf, zog ihre Kleider aus und huschte, nach einem Kontrollblick auf den Korridor, in ein Frotteetuch gehüllt ins Badezimmer. Der Raum glänzte vor Sauberkeit und roch angenehm nach Orangen. Wenigstens hatte sie es mit der Unterkunft gut getroffen, wobei Madame Picot schon etwas seltsam war. Aber vielleicht wurde man einfach so, wenn man neben einer römischen Ruine wohnte. Flo grinste. Schließlich hatte die Wunderlampe auch auf Aline abgefärbt. Oder war es umgekehrt? Die beiden Frauen verständen sich sicher prächtig.

Während der heiße Wasserstrahl auf sie herabprasselte, kam ihr in den Sinn, dass sie ihren Eltern versprochen hatte, sie nach ihrer Ankunft in der Normandie anzurufen. Das hatte sie jedoch in dem Durcheinander nach der missglückten Demonstration vollkommen vergessen und musste sie unbedingt nachholen. Doch zuerst wollte sie die Stadt erkunden und irgendwo eine Kleinigkeit essen. Die zwei Stück Apfelkuchen waren längst verdaut.

Nach einer halben Stunde war sie abmarschbereit. Als sie am Wohnzimmer vorbeiging, sah sie Madame Picot in einem Sessel friedlich schlummernd vor dem Fernseher sitzen. Filou, der belgische Schäferhund, wedelte leicht mit dem Schwanz, als er Flo erblickte, blieb aber zu Füßen seines Frauchens liegen.

Die Rue Guizot lag bereits im Schatten des nahen Waldes, als sie vor die Tür trat. Das Quartier rekelte sich noch in den letzten Sonnenstrahlen, die jedoch bald hinter den Hügeln entschwinden würden. Vom Meer her zogen Wolken heran. Ob das gute Wetter anhalten würde? Immerhin war das hier ihr Fast-Urlaub und ein bisschen Farbe im Gesicht konnte nicht schaden.

Auf der Römerwiese standen zwei gelb-rote Kräne, an deren Spitzen Lichter blinkten. Es war kühl geworden und Flo zog den Reißverschluss ihrer Jacke hoch. Sie marschierte an der Ruine des Fluchtturms vorbei, dessen Mauerreste bläuliche Schatten auf den Gehweg warfen, und erinnerte sich an Madame Picots Bemerkung über die Erscheinung. Auf alle Fälle wäre sie gleich vor Ort, wenn eine nächtliche Sängerin dort ihren Auftritt hinlegte. Flo schüttelte schmunzelnd den Kopf. Manche Menschen hatten eine blühende Fantasie!

In der Avenue du 6 Juin wandte sie sich nach links und folgte einer schmalen Straße, die sie durch ein malerisches Wohngebiet mit reetgedeckten Häusern führte. Liebevoll gepflegte Gärten voller blühender Frühlingsblumen säumten den Weg. Eine wahre Explosion an Farben und Formen. Die Normannen mussten den sprichwörtlichen grünen Daumen besitzen. Kurze Zeit später stand sie abermals vor der Römerwiese. Die ausgebrannte Baracke war bereits entsorgt worden. Eine rechteckige Fläche schwarzen Erdreichs zeugte nur noch davon, dass es heute Morgen dort gebrannt hatte.

Sie blieb eine Weile vor dem Absperrgitter stehen und betrachtete das Gelände. Ob hier tatsächlich eine römische Siedlung unter der Erde schlummerte? Alex Dubois war felsenfest davon überzeugt. Im Geist sah sie Menschen in weißen Gewändern in gemauerten Straßen umherwandern. Eine junge Frau mit dunklen geflochtenen Haaren trug eine Amphore auf der Schulter. Ein Jüngling in einer kniekurzen Toga bändigte ein widerspenstiges Pferd, dazwischen liefen Kinder barfuß und lachend einem mageren Hund nach und bewarfen ihn mit Steinen.

»Einen Denarius für deine Gedanken.«

Flo wirbelte herum. Hinter ihr stand Alex, neben sich ein Mountainbike, und lächelte sie an.

»Himmel, hast du mich erschreckt!«, stieß sie hervor und atmete tief durch. Sie spürte ein Kribbeln im Bauch – höchste Zeit, dass sie etwas in den Magen bekam. »Was ist ein Denarius?«, fragte sie dann und zupfte an ihren Haaren herum.

»Eine römische Münze«, erklärte er. »Ich dachte, wenn du schon die Römerwiese anstarrst, passt ein Denarius besser als ein Taler.«

Er zwinkerte ihr zu und sie verzog den Mund. Schade, dass dieser Alex der Kopf einer militanten Gruppierung war. Sie fand ihn sympathisch, aber mit gewaltbereiten Demonstranten wollte sie nichts zu tun haben, ganz egal, was für hehre Ziele diese verfolgten.

»Also dann«, sagte sie, »ich muss los.«

Sie drehte sich um, schaute nach links und rechts und überquerte die Straße.

»Wo ist denn Mike?«, rief Alex ihr hinterher.

Flo wandte sich um. »Mike?«, fragte sie mit gerunzelter Stirn. Dann fiel ihr der Bärtige von heute Morgen wieder ein. Mist! Sie hatte Alex ja vorgeflunkert, dass sie mit ihm angereist war.

»Ah, Mike! Nun … er musste zurück. Die Arbeit, du verstehst? Kennst du ihn gut?«

Alex schüttelte den Kopf. »Nur flüchtig«, rief er und räusperte sich dann, als hätte er sich verschluckt.

Flo errötete. Sie war keine gute Lügnerin. Weshalb belog sie Alex also? Sie konnte ihm doch genauso gut die Wahrheit sagen. Dass sie diesen Mike nicht kannte und auch noch nie an einem Protestmarsch teilgenommen hatte. Aber dann müsste sie ihm auch erklären, aus welchem Grund sie bei der Demonstration mitgemacht hatte und weshalb sie in Lisieux war. Und von diesem Punkt aus wäre es nur noch ein kleiner Schritt zum Struwwelpeter und den ominösen Briefen. Doch ein unbestimmtes Gefühl hielt sie davon ab, die Schriftstücke ihm gegenüber zu erwähnen. Wie sich gezeigt hatte, schreckte seine Gruppe nicht vor Gewalt zurück, und wenn er erführe, dass die Briefe mit Noviomagus Lexoviorum zusammenhingen, würde er sie ihr womöglich entwenden. Wobei er überhaupt nicht wie ein Dieb, geschweige denn wie ein Ökoterrorist wirkte, wie er da so neben dem Absperrgitter stand und sie mit einem hochgezogenen Mundwinkel musterte. Eher so, als würde er sich über etwas köstlich amüsieren. Etwa über sie? Flo schnaubte.

»Was ist denn?«, rief sie kampfbereit über die Straße.

»Nichts«, rief er grinsend zurück. »Wo willst du überhaupt hin?«

Was geht dich das an, dachte sie, doch laut sagte sie: »Wo kann man hier denn etwas essen?«

Alex schob sein Rad über die Straße und lehnte sich dann lässig über den Lenker.

»Wenn du Poulet au Cidre magst«, begann er, »lade ich dich ein. Ich habe eingekauft und wollte eben nach Hause fahren. Ein traditionelles Gericht der Normandie, das man sich nicht entgehen lassen sollte. Zwar müsste man es mit Täubchen zubereiten, aber die sind mir in der Luft lieber.«

Flo schürzte die Lippen. Fragen Sie doch mal Maître Dubois, kamen ihr die Worte von Madame Picot in den Sinn. War ihm zu trauen? Oder war es leichtsinnig, mit einem wildfremden Mann nach Hause zu gehen? Aber vielleicht konnte er ihr tatsächlich dabei helfen, die Briefe zu entschlüsseln. Sie müsste sie ihm ja nicht zeigen, nur ein bisschen sondieren, ob er sich mit dieser fremden Sprache auskannte.

Sie griff in ihre Handtasche, holte ihr Handy heraus und wählte, nach einem kurzen Zögern, Alines Nummer.

»Mike?«, sagte sie übertrieben deutlich. »Hier Flo. Warte bitte nicht auf mich. Ich gehe noch zu Alex Dubois. Ja, kein Problem. Bis dann.«

Sie verstaute ihr Handy rasch wieder in ihrem Beutel und atmete innerlich auf, dass Aline nicht rangegangen war. Sie hätte sich sicher gefragt, ob Flo verrückt geworden war. Aber jetzt wusste Alex wenigstens, dass jemand anderes ihren Aufenthaltsort kannte. Und da dieser Mike nur ein flüchtiger Bekannter von ihm war, würde ihre kleine Lüge nicht auffliegen.

»Dann mal los«, wandte sie sich an Alex. »Ich verhungere gleich!«

18

In der Pfanne brutzelten die Hühnchenfilets. Alex gab Thymian, Lorbeer, Salz und Pfeffer dazu und flambierte das Ganze am Ende mit einem Schuss Calvados. Dann rührte er die Buttersoße mit Cidre an und würfelte die Tomaten für den Salat. Plötzlich erklang Musik aus dem Wohnzimmer. Supertramp, Breakfast in America. Er biss sich auf die Lippen. Tanjas Lieblings-CD. Im ersten Moment wollte er nach nebenan stürmen und den verdammten Stecker aus der Wand reißen, doch er beherrschte sich und atmete tief durch. Flo wusste nichts von seiner verstorbenen Schwester und es wäre unfair, sie so zu erschrecken. Welcher Teufel hatte ihn bloß geritten, die Kleine zu sich nach Hause einzuladen? Vielleicht lag es an Flos hübschen Rehaugen, ihrem Lachen, das ihr ein Grübchen in die Wange zauberte, oder daran, dass sie ihn so schamlos belog. Wieso tischte sie ihm nur diese haarsträubende Geschichte von Mike und ihr auf? Er musste das unbedingt herausfinden.

»Kann ich dir helfen?«

Flo stand in der Tür. Sie hatte ihre Jacke ausgezogen, darunter trug sie ein flaschengrünes T-Shirt, das ihrem Teint schmeichelte. Sie wirkte wie ein hilfloser Welpe, wäre da nicht eine gewisse Entschlossenheit in ihrem Blick gewesen. Und auch eine Art von Traurigkeit, die so gar nicht zu dem Lächeln passte, mit dem sie ihm bei der Küchenarbeit zusah. Sie faszinierte ihn auf eine Weise, die ihn einerseits neugierig machte, andererseits jedoch erschreckte.

»Deckst du bitte den Tisch? Teller und Besteck findest du in der Anrichte neben der Tür.«

Sie nickte und verschwand wieder im Wohnzimmer.

»Wenn es so gut schmeckt, wie es riecht«, rief sie und klapperte dabei mit dem Geschirr, »dann revidiere ich mein Urteil über dich … wenigstens ein bisschen.« Er hörte sie lachen.

Alex stutzte. Was sollte das denn heißen?

»Sagst du mir auch noch, unter welchem Anklagepunkt ich bereits abgeurteilt bin?«, fragte er, wusch sich die Hände und trat mit dem Geschirrtuch in der Hand ins Wohnzimmer.

Er schaute verblüfft auf seinen Esstisch. Flo hatte nicht bloß zwei Teller und Besteck hervorgeholt, wie er es sonst tat, sondern die Platzdeckchen mit den Papageien hervorgekramt, die Tanja von einem Karibikurlaub mitgebracht hatte. Er hatte gar nicht mehr gewusst, dass die noch existierten.

»Du hast wohl nicht oft Gäste«, meinte Flo lächelnd und rückte ein Weinglas zurecht. »Ich musste fast in die Anrichte hineinkriechen, um an das Equipment zu kommen.«

›Nicht mehr‹, wollte Alex spontan erwidern, besann sich dann aber. Das würde nur unnötige Fragen aufwerfen. »Nein, nicht oft«, sagte er stattdessen.

Flo sah ihn aufmerksam an, erwiderte aber nichts, sondern nickte nur.

»Ich habe mir erlaubt, etwas Musik aufzulegen. Ist das in Ordnung?«

»Sicher.« Alex zuckte mit den Schultern und wandte sich ab. »Kannst du bitte den Wein öffnen?«

Er spürte Flos fragenden Blick in seinem Rücken und wusste, dass er sich seltsam benahm. Aber das war alles etwas viel auf einmal und er verfluchte die spontan ausgesprochene Einladung zum Abendessen.

»Köstlich!« Flo tupfte sich mit der Serviette ihren Mund ab. »Ich wünschte, ich könnte so kochen.«

Alex lächelte und deutete eine Verbeugung an.

»Das Geheimnis des Gerichts ist der Calvados, mit dem man das Huhn flambiert«, erklärte er. »Der Name Calvados geht übrigens auf eine spanische Fregatte der Armada zurück, die den Weg zur Seeschlacht westlich von Schottland verpasst hat und an den Klippen der Normandie zerschellte. Sie hieß Calvador, was so viel wie Entmaster bedeutet. Die Fregatte hatte nämlich in den Seeschlachten den Auftrag, die gegnerischen Schiffe zu entmasten. Aber der Lehrer bricht jetzt gerade durch, nicht wahr?«, fügte er an, als er Flo grinsen sah. Er räusperte sich. »Nun«, er schenkte ihr noch etwas Weißwein nach, »verrätst du mir jetzt, was ich deiner Meinung nach so Schlimmes angestellt habe?«

Sie griff nach dem Glas und hielt es einen Moment in der Hand, bevor sie es an die Lippen führte.

»Na ja«, druckste sie herum, »der Anschlag. Ich hätte euch … dir das nicht zugetraut.«

»Aber das waren wir nicht!«, erwiderte er entrüstet.

Sie lachte und stellte ihr Weinglas wieder auf den Tisch.

»Aber sicher!«, feixte sie. »Vermutlich eine spontane Entzündung.«

Alex zog einen Mundwinkel nach oben. Sie hatte Humor, das gefiel ihm und es war ihm plötzlich wichtig, dass sie ihn und sein Anliegen richtig einschätzte.

»Im Ernst. Wir haben die Baracke nicht angezündet. Wieso sollten wir so etwas Einfältiges tun? So eine Aktion brächte unsere Sache nur in Misskredit. Du kannst uns viel nachsagen, aber wir sind nicht dumm.«

Flo musterte ihn nachdenklich und er kam sich wie ein Delinquent vor, der auf das Urteil der Geschworenen wartet. Schließlich schürzte sie die Lippen und schüttelte den Kopf.

»Du hast recht«, erwiderte sie und legte ihr Besteck auf den Teller. »Wieso solltet ihr so etwas Dummes tun? Das ergibt keinen Sinn und ehrlich gesagt, habe ich euch auch nicht so eingeschätzt. Aber wer war es dann? Irgendwelche Jugendliche im Übermut?«

Alex griff über den Tisch nach ihrem Gedeck und stand auf.

»Das war Gregor Castel selbst«, sagte er und erzählte ihr, was er heute Mittag schon Mireille, Damien und Mike erklärt hatte.

Flo riss die Augen auf. »Das klingt ja wie in einem Krimi.« Sie stand ebenfalls auf und half ihm, das Geschirr in die Küche zu tragen. »Und was wollt ihr jetzt tun? Damit an die Öffentlichkeit gehen?«

Alex säuberte die Teller unter fließendem Wasser und stellte sie zum Trocknen auf das Abtropfbrett.

»Keine gute Idee. Sie haben leider meinen Rucksack in der Nähe der Baubaracke gefunden. Angeblich wurden darin die Molotowcocktails transportiert.«

Flo schnappte nach Luft. »Aber das ist doch Blödsinn!«, rief sie leidenschaftlich, was ihm ein Lächeln entlockte.

Es fühlte sich gut an, dass sie ihm glaubte und seine Partei ergriff. Erstaunt stellte er fest, dass es ihm wichtig war, was seine neue Bekannte von ihm hielt.

»Das sag mal der Polizei«, erwiderte er, »und dem Richter. Ich habe doch tatsächlich eine Anzeige wegen Brandstiftung und Sachbeschädigung am Hals.«

»Ja, werde ich auch tun!«, entgegnete sie heftig und ihre Augen sprühten dabei Funken. »Ich stand nämlich während deines Interviews am Absperrgitter neben deinem Rucksack. Und ich kann beschwören, dass er sich immer noch dort befand, als das Feuer ausbrach. Sogar nachdem das Dach dieser Hütte weggeflogen ist, lag er immer noch neben deinem Pappschild. Erst danach habe ich nicht mehr darauf geachtet, weil ich einem älteren Mann, der gestürzt war, aufgeholfen und ihn aus der Gefahrenzone gebracht habe. Es ist also nicht möglich, dass du die Brandsätze mitgebracht, geschweige denn geworfen hast!«

19

Die örtliche Zeitung, l'Éveil de Lisieux, brachte das gestrige Debakel auf der Titelseite und Gregor las begierig den Leitartikel. Für seinen Geschmack kam Alex viel zu glimpflich davon, denn in keiner Zeile wurde er direkt als Brandstifter angeprangert. Doch womöglich wollten die Zeitungsfritzen keine Klage wegen Verleumdung riskieren. Das würde sich schnell ändern, wenn Alex rechtskräftig verurteilt wurde.

Gregor grinste zufrieden. Carpentiers Einfall mit dem Rucksack war das i-Tüpfelchen gewesen und würde Alex den Todesstoß versetzen. Vielleicht rief er heute noch den Schulinspektor an. Der Mann war so konservativ wie eine englische Gouvernante und es war gut möglich, dass Dubois nach den Frühlingsferien keinen Job mehr hatte.

Gregor sah auf seine Uhr. In einer Stunde hatte er einen Termin auf der Römerwiese. Ein Investor interessierte sich für die letzte freie Bauparzelle. Wenn dieser anbiss, war das ganze Areal verkauft. Vorher wollte er aber noch auf die Polizeistation, um dem Seniorenheim für ehemalige Ordnungshüter eine kleine Spende zukommen zu lassen. Eine Hand wäscht eben die andere und diesen jungen Polizisten Gosselin würde er im Auge behalten. Wer weiß, wozu ihm der Ehrgeizling noch nützlich sein konnte.

Dieser Donnerstag versprach, ein prächtiger Frühlingstag zu werden. Gregor öffnete das Fenster und atmete tief durch. Die Luft war lau und roch nach Meer. Der Himmel war von diesem wässrigen Blau, das später, wenn sich der morgendliche Dunst aufgelöst hatte, ins Indigo wechselte. Weit und breit war keine einzige Wolke zu sehen. Gregor nickte zufrieden. Sein Gewerbe war von gutem Wetter abhängig, was ihn oft ärgerte, denn das konnte er nicht kontrollieren. Und alles, was er nicht unter Kontrolle hatte, war ihm zuwider.

Die Tür ging auf und Madame Bellanger trat mit einem Tablett herein, auf dem eine Tasse Kaffee dampfte, daneben lagen zwei Croissants auf einem kleinen Teller. Gregor schloss das Fenster und griff nach seinem Sakko.

»Keine Zeit, meine Gute, keine Zeit! Lassen Sie es sich schmecken. Ich muss los.«

Er ließ seine verblüffte Sekretärin zurück und kontrollierte beim Hinausgehen, ob er sein Scheckheft eingesteckt hatte. Wie praktisch, dass man solche Spenden von der Steuer absetzen konnte. Er hatte schon Zahlungen getätigt, die leider nicht so leicht zu verbuchen gewesen waren.

»Aber es ist wahr! Meinen Sie etwa, ich würde extra hierherkommen, um Ihnen einen Bären aufzubinden?«

Die junge Frau am Tresen der Gendarmerie fuhr sich mit beiden Händen durch die Haare und drehte sich um, als Gregor eintrat. Ihre großen braunen Augen musterten ihn kurz, dann wandte sie sich wieder dem Polizisten zu.

Gregor blieb wie angewurzelt stehen. Sein Herzschlag beschleunigte sich und ihm brach der Schweiß aus. Im Bruchteil einer Sekunde registrierte er jedes Detail der Unbekannten: schmale, zierliche Gestalt, etwas kleiner als er selbst, braune, kurze Haare, blaue Jeans, weißes T-Shirt, Turnschuhe. Quer über die Schulter trug sie eine abgewetzte Ledertasche. Gregor wusste, dass er sie noch nie gesehen hatte und gleichwohl kannte er sie. Ein mächtiges Déjà-vu bemächtigte sich seiner, das ihm fast den Atem raubte. Wie war das möglich? Wie zu erklären?

Gosselin hatte ein Formular vor sich liegen, einen Kugelschreiber in der Hand, und kritzelte mit zusammengezogenen Augenbrauen darauf herum.

»Verstehe«, sagte er dann. »Dürfte ich jetzt bitte noch Ihren Ausweis sehen, Madame Galabert.«

Galabert? Gregor zermarterte sich das Hirn, doch er kannte niemanden mit diesem Namen.

»Natürlich«, antwortete die junge Frau, zog den Reißverschluss ihrer Handtasche auf, wühlte eine Weile darin herum und zog dann ihren Pass hervor.

»Ach, Monsieur Castel«, wandte sich der Polizist an Gregor. »Ich bin gleich für Sie da. Nur einen Augenblick.«

Durch den Körper der jungen Frau ging ein Ruck, als sie seinen Namen hörte. Langsam drehte sie sich um und starrte ihn an, als wäre er ein wildes Tier. In ihren wundervollen Augen lag ein Ausdruck von Abscheu, der ihn erschreckte. Kannte sie ihn etwa? Aber woher? Und was hatte er ihr angetan, dass sie ihn so entsetzt musterte?

»Kein Problem«, erwiderte er unsicher und setzte sich auf einen der Besucherstühle an der gegenüberliegenden Wand. Er griff nach einem Flyer, der das korrekte Verhalten bei einem atomaren Zwischenfall beschrieb, und tat so, als lese er darin. Tatsächlich beobachtete er die Fremde jedoch aus den Augenwinkeln.

Sie hatte sich wieder Gosselin zugewandt, warf aber ab und zu prüfende Blicke über ihre Schulter, als würde sie sich vergewissern wollen, dass er sie nicht hinterrücks anfiel.

»Gut, Madame Galabert, danke für Ihre Aussage. Jetzt bitte noch auf der gepunkteten Linie unterschreiben. Wir melden uns zu gegebener Zeit bei Ihnen. Ihre hiesige Adresse und Telefonnummer haben wir ja.«

Die junge Frau runzelte kurz die Stirn, nickte dann, unterschrieb das Formular und verstaute den Ausweis wieder in ihrer Tasche. Es schien, als hätte sie es plötzlich sehr eilig, die Dienststelle zu verlassen.

Gregor sprang auf und öffnete ihr galant die Tür.

»Madame«, sagte er und deutete eine Verbeugung an.

»Lassen Sie mich bloß in Ruhe!«, zischte die Fremde. Ihre Augen sprühten dabei Feuer und ihr hübscher Mund mit den vollen Lippen verzog sich zu einem verächtlichen Strich, als hätte er ihr gerade ein unsittliches Angebot gemacht.

Gregor schluckte. Die Antipathie ihm gegenüber war beinahe greifbar. Was um Himmels willen hatte er diesem bildschönen Wesen nur getan? Als sie an ihm vorbeiging, nahm er einen leichten Hauch von Parfüm wahr. Am liebsten hätte er sie mitsamt ihrem süßen Duft festgehalten. Seine Reaktion schockierte ihn und er ließ die Türklinke so abrupt los, als hätte er sich daran verbrannt. Die Fremde merkte jedoch nichts von seiner Verwirrtheit, denn sie hatte das Gebäude bereits verlassen, nicht ohne ihm einen letzten Blick zuzuwerfen, der Granit hätte sprengen können.

Er brauchte einen Moment, um sich zu sammeln, dann wandte er sich an Gosselin.

»Wer war das und was wollte sie?«

20

»Guten Tag Madame Picot. Ist Florence Galabert da?«

Die Angesprochene hob den Kopf, streckte mit einem Seufzer den Rücken durch und massierte sich mit einer Hand das Kreuz.

»Monsieur Dubois«, sagte sie erfreut, stellte die Harke an den Gartenzaun und wischte sich die Hände an ihrer Schürze ab. »Sie haben meinen neuen Gast also schon kennengelernt. Und? Konnten Sie ihr weiterhelfen?«

Alex zog die Augenbrauen hoch. »Weiterhelfen?«, fragte er und stieg von seinem Rad.

»Mit diesen Schriftstücken. Sie sucht doch jemanden, der ihr etwas übersetzt. So habe ich das wenigstens verstanden.«

Flo hatte es sich mit einem Buch in der Laube bequem gemacht und wurde zufällig Zeuge des Gesprächs zwischen Alex und ihrer Zimmerwirtin. Mist! Jetzt hatte diese aus dem Nähkästchen geplaudert und sie müsste ihm wohl oder übel von den Briefen erzählen, wollte sie ihn nicht noch weiter anlügen.

Das Zusammentreffen mit Gregor Castel auf der Gendarmerie hatte sie aufgewühlt. Er hatte sie angesehen wie ein Brathähnchen auf einem Tablett. Der Mann war nicht unattraktiv. Der teure Anzug und die Seidenkrawatte gaben ihm ein Flair von Macht. Er war kleiner als Alex, hatte auch nicht dessen geschmeidige Figur, aber einen durchdringenden Blick, der vermittelte, dass er meist das bekam, was er wollte. Eine senkrechte Narbe oberhalb seiner Lippe stammte höchstwahrscheinlich von einer angeborenen Hasenscharte, die er hatte operieren lassen. Dass er sie nicht mit einem Schnurrbart kaschierte, zeugte von einem gesunden Selbstbewusstsein. Trotzdem mochte sie ihn nicht. Nach Alex' Erklärungen hatte sie sich bereits ein Urteil über den Bauunternehmer gebildet. Und um das zu revidieren, war die Begegnung zu kurz gewesen. Vorurteile? Möglich, dachte sie, weil sie wusste, dass sie dazu neigte. Nur behielt ihr Bauchgefühl meist recht. Und bei Gregor Castel hatte sie ihr Bauch vom ersten Moment an gewarnt.

Der Polizist hatte ihre Aussage zu Alex' Rucksack zwar aufgenommen, ihr aber das Gefühl vermittelt, dass ihn ihre Beobachtung nicht wirklich interessierte. Nein, eher sogar unangenehm war. Was hatte das zu bedeuten? Steckte die Polizei eventuell mit Castel und seinem Vorarbeiter unter einer Decke? Sie schüttelte den Kopf. Jetzt begann sie schon, Konspirationstheorien zu spinnen.

»Salut, Alex!«

Sie hatte sich erhoben und ging lächelnd auf die beiden zu. Als er sie erblickte, hellte sich sein Gesicht auf und sie spürte ein angenehmes Kribbeln im Bauch. Madame Picots aufmerksamer Blick sprang zwischen ihnen hin und her und Flo vermutete, dass sie insgeheim bereits die Hochzeitstorte orderte. Sie musste ihrer Zimmerwirtin unbedingt von Marc erzählen, nicht, dass sie sich irgendwelchen Illusionen hingab.

»Salut«, sagte Alex und räusperte sich. »Kann ich dich kurz sprechen?«

»Sicher.«

Flo deutete auf die Laube. Alex lehnte sein Mountainbike an den Gartenzaun und folgte ihr hinters Haus. Auf dem Tisch stand eine Karaffe mit kaltem Minztee und er nickte, als sie danach griff und ihn fragend ansah.

»Ich war übrigens vorhin auf der Gendarmerie und habe meine Aussage bezüglich deines Rucksacks zu Protokoll gegeben«, begann sie und reichte ihm ein Glas. »Dabei bin ich Gregor Castel über den Weg gelaufen.«

Alex hob ruckartig den Kopf. »Und?«

Sie zuckte die Schultern. »Nichts und. Er hielt mir die Tür auf, als ich ging.«

»Gregor?«

Alex' Stimme klang erstaunt und etwas belustigt.

Sie nickte. »Wollte wohl einen guten Eindruck machen«, erwiderte sie spöttisch.

»Hat er?«

Ein lauernder Unterton hatte sich in Alex' Worte geschlichen.

Sie warf ihm einen fragenden Blick zu. Die zwei trennte anscheinend mehr als nur die Einstellung zum Erhalten von römischen Ruinen. Dieser Zwist ging offenbar tiefer. Aber wollte sie den wirklich ergründen? Lieber nicht, sie hatte selbst genug am Hut. Also griff sie, ohne auf seine Frage einzugehen, nach der Hülle ihres Laptops und zog einen der Briefe hervor. Es war Zeit, sich daran zu erinnern, weshalb sie überhaupt hier war. Was den Lehrer und den örtlichen Bauunternehmer miteinander verband oder trennte, ging sie nichts an.

»Ich wollte dich das gestern schon fragen«, begann sie und legte den Brief auf den Gartentisch. »Kannst du das lesen?«

Alex sah sie einen Moment stumm an. Offenbar erwartete er noch eine Antwort auf seine Frage. Als sie jedoch keine Anstalten machte, das Thema Gregor Castel weiterzuführen, griff er langsam nach dem Schriftstück und betrachtete es eingehend.

Der gestrige Abend war angenehm verlaufen, bis Alex sie mit einem gewissen Funkeln in den Augen gefragt hatte, ob Mike denn nicht eifersüchtig würde, wenn sie bei einem fremden Mann zu Abend aß. Diese Bemerkung hatte Flo an ihre Schwindeleien erinnert und sie hatte sich kurz darauf verabschiedet, ohne die Sachlage richtigzustellen. Normalerweise spielte sie niemandem etwas vor; im Gegenteil, Lügen waren ihr verhasst und sie konnte sich nicht erklären, weshalb sie Alex nicht einfach die Wahrheit sagte. Doch je länger sie damit wartete, desto schwieriger wurde es, Farbe zu bekennen. Und sie befürchtete, dass er sich von ihr abwenden würde, wenn er herausfand, dass sie ihn angelogen hatte. Dieser Gedanke erschreckte sie. Warum war ihr das denn so wichtig? Alex war nur ein flüchtiger Bekannter, im Grunde konnte es ihr doch egal sein, was er über sie dachte.

Sie beobachtete gespannt, wie er sich über den Brief beugte. Er hätte einen Haarschnitt vertragen können, ständig fiel ihm eine Strähne in die Stirn, die er sich gedankenverloren zurückstrich. Seine gebräunten Finger waren lang und schlank. Er trug keinen Ehering, was sie gestern schon bemerkt hatte. Auch hatte sie in seiner Wohnung nirgends eine Fotografie entdecken können, und auch sonst vermittelte sein Domizil nicht den Anschein, als würde dort regelmäßig eine Frau vorbeischauen. Sie rief sich zur Ordnung. Das hatte sie nicht zu interessierten. Alex Dubois war Mittel zum Zweck – nichts weiter!

Endlich hob er den Kopf und blickte sie aufmerksam an.

»Wo hast du den denn her?«, fragte er schließlich, legte das Schriftstück sorgfältig auf den Tisch zurück und griff nach dem Glas Minztee.

Flo rutschte auf ihrem Stuhl hin und her. Genau wie sie befürchtet hatte. Jetzt musste sie mit der Wahrheit herausrücken. Aber was sollte sie ihm sagen? Die Briefe habe ich bei einer Geisteraustreibung in einer alten Truhe gefunden. Und Madame Esoterikladen meinte, ich müsse herausfinden, wer sie geschrieben hat, sonst würde mich der Truhengeist nicht in Ruhe lassen. Er würde einen Lachkrampf bekommen, ihr den Vogel zeigen und auf Nimmerwiedersehen verschwinden. Und niemand könnte ihm das verdenken. Das Ganze war, nüchtern betrachtet, ja auch zu einfältig.

Sie räusperte sich. »Das ist ein Brief aus dem Nachlass meiner Oma. Ich … das heißt meine Familie und ich möchten gerne herausfinden, wer ihn geschrieben hat und was darin steht.«

Sie brach ab. Das stimmte beinahe und sie sah keinen Anlass, noch mehr zu erzählen.

»Hm«, erwiderte Alex und nahm den Brief erneut in die Hand. »Ich verstehe diese Sprache auch nicht«, meinte er schulterzuckend. »Es könnte Französisch sein. Irgendwie wirkt es vertraut, nicht? Altfranzösisch vielleicht? Möglicherweise ein lokaler Dialekt? Ich habe keine Ahnung, tut mir leid.«

Flo biss sich enttäuscht auf die Lippen. Schade, sie hatte so gehofft, dass er ihr weiterhelfen könne.

»Aber ich glaube, ich habe etwas Ähnliches schon einmal gesehen«, fuhr er nachdenklich fort und sie horchte auf.

»Tatsächlich?«, rief sie elektrisiert. »Und wo?«

»Das weiß ich leider nicht mehr«, erwiderte er und lehnte sich auf dem Gartenstuhl zurück. »Es ist nur so eine Ahnung.«

Flo stieß enttäuscht die Luft aus. Das war nicht das, was sie sich erhofft hatte, aber immerhin eine kleine Spur. Und vielleicht erinnerte er sich später wieder daran.

»Louis und Noviomagus Lexoviorum«, murmelte Alex. »Die einzigen Wörter, die ich eindeutig entziffern kann. Da

schreibt jemand anscheinend über das alte Lisieux, ungewöhnlich.«

»Genau, mehr konnte ich ebenfalls nicht entschlüsseln,
außer der Jahreszahl natürlich. Deshalb bin ich hier. So
ein Zufall, dass mich Mike gerade zu eurem Protestmarsch
geschleppt hat. Schließlich hängt diese römische Siedlung
irgendwie mit Omis Brief zusammen. Ulkig, nicht?«

Alex zog einen Mundwinkel nach oben und legte den
Kopf schief. »In der Tat!«, meinte er, »ein witziger Zufall. Der
gute Mike, was würden wir bloß ohne ihn tun?«

Flo hatte das unbestimmte Gefühl, dass er sich gerade über
sie lustig machte. Und weil sie das ärgerte, legte sie gleich nach.

»Wir sind ja ständig unterwegs, wenn es etwas zu schützen
gilt, Mike und ich. Vor allem bei antiken Ausgrabungsstätten.«

»Ach, tatsächlich?« Alex riss erstaunt die Augen auf. »Euer
Engagement ist wirklich sehr beeindruckend.«

Er wandte den Kopf zur Seite und seine Schultern zuckten, als müsste er sich beherrschen, nicht laut loszulachen.

Flos Augen wurden schmal. Blödmann! Was war denn
daran so witzig? Nun, es war erfunden, natürlich, doch
immerhin sehr löblich. Sie schluckte. Was war nur los mit
ihr? Seit wann log sie denn das Blaue vom Himmel herunter?
Das war doch sonst nicht ihre Art. Wäre sie Pinocchio, ihre
Nase hätte Alex bereits vom Stuhl gestoßen.

Sie hatte plötzlich keine Lust mehr, weiter mit ihm über
den Brief zu sprechen. Allem Anschein nach war ihm ihr
Anliegen egal. Fein, sie brauchte diesen Lehrer nicht. Heute
Nachmittag würde sie nach Caen fahren, um sich in der
dortigen Bibliothek über Noviomagus Lexoviorum und die
Bewohner dieser Gegend um 1863 zu informieren. Wenn ihr
das Glück hold war, fand sie vielleicht sogar diesen Louis.

Sie nahm das Schriftstück vom Tisch, verstaute es vorsichtig in der Hülle ihres Laptops und stand auf.

»Entschuldige, aber ich habe noch zu tun. Weshalb wolltest du mich eigentlich sprechen?«

Alex erhob sich ebenfalls und steckte die Hände in seine Hosentaschen. Wenn er überrascht war, dass ihre Stimme auf einmal so kühl klang, ließ er es sich jedenfalls nicht anmerken.

»Nun«, begann er, brach dann ab und sein Blick schweifte hinab zu den Kränen auf der Römerwiese. »Das hat sich erledigt.«

Sie zuckte mit den Schultern und wollte sich abwenden, doch seine Stimme hielt sie zurück.

»Flo?«

Sie drehte den Kopf. »Ja?«

»Danke, dass du zur Polizei gegangen bist.«

»Keine Ursache«, erwiderte sie spitz und ließ ihn dann einfach in der Laube stehen.

21

Alex lehnte Madame Picots Einladung zum Mittagessen dankend ab und schwang sich aufs Rad. Er hatte Flo verärgert, wusste jedoch nicht, wie und weshalb. Im Grunde sollte er böse auf sie sein. Sie war ja schließlich diejenige, die ihm ständig etwas vorflunkerte: über ihre Beziehung zu Mike und ihr gemeinsames Engagement für ökologische Themen zum Beispiel. Er fragte sich, welche Bären sie ihm noch aufgebunden hatte. Konnte er ihr überhaupt etwas glauben? Was war mit diesem Brief, den sie ihm gezeigt hatte? Stammte der tatsächlich aus dem Nachlass ihrer Großmutter? So viele offene Fragen – die Frau war ein wandelndes Rätsel.

Nach ihrer überstürzten Flucht gestern Abend war er mit dem festen Vorsatz in die Rue Guizot gekommen, sie direkt auf Mike anzusprechen und zu einer Fahrradtour nach Deauville einzuladen. Ganz unverbindlich, um sie besser kennenzulernen und ihr die Sehenswürdigkeiten des noblen Badeortes zu zeigen. Sie hatte beim Abendessen nicht viel über sich erzählt, außer dass sie in Paris lebte, in einer Zahnarztpraxis arbeitete und ein Einzelkind war. Doch stimmte das? Hatte sie ihn vielleicht auch dahin gehend angelogen?

Alex atmete tief durch. Er hasste Lügen. Jedoch hatte er selbst auch nicht mit Offenheit geglänzt. Aber es war doch ein Unterschied, ob man etwas verschwieg oder schwindelte. Und was seine verstorbene Schwester betraf: Das ging niemanden etwas an! Vielleicht würde er Flo irgendwann von Tanja erzählen. Doch dazu musste er sie erst besser kennenlernen. Und genau dazu war die Fahrradtour gedacht gewesen. Aber er hatte nicht den richtigen Zeitpunkt erwischt, um ihr den Ausflug vorzuschlagen. Ihr Zusammentreffen mit Gregor auf dem Polizeirevier hatte ihn derart aus der Fassung gebracht, dass er die Exkursion vollkommen vergessen hatte. Und während er jetzt nach Hause radelte, fragte er sich, weshalb. Er rechnete Flo zwar hoch an, dass sie versuchte, ihm aus der Patsche zu helfen, aber musste sie gerade Castel dort treffen? Gregor war nicht blind und sie eine bildhübsche Frau. Und wenn sich sein ehemaliger Mitschüler etwas in den Kopf gesetzt hatte, ganz gleich, ob es sich um ein weibliches Wesen oder eine materielle Sache handelte, biss er sich fest wie ein Terrier bei der Fuchsjagd. Es gab wenig, was Gregor in der Vergangenheit nicht bekommen hatte. Alex runzelte die Stirn. War er etwa eifersüchtig?

»Blödsinn!«, stieß er hervor und schaltete einen Gang höher. Es passte ihm einfach nicht, dass sich die zwei getroffen hatten – basta!

Seine Gedanken schweiften zu dem Brief zurück, den Flo ihm gezeigt hatte. Abgesehen davon, ob er ihrer Großmutter nun gehörte oder nicht, wusste er, dass er ein ähnliches Schriftstück schon einmal gesehen hatte. Diese Schnörkel, Striche und Akzente auf und unter den Buchstaben waren unverwechselbar. Aber die Erinnerung daran wollte sich einfach nicht greifen lassen. Sie wirbelte wie ein Ping-Pong-Ball in seinem Kopf herum, und sobald er meinte, ihrer habhaft zu werden, hüpfte sie wieder davon. Es war zum Verrücktwerden!

Schade, dass sein Großvater nicht mehr lebte. Zeit seines Lebens hatte Guillaume Dubois ein Faible für Bücher, alte Dokumente und die Geschichte der Normandie gehabt. Er hätte Flos Brief eventuell übersetzen können. Alex erinnerte sich noch gut daran, dass er als Kind auf den Knien seines Opas gesessen und an seinen Lippen gehangen hatte, wenn dieser von ihren keltischen Vorfahren, der späteren Besiedlung der Gegend durch die Römer und der Invasion durch die Alliierten erzählte. Vielleicht fußte darin seine eigene Passion für die Geschichte um das einstige Noviomagus Lexoviorum.

Diese Erinnerung brachte ihn wieder ins Jetzt zurück. Seine Karten für einen neuerlichen Baustopp standen nach den gestrigen Ereignissen schlecht. Die Öffentlichkeit hatte zwar Interesse an seinem Anliegen gezeigt, nach dem Brandanschlag auf die Baubaracke würde sie sich jedoch kaum zu einer weiteren Kundgebung animieren lassen. Aber so schnell wollte er die Flinte nicht ins Korn werfen. Bei der ersten Besichtigung durch die Behörde wurden keine schützenswerten Ruinen gefunden. Kein Wunder, Gregor hatte sicher darauf geachtet, dass die Beamten nur die unwichtigsten Stellen zu Gesicht bekamen. Aber was, wenn ein neuer Fund ans Tageslicht käme? Tonscherben, Malereien oder sogar Schmuck? Solche Funde mussten umgehend der zuständigen Fachstelle, dem Nationalen Archäologischen Amt in Cesson-Sévigné oder gleich dem Hauptsitz in Paris, gemeldet werden. Alex kannte diese Verordnungen praktisch auswendig. Jeder, der derlei Entdeckungen machte, konnte sich an dieses Amt wenden. Und wenn der Fund die nötige Relevanz aufwies, würde die Behörde unverzüglich Maßnahmen ergreifen. Das bedeutete: Die Fundstelle wurde gesichert, ein vorübergehender Baustopp angeordnet und mit den Rettungsgrabungen begonnen.

Das war die Lösung! Gregor musste in den sauren Apfel beißen und die Beamten die Römerwiese erneut sondieren lassen. Doch woher einen relevanten Fund nehmen? Sollte er in ein Museum einbrechen und einen solchen Gegenstand entwenden? Schwachsinn, er hatte schon eine polizeiliche Ermittlung am Hals.

Alex bremste so plötzlich, dass er mit seinem Rad ins Schlittern geriet und beinahe gestürzt wäre. Natürlich! Hatte er denn ein Brett vor dem Kopf? Er fuhr sich mit der Zunge über die Lippen, wendete sein Mountainbike und trat so fest in die Pedalen, dass der Zahnkranz entrüstet knirschte.

In den Ruinen der Vergangenheit liegen die Perlen von morgen!, hatte Mireille auf ein Schild gepinselt. Alex lächelte – die Frau konnte hellsehen!

22

Flo saß auf ihrem Bett und versuchte mit ihrem Handy die Abfahrtszeiten der öffentlichen Verkehrsmittel zu finden. Als Ausgangspunkt ihrer Recherche hatte sie sich für Caen entschieden. In der Hauptstadt der Basse-Normandie gab es mehrere Museen, eine Stadtbibliothek und ein eigenes Stadtarchiv. Zudem einige Bauwerke, die eine Besichtigung lohnten. Die Burg von Wilhelm dem Eroberer zum Beispiel, diverse Kirchen und das Mémorial de Caen, eines der meistbesuchten Museen über die Geschichte des Zweiten Weltkrieges. Sie hätte also den ganzen Nachmittag damit zu tun, die verschiedenen Institutionen nach einem Hinweis zu den Briefen abzuklappern und sich die Sehenswürdigkeiten anzusehen.

Durch das Fenster fiel ein Sonnenstrahl ins Zimmer und malte goldene Kringel aufs Parkett. Flo seufzte. Bei dem Wetter war es eine Schande, sich in einem staubigen Gebäude zu vergraben. Vielleicht sah sie sich auch nur die Sehenswürdigkeiten an und verschob den Besuch der Bibliothek und des Archivs auf einen Regentag, schließlich hatte sie noch eine ganze Woche Zeit.

Draußen bellte sich Filou die Seele aus dem Leib und sie hörte Madame Picot lachen. Ihre Zimmerwirtin verwöhnte sie nach Strich und Faden. Heute hatte sie sie zu einem kräftigen Mittagessen eingeladen und jede Bezahlung vehement von sich gewiesen, als Flo sie bat, ihr die Kosten auf die Rechnung zu setzen. Sie hatte das untrügliche Gefühl, dass die ältere Frau ein bisschen einsam war und daher ihre Gesellschaft suchte. Sie hatte ihr berichtet, dass ihr Ehemann vor sieben Jahren einem Herzinfarkt erlegen war und da sie keine Kinder hatten, vermietete sie seitdem Zimmer an Touristen. Sie hätte, erzählte sie Flo stolz, sogar Stammkunden, die jedes Jahr zu ihr kämen. Aus der ganzen Welt würden Urlauber, oft Pärchen oder Rucksacktouristen, zur Rue Guizot pilgern.

»Madame Galabert?«

Flo trat auf den Balkon und sah in den Garten hinunter. Ihre Zimmerwirtin hatte ihre Augen mit einer Hand abgeschirmt und sah zu ihr hoch.

»Hätten Sie Lust, mich auf einen Spaziergang zu begleiten?«

Als Antwort bellte Filou und sprang freudig an seinem Frauchen hoch. Madame Picot hatte alle Mühe, das große Tier zu bändigen, damit es sie nicht umwarf. Flo war hin- und hergerissen. Hätte sie später noch genügend Zeit, um nach Caen zu fahren?

»Wie lange sind wir denn unterwegs?«, fragte sie.

Madame Picot schürzte die Lippen. »Eine Stunde etwa. Ich dachte, ich könnte Ihnen ein wenig die Umgebung zeigen, sofern Sie nicht lieber die Basilika der heiligen Thérèse besichtigen möchten.«

Eine kräftige Brise war aufgekommen, ließ das grüne Laub der Apfelbäume rascheln und riss vereinzelte Blütenblätter, die sich bereits hervorgewagt hatten, von den Ästen.

Genau, die Basilika von Lisieux wollte sie ja ebenfalls noch besuchen, aber auch dazu eignete sich ein Regentag besser und Caen lief ihr im Grunde auch nicht davon.

»Einverstanden«, rief Flo, »ich bin gleich unten!«

Sie griff nach ihrer Digitalkamera, schließlich wollte sie Marc nach seiner Rückkehr mit ein paar tollen Schnappschüssen beweisen, dass sie sich auch gut ohne ihn amüsieren konnte, zog ihre alten Turnschuhe an und lief die Treppe hinunter.

Der April hier glänzte im Gegensatz zum regnerischen Paris mit milden Frühlingstemperaturen und sie verzichtete daher auf eine Jacke. Filou begrüßte sie ausgelassen, schnappte sich dann einen heruntergefallenen Ast und lief mit hohen Sprüngen durch die Wiese davon.

»Er ist ja eigentlich zu groß für mich«, begann Madame Picot und schaute dem Hund lächelnd hinterher. »Aber kurz vor seinem Tod kam François plötzlich mit dem Welpen an. Und nachdem mein Mann gestorben war, habe ich es nicht übers Herz gebracht, das Tier wegzugeben. Es wäre mir wie Verrat vorgekommen.«

Sie lachte, aber es klang nicht fröhlich. Flo wusste darauf nichts zu sagen. Sie hatte kein Talent darin, jemanden zu trösten. Und wenn über Tod und Verlust gesprochen wurde, schwieg sie lieber, als sich einer billigen Floskel zu bedienen.

»Wie dem auch sei«, fuhr Madame Picot fort und straffte die Schultern. »Hat Ihnen Alexandre Dubois bei dem Schriftstück weiterhelfen können?«

Sie hatten die Wiese überquert und bogen jetzt in einen schmalen Schotterweg ein. Linker Hand befanden sich kleinere Gehöfte mit eingezäunten Weiden, auf denen die für die Normandie so typischen weißen Kühe grasten, rechts sah man auf die Römerwiese hinab. Nach kurzer Zeit bog der Weg in den Wald ein und über ihnen wölbte sich ein Blätterdach aus Tannennadeln und grünem Buchenlaub. Filou hatte das Interesse an seinem Ast verloren und beschnüffelte nun einen kargen Busch, bevor er sich drehte und das Bein hob.

»Nicht wirklich, nein«, gab Flo zur Antwort.

Was hätte sie auch sonst sagen sollen? Dass Alex sich erinnerte, etwas Ähnliches schon einmal gesehen zu haben, aber nicht mehr wusste, wann und wo? Oder dass sie seine Anwesenheit aufwühlte? Sie sah im Geiste bereits, wie Madame Picot sie daraufhin mit einem wissenden Lächeln betrachten würde. Nein, solche Dinge erzählte man seiner Zimmerwirtin nicht, auch wenn diese noch so nett war und einen fabelhaften normannischen Apfelkuchen backte.

»Ach, schade«, erwiderte Madame Picot. »Ich dachte, vielleicht fände er etwas in den Aufzeichnungen seines Großvaters.« Und als sie Flos verwirrten Blick bemerkte, fügte sie hinzu: »Guillaume Dubois war quasi ein Hobby-Archivar. Er hat alles gesammelt, was mit dieser Gegend und ihrer Besiedlung zusammenhing. Alte Zeitungsausschnitte, Dokumente, Pläne, Versteinerungen. Solche Dinge eben. Ein besonderes Faible hatte er für keltische und römische Ruinen. Ich glaube, er hat mehr darüber gewusst als sonst wer. Hat Ihnen Alexandre das nicht erzählt?«

Flo schüttelte den Kopf. Tatsächlich hatte er das mit keinem Wort erwähnt. Absicht? Doch bevor sie diesen Gedanken weiterspinnen konnte, fuhr Madame Picot fort.

»Nun ja, Guillaume ist jetzt auch schon lange tot. Vielleicht gibt es diese Sammlung gar nicht mehr. Man muss aufräumen und sich von Dingen trennen.«

Die letzten Worte hatte sie nur noch leise gesprochen. Flo dachte automatisch an Omas Wohnung. Wenn es ihr schon schwergefallen war, Omis Sachen durchzusehen und zu entscheiden, was man behalten und was man wegwerfen sollte, wie schwer musste es sein, das mit den persönlichen Dingen seines Partners zu tun?

Der Schotterweg ging in eine schmale asphaltierte Straße über. Auf der linken Seite befand sich ein verrostetes schmiedeeisernes Tor, hinter dem ein mit Unkraut überwucherter Weg zwischen knorrigen Apfelbäumen verschwand. In der Dornenhecke zu ihrer Rechten raschelte es und eine Amsel flog laut schimpfend knapp über Flos Kopf hinweg.

»Er hat das wirklich nicht verdient«, brach Madame Picot das Schweigen.

»Wer, Guillaume Dubois?«

Flo blieb stehen und genoss die Aussicht. Vor ihnen erstreckte sich ein frisch gepflügtes Feld, das durch die Traktorspuren eine geometrische Struktur erhalten hatte. In den Vertiefungen spiegelte aufgestautes Regenwasser das Blau des Himmels. In der Ferne erhoben sich kleinere Hügel gespickt mit Gehölzen, dazwischen noch mehr Äcker und Wiesen mit Kühen und Schafen. Irgendwo hinter dem Horizont musste das Meer liegen. Flo glaubte beinahe, es zu riechen.

Ach, das Meer! Nach Caen waren die berühmten Strände der Normandie ganz bestimmt ihr nächstes Ziel!

»Nein, Alexandre«, erwiderte Madame Picot, zog ein Taschentuch hervor und wischte sich damit über die Stirn. »Der Unfall.«

Flo wandte sich um und runzelte die Stirn. »Ich verstehe nicht.«

Madame Picot warf ihr einen schnellen Blick zu. »Oh!«, sagte sie nur und schwieg dann, doch jetzt war Flos Neugier geweckt.

»Hatte er denn einen Unfall?«, fragte sie und bemühte sich, ihrer Stimme einen beiläufigen Ton zu geben.

»Nein, er nicht«, druckste Madame Picot herum.

Flo hatte das Gefühl, dass sich ihre Zimmerwirtin nicht im Klaren darüber war, ob sie ihr davon erzählen sollte oder lieber nicht. Am Ende siegte jedoch deren Redefreudigkeit.

»Es ist jetzt drei Jahre her«, begann sie, »seine jüngere Schwester ist von einem Auto überfahren worden. Sie war sofort tot. Die Arme! Sie war so nett. Die beiden wohnten zusammen und waren ein Herz und eine Seele.«

Flo riss die Augen auf. Himmel, was für eine schreckliche Tragödie! Kein Wunder, dass Alex kein Wort darüber verloren hatte. Ein solches Unglück band man nicht jeder flüchtigen Bekanntschaft auf die Nase.

Bei dem Gedanken fühlte sie einen leichten Stich. War sie das für ihn? Eine flüchtige Bekannte? Natürlich, wie dumm von ihr! Er wusste, wie sie auch, dass sie nach einer Woche wieder abreiste. Da gab es nichts, was sie verband, außer einer verunglückten Demonstration und einer gegenseitigen Sympathie.

»War er dabei?«, fragte sie.

Madame Picot schüttelte den Kopf.

»Nein, doch er gibt sich aus einem undefinierbaren Grund die Schuld an dem Unglück. Nach Tanjas Tod fiel er in ein tiefes Loch. Er wurde immer schmaler, sah selbst wie der Tod aus. Seit einiger Zeit geht's ihm wieder besser, wenigstens äußerlich. Wie's aber da drin aussieht«, sie zeigte auf ihr Herz, »weiß man nicht.«

Sie seufzte, drehte sich um und marschierte weiter. Nach einer Weile, in der beide ihren Gedanken nachhingen, sagte Madame Picot plötzlich: »Ich habe noch nie zwei Menschen gesehen, die sich so gut verstanden. Wenn ich da an meine eigenen Geschwister denke … Wir haben uns ständig gestritten.« Sie lachte und schüttelte den Kopf. »Vielleicht darf man einfach nicht so glücklich sein.«

Flos Herzschlag setzte für einen Moment aus, ihr wurde schwindlig und sie schnappte nach Luft.

Ihre Zimmerwirtin merkte jedoch nichts davon, sondern schnalzte mit der Zunge und sagte: »Vergessen Sie schnell, was ich gerade gesagt habe, Madame Galabert. Das ist nur das dumme Gerede einer alten Frau!«

Sie schritt zügiger voran und pfiff nach Filou, der weiter vorne ein Loch in den Boden buddelte.

Flo starrte ihr entsetzt hinterher. Es roch nach nassem Laub und verrottendem Holz. Irgendwo raschelte ein Vogel im Geäst. Trotz der friedlichen Stimmung überfiel sie eine Gänsehaut. Vielleicht darf man einfach nicht so glücklich sein. Wieso hatten sie diese Worte nur so bestürzt? Selbst jetzt noch hämmerte ihr Herz wie ein Presslufthammer. Hatte sie diese Worte schon einmal gehört? Gelesen? Und wenn ja, in welchem Kontext und weshalb lösten sie so eine Reaktion bei ihr aus?

Der Weg gabelte sich und Madame Picot blieb unter einem Wegweiser stehen, bis sie zu ihr aufgeschlossen hatte.

»Ist Ihnen nicht gut?«, fragte sie stirnrunzelnd. »Sie sind weiß wie ein Bettlaken.«

»Es geht schon«, krächzte Flo und räusperte sich zweimal.

Madame Picot nickte zögerlich.

»Es ist auch nicht mehr weit. Gleich hinter der Anhöhe liegt ein Picknickplatz. Kommen Sie, dort können wir uns ein wenig hinsetzen und ausruhen. Kennen Sie zufällig die Legende der kleinen Colombe? Guillaume Dubois hat sie mir erzählt, als ich wieder einmal die weiße Frau … Na ja, eine Geschichte halt.«

23

»Raus!«

Gregors Sekretärin zog den Kopf zwischen die Schultern, machte auf dem Absatz kehrt und flüchtete aus dem Büro. Er starrte weiter auf den Jahresbericht eines potenziellen Geschäftspartners. Seit einer halben Stunde versuchte er nun schon, sich auf dessen Bilanzen zu konzentrieren – vergeblich. Er war viel zu wütend. Da hatte er diesem jungen Polizisten einen Scheck mit einem erklecklichen Betrag vorbeigebracht und auf seine Frage hin, wann man denn gedenke, Dubois endlich zu verhaften, nur zu hören bekommen, dass dieser gut integriert sei und keine Fluchtgefahr bestehe. Man sähe daher keinen Anlass, ihn in Arrest zu nehmen.

Nachdem Alex' Rucksack so unvermittelt aufgetaucht war, hatte sich ihre kleine Runde gestern auf dem Revier überraschend schnell aufgelöst. Alle, die zum Tathergang nichts sagen konnten, waren hinauskomplimentiert worden, nicht aber ohne vorher ihre Personalien aufzunehmen. Alex wurde in das Vernehmungszimmer gebracht und befragt. Er selbst, Gregor, gab seine Beobachtungen zum Brand zu Protokoll und Xavier Carpentier, wie und wo er den Rucksack gefunden hatte. Das war es gewesen! Und heute hatte ihm Gosselin in aller Seelenruhe berichtet, dass Dubois erst morgen einen Termin beim Kriminaltechnischen Dienst in Rouen habe.

»Wissen Sie, Monsieur Castel«, hatte er gesagt und den Scheck fein säuberlich in eine Schublade gelegt. »Wir haben unsere Vorschriften. Monsieur Dubois hat eine Arbeitsstelle und einen festen Wohnsitz. Bei solchen Personen kann angenommen werden, dass sie sich einem polizeilichen Verfahren nicht durch Flucht entziehen. Morgen werden ihm jedoch die Fingerabdrücke abgenommen, zusätzlich muss er sich einem Wangenschleimhautabstrich unterziehen. DNA, Sie verstehen? Da Brandstiftung gemäß Gesetz ein Offizialdelikt ist, ermitteln wir von Amtes wegen. Sie können sich also beruhigt zurücklehnen und uns unseren Job machen lassen.«

Gregor funkelte ihn wütend an. »Fein, und wer ersetzt mir den Schaden?«

Gosselin zuckte daraufhin bloß mit den Schultern.

»Sobald der vermeintliche Täter rechtskräftig verurteilt ist, wird das eine Sache der Versicherungen sein.«

Gregor schnaubte. »Super! So wie ich unsere Rechtsprechung kenne, wird das ewig dauern.«

Der Polizist beugte sich vor, als solle niemand seine Worte mitbekommen, und sagte: »Brandstiftung, Monsieur Castel, wird mit Freiheitsentzug bestraft.«

Gregor war viel zu wütend, um im ersten Moment die Worte des Gendarmen aufnehmen zu können, dann sickerte aber langsam deren Bedeutung in seinen Kopf. Knast! Alex würde weggesperrt werden! Also hatte sich der Scheck doch gelohnt. Sein Ärger verpuffte augenblicklich und er grinste zufrieden.

»Gut«, sagte er und stützte beide Hände auf den Tresen, »damit kann ich leben. Und jetzt möchte ich gerne wissen, wer die hübsche Brünette gewesen ist.«

Gosselin räusperte sich. »Darüber kann ich Ihnen keine Auskünfte erteilen, tut mir leid. Sie ist eine Zeugin. Und daher unterliegt alles, was sie uns berichtet, inklusive ihrer Personalien, dem Datenschutz.«

Gregors Wut flammte augenblicklich wieder auf! Er war der wichtigste Mann in Lisieux und dieser Fatzke meinte, ihn belehren zu müssen? Doch wie er es drehte und wendete, welche Verwünschungen und Drohungen er auch ausstieß, der junge Polizist blieb hart. Insgeheim hatte Gregor sogar das Gefühl, dass Gosselin es genoss, sich hinter einem lächerlichen Paragrafen verstecken zu können.

Gregor war dann unvermittelter Dinge abgezogen, nicht ohne dem Hampelmann zu versichern, dass es ihm noch leidtun werde, dass er ihn so behandelte.

»Merde!«

Gregor schmiss den Jahresbericht auf seinen Schreibtisch und stand auf. Er hasste es, wenn er nicht bekam, was er wollte. Und er wollte wissen, wer die Kleine mit den Rehaugen war. Er musste sie näher kennenlernen. Unbedingt! Sie hatte etwas in ihm ausgelöst, das er nicht ergründen konnte. Als wäre sie eine ferne Erinnerung, die plötzlich wieder präsent wird. Und obwohl er mit Sicherheit wusste, dass er diese Frau in seinem Leben noch nie getroffen hatte und dieses Gefühl daher völlig unlogisch war, drängte alles in ihm danach, sie wiederzusehen.

Aber er wäre nicht Gregor Castel, wenn er nicht herausbekäme, wer die Unbekannte war. Eine Zeugin, hatte Gosselin gesagt. Fein, dann war sie also während der Demonstration anwesend gewesen. Ob als Zuschauerin oder Aktivistin, war im Grunde einerlei. So viele Leute waren das ja schließlich nicht gewesen. Er würde es schon herausfinden. Am Ende blieb ihm immer noch die Option, Tancrède Auvrey anzurufen und ihn ein wenig unter Druck zu setzen. Im Gegensatz zu Gosselin wusste der ältere Polizist, wer hier das Sagen hatte. Aber zuerst wollte er seine eigenen Quellen nutzen. Es bräuchten ja nicht alle zu wissen, dass er sich für eine Frau interessierte.

Er trat zu der kleinen Bar, die er sich in einer Büroecke hatte einbauen lassen, und schenkte sich einen Calvados ein. Während er die bernsteinfarbene Flüssigkeit betrachtete, dachte er an seine letzte Liebschaft zurück. Evelyne, die Filialleiterin eines örtlichen Immobilienbüros. Sie hatte ihn interessiert, weil er sie nicht haben konnte. Evelyne war, als er sie kennengelernt hatte, gerade nach Lisieux übergesiedelt. Sie hatte um ihre Versetzung gebeten, um näher bei ihrem Verlobten zu sein, der als Ingenieur in Caen arbeitete. Nach zweimonatigem Werben hatte sie diesem Volltrottel den Laufpass gegeben und war Gregors Geliebte geworden. Sein Interesse an ihr war zu dem Zeitpunkt schon erlahmt und nach ein paar Wochen gab es ein tränenreiches Abschiedsessen. Er mochte keine heulenden Frauen und hatte sich bereits vor dem Hauptgang verabschiedet. Das war jetzt ein halbes Jahr her. Es war an der Zeit, dass er sich wieder eine Begleitung zulegte. Vielleicht wurde daraus sogar mehr. Er war schließlich schon dreißig und musste an einen Stammhalter denken, der die Firma irgendwann übernehmen konnte. Der Gedanke an Sex mit der kleinen Brünetten erregte ihn und mit einem einzigen Schluck trank er den Calvados aus.

Gregor durchquerte das Büro und öffnete die Tür zu seinem Vorzimmer. Seine Sekretärin schaute von ihrer Tastatur hoch. Ihr Blick signalisierte Zurückhaltung, als müsse sie zuerst sondieren, in welcher Stimmung sich ihr Chef befand.

»Madame Bellanger, suchen Sie Xavier Carpentier. Ich muss ihn dringend sprechen.«

24

»Du solltest mehr essen!«

Paulette Dubois bedachte ihren Sohn mit einem prüfenden Blick und schüttelte dann resigniert den Kopf.

Sie saßen im Wohnzimmer und Alex betrachtete das riesige Stück Apfelkuchen und den Berg geschlagener Sahne, die ihm seine Mutter vorgesetzt hatte. Obwohl er das Mittagessen hatte ausfallen lassen, war er nicht hungrig. Im Gegenteil, am liebsten wäre er aufgesprungen und in sein ehemaliges Kinderzimmer gerannt. Aber die Höflichkeit verlangte es, dass er wenigstens eine halbe Stunde mit seiner Mutter zusammensaß und mit ihr plauderte. Er kam, wie sie ihm jedes Mal versicherte, sowieso viel zu selten vorbei.

»Wo ist denn Papa?«, fragte er, um das Thema zu wechseln.

Charles Dubois war seit ein paar Jahren pensioniert und ein begeisterter Hobby-Ornithologe. Bei diesem Wetter streifte er höchstwahrscheinlich mit Zeichenblock, Kamera und Fernglas bewaffnet durch Wald und Wiesen.

»Wo soll er denn sein?«, antwortet seine Mutter mit resigniertem Ton. »Unterwegs natürlich. Es ist wirklich ein Kreuz mit euch Männern! Der eine ist nie zu Hause und der andere kommt nie nach Hause. Als hätte ich die Blattern!«

Alex lachte und legte eine Hand auf den Arm seiner Mutter.

»Komm schon, Mama, so schlimm ist es doch nicht. Du sagst doch selbst, dass Vater dir auf die Nerven fällt, wenn er ständig um dich herumscharwenzelt.«

Ein feines Lächeln umspielte ihre Lippen. Sie tätschelte seine Hand und nickte.

»Schon, ja, aber ein bisschen mehr könnte er sich schon um mich kümmern. Und du auch!« Sie funkelte ihn strafend an.

»Mea culpa.« Er legte eine Hand auf sein Herz und schaute seine Mutter dabei treuherzig an.

»Verspotte mich nicht, Junge!«, sagte sie lachend, griff nach der Kaffeekanne und schenkte sich noch eine Tasse ein. »Wie ich hörte«, sie häufte drei Löffel Zucker in den Kaffee, »ist deine Aktion gestern aus dem Ruder gelaufen.«

Er seufzte. Also hatte die Nachricht bereits die Runde gemacht.

»Ja, leider«, bestätigte er. »Aber wir haben Castels Baracke nicht angezündet, obwohl uns das, beziehungsweise mir, vorgeworfen wird.«

Seine Mutter schaute ihn mit hochgezogenen Augenbrauen an. »Dir?«

»Mein Rucksack wurde in der Nähe der abgebrannten Hütte gefunden. Angeblich soll ich die Molotowcocktails mitgebracht haben.«

Seine Mutter schnaubte. »Lachhaft! Wer kommt denn auf so eine abstruse Idee?« Doch bevor er etwas erwidern konnte, fügte sie hinzu: »Sag nichts, ich weiß es schon. Gregor, nicht wahr?«

Alex nickte und sie stieß die Luft aus. »Habt ihr euren Zwist immer noch nicht beigelegt? Himmel, ihr seid doch jetzt erwachsen!«

Er öffnete den Mund, doch sie brachte ihn mit einer Handbewegung zum Schweigen.

»Erspar mir die Rechtfertigungen, Sohn. Zum Streiten braucht es immer zwei.«

Alex' ehemaliges Zimmer glich einer Zeitkapsel. Seine Mutter hatte es nicht übers Herz gebracht, die Dinge aus seiner Kindheit wegzuwerfen, als er während des Studiums nach Paris gezogen war. Einmal hatte sie dahin gehend eine Bemerkung gemacht, dass sie die Sachen für ihre zukünftigen Enkel aufheben wolle. An den Wänden hingen immer noch dieselben Poster. Eine Gorillafamilie im nebligen Dschungel, ein bengalischer Tiger und ein Bild, auf dem die Rückenflosse eines Wales vor der eindrucksvollen Kulisse eines Eisbergs zu sehen war. Auf einem Bücherregal standen die Helden seiner Jugend in ihren papierenen Häusern: Winnetou, Kapitän Nemo, der Graf von Monte Christo und die drei Musketiere.

Alex setzte sich auf das schmale Bett und zog die Schublade des Nachttischchens heraus. Zwischen Bleistiftstummeln, einem Schweizer Sackmesser, Fußballbildchen und sonstigem Krimskrams, die ein Jungenherz höher schlagen lassen, lag eine kupferfarbene Kassette. Er griff nach der Schatulle und öffnete sie. Die Schmuckspange, die darin lag, bestand aus blauem Schmelzglas und hatte die Form einer Eule. Sie war nur knapp drei Zentimeter groß, hatte runde, gelb umrandete Augen und einen offenen Schnabel, was ihr einen leicht verblüfften Gesichtsausdruck verlieh. Er erinnerte sich daran, wie er jedes Mal lachen musste, wenn sein Großvater sie ihm zeigte. Sie hatte vermutlich als Opfergabe an die römische Göttin Minerva gedient. Guillaume Dubois hatte sie in der Nähe des Amphitheaters auf einem Feld gefunden, das die Einheimischen Tourettes nannten, und sie nicht, wie es eigentlich Vorschrift war, an das zuständige Amt für Archäologische Funde abgegeben. Das kleine Schmuckstück hatte es seinem Großvater angetan und er hatte es behalten. Als Alex größer wurde und sich selbst für die Geschichte ihrer Region zu interessieren begann, schenkte sein Opa ihm die Eule.

Alex hatte jahrelang nicht mehr an das Kleinod gedacht, bis ihn vorhin Mireilles Spruch daran erinnerte. Die Eule war die Perle aus der Vergangenheit! Jetzt würde sie in seinem Kampf gegen die Bagger eine wichtige Rolle spielen. Er wollte sie direkt beim Hauptsitz des Nationalen Archäologischen Amtes in Paris abgeben, mit dem Hinweis, sie auf der Römerwiese gefunden zu haben. Gemäß dem Baugesetz bezüglich Entdeckungen von historischem Wert, darunter liefen nebst Mauerresten auch Malereien, Skulpturen oder eben Schmuckstücke, würde die Fachstelle unverzüglich Maßnahmen ergreifen, um den Fund näher abzuklären. Was das hieß, war klar. Es würde ein weiterer Baustopp angeordnet und mit den Rettungsgrabungen begonnen werden. Dagegen konnte selbst der reiche Gregor Castel nichts tun. Alex lächelte zufrieden. Zwar war jeder Finder dazu verpflichtet, gefundene Objekte an Ort und Stelle zu belassen, doch da auf der Römerwiese bereits wieder gearbeitet wurde, konnte er sich damit herausreden, sich Sorgen um die Zerstörung des Artefaktes gemacht zu haben.

Er strich mit dem Daumen über die Fibel. Es tat ihm zwar weh, sie herzugeben, sie war eine der wenigen Erinnerungen an seinen Großvater, doch um ein Ziel zu erreichen, musste man eben Opfer bringen. Später würde die Figur im Historischen Museum von Lisieux ausgestellt werden und auch noch andere Interessierte erfreuen. Von daher schloss sich der Kreis wieder.

»Tut mir leid, Opa«, sagte Alex leise. »Aber du würdest es verstehen, da bin ich mir sicher.«

Er griff in seine Jeans, holte sein Handy hervor und suchte in seinen Kontakten die entsprechende Nummer.

»Monsieur Richelieu? Hier Alexandre Dubois. Ja, genau, Guillaume Dubois' Enkel. Danke, es geht mir gut. Eine Frage. Kann ich Sie heute Nachmittag aufsuchen? Ich hätte da etwas, das Sie interessieren könnte.« Er sah auf seine Uhr. »Ja, passt mir gut. Also bis später.«

Dann stand er auf, verstaute sein Handy wieder und ging die Treppe hinunter. Als er an der offenen Terrassentür vorbeikam, trat er in den Garten hinaus, bückte sich und steckte die Fibel in ein frisch umgegrabenes Blumenbeet seiner Mutter. Dann reinigte er das Schmuckstück oberflächlich, wickelte es in sein Taschentuch und verstaute es sorgfältig in seiner Hosentasche. Paulette Dubois räumte eben den Kaffeetisch ab, als er wenig später ins Wohnzimmer trat.

»Mama, kann ich mir heute Nachmittag dein Auto ausleihen? Ich muss dringend nach Paris.«

25

Der Picknickplatz befand sich an einem kleinen Wäldchen und bot einen Rundblick über die Stadt und die umliegenden Dörfer. In der Ferne, etwas erhöht, erhob sich die imposante Basilika der heiligen Thérèse mit ihren Türmchen und der mächtigen Kuppel. Das aus hellem Stein gebaute Gebäude erinnerte Flo an die Kathedrale von Notre-Dame. Vermutlich hatte der Architekt genau das bezweckt.

Madame Picot setzte sich auf eine hölzerne Bank vor der gemauerten Feuerstelle und klopfte mit der flachen Hand neben sich. Flo folgte der Aufforderung und eine Weile saßen sie stumm nebeneinander und genossen die Stille, die nur durch vereinzeltes Vogelgezwitscher und Filous Rascheln im Unterholz durchbrochen wurde. Der belgische Schäferhund apportierte laufend Stöcke und legte sie ihnen schwanzwedelnd vor die Füße. Der Duft nach frischem Grün und nassem Holz lag in der Luft.

Paris und Lisieux. Der Unterschied hätte nicht größer sein können. Flo war in ihrem Leben noch nicht oft verreist und konnte sich nicht vorstellen, irgendwo anders als in Paris zu leben. In dieser Stadt, die vor Lebendigkeit sprühte. Doch hier, in der Normandie, überfiel sie eine tiefe Ruhe und

Zufriedenheit und sie vermisste die quirlige Hauptstadt in etwa so sehr wie eine üble Migräne.

»Ich mag diesen Platz«, sagte ihre Zimmerwirtin in ihre Gedanken hinein und atmete tief durch. »Es heißt, dass er in vorchristlicher Zeit eine heilige Stätte gewesen sei. Schon als Kind verbrachte ich Stunden hier und stellte mir vor, wie die Kelten und nach ihnen die Römer zu diesem Ort gepilgert sind, um Zeremonien abzuhalten.«

Sie lachte und faltete die Hände in ihrem Schoß.

»Manchmal traf ich Alexandres Großvater hier. Er war selbst Lehrer; später ging ich sogar ein Jahr lang zu ihm in die Schule. Er war ein interessanter Mann, wusste viel über die Besiedlung dieser Gegend. Sein Geschichtsunterricht war immer der Höhepunkt der Schulwoche. Er machte uns das Vergangene so schmackhaft, dass einige meiner Mitschüler später selbst Geschichte studierten. Ich glaube, ich war ein bisschen in Guillaume Dubois verliebt.«

Sie kicherte und Flo sah für einen Augenblick das junge Mädchen, das Madame Picot früher gewesen sein musste.

»Nun ja, das ist lange her«, fuhr diese sinnend fort. »Als ich jung war, hätte ich das nicht gedacht, aber wenn man älter wird, erhalten gewisse Erinnerungen, die man für unwichtig hält, einen zentralen Wert. Und was man einst für maßgeblich hielt, versinkt in der Belanglosigkeit.«

Sie schüttelte leicht den Kopf und lächelte. Flo war sich nicht sicher, ob sie verstand, was Madame Picot damit meinte, doch bevor sie nachfragen konnte, hob ihre Zimmerwirtin den Kopf.

»Egal, ich wollte Ihnen ja die Geschichte der kleinen Colombe erzählen.« Sie bückte sich, griff nach einem Ast, den Filou gebracht hatte, und drehte ihn in der Hand. »In der normannischen Schweiz, nicht weit von hier, gibt es eine Schlucht, die der Fluss Rouvre in den Felsen gegraben hat.

Sie müssen sie sich einmal ansehen. Eine wirkliche Attraktion. Die Sage erzählt Folgendes: Einst gab es einen jungen, tüchtigen Müller aus Oëtre, der ein Mädchen aus dem Dorfe Le Mesnil liebte. Das bildhübsche Ding wurde überall nur ›la petite colombe‹, die kleine Taube, genannt.

Hoch über dem Tal auf einer Burg lebte zu der Zeit ein grausamer Ritter. Ihm missfiel die Liebe dieser beiden jungen Menschen. Zu gern hätte er die entzückende Frau nämlich selbst zum Traualtar geführt. Am Tage der Hochzeit überfiel er deshalb den Brautzug oberhalb der Schlucht und tötete den Bräutigam, um ›la petite colombe‹ zu entführen.

Das Mädchen stürzte sich indes, um nicht in die Hände des Lehensmannes zu geraten, in die Rouvreschlucht hinunter, wo es mehr schwebend als fallend wie eine weiße Taube entschwand. Kurze Zeit später wurde die Burg vom erzürnten Volk erstürmt, geschleift und der Ritter erschlagen.

Seither, so wird erzählt, vernehmen Liebespaare in der Schlucht zuweilen das sanfte Wimmern und Wehklagen der kleinen Taube, die nach ihrem Liebsten ruft.«

Flo hatte der Geschichte andächtig gelauscht und zuckte erschrocken zusammen, als etwas Kaltes ihren Arm berührte. Filou hatte sie angestupst und sah auffordernd die apportierten Äste an. Flo bückte sich, hob einen auf und warf ihn ins Gebüsch. Mit hohen Sprüngen jagte der Hund dem Geschoss hinterher.

»Eine hübsche Geschichte, nicht wahr?«

Madame Picot lächelte und Flo nickte, wobei sie nicht wusste, weshalb ihr ihre Zimmerwirtin diese Legende erzählte. Insgeheim hatte sie gehofft, sie bekäme etwas zu hören, das mit ihren gefundenen Briefen oder der Jahreszahl 1863 zusammenhing. Aber das wäre ja auch ein unglaublicher Zufall gewesen.

»Ja, sehr hübsch. Und auch ein bisschen gruselig«, bestätigte sie und warf den Stock erneut, als Filou ihn ihr vor die Füße legte.

»Und Sie fragen sich jetzt sicher, weshalb ich Ihnen das erzählt habe, nicht wahr?« Flo fühlte sich ertappt und errötete. »Nun«, sagte Madame Picot, »ich habe Ihnen doch von der Gestalt berichtet, die ich manchmal in den Ruinen herumwandern sehe, erinnern Sie sich? Zuweilen höre ich ja auch etwas.« Sie sah sie unsicher an und Flo versuchte, sich ihre Belustigung nicht anmerken zu lassen.

Die ältere Frau fuhr fort: »Vielleicht ist es ja so, dass wir hier auch eine ›petite colombe‹ haben. Eine unglückliche Liebesgeschichte, ein Verbrechen aus Leidenschaft, irgend so etwas, nur weiß das eben keiner.«

Flo musste sich beherrschen, um nicht laut zu lachen. Sie bückte sich schnell nach dem Stock, den ihr der Hund erneut gebracht hatte, damit Madame Picot ihren Gesichtsausdruck nicht bemerkte. Sie mochte ihre Zimmerwirtin und hatte nicht die Absicht, diese durch ihre Reaktion zu verletzen. Schließlich durfte jeder glauben, was er wollte. Sie hatte schon Aline die Story mit dem Truhengeist nicht abgekauft, deshalb hielt sie auch die Beobachtungen von Madame Picot für Mumpitz. Oder es gab eine ganz rationale Erklärung dafür? Vielleicht machten sich Jugendliche einen Spaß daraus, die liebe Frau hinters Licht zu führen. Oder es waren Nebelschwaden, Spiegelungen von Autoscheinwerfern, Mondlicht, das eine optische Täuschung hervorrief. Selbst die Geräusche konnte man gewiss logisch erklären. Balzende Katzen, Musik aus einem offenen Fenster, Wind, der durch einen Hohlraum pfiff. Doch Flo vermutete, dass sie Madame Picot ebenso wenig mit ihren Argumenten gegen eine paranormale Erscheinung zu überzeugen vermochte wie Aline. Der Glaube konnte eben Berge versetzen!

Flo spürte den prüfenden Blick ihrer Zimmerwirtin – sie erwartete anscheinend eine Antwort. Doch was sollte sie ihr sagen? Sie hatte keine Lust, sich auf eine Diskussion einzulassen, im Gegenzug fand sie es aber unhöflich, wenn sie sich über Madame Picots Einbildung lustig machte. Das hatte ihre Zimmerwirtin nicht verdient. Deshalb räusperte sie sich, um etwas Zeit zu gewinnen, und fuhr sich durch die Haare.

»Das wäre natürlich möglich«, begann sie unsicher, »falls man an Geister glaubt.«

Madame Picot sprang auf, sodass Flo erschrocken zusammenzuckte.

»Ich bin froh, dass Sie es genauso sehen, Madame Galabert!«, rief sie und strahlte übers ganze Gesicht. »Endlich jemand, der mich nicht für verrückt hält! Jetzt müssen wir nur noch herausfinden, was mit unserer ›petite colombe‹ passiert ist. Und dann haben wir eine eigene Legende. Ist das nicht aufregend? Kommen Sie, ich bin durstig!«

Flo schaute ihrer Zimmerwirtin mit offenem Mund nach, als sie nach Filou pfiff und den Rückweg einschlug. Himmel, was hatte sie da angerichtet!

26

Das Gebäude, in dem sich das Nationale Archäologische Amt befand, war ein vierstöckiges graues Sandsteingebäude in der Rue Madrid in Paris, das kürzlich renoviert worden war. Alex betrat die Eingangshalle, in der es nach frischer Farbe roch, und ging direkt zum Empfang. Hinter einem Tresen aus dunkelbraunem Holzimitat blickte eine ältere Dame in einem schicken Kostüm konzentriert auf einen Computerbildschirm. Auf sein Räuspern hin hob sie den Kopf, schenkte ihm ein Lächeln und fragte nach seinen Wünschen.

Während sie sein Eintreffen telefonisch ankündigte, schaute er sich um. Durch eine verglaste Fensterfront sah man in ein Atrium hinaus: Holzboden, verschiedene burgunder-farbene Tische mit Plastikstühlen und ein paar Topfpflanzen. Als ihn die Empfangsdame um einen Moment Geduld bat, wies er mit dem Kopf nach draußen und die ältere Dame nickte zustimmend. Er setzte sich in den Schatten, holte sein Taschentuch mit der eingewickelten Eule hervor und legte das Schmuckstück auf die Tischplatte. Er widerstand dem Wunsch, sich die Schmelzglasfigur nochmals anzusehen. Er hatte sich entschieden und würde seinem Gegenüber kaum eine einleuchtende Geschichte mit einem bedauernden Klang in der Stimme auftischen können.

»Alexandre, wie nett, Sie zu sehen!«

Clemens Richelieu kam mit ausgestreckter Hand auf ihn zu. Alex sprang auf. Der Mann war um die sechzig, groß, schlank mit gebräuntem Teint und kurz geschnittenem, weißem Haar. Er trug einen Anzug, ein hellblaues Hemd und Lederslipper und hätte genauso gut auf eine Jacht im Mittelmeer gepasst. Der Vorsteher des INRAP und sein Großvater waren gute Freunde gewesen und hatten sich stundenlang über die Geschichte der Normandie unterhalten können, ganz zum Leidwesen ihrer Gattinnen.

»Möchten Sie etwas trinken?«, fragte der Professor. »Wir haben einen ausgezeichneten Automatenkaffee. Meine Assistentin wird uns gerne zwei Becher holen.«

Alex lehnte dankend ab. Er war nervös genug, auch ohne Koffein. Sie setzten sich und Richelieu verschränkte seine gepflegten Hände auf dem Tisch. »Also, was kann ich für Sie tun?«

Alex holte tief Luft und schob sein Taschentuch über den Tisch.

Sein Gegenüber warf ihm einen kurzen Blick zu und faltete den Stoff dann auseinander. Als er das Schmuckstück erblickte, hob er die Augenbrauen.

»Darf ich?«, fragte er und Alex nickte.

Richelieu nahm die Eule vorsichtig in die Hand, zog eine Lesebrille aus seiner Hemdtasche und betrachtete, während er die Gläser wie eine Lupe hielt, die Figur eingehend von allen Seiten.

»Römisch«, deklamierte er, »vermutlich erstes Jahrhundert nach Christus. Eine Grabbeilage ... oder eine Opfergabe für die Göttin Minerva.« Er entfernte sorgfältig etwas von der Gartenerde aus Paulette Dubois' Blumenbeet und legte das

Schmuckstück wieder auf den Tisch. »Ihres?«, fragte er und lehnte sich zurück.

»Ja und nein«, erwiderte Alex.

Das Herz schlug ihm bis zum Hals. Es war ihm nicht recht, dass er den Professor belog, daher versuchte er, so nahe wie möglich an der Wahrheit zu bleiben. »Ein Fund«, fügte er hinzu.

»Verstehe. Wo?«

»Auf der Römerwiese in Lisieux.«

Der Professor runzelte die Stirn und Alex unterdrückte ein nervöses Schlucken. Er spürte bereits, wie ihm der Schweiß ausbrach.

»Wie ungemein praktisch, dass Sie dort nach der missglückten Demonstration so einen außerordentlichen Fund gemacht haben, nicht?«

Alex hielt es für klüger, darauf nicht zu antworten.

»Wie dem auch sei«, ergriff der Professor erneut das Wort. »Ein solches Fundstück verlangt einen unverzüglichen Baustopp, um mögliche weitere Artefakte zu schützen. Ich nehme an, das wissen Sie und deshalb sind Sie hier, habe ich recht?« Er warf ihm einen amüsierten Blick zu.

»Ja, das weiß ich«, entgegnete Alex mit fester Stimme. »Und ich bin froh, dass Sie das genauso sehen.«

Der Professor umwickelte das Schmuckstück wieder mit dem Taschentuch und nahm das kleine Paket in die Hand.

»Das hat mit meiner persönlichen Meinung nichts zu tun«, erklärte er und stand auf, »so sind die Vorschriften.« Seine Lippen kräuselten sich und er fügte hinzu: »Gregor Castel wird über einen neuerlichen Baustopp nicht erfreut sein.«

Alex erhob sich ebenfalls. »Vermutlich nicht, nein«, pflichtete er mit unschuldiger Miene bei und versuchte dabei nicht allzu glücklich auszusehen. »Vielen Dank für Ihre Hilfe, Professor.«

Richelieu winkte ab. »Das ist mein Job«, sagte er. »Ich werde die Eule gleich zum Säubern bringen, anschließend wandert sie zu unseren Experten, die sie untersuchen und katalogisieren. Und in ein paar Wochen dürfen sie alle im Museum Ihrer Stadt bewundern. Das Taschentuch bekommen Sie selbstverständlich zurück.«

Alex hatte das untrügliche Gefühl, dass der Professor seine kleine Vorstellung komplett durchschaute. Aus irgendeinem Grund ließ er ihn jedoch nicht auflaufen. Vielleicht aufgrund seiner Freundschaft mit Guillaume Dubois? Unvermittelt kam ihm eine Idee.

»Monsieur Richelieu, ich hätte noch eine Frage. Wenn Sie im Besitz eines alten Briefes wären, dessen Sprache Sie nicht entziffern können, an wen würden Sie sich wenden?«

Der Professor runzelte die Stirn.

»An eine Bibliothek oder ein Archiv vermutlich. Oder halt!« Er zog ein kleines schwarzes Buch aus seiner Sakkotasche und blätterte es durch. »Eugene Lacroix, mein ehemaliger Lehrer an der Universität. Er ist zwar schon über achtzig, aber eine Koryphäe, wenn es um alte Schriftstücke geht. Ich schreibe Ihnen seine Adresse auf. Sagen Sie ihm, ich hätte Sie geschickt. Er ist nämlich etwas kauzig und Fremden gegenüber äußerst misstrauisch.«

Er lachte, notierte Nummer und Anschrift auf einem Blatt, das er aus seinem Filofax riss, dann schüttelten sie sich zum Abschied die Hände. Alex wandte sich zum Gehen. Bevor er das Atrium verließ, hielt ihn die Stimme des Professors zurück.

»Monsieur Dubois?«

Alex drehte sich um.

»Wie ich in der Zeitung las, bezeichnet Gregor Castel Sie und Ihre Gruppe als Ökoterroristen. Im Hinblick auf das Andenken Ihres Großvaters hoffe ich sehr, dass sich diese

Anschuldigungen als haltlos erweisen. Ich würde ungern den Ruf meines Amtes und meine Reputation aufs Spiel setzen. Habe ich mich klar ausgedrückt?«

Alex sah einen Moment betreten zu Boden, straffte dann die Schultern und nickte.

»Gut«, fuhr der Professor fort. »Und noch etwas. Die Castels haben stets bekommen, was sie wollten. Seien Sie auf der Hut.«

27

»Kann ich dich mitnehmen?«

Flo schreckte auf. An der Haltestelle des Linienbusses stand ein roter Renault Clio. Sie war so in ihren Reiseführer vertieft gewesen, dass sie sein Kommen nicht bemerkt hatte. Das Auto kannte sie nicht, die Stimme hingegen schon. Sie stand von der Bank des Bushäuschens auf und blickte durch die heruntergelassene Scheibe der Beifahrerseite.

»Ich dachte, du wärst der ultimative Radler«, sagte sie mit einem Schmunzeln.

»Tja«, meinte Alex, »manchmal muss selbst ich Zugeständnisse machen.« Er warf einen Blick in den Rückspiegel. »Du solltest dich entscheiden, ich kann hier nicht länger stehen.«

Sie folgte seinem Blick. Der Linienbus bog gerade um die Ecke und setzte den Blinker. Einen kurzen Moment zögerte sie, dann öffnete sie die Beifahrertür und stieg ein. Alex ordnete sich wieder in den Verkehr ein.

»Wo soll die Reise denn hingehen?«, fragte er. »Kleine Shoppingtour?«

Flo blickte sich in dem Auto um. Am Rückspiegel baumelte eine Trollfigur mit giftgrünen Haaren, die Autositze waren mit einem geblümten Stoff überzogen und kleine Orientteppiche dienten als Fußmatten. Es roch intensiv nach Lavendel. Sie unterdrückte ein Niesen. Wenn sie nicht alles täuschte, war das unmöglich Alex' Auto. Ansonsten hatte sie sich wohl erheblich geirrt, was seinen Geschmack betraf.

»Das Auto meiner Mutter«, erklärte er, als hätte er ihre Gedanken erraten.

»Hübsch«, meinte Flo und verkniff sich ein Lachen. »Ich will nach Caen. Aber nicht zum Einkaufen, sondern ins Stadtarchiv. Irgendwo muss ich schließlich anfangen.«

»Anfangen?«

Er bog auf die Hauptstraße ein und beschleunigte.

»Mit Omis Brief. Vielleicht finde ich dort einen Hinweis darauf, um welche Sprache es sich handelt.« Sie öffnete ihre Handtasche und holte einen Zettel hervor. »Zusätzlich habe ich mir noch die Adressen der Museen notiert.« Sie starrte einen Moment auf das Blatt und runzelte dann die Stirn. »Alex, wenn du gerade nichts vorhast, wäre es unverschämt von mir …«

»Klar«, unterbrach er ihr Gestammel schmunzelnd. »Ich begleite dich gern, hab' schließlich Ferien.«

Flo strahlte und ließ sich tiefer in den Sitz sinken. Im Grunde war er doch ganz nett und sie konnte sich kaum noch erinnern, weshalb sie sich heute Morgen so über ihn geärgert hatte.

Sie beobachtete ihn verstohlen aus dem Augenwinkel. Er trug ein kariertes Hemd über einem weißen T-Shirt. Die Haarsträhne, die ihm normalerweise über die Augen fiel, hatte er sich mit Gel aus dem Gesicht gestrichen. Er sah umwerfend aus, und sie fühlte plötzlich eine leichte Schwäche in der Magengegend, als hätte sie Hunger.

Sie rief sich zur Ordnung. Nur weil es mit Marc im Moment gerade nicht so gut lief, hieß das nicht, dass sie sich gleich für einen anderen Mann interessieren durfte, noch dazu einen Normannen! Schließlich war Treue in einer Beziehung das oberste Gebot. Und selbst in Gedanken konnte man untreu sein. Also kramte sie in ihrer Handtasche nach einem Kaugummi und sah dann demonstrativ zum Fenster hinaus, um sich abzulenken.

Während draußen die Landschaft vorbeiflog, musste sie plötzlich daran denken, was Madame Picot ihr über Alex' Schwester erzählt hatte. Sie hätte ihm gerne ihr Beileid ausgesprochen, war sich jedoch nicht sicher, ob sie überhaupt erwähnen sollte, dass sie von dem Unfall wusste. Er trug, so gut glaubte sie ihn mittlerweile zu kennen, das Herz nicht auf der Zunge. Es war wahrscheinlich das Beste, darauf zu warten, bis er ihr selbst von dem Unglück erzählte. Doch es interessierte sie brennend, weshalb er sich die Schuld an diesem Unfall gab.

Sie fuhren in westlicher Richtung durch kleine Dörfer: Saint-Désir, La Boisiere, Saint-Lorent-du-Mont. Wiesen, Felder, Kühe, dazwischen frei laufende Pferde mit fliegenden Mähnen, dann wieder hohe Buschhecken entlang der Fahrbahn, die kaum einen Blick auf einzelne Häuser am Straßenrand gewährten. Am Himmel jagten weiße Wolken wie eine Herde Schafe von Westen nach Osten. Die Sonne blendete Flo und sie schloss einen Moment die Augen. Das monotone Dröhnen des Motors schläferte sie ein und immer wieder fiel ihr Kopf zur Seite.

»Wie weit ist es eigentlich nach Caen?«, fragte sie, unterdrückte ein Gähnen und setzte sich auf. Sie konnte nicht einfach ein Nickerchen halten, wenn Alex sie schon in der Gegend herumchauffierte, das war mehr als unhöflich.

»Knapp eine Stunde«, erwiderte er. »Mit dem Bus wäre es etwas länger«, fügte er schmunzelnd hinzu. »Weil es nämlich keinen gibt.«

Flo lachte. »Gutes Argument. Ich war noch nie eine Leuchte im Fahrplänestudieren. Aber einen Zug gibt's doch, oder?«

Alex nickte. »Die schnellste Verbindung, aber ich hoffe doch, dass dich meine Begleitung für die längere Fahrt entschädigt.«

Er zwinkerte ihr zu und Flo schüttelte lächelnd den Kopf. Wenn sie es nicht besser wüsste, würde sie fast meinen, dass er gerade mit ihr flirtete.

Als sie an einer Kreuzung halten mussten, nahm sie sich ein Herz. Es war an der Zeit, ihm reinen Wein einzuschenken. Diese ewige Lügerei über Mike zerrte an ihren Nerven. Die Schwindeleien würden früher oder später sowieso ans Licht kommen und dann wäre es kaum mehr möglich, mit einem blauen Auge davonzukommen.

Sie atmete tief durch. »Alex«, begann sie. »Ich muss dir etwas gestehen.«

Er drehte das Autoradio leiser und blickte sie aufmerksam an. »Ein Geständnis? Wie aufregend, lass hören.«

Sie bemerkte ein Funkeln in seinen Augen, die im Licht des Spätnachmittags wie polierter Hämatit aussahen. Je nach Lichteinstrahlung wechselte das Grau seiner Iris die Farbe. Wie ein Chamäleon – es war faszinierend.

Ob sie das auch bei gewissen Gemütserregungen taten? Bei Wut, Freude oder sexueller Lust? Himmel, was ging ihr da bloß wieder durch den Kopf? Eben noch hatte sie sich doch vorgenommen, sich keinen solchen Gedanken mehr hinzugeben! Sie errötete und räusperte sich schnell.

»Tja, also, es ist so. Ich kenne Mike gar nicht, sondern habe ihn erst bei der Demonstration getroffen. Das heißt, er ist nicht mein Freund.«

Alex zog die Augenbrauen hoch. »Ach, nicht? Und wieso hast du mir das dann gesagt?«

Die Kreuzung war frei und er beschleunigte wieder.

»Keine Ahnung«, gestand sie und biss sich auf die Lippen. »Es war einfach eine blöde Idee.«

»Verstehe«, erwiderte er ruhig. »Das war aber nicht nett, mich so hinters Licht zu führen.«

Sie seufzte. »Ich weiß, es tut mir ja auch leid. Ich …«

Sie brach ab und starrte verblüfft auf Alex, der in schallendes Gelächter ausgebrochen war.

»Oh mein Gott!«, japste er. »Du solltest dein Gesicht sehen!«

Er verschluckte sich und fing an zu husten, gleichzeitig wischte er sich die Lachtränen aus den Augen.

Flo schnaubte. Was war denn daran so lustig? Doch sein Lachen wirkte so ansteckend, dass sie selbst zu kichern anfing.

»Du und Mike!«, fing Alex an, doch sofort prustete er erneut los. Der Clio machte einen Schlenker und Flo schrie erschrocken auf.

»Jetzt krieg dich mal wieder ein!«, rief sie und klammerte sich an den Haltegriff. »Du bringst uns noch um!«

Das wirkte. Er räusperte sich mehrmals, wischte sich mit dem Ärmel über die Augen und atmete tief durch. Ein paar Mal zuckten seine Lippen noch verräterisch, aber der Lachanfall war vorüber.

Sie passierten das Ortsschild von Caen und bogen kurz darauf auf einen Parkplatz ein, der von mächtigen Eichen gesäumt wurde. Alex drehte den Zündschlüssel um und wandte sich ihr zu.

»Entschuldige meinen Ausbruch«, sagte er. »Aber ich wusste das schon seit der Demonstration. Mike ist ein alter Kumpel von mir und auf meine Frage, wo denn seine hübsche Freundin abgeblieben sei, hat er mir berichtet, dass er dich erst auf dem Bahnhof getroffen habe.«

Er zwinkerte schelmisch.

Flo schaute ihn mit offenem Mund an. Er hatte es die ganze Zeit gewusst? Kein Wunder hatte er die Sprache immer wieder auf Mike gebracht und sich vermutlich köstlich über ihre dummen Antworten amüsiert. Die Erleichterung darüber, dass sie ihm endlich die Wahrheit gesagt hatte, wurde augenblicklich durch diese Demütigung weggewischt. Würde sie ihm etwas bedeuten, hätte er sie doch sicher gleich darauf angesprochen. Aber nein, er hatte sie vorgeführt, vermutlich mit seinen Freunden sogar über sie gelacht. Der Kloß in ihrem Hals, der immer größer wurde, drohte sie zu ersticken. Sie musste unbedingt an die frische Luft. Nur weg von seinem Grinsen, seiner Hinterhältigkeit und seinem freundschaftlichen Getue!

»Dann bist du also gar nicht wegen der Römerwiese hier, nicht wahr?«, mutmaßte Alex, der ihren Zustand anscheinend nicht bemerkte. »Schade, wäre schön gewesen, wenn wir am gleichen Strang zögen.«

Flo riss die Wagentür auf und fiel praktisch auf den Parkplatz hinaus. Sie wollte Alex gerade ein paar gezielte Beschimpfungen an den Kopf schmettern und ihn nebenbei darüber aufklären, dass er sowieso nur als Informant diente, als ein kleiner Teufel sich auf ihre Schulter setzte und ihr ins Ohr flüsterte: »Wieso willst du ihm offenbaren, weshalb du tatsächlich hier bist? Er wird sich nur noch mehr über dich lustig machen, wenn du ihm von Aline, der Geisteraustreibung und dem Struwwelpeter erzählst! Möchtest du das?« Nein, wollte sie schreien, nicht noch so eine Demütigung!

»Das mit Mike war geschwindelt«, sagte sie daher einer plötzlichen Eingebung folgend und stützte sich bei den Worten auf die offene Autotür, »aber mein Engagement für Ausgrabungsstätten ist echt. Ich engagiere mich ständig für solche Dinge. Erstaunlich, dass du über mich in den einschlägigen Kreisen noch nie etwas gehört hast. Flo, die grüne Amazone!

Das ist mein Spitzname. Ich bin international bekannt! Wir ziehen also am selben Strang, liebster Alex. Du kannst dir gar nicht vorstellen, wie stark wir ziehen!«

Dann knallte sie die Wagentür zu und lief über die Straße davon.

28

Alex schaute Flo verblüfft hinterher. Was war denn jetzt wieder los? Gerade eben noch hatten sie sich wunderbar unterhalten und er hatte sich gefreut, dass sie endlich ihre Scharade mit Mike aufgab, und dann plötzlich war die Stimmung gekippt. Hatte er etwas Falsches gesagt? Und stimmte das wirklich, dass sie eine engagierte Umweltschützerin war? Tatsächlich hatte er noch nie etwas von einer ›grünen Amazone‹ gehört, aber das war nicht weiter verwunderlich; seine heiße Phase, was Umweltaktivitäten betraf, war vorbei. Zwar hatten Tanja und er sich sporadisch an Kundgebungen beteiligt, aber seit ihrem Tod hatte er seine Aktivitäten dahin gehend komplett eingestellt. Erst als in Lisieux neue Spuren der Römer gefunden worden waren, hatte er sich an seine frühere Passion erinnert und die alte Truppe reaktiviert. Aber wieso war Flo plötzlich so aufgebracht? Er konnte es sich nicht erklären. Doch weil er nun schon einmal in Caen war, würde er den Teufel tun und einfach wieder nach Hause fahren. Er würde sie jetzt gleich zur Rede stellen und nicht, wie heute Morgen, wie ein geprügelter Hund davonschleichen. Die Frau brachte ihn mit ihrer Art um den Verstand!

»Himmel noch mal«, knurrte er, schloss den Clio seiner Mutter ab und überquerte ebenfalls die Straße.

Das Stadtarchiv befand sich im Gebäude der Stadtbibliothek und hatte geschlossen. Flo stand davor und sah aus, als würde sie gleich in Tränen ausbrechen.

»Verdammt, verdammt!«, schimpfte sie und stampfte wie ein kleines Kind mit dem Fuß auf. Sie bedachte ihn mit einem giftigen Blick, als er näher kam, und drehte ihm dann demonstrativ den Rücken zu.

Alex konnte sich eines Schmunzelns nicht erwehren. Verstehe einer die Frauen, dachte er, und laut sagte er: »Lass uns etwas trinken gehen, einverstanden? Ich kenne ein nettes kleines Café gleich um die Ecke.«

Im ersten Moment hatte es den Anschein, als wolle Flo ihm nicht antworten, dann wandte sie sich jedoch um und nickte zögerlich.

Besagtes Bistro befand sich in der Fußgängerzone. Die angenehmen Temperaturen hatten den Wirt dazu veranlasst, ein paar Tische und Stühle vor das Lokal zu stellen. Sie ergatterten einen freien Tisch neben dem Eingang, und nachdem sie ihre Bestellung beim Kellner aufgeben konnten, beobachteten sie eine Weile schweigend die Passanten.

»Wieso haben die denn schon geschlossen?«, unterbrach Flo plötzlich die Stille. Sie stellte ihren Cappuccino so heftig auf die Untertasse, dass er über den Rand schwappte. »Jetzt muss ich bis morgen warten. So ein Mist!«

Alex griff in seine Hosentasche und zog den Zettel mit der Adresse von Eugene Lacroix hervor. Er wohnte nicht weit von hier, sie konnten problemlos zu Fuß hingehen. Er betrachtete das Papier nachdenklich, während Flo weiterschimpfte. Wieso gab er ihr den Zettel nicht einfach? Er müsste sie nicht einmal begleiten, könnte nach Hause fahren und sich um seine eigenen Probleme kümmern. Und davon hatte er reichlich. Morgen erwartete ihn das Kriminaltechnische Labor, danach die Suche nach einem Anwalt. Später gäbe es eine Verhandlung, und wenn er auch nicht daran glaubte, dass man ihn wegen des Brandes verurteilte, war die ganze Sache doch mehr als unangenehm. Außerdem stand ihm noch Gregors Reaktion auf den neuerlichen Baustopp bevor. Er hatte wahrlich genug um die Ohren, auch ohne einer kapriziösen Frau bei deren Recherchen das Händchen zu halten. Doch trotz aller Gegenargumente genoss er ihre Gesellschaft. Außerdem war das Bedürfnis, ihr behilflich zu sein, größer als sein Frust ob ihrer ständigen Missverständnisse. Wenn sie nicht gerade über Gott und die Welt wetterte, war sie unglaublich faszinierend. Von ihrem hübschen Aussehen ganz zu schweigen.

»Hörst du mir überhaupt zu?« Flo blickte ihn mit gerunzelter Stirn an.

»Wie? Entschuldige, ich war in Gedanken.« Alex legte den Zettel auf den Tisch. »Ein guter Bekannter meines verstorbenen Großvaters hat mir den Namen eines gewissen Eugene Lacroix gegeben. Angeblich ein Fachmann für alte Schriftstücke. Wir könnten es bei ihm versuchen.«

Ihre Augen leuchteten auf und sie griff nach dem Zettel.

»Du hast dich nach einem Experten umgehört?«

Er zuckte die Schultern. »Es scheint dir ja wichtig zu sein.«

Flo furchte die Stirn. »Du machst dich nicht wieder lustig über mich? Das ist wirklich ernst gemeint?«

Alex schüttelte verwirrt den Kopf. »Wieder? Wieso sollte ich mich über dich lustig machen? Ich verstehe nicht …«

Er blickte sie fragend an, doch sie drehte den Kopf zur Seite und biss sich auf die Unterlippe.

»Flo? Ist was?«

»Nein«, sie schüttelte den Kopf. »Vergiss es einfach. Ich habe nur schlecht geschlafen.«

Er nickte. Das kannte er. Schlafmangel war ein widerlicher Zeitgenosse.

Flo betrachtete währenddessen den Zettel mit der Adresse in ihrer Hand, beugte sich dann unvermittelt über den Tisch und hauchte Alex einen Kuss auf die Wange.

»Vielen Dank«, meinte sie versöhnlich. »Und bitte entschuldige, dass ich dich vorhin so angefahren habe. Wollen wir?«

Alex wurde heiß. Er konnte sich gerade noch zurückhalten, um die Stelle, die sie geküsst hatte, nicht mit seiner Hand zu berühren. Um Zeit zu gewinnen, kramte er in seiner Geldbörse, legte dann das Geld für ihre Getränke auf den Tisch und stand so abrupt auf, dass sein Stuhl umfiel.

Meine Güte, er benahm sich ja wie ein verliebter Teenager! Das war nur eine spontane Dankesbekundung gewesen und weiter nichts. Es fehlte noch, dass er sich jetzt irgendwelchen romantischen Gefühlen hingab. Und doch schlich sich ein zufriedenes Lächeln in sein Gesicht, als er sich bückte und den Stuhl wieder aufstellte.

Eugene Lacroix' Wohnung befand sich im dritten Stock eines typisch normannischen Fachwerkhauses im Quartier Vaugueux, das zwischen der Burg von Wilhelm dem Eroberer und dem Jachthafen lag. Das Gebäude besaß zwei malerische Erker mit einem Spitzdach und einen kleinen Turm mit winzigen Fenstern, ein kleiner Arkadengang zog sich an der Längsseite entlang. Sie blieben vor einer dunklen Eichentür stehen. Durch mattes Glas, das auf Augenhöhe in die Tür eingelassen war, blickten sie in einen schwarz-weiß gefliesten Korridor, an dessen Ende eine schmale Treppe in die oberen Etagen führte. Alex betätigte die Klingel. Kurz darauf knisterte die Gegensprechanlage und ein unfreundliches ›Oui?‹ war zu hören.

»Monsieur Lacroix?« Alex beugte sich vor. »Mein Name ist Alexandre Dubois. Entschuldigen Sie die Störung, aber ich komme auf Empfehlung von Professor Clemens Richelieu. Wir haben einen handgeschriebenen Brief aus dem 19. Jahrhundert und wissen nicht, in welcher Sprache er verfasst ist. Der Professor meinte, Sie können uns eventuell helfen.«

Eine Weile blieb es still und Alex drehte sich um. Flo stand dicht hinter ihm und schürzte die Lippen.

»Ob er dich nicht verstanden hat?«

Gerade wollte er seinen Spruch noch einmal vortragen, als sich die Tür mit einem metallenen Schnurren öffnete.

Im Eingangsbereich roch es nach kaltem Kaffee und feuchtem Stein. Ein Aufzug war nicht auszumachen, daher ließ Alex Flo den Vortritt und gemeinsam stiegen sie die steile Treppe hinauf.

Im dritten Stock befanden sich zwei Wohnungen. Flo inspizierte die Namen an den Türklingeln und drückte dann auf die, unter der in zitteriger Schrift E. Lacroix stand. Die Tür wurde sogleich geöffnet, als hätte der Bewohner dahinter auf ihr Kommen gewartet.

Eugene Lacroix war klein, fast ein Zwerg, und hatte dünnes weißes Haar, das ihm bis auf den Kragen seines Hemdes fiel. Auf seiner Nasenspitze thronte eine randlose Brille, über die hinweg er sie mit zusammengezogenen Brauen musterte. Seine Augen besaßen das milchige Blau eines Menschen, der mit dem grauen Star kämpft. Das Gesicht war von tiefen Furchen durchzogen.

»Dubois?«, fragte er forsch. »Mit Guillaume Dubois aus Lisieux verwandt?«

Seine Stimme war außergewöhnlich kräftig und passte nicht recht in den schmächtigen Körper.

Alex nickte. »Mein Großvater.«

Ohne ein Wort zu sagen, drehte sich Lacroix um, ging einen kurzen Flur entlang und verschwand in einem Zimmer. Sie sahen sich einen Moment verwundert an, hielten diese

Reaktion jedoch für eine Einladung und folgten dem alten Mann in seine Wohnung.

Alex verschlug es die Sprache, als er Lacroix' Wohnzimmer, oder wie immer man diesen Raum bezeichnen sollte, betrat. Die Wände waren bis unter die Decke mit Büchern vollgestopft. Die Regale sah man unter dem Wust aus dicken Folianten, mit Schnüren zusammengehaltenen Mappen und verstaubten Ledereinbänden kaum noch. Auf dem Boden, den Stühlen, dem Tisch und auf einem zerschlissenen Sofa stapelten sich Dokumente, beschriebene Blätter und Zeitschriften. Es roch nach altem Papier, Zigarettenrauch und verbranntem Speiseöl.

»Wie geht es denn dem Kardinal?«, wandte sich Lacroix schließlich an sie und machte eine Handbewegung, dass sie sich setzen sollten. Flo sah sich ratlos im Zimmer um. Dann nahm sie einen Stapel Zeitungen von einem Stuhl, legte diesen auf den Boden und setzte sich. Alex zog es vor zu stehen.

»Kardinal?«, fragte er verwirrt.

Lacroix lachte heiser. »Sein Spitzname an der Universität. Wie der Kardinal Richelieu aus Die drei Musketiere, Sie verstehen? Er mochte ihn nicht besonders. Ich fand ihn ausgesprochen passend.«

Alex lächelte. »Professor Richelieu geht es gut. Ich soll Sie von ihm grüßen.«

Lacroix nickte und beugte sich vor. »Und jetzt zeigen Sie mir den Brief!«

Er streckte seine Hand aus, die kaum größer als die eines Kindes war und leicht zitterte. Zeige- und Mittelfinger waren gelb verfärbt, die Haut wie dünnes Pergament, unter dem sich dicke blaue Adern wölbten.

Alex warf Flo einen kurzen Blick zu und formte mit den Lippen lautlos das Wort Brief. Sie nickte, kramte aus ihrer Tasche den Brief hervor und überreichte ihn dem Mann.

»Wir vermuten, es handelt sich dabei um einen Liebesbrief«, erklärte Alex. »Leider konnten wir bis jetzt lediglich das Datum, die Unterschrift und zwei einzelne Wörter – Noviomagus Lexoviorum – entziffern.«

Lacroix hielt das Schriftstück zuerst gegen das Fenster ins Licht, betrachtete es dann durch seine Brille, befühlte das Papier und legte es anschließend auf den Tisch, nachdem er ein paar andere Dokumente zu einem noch größeren Stapel aufgeschichtet hatte.

»Interessant«, murmelte er und Alex' Mundwinkel hoben sich.

»Sie können ihn also lesen?«, fragte er hoffnungsvoll.

»Gemach, gemach, junger Mann«, wandte sich der alte Mann an ihn. »Lesen kann ich ihn, zweifellos, aber ob ich ihn auch verstehe, ist die zweite Frage.«

Er stieß einen Laut aus, der vermutlich ein Kichern hätte sein sollen, sich dann aber in ein asthmatisches Röcheln verwandelte. Er nahm den Brief wieder in die Hand und hielt ihn sich so nahe vor die Augen, dass seine Nasenspitze ihn beinahe berührte.

»Sieht aus wie Patois.« Er brach ab und schüttelte den Kopf. »Schwierig. Wo haben Sie das Schriftstück her, Mademoiselle?«

»Es gehörte meiner Großmutter«, erklärte Flo. »Besser gesagt befand es sich in ihrem Besitz. Sie ist leider vor ein paar Wochen gestorben.«

»Verstehe«, nuschelte Lacroix. »Kommt Ihre Familie ursprünglich aus der Normandie?«

»Soweit ich weiß, nicht. Wir leben alle in Paris. Wieso, spielt das eine Rolle?«

Lacroix gab ihr den Brief wieder zurück und zwängte sich aufs Sofa. Dabei fiel ein Stapel Papiere zu Boden, was er nicht beachtete. Er zog ein zerknittertes Päckchen Gauloises aus seiner Hosentasche und steckte sich eine Zigarette an. Eine Weile starrte er an die Decke und blies blaue Rauchkringel in die Luft. Es schien, als hätte er seinen Besuch vollkommen vergessen. Alex räusperte sich.

»Nun«, begann Lacroix schließlich und schnippte die Zigarettenasche in einen Blumentopf auf dem Fensterbrett, in dem eine verdorrte Pflanze stand.

»Es handelt sich bei der Sprache vermutlich um Patois. Sie kennen den Begriff?« Flo schüttelte den Kopf und der alte Mann fuhr fort. »Als Patois werden grundsätzlich alle Dialekte der französischen Sprache betitelt. Das Kreolische in der Karibik ist ebenfalls eine Form davon, wie auch das Normannische. Letzteres zählt zu den Langues d'oïl, die zusammen mit dem Okzitanischen und dem Dialekt aus der Provence zu den galloromanischen Sprachen gehören. Wie andere romanische Ausdrucksweisen sind auch diese Varietäten aus dem sogenannten Vulgärlatein hervorgegangen.

Zu Beginn des 19. Jahrhunderts redeten viele Menschen noch so. Dann wurden diese Dialekte jedoch vehement bekämpft. Die altüberlieferten Mundarten galten als rückständig, wurden als Aussatz der Bildung, gar als auszurottender Parasit gegeißelt. Der Lehrerschaft war es strikt verboten, Dialekt zu sprechen; selbst während der Pausen wurde darüber gewacht, dass die Schüler nicht in Mundart verfielen. Die Behörden sprachen sogar Bußen aus.«

Er lehnte sich zurück, spuckte auf seine Zigarette, sodass sie mit einem Zischen erlosch, und deponierte den Stummel anschließend im Blumentopf.

»Nun ist es aber so, dass sich diese Dialekte stark voneinander unterscheiden. Ich spreche ein bisschen provencalisches Patois. Dies«, er zeigte auf Flos Brief, »stammt aber nicht aus der Provence. Es kann sein, dass es ein normannischer Dialekt aus der Umgebung ist, denn Normannisch wird in der Basse-

162

Normandie und auf den Kanalinseln gesprochen. Wieso ich darauf komme, dass er in der hiesigen Region heimisch ist? Nun, sonst würde im Post Scriptum kaum der Name Noviomagus Lexoviorum stehen, nicht wahr? Daher die Frage nach der Herkunft Ihrer Familie. Mehr kann ich Ihnen dazu nicht sagen. Ich bin kein Sprachwissenschaftler. Und jetzt muss ich mich hinlegen.« Er stand auf und schlurfte hinaus. Unter dem Türsturz blieb er stehen und drehte sich nochmals um. »Grüßen Sie den Kardinal von mir.«

29

»Sie heißt Florence Galabert, stammt aus Paris, ist fünfundzwanzig Jahre alt, unverheiratet, Dentalassistentin und wohnt momentan bei Delphine Picot in der Rue Guizot. Hat sich dort für eine Woche einquartiert.«

Gregor nippte an seinem Glas Sauvignon blanc und schnalzte mit der Zunge.

»Beeindruckend, Xavier. Du solltest Privatdetektiv werden.«

Carpentier lächelte geschmeichelt, schob das Blatt mit seinen Notizen über den Tisch und widmete sich weiter seiner Vorspeise.

Vom Restaurant La Ferme du Roy sah man in den nächtlichen Park hinaus. In der Ferne glänzten die Lichter einiger Bauernhöfe wie Diamanten auf dunklem Samt. Das Lokal war an diesem Donnerstagabend nur spärlich besetzt. Trotzdem hatte Gregor einen Tisch im rückwärtigen Teil gewählt. Er mochte keine neugierigen Ohren.

»Wie hast du das so schnell herausgefunden?«, fragte er, faltete Carpentiers Notizen zusammen und steckte sie in seine Sakkotasche. »Kleine Bonuszahlung?«

Sein Vorarbeiter schüttelte den Kopf. »Delphine und meine Frau besuchen denselben Damenturnverein.«

Gregor lachte schallend. Man sollte Klatsch eben nie unterschätzen!

»Also eine Touristin«, folgerte er und wischte sich den Mund mit der Serviette ab. »Was sie auf dem Polizeirevier wollte, hat die Picot nicht erwähnt?« Carpentier schüttelte wieder den Kopf. »Macht nichts, das werde ich schon herausbekommen. Wie geht's übrigens deiner Hand?«

»Werd's überleben«, meinte sein Gegenüber lapidar und betrachtete den weißen Verbandmull. »Der Arzt hat mir eine Brandsalbe und Schmerztabletten verschrieben.«

»Gut«, meinte Gregor. »Schau einfach, dass du in der nächsten Zeit unseren Polizisten nicht über den Weg läufst. Es wäre doch reichlich ungewöhnlich, wenn der Täter keine, der Zeuge jedoch Brandwunden aufweist.«

Die Bedienung unterbrach ihr Gespräch, räumte die Vorspeisenteller ab und schenkte ihnen Weißwein nach.

Florence Galabert, dachte Gregor. Nein, den Namen kannte er definitiv nicht. Und da sie als Touristin in Lisieux war, gehörte sie anscheinend auch nicht zu Alex' Truppe. Umso besser! Aber was suchte sie in dieser Gegend? Zugegeben, die Normandie geizte nicht mit touristischen Sehenswürdigkeiten. Der Mont-Saint-Michel, der Garten von Claude Monet in Giverny, die Küstenorte Deauville und Trouville, die Kreidefelsen von Etretat. Selbst Lisieux hatte die eine und andere Attraktion zu bieten, doch die Apfelblüte hatte noch nicht richtig begonnen. Weshalb kam also ein so hübsches Ding ausgerechnet Anfang April hierher?

Gregor hielt nichts von Spekulationen, also beschloss er, sie einfach direkt danach zu fragen. Nicht weit von der Rue Guizot entfernt gehörte ihm ein Stück Land, das noch nicht erschlossen war. Er hatte schon öfters überlegt, was er mit diesem Grundstück anfangen sollte. Es war kein Baugrund und daher relativ wertlos, aber es grenzte direkt an Delphines Land. Gleich Morgen würde er es besichtigen und, wie es seine nachbarliche Pflicht war, bei ihr auf einen Sprung vorbeischauen. Obwohl mittlerweile dicke Regentropfen an die Fensterscheiben klatschten, hob der Gedanke, dass er die hübsche Brünette bald wiedersehen würde, seine Laune. Und als die Bedienung ihnen den Hauptgang, eine köstlich duftende Lammhaxe mit Kümmelkarotten, servierte, orderte er eine weitere Flasche Weißwein.

Er würde die Kleine schon herumkriegen. Frauen liebten Luxus. Und da diese Florence sich nur für eine einfache Pension entschieden hatte, würde sie sicher die Annehmlichkeiten, die er ihr bieten konnte, zu schätzen wissen. Bis jetzt hatte er noch keine Frau getroffen, die nicht irgendwann auf seine Avancen eingegangen war. Je länger sie sich zierten, desto spannender wurde die Jagd. Das Erlegen war dann nur noch eine Formsache. Und wer weiß, vielleicht entpuppte sich diese Florence als seine ultimative Beute. Ihr temperamentvolles Gebaren in der Polizeistation versprach so einiges. Des Weiteren musste er noch herausfinden, weshalb sie auf die Nennung seines Namens so entsetzt reagiert hatte. Er hoffte für Delphine Picot, dass nicht sie es gewesen war, die ihrem Gast dummes Zeug über ihn erzählt hatte. Das war ihr durchaus zuzutrauen. Jeder in Lisieux wusste, dass sie nicht mehr alle Tassen im Schrank hatte und immer mal wieder über Geistererscheinungen und ähnlichen Schwachsinn berichtete. Er würde ihr Morgen dahin gehend ein wenig auf den Zahn fühlen und je nach Ergebnis seine Beziehungen spielen lassen. Vielleicht eine kleine Kontrolle der Gesundheitsbehörde? Manchmal kamen bei solchen Inspektionen ja die haarsträubendsten Befunde zutage, denen eine Schließung von dem geprüften Etablissement folgte; ein Kakerlakenbefall zum Beispiel.

Gregor lächelte zufrieden, hob sein Glas und prostete Xavier zu.

»Auf die Zukunft«, sagte er, »sie verspricht, überaus interessant zu werden!«

30

Alex schaltete die Scheibenwischer ein und drosselte das Tempo. Der plötzliche Wolkenbruch verwandelte den Weg in eine regelrechte Waschstraße. Von Eugene Lacroix aus waren sie nochmals zur Stadtbibliothek zurückgegangen und hatten nach Büchern gefragt, die sich mit diesem ungewöhnlichen Dialekt, dem Patois, befassten. Leider hatte man ihnen nicht helfen können. Es gäbe zwar ein paar gedruckte Abhandlungen darüber, aber die seien aus dem 19. Jahrhundert und nur noch antiquarisch, wenn überhaupt, erhältlich. Man riet ihnen, es im Internet oder über eine Buchhandlung zu versuchen, die sich auf vergriffene Ausgaben spezialisiert hatte.

»Im Grunde sind wir nicht weitergekommen«, brach Flo die Stille und zupfte an ihren Haaren herum.

Alex schaltete noch einen Gang tiefer und vergrößerte den Abstand zum Vordermann.

»Nicht ganz. Wenigstens wissen wir jetzt definitiv, um welche Sprache es sich handelt.«

»Und was bringt uns das?«, fragte sie ungehalten. »Wenn sie niemand versteht, sind wir genauso klug wie vorher. Besser gesagt, genauso dumm.«

Er lachte. »Nicht so schwarz sehen, Madame Galabert. Für alles gibt es Spezialisten und, wie sie uns in der Bibliothek schon sagten, finden wir im Internet bestimmt jemanden, der uns weiterhelfen kann.«

Flo schnaubte. Sie war sich dessen nicht so sicher. Was nützte es ihnen, wenn sie in Französisch Guinea einen Experten für diese vergessene Sprache fänden? Das Beste wäre doch eine Person vor Ort, die ihnen behilflich sein konnte. Nur leider lebte vermutlich niemand mehr, der noch Patois sprach. Oder derjenige musste schon sehr alt sein.

Sie stieß einen Schrei aus und Alex zuckte zusammen.

»Himmel! Erschreck mich doch nicht so!«

»Ich weiß, wer uns helfen kann!«, rief sie aufgeregt. »Alines Großmutter!«

Er warf ihr einen verwirrten Blick zu. »Wer ist Aline?«

»Warum habe ich nicht gleich an sie gedacht?« Flo schüttelte lachend den Kopf. »Aline betreibt einen Esoterikladen in dem Haus, in dem meine Oma gewohnt hat. Die Frau ist etwas exzentrisch. Aber sie hat einmal so seltsam gesprochen, und als ich nachfragte, was sie damit meint, gesagt, dass sei eine vergessene Sprache. Ich bin sicher, sie sprach damals Patois. Später erzählte sie mir noch, dass ihre Großmutter manchmal so reden würde. Und die kommt aus der Normandie. Wenn uns irgendwer mit dem Brief helfen kann, dann bestimmt sie!« Sie lächelte zufrieden. »Ich rufe sie gleich an.«

Während Flo auf ihrem Handy Alines Nummer suchte, überlegte sie, ob sie Alex jetzt nicht doch besser die ganze Geschichte erzählen sollte. Aber würde er ihr glauben? Oder sie für verrückt halten? Sie linste zu ihm hinüber. Er wirkte angespannt – kein Wunder, draußen ging eben die Welt unter und der Clio pflügte sich mit Müh und Not durch die herabstürzenden Wassermassen. Nein, die Truhenstory war keine

Geschichte, die man eben mal im Auto erörterte. Sie würde damit in einer ruhigen Minute herausrücken.

Aline ging nicht ans Telefon, und nachdem es Flo noch zwei Mal versucht hatte, gab sie enttäuscht auf.

»Sie nimmt nicht ab«, wandte sie sich an Alex. »Ich versuche es später nochmals.« In dem Augenblick piepste ihr Handy. Marc hatte ihr ein Bild von Sydneys Opernhaus geschickt, dazu die Worte: Bisschen Kultur kann nicht schaden xoxo.

Flo drückte die Nachricht schnell weg. Sie hatte die vergangenen Stunden überhaupt nicht mehr an ihren Freund gedacht und schämte sich jetzt. War sie so oberflächlich, dass alte Briefe, eine missglückte Demonstration und ein attraktiver Normanne sie Marc einfach vergessen ließen? Auch wenn dieser sie so kaltblütig versetzt hatte? Irgendetwas stimmte offenbar nicht mit ihr.

»Schlechte Nachrichten?«

Flo zuckte zusammen. »Wie? Nein, nur eine dämliche Ketten-SMS.«

Sie steckte ihr Handy schnell wieder in ihre Handtasche zurück. Und lügen gehörte jetzt wohl auch zu ihrem täglichen Brot? Was war nur mit ihr los?

Alex runzelte kurz die Stirn, setzte dann den Blinker und atmete sichtlich auf, als sie die besser gekennzeichnete Hauptstraße erreichten. Obwohl es erst neunzehn Uhr war, brannten bereits die Straßenlaternen. Auf der nassen Fahrbahn spiegelten sich die Lichter der Scheinwerfer wie in einem Periskop.

»Hast du auch Hunger?«, fragte er plötzlich. »Ich habe seit dem Frühstück nichts mehr gegessen und bin am Verhungern.«

Flo dachte an ihr einsames Zimmer in der Rue Guizot und an ihre Zimmerwirtin, die sie einspannen wollte, um sich eine persönliche Legende zu schaffen. Im schlimmsten

Fall hatte Madame Picot schon ein Konzept für die örtliche Colombe erstellt. Der Vorschlag, gemeinsam essen zu gehen, klang daher sehr verlockend. Den Gedanken an Marc und seine Meinung bezüglich eines weiteren Abendessens mit einem anderen Mann schob sie tunlichst beiseite.

Als sie an der Römerwiese vorbeifuhren, bemerkte sie, wie sich Alex' Hände fester um das Lenkrad schlossen.

Er ist von den Ruinen genauso besessen wie ich von den Briefen, schoss es ihr durch den Kopf. Im Grunde waren sie sich sehr ähnlich. Vielleicht prallten sie deshalb ständig aufeinander. Mit Marc war das ganz anders. Er interessierte sich überhaupt nicht für die Dinge, die Flo mochte. Und sie passte sich seinen Interessen an, weil das einfacher war, als sich mit ihm zu streiten. Im Grunde lebte sie sein Leben.

Flos Hals wurde plötzlich eng. Hatte sie es sich so vorgestellt? Dass der eine Partner seine Bedürfnisse für den anderen aufgab, nur damit es bequemer war? Bestand eine Beziehung wirklich nur darin, seine Interessen zu verleugnen, damit es nicht zum Streit kam? Das konnte doch unmöglich alles sein!

Nach knapp fünf Minuten bog Alex auf einen Parkplatz ein und stoppte. Der Regen hatte kaum nachgelassen, und da sie keinen Schirm dabeihatten, rannten sie zum Eingang des Restaurants. Lachend und sich gegenseitig schubsend zwängten sie sich durch die Tür.

Flo wurde flau im Magen, als Alex sie zum Spaß um die Taille fasste. Ihr Mund wurde trocken und ihr Puls verdoppelte sich. Ihr Kopf konnte sich noch so gegen seine Attraktivität wehren, ihr Körper redete eine ganz andere Sprache: Alex zog sie an! Mehr noch, er verwirrte und erregte sie zugleich. Als hätte er ihre Gedanken erraten, ließ er sie abrupt los und sie stolperte. Sie wollte sich schon bei ihm für seine rüde Art beschweren, als sie erstaunt die Augen aufriss. Durch ein großes Panoramafenster erblickte sie ein wahres Märchenschloss!

Das Gebäude wurde durch Scheinwerfer angestrahlt und wirkte dadurch verwunschen und geheimnisvoll – wie die Kulisse aus einem Theaterstück aus dem Mittelalter.

»Wow!«, entfuhr es ihr. »Das sieht ja klasse aus. Gehört es dir?«

Alex lachte und wischte sich mit dem Ärmel den Regen aus dem Gesicht.

»Leider nein, dafür reicht mein Lehrergehalt nicht aus. Es ist ein Wasserschloss. Das Château de Saint-Germain-de-Livet wurde im 16. Jahrhundert erbaut und gehört heute der Stadt Lisieux. Man kann es besichtigen, tagsüber natürlich. Es ist sehr hübsch, im Hauptsaal stehen ein großer Kamin sowie Möbel im Stil von Louis-treize. Im ersten Geschoss kann man ein Zimmer mit Mobiliar des französischen Malers Eugène Delacroix besichtigen. Sehr malerisch und extrem romantisch.«

Er warf ihr einen kurzen Blick zu und sah sich dann nach einem freien Tisch um. Das kleine Restaurant war an diesem regnerischen Abend kaum besetzt. Sie fanden einen Platz direkt am Fenster mit Blick auf das idyllische Schloss mit dem ungewöhnlichen schachbrettartigen Mauerwerk aus rot und grün glasierten Ziegeln.

Im Sommer muss es fantastisch sein, auf der kleinen Terrasse vor dem Schlossgraben zu sitzen, dachte Flo und bedauerte plötzlich, dass sie schon bald wieder abreiste.

Ein Kellner brachte ihnen die Speisekarte, die lokale Küche und eine Unmenge von Crêpes in den verschiedensten Sorten anbot. Nachdem sie ihre Bestellung aufgegeben hatten, probierte sie noch einmal Aline anzurufen – vergebens. Mit einem Seufzer verstaute sie das Handy in ihrer Handtasche.

»Nichts zu machen«, sagte sie zu Alex, bedankte sich beim Kellner, der die Getränke brachte, und nippte an ihrem Wasser. »Dann halt morgen.«

Alex hatte sich ebenfalls für ein Mineralwasser entschieden, da er noch fahren musste und es nicht danach aussah, dass der Regen so bald wieder aufhören würde. Er hatte den Kopf gesenkt und drehte sein Glas in den Händen. Sie runzelte die Stirn.

»Ist was?«, fragte sie. »Du bist plötzlich so still.«

Er hob den Kopf. Gott, diese Augen! Flo hätte am liebsten geseufzt.

»Nein, es ist nichts.« Er schüttelte den Kopf, als müsste er eine schmerzliche Erinnerung abschütteln, und lächelte sie dann an. »Erzähl mir von dieser Aline.«

* * *

Nachdem Flo zum Dessert noch einen Pfannkuchen mit einer Kugel Vanilleeis und Schlagsahne verdrückte, fragte sich Alex, wo dieses zierliche Persönchen nur all diese Esswaren verstaute. Er beglich die Rechnung und sie brachen auf. Aus dem mit dicken Wolken verhangenen Himmel fiel ein stetiger Nieselregen. Die Luft war kühl und roch nach nasser Erde.

Sie unterhielten sich glänzend während des Essens. Keine Spur einer Verstimmung mehr zwischen ihnen. Nur beim Eintreten, als er Flo übermütig hochgehoben hatte, war er einen Moment aus der Fassung geraten. Nicht von ihrer, sondern von seiner Reaktion auf diese flüchtige Berührung. Sie hatte ihn regelrecht erschüttert. Wie ein Ausbruch von etwas, das seit Jahren tief verschüttet lag. Es zu benennen getraute er sich jedoch nicht. Er hätte Flo am liebsten gar nicht mehr losgelassen und, wären sie allein gewesen, noch ganz andere Dinge mit ihr angestellt, als sie nur um die Taille zu fassen.

War er denn noch bei Sinnen? Sie kannten sich doch erst seit zwei Tagen! Er hatte einen Moment gebraucht, um sich wieder zu fangen. Flo hatte zwar seine veränderte Stimmung bemerkt, aber Gott sei Dank den Grund nicht geahnt.

»Ich habe zu viel gegessen!«, stöhnte sie, als sie den Parkplatz überquerten.

Er lachte. »Das denke ich auch. Vielleicht sollte ich dich hier aussetzen und du gehst zu Fuß nach Lisieux. Ein bisschen Bewegung würde dir nicht schaden, es sind ja nur sieben Kilometer.«

Sie schlug ihm spaßeshalber auf den Arm. »Wehe, du lässt mich hier allein zurück. Dann …« Sie brach ab.

»Was dann?«, fragte er neckend und blieb stehen.

Sie drehte sich um, baute sich vor ihm auf und schaute kokett zu ihm hoch. Sie war gut einen Kopf kleiner als er. Und obwohl sie so zierlich war, ging in diesem Moment eine starke körperliche Präsenz von ihr aus. Als wäre sie die Brandung, deren Wellen mit steter Wucht auf ihn prallten und er deshalb Gefahr lief, von ihnen in die Tiefe gerissen zu werden.

Sein Herz schlug ihm plötzlich bis zum Hals. Wenn sie den Blick senkte, würde sie es zweifellos unter seinem Hemd schlagen sehen. Doch sie wich seinem Blick nicht aus. Im Gegenteil, er hatte das Gefühl, dass sie durch seine Augen hindurch direkt in seinen Kopf hineinsehen und seine wirren Gedanken lesen konnte.

»Dann, Herr Lehrer«, sagte sie und zog spöttisch einen Mundwinkel nach oben, »muss ich Sie leider bestrafen.«

Alex räusperte sich. »Und wie, wenn ich fragen darf?«

Sie stellte sich auf die Zehenspitzen, schlang ihre Arme um seinen Hals und flüsterte: »So.«

Sie küsste ihn. Zaghaft, nur ein flüchtiges Berühren ihrer Lippen an seinem Mundwinkel. Er fühlte ihren warmen Atem auf seiner Haut, roch den Muskat, mit dem ihr Essen gewürzt gewesen war, und registrierte kaum, wie ihm der Regen in den Nacken tropfte. Mit einem Stöhnen riss er sie an sich und presste seinen Mund auf den ihren. Sie schmiegte sich an ihn, ließ ihre Hände über seinen Rücken wandern. Eine Gänsehaut überzog seine Haut, seine Fingerspitzen prickelten, als stände er unter Strom. Flo schien es ähnlich zu gehen. Sie zitterte am ganzen Körper, ihre Finger wurden jedoch immer fordernder und zogen die Linien seiner Muskeln nach.

Alex meinte, gleich explodieren zu müssen. Mit einem Keuchen riss er sich los. Flos braune Augen wirkten in dem spärlichen Licht fast schwarz. Sie atmete schwer, ihre Lippen glänzten feucht und ein vages Lächeln schlich sich in ihr Gesicht. Er hatte noch nie eine schönere Frau gesehen.

»Komm!«, sagte er, griff nach ihrer Hand und gemeinsam liefen sie zum Auto.

31

Die Frontscheibe des Jaguars beschlug. Gregor wischte sie mit einem Lappen trocken und sah auf seine Armbanduhr – zehn Uhr. Wo blieb die Kleine nur? Er hatte Xavier nach Hause gebracht und war dann, einer spontanen Eingebung folgend, zur Rue Guizot gefahren. Das war vor einer Stunde gewesen. Das Haus von Delphine Picot lag im Dunkeln. Dass sie früh schlafen ging, war allgemein bekannt, aber er konnte sich kaum vorstellen, dass Florence Galabert auch mit den Hühnern ins Bett ging. Also war sie vermutlich ausgegangen. Aber wohin? Hatte sie Freunde hier? War sie vielleicht nach Caen gefahren? Zum Tanzen? Dann konnte er ja lange warten.

Er trommelte mit den Fingern aufs Lenkrad. Er benahm sich wie ein verliebter Halbwüchsiger, der dem Objekt seiner Begierde hinter einer Hausmauer versteckt auflauert. Der Gedanke erheiterte ihn, doch sein Lächeln erstarb sogleich, als er sich daran erinnerte, was sich vor elf Jahren ereignet hatte.

Sommer, 2003

Die Hütte im Wald war mit bunten Girlanden und Papierblumen geschmückt. Über einem Holztisch, auf dem verschiedene Getränkeflaschen standen, hing ein Papierschild mit der Aufschrift: »Willkommen Abschlussklasse 1999!«. Darunter hatte ein Witzbold mit schwarzem Filzstift »ihr alten Säcke!« gekritzelt. Aus einer kleinen portablen Musikanlage plärrten Hits aus den Neunzigern.

Er hatte die Einladung zum Klassentreffen der Sekretärin seines Vaters zur Absage übergeben. Was interessierte es ihn, was aus den Schwachköpfen geworden war, mit denen er die Schulbank gedrückt hatte? Aber gestern hatte ihn, in einem Anfall von Sentimentalität, trotzdem die Neugier gepackt und er hatte sich kurzfristig telefonisch angemeldet. Jetzt bereute er dies jedoch zutiefst. Die Stimmung war so ausgelassen wie auf einem Seniorentreffen.

Vier Jahre waren seit dem Schulabschluss vergangen. Die meisten seiner ehemaligen Mitschüler hatten unterdessen eine Lehre gemacht; er selbst hatte ein Privatgymnasium besucht und Claude, sein vormals bester Kumpel, arbeitete für seinen Vater als Handlanger. Andere waren im Ausland gewesen, von einer Schulkollegin wusste er, dass sie bereits verheiratet und Mutter war. Er schüttelte den Kopf. Jetzt fing das Leben doch erst richtig an! Wie konnte man da nur so dumm sein, es mit Kindererziehung zu verplempern? Vor Kurzem hatte er sein Bauingenieurstudium begonnen. Er liebte die Unabhängigkeit, die er durch den Einzug in ein Studentenheim erlangt hatte. Er verstand sich zwar immer noch leidlich gut mit seinem Vater, hasste es aber, wenn dieser ihn gängelte, als wäre er erst fünf Jahre alt.

Gregor mochte das Studentenleben, genoss jede Sekunde davon, und solange er anständige Noten nach Hause brachte, konnte er im Grunde tun und lassen, was er wollte. Die Schulnoten waren jedoch ein nicht zu unterschätzendes Problem. Er war beileibe nicht dumm, eher faul, und ein staatliches Gymnasium daher ein Ding des Unmöglichen gewesen. Sein Notendurchschnitt war zu Ende der obligatorischen Schulpflicht miserabel gewesen; daher hatte sein Vater ihn in eine teure Privatschule gesteckt. Mit viel Nachhilfeunterricht und dem Wohlwollen des Direktors hatte er jetzt einen Platz auf der Fachhochschule ergattert. Gregor wusste, dass er den elterlichen Betrieb nur mit einem abgeschlossenen Studium würde übernehmen können, und hatte sich vorgenommen, die vier Jahre durchzustehen. Nur gab es leider so viele Dinge, die ihn mehr interessierten als Vorlesungen und Klausuren. Doch sein Vater hatte ihm unmissverständlich klargemacht, dass, wenn er nicht büffelte und annehmbare Resultate lieferte, sein Studentenleben im Nullkommanichts vorbei sein würde.

Gregor durchquerte den Raum, holte sich vom Getränketisch ein Bier und schaute sich um. Seine Lust, sich mit jemandem zu unterhalten, war gleich null. Was für eine blöde Idee, hierherzukommen! Er beschloss, sein Bier auszutrinken und sich dann heimlich zu verdrücken. Es war Samstagabend und in der Stadt garantiert etwas los, oder er fuhr sofort in seine Bude zurück. Er hatte etwas mit einer Verkäuferin am Laufen. Sie zierte sich zwar noch, aber es war klar, dass er sie früher oder später in die Kiste bekommen würde. Ein kleines Präsent und nicht nur ihre Arme würden sich für ihn öffnen. Er grinste bei dem Gedanken, als ihm jemand auf die Schulter klopfte.

»Mensch, Alter, lange nicht gesehen! Wie geht's denn so?«

Claude strahlte ihn an, als wäre er der Weihnachtsmann persönlich. Sein ehemaliger Kumpel war in die Breite gegangen. Über einem schwarzen Ledergurt mit einer lächerlich großen Silberschnalle wölbte sich ein beträchtlicher Wanst. Dazu trug er ein Jeanshemd, eine Schnürsenkel-Krawatte und Cowboystiefel. John Wayne wäre vor Neid erblasst. Claudes Gesicht war rot und aufgedunsen, ein Trinkergesicht. Ob das sein Vater wusste? Ein betrunkener Bauarbeiter war ein Risikofaktor. Er würde seinem alten Herrn dahin gehend wohl einen Tipp geben müssen.

»Alles easy«, erwiderte Gregor und drehte Claude den Rücken zu.

Doch dieser ließ sich davon nicht beirren.

»Bisschen öde hier, nicht?«, fuhr er fort, griff nach einem Bier und öffnete es mit einer schnellen Bewegung an der Tischkante. »Und die Weiber sind auch nicht mehr so knackig wie früher.« Er lachte meckernd und machte dazu eindeutige Hüftbewegungen.

Gregor rollte die Augen und fragte sich, wie er je mit diesem Idioten hatte befreundet sein können.

»Hab' gehört, du machst jetzt einen auf Studi«, fuhr Claude fort. »Wie sind denn die Schnecken dort so?«

Gregor atmete tief durch. Es war sinnlos, Claude darüber aufzuklären, dass es kaum weibliche Hochschüler in ihrem Studiengang gab. Das Baugewerbe war nach wie vor fest in Männerhand. Deshalb erwiderte er lediglich: »Ganz passabel.«

Claude zwinkerte ihm verschwörerisch zu. »Verstehe«, sagte er, was Gregor bezweifelte, doch wenigstens hielt er jetzt den Mund.

Lautes Gelächter weckte ihr Interesse und sie drehten sich um. Am Eingang standen ein paar Leute zusammen und begrüßten sich lauthals. Gregor erspähte Alex Dubois. Er überragte seine ehemaligen Mitschüler immer noch um Haupteslänge. Er war dünner geworden, seine Haare hatte er wachsen lassen, sie fielen ihm bis auf die Schultern und gaben ihm das Aussehen eines modernen Jesus. Er trug Jeans und ein T-Shirt mit einem Aufdruck einer Umweltorganisation.

Gregor schnaubte und strich seine Krawatte glatt. Wenn er eins von seinem Vater gelernt hatte, dann, dass Kleider Leute machten. »Wenn du ernst genommen werden willst, Junge«, hatte dieser ihm gesagt, »dann kleide dich respektabel.« Und Respekt war Gregor wichtig. Das Wichtigste überhaupt! Deshalb mühte er sich auch mit seinem Studium ab, denn nur wenn er das Geschäft seines Vaters übernahm, konnte er seine betrieblichen Vorstellungen durchsetzen. Sein alter Herr war zwar ein guter Geschäftsmann, hatte aber keine Visionen. Das angesehenste Baugeschäft in der Region zu sein, reichte Gregor nicht. Er würde, wenn er erst der Chef war, das Familienunternehmen in ganz Frankreich bekannt machen. Vielleicht sogar international. Das war zwar Zukunftsmusik, doch wer nicht groß dachte, blieb klein.

Gregor hatte Alex vier Jahre nicht gesehen. Der Streber hatte das Gymnasium besucht und studierte jetzt in Paris, so hatte es ihm jemand erzählt. Ein Lehrer, wie passend. Dann könnte er den Schülern seine verquere Weltanschauung einbläuen – die waren genau das angemessene Publikum dafür. Im Grunde sollte man die Leute zwar vor so einem warnen. Aber was gingen ihn die Bälger der anderen an? Wie hatte er Alex immer genannt? Er runzelte die Stirn und überlegte – es wollte ihm nicht einfallen.

In dem Moment trat eine junge Frau herein, stellte sich neben Dubois und lehnte sich an ihn. Alex legte besitzergreifend seinen Arm um ihre Schultern, sagte etwas in die Runde und die junge Frau schüttelte lächelnd die Hände der Umstehenden.

Gregor riss die Augen auf. Sein Magen vollführte einen Hopser. Die Frau kam ihm bekannt vor. War das Dubois'

Freundin? Verdammt, wieso bekam dieser Idiot nur immer solche Weiber ab? Sie hatte blondes gelocktes Haar, trug ein gemustertes Kleid mit einem tiefen Ausschnitt und hatte ein umwerfendes Lächeln. Er musste sie unbedingt kennenlernen!

»Wer ist denn die Kleine, die bei Alex steht?«, wandte er sich an Claude.

Dieser kniff die Augen zusammen. »Oh Mann, kennst du etwa Tanja, Alex' jüngere Schwester, nicht mehr?«, sagte er und unterdrückte ein Rülpsen. »Heißes Teil geworden, was?« Er schnalzte anerkennend mit der Zunge. »Sie war lange Zeit in einem Internat in der Schweiz, hat's an der Lunge oder so. Seit ein paar Tagen ist sie …«

Den Rest des Satzes hörte Gregor nicht mehr. Er durchquerte den Raum, schubste ein paar Gaffer beiseite und baute sich vor Alex auf.

»Schau an«, sagte er, »unser Umweltaktivist. Hätte nicht gedacht, dich hier zu treffen.«

Alex runzelte bei seinem Anblick die Stirn. »Ging mir ebenso«, erwiderte dieser gedehnt.

Sie standen sich eine Weile gegenüber, ohne sich die Hand zu reichen. Wie zwei Boxer im Ring, die die Stärken und Schwächen des Gegners abschätzten. Die Gespräche ringsum waren abrupt verstummt. Lediglich R. Kelly trällerte I believe I can fly.

»Willst du mich nicht vorstellen?«, ergriff Gregor schließlich das Wort.

Alex räusperte sich und wandte sich an seine Begleitung.

»Tanja, du erinnerst dich bestimmt an Gregor. Wir gingen in dieselbe Klasse.«

»Salut«, die junge Frau streckte ihm eine schmale Hand entgegen. »Vage, ja«, sagte sie lächelnd, ohne die plötzliche gedrückte Stimmung zu bemerken.

Ihre Augen waren von einem rauchigen Blau. Wenn sie lächelte, hatte sie ein Grübchen in der linken Wange. Gregor war hingerissen. Er musste sie haben!

Er ergriff ihre Hand, beugte sich darüber und hauchte ihr einen Kuss darauf.

»Enchanté, Mademoiselle«, säuselte er charmant. »Welch ungeahnter Glanz in dieser schäbigen Hütte.«

Tanja lachte hell auf und deutete einen Knicks an.

»Eigentlich gehöre ich nicht dazu, bin ja keine eurer Klassenkameradinnen. Aber Alex meinte, ich dürfe ihn begleiten. Schließlich muss ich am Sonntag wieder in die Schweiz zurückfahren und ich sehe ihn so selten. Apropos, holst du mir ein Glas Weißwein, Bruderherz? Ich verdurste gleich.«

Dubois zögerte einen Moment. Anscheinend passte es ihm nicht, sie mit Gregor allein zu lassen. Doch schließlich nickte er und ging zum Tisch mit den Getränken hinüber.

»Willst du denn auch Lehrerin werden?«, fragte Gregor leutselig und versuchte, nicht in ihren Ausschnitt zu starren.

Tanja hob die Augenbrauen. »Ja«, sagte sie, »woher weißt du das?«

Er lächelte. »Glücklich geraten. Es scheint jedoch Tradition in eurer Familie zu sein«, fügte er scheinheilig hinzu. Wie alle wussten, hatten die Dubois' ein Helfersyndrom. Und jetzt fiel ihm auch Alex' Spitzname wieder ein. Der grüne Ritter! Genau, Don Q. von der traurigen Gestalt. Und mit der Erinnerung an Dubois' Aktivitäten kam Gregor auch die Prügelei am Abschlussball in den Sinn. Heute schien der Tag gekommen zu sein, sich dafür zu revanchieren.

32

Erst beim zweiten Versuch gelang es Alex, die Haustür zu öffnen. Seine Hände zitterten und er warf Flo einen schnellen Seitenblick zu. Sie hatte nichts bemerkt oder tat wenigstens so.

Er war nervös. Ob das wirklich so eine gute Idee war? Vorhin auf dem Parkplatz vor dem Schloss war alles noch so klar gewesen, doch jetzt befielen ihn Zweifel, ob sie das Richtige taten. Sie kannten sich erst so kurz, stritten sich meistens und wussten so gut wie nichts voneinander. Dass er seit drei Jahren keine Frau mehr gehabt hatte, hatte er ihr nicht erzählt. Wieso auch, wer trug so einen Umstand denn auf der Zunge? Und auch sie hatte sich darüber ausgeschwiegen, ob sie gebunden war. Aber war Offenheit nicht der Grundstock für jede Beziehung? Auch wenn diese, wie es vermutlich in ihrem Fall sein würde, lediglich sexueller Natur wäre?

Er war nie ein Verfechter von One-Night-Stands gewesen. Um sich fallen zu lassen, brauchte er ein gewisses Maß an Vertrauen, aber bei Flo war dieses Gefühl seltsamerweise bereits nach ein paar Stunden entstanden. Obwohl sie ihm zu Anfang die Sache mit Mike aufgetischt hatte.

Im Unterricht warnte er seine Schüler immer davor, in ihren Aufsätzen Floskeln zu verwenden, aber ihm schien, als würde er Flo schon ein Leben lang kennen. Ein Romantiker hätte vermutlich von Liebe auf den ersten Blick gesprochen.

Alex erschrak. Liebe? Nein, das war ein zu großes Wort. Er wollte nicht lieben! Flo würde schließlich bald wieder abreisen. Und was dann? Leider scherte sich sein Körper keinen Deut um das, was er wollte und was nicht. Jeder Nerv in ihm schrie nach Zärtlichkeit, dem Duft einer Frau und dem Feuer einer leidenschaftlichen Umarmung.

»Gleich fange ich noch an zu dichten«, murmelte er und schaltete das Licht im Flur an.

»Bitte?« Flo schälte sich aus ihrer Jacke und blickte ihn fragend an.

»Nichts.«

Er atmete tief durch, dann nahm er ihr die Jacke ab, hängte sie an einen Garderobenhaken und griff nach ihrer Hand.

»Bist du dir sicher?«, fragte er leise.

Sie schaute zu ihm auf. In ihren Augen las er dieselbe Lust, die auch ihn ergriffen hatte. Für einen kurzen Moment runzelte sie die Stirn, als hätte sie plötzlich Bedenken. Der Schatten verschwand aber sofort wieder und sie nickte, presste seine Hand an ihre Wange und küsste dann deren Innenseite.

»Ja«, erwiderte sie lächelnd und legte seine Hand auf ihre Brust.

Alex schluckte. Durch die dünne Bluse konnte er ihren Herzschlag spüren. Ein warmes Gefühl durchrieselte ihn, als hätte ihm jemand ein Sprudelbad eingelassen. Er berührte sanft ihre Schultern, fuhr mit seinen Fingern die Linie ihres Schlüsselbeins nach und nahm dann ihr Gesicht in beide Hände. Einen Moment zögerte er und betrachtete ihr Antlitz, als hätte er es noch nie gesehen: die dunklen Rehaugen, die fein geschwungenen Bögen der Augenbrauen, die schmale Nase mit der leicht schiefen Spitze, die hohen Wangenknochen, den vollen Mund. Wie das Gemälde eines alten Meisters, schoss es ihm durch den Kopf. Aber das hier war Realität. Er durfte sie berühren, riechen, schmecken.

Er beugte sich vor und küsste sie mit einer Leidenschaft, die ihn erschreckte. Er wollte einen Schritt zurückgehen, doch sie hielt ihn fest.

»Mehr«, flüsterte sie.

Was für eine Aufforderung! Er sollte weniger denken und einfach handeln. Alex schlang seine Arme um Flos Taille und hob sie hoch. Unsanft schlug sie mit dem Kopf an die Flurlampe und beide brachen in Gelächter aus. Sie legte ihren Kopf auf seine Schultern und rieb sich die Stirn.

»Das wird hoffentlich nicht die einzige Erinnerung an diesen Abend bleiben«, scherzte sie.

Er grinste, trug sie durch den Flur zum Schlafzimmer und drückte die Klinke mit dem Ellbogen herunter.

»Madame ist ganz schön schwer«, keuchte er in gespielter Verzweiflung. »Du solltest weniger essen.«

Sie schnaubte empört, fuhr ihm mit beiden Händen durch die Haare und biss ihn in den Nacken.

»Sei froh, dass ich kein Vampir bin, ansonsten wärst du jetzt mein zweiter Nachtisch.«

Das Schlafzimmer lag im Dunkeln, nur von einer fernen Straßenlampe fiel ein blasser Widerschein durch die offenen Vorhänge. Er legte Flo vorsichtig aufs Bett, kniete sich hin und zog ihr die Schuhe aus. Ob er eine Kerze anzünden sollte? Aber hatte er überhaupt Kerzen? Und tat er gerade das Richtige? Er stockte in der Bewegung und biss sich auf die Lippen.

»Alex?« Flo stützte sich auf ihre Ellbogen. »Ist etwas nicht in Ordnung?«

185

Er setzte sich auf den Boden und blickte auf den Nachttisch. Im spärlichen Licht konnte er den Silberrahmen mit
Tanjas Foto nur erahnen. Aber es war da, wie die Erinnerung
an sie die vergangenen Jahre immer da gewesen war. Und der
Schmerz, sein steter Begleiter.

Er spürte eine Berührung an seiner Schulter.

»Ist es wegen deiner verstorbenen Schwester?«

Er hob ruckartig den Kopf. Wieso wusste sie von ihr?
Doch sogleich ahnte er, wer ihr von Tanja erzählt haben
musste. Delphine Picot – natürlich.

Flo ließ sich vom Bett neben ihn auf den Boden gleiten
und lehnte ihren Kopf an seine Brust.

»Wenn es zu schmerzlich für dich ist«, begann sie und
griff nach seiner Hand, »dann verstehe ich das. Vielleicht ist
es zu früh. Wir … wir können uns Zeit lassen.«

Er legte seinen Arm um sie, zog sie enger an sich und ver-
grub sein Gesicht in ihren Haaren. Sie rochen nach Pfirsich.
In Erwartung einer Antwort blickte sie zu ihm hoch. In ihrer
Miene spiegelten sich Verständnis und Anteilnahme.

Mit einem Ruck stand er auf, zog sie dabei mit sich hoch
und presste seine Lippen auf ihren Mund. So sehr ihn Tanjas
Tod erschüttert hatte und er sich seitdem mit Schuldgefühlen
plagte, drei Jahre waren eine lange Zeit. Er konnte nicht sein
ganzes Leben lang dafür büßen und deshalb keinem anderen
Menschen einen Platz darin zugestehen.

»Wir reden später darüber«, flüsterte er. »Viel später.«

* * *

In fiebriger Hast entledigten sie sich ihrer Kleider und standen sich jetzt nackt gegenüber. Bläuliches Licht fiel durchs
Fenster, malte einen hellen Schein auf Alex' schlanken Körper. Flo hätte gern eine Lampe angezündet, sie mochte es,

wenn sie beim Liebesspiel sehen konnte, wie die Lust die Mimik ihres Partners veränderte. Aber vorhin war Alex plötzlich zurückgezuckt, als sie nach dem Lichtschalter greifen wollte. War er sich seines Tuns nicht sicher? Oder brauchte er den Schutz der Dunkelheit, um gewisse Bilder aus seiner Vergangenheit nicht zulassen zu müssen? Was wusste sie denn schon über ihn und seine Erfahrungen? Nichts, so wenig, wie er die ihren kannte.

Sie selbst hatte im Flur an Marc denken müssen. Ein unausweichlicher Gedanke, weil sie im Begriff stand, ihn gleich zu betrügen. Weshalb tat sie das? Und wo blieb das schlechte Gewissen? Noch am Montag hatte sie sich darüber geärgert, dass ihr gemeinsamer Urlaub ins Wasser gefallen war. Und jetzt schien dies bereits Jahre her zu sein, obwohl doch nur vier Tage dazwischenlagen. Und es war ihr vollkommen egal. Marc war ihr vollkommen egal!

Wie war das möglich? War sie ein herzloses Flittchen? Eine dieser Frauen, die sich nicht darum scherten, was ihr Partner fühlen musste, wenn sie ihn hintergingen? Nein, sie schüttelte innerlich den Kopf, so war sie nicht. Doch alles, woran sie bisher geglaubt hatte, an Liebe, Treue, Respekt, waren plötzlich belanglos. Was war nur passiert? Es war Alex. Etwas an ihm war ihr schon von Anfang an vertraut gewesen. Als hätten sie sich früher schon einmal getroffen. Und obwohl sie genau wusste, dass dies nicht der Fall war und er sie so oft auf die Palme brachte, war da eine tiefe Verbundenheit zwischen ihnen. Unerklärlich – aber real. Und stände ihre Beziehung mit Marc auf festen Füßen, würde sie sich kaum auf Alex einlassen, so gut kannte sie sich. Aber stimmte das auch, oder war diese Schlussfolgerung doch nicht eher ein lahmer Versuch, ihr Tun zu rechtfertigen?

»Du bist wunderschön«, flüsterte Alex und strich dabei mit seinen Fingerspitzen behutsam über ihre Wange, folgte der Linie ihres Halses hinab zu ihren Brüsten und umfasste sie mit beiden Händen.

Flo erschauerte und stöhnte leise. Sie streckte die Hände aus, berührte seine glatte Brust und ließ ihre Finger dann tiefer wandern.

Er sog scharf die Luft ein, riss sie dann ungestüm an sich und gemeinsam fielen sie aufs Bett. Sein Körper glühte, als würde er in Flammen stehen. Flo rieb ihre Wange an seiner Brust, küsste jeden Zentimeter seiner erhitzten Haut, während sie langsam tiefer rutschte. Er keuchte, als sie ihm mit dem Mund Lust bereitete. Mit beiden Händen fasste er sie unvermittelt unter den Achseln, zog sie auf Augenhöhe und küsste sie leidenschaftlich. Flo meinte zu vergehen. Sie war bereit, drängte sich noch näher an ihn, obwohl das kaum mehr möglich war. Mit einer einzigen Bewegung drehte er sie auf den Rücken. Sie öffnete sich für ihn und schlang ihre Beine um seine Hüften.

Einen Moment hielt Alex inne. Er atmete stoßweise, seine Haut hatte sich mit einem leichten Schweißfilm überzogen. Flo legte beide Arme um seinen Nacken und fuhr mit ihrer Zunge seinen Hals entlang. Sie schmeckte Salz, roch seinen männlichen Duft und meinte, keine Sekunde länger warten zu können.

»Komm«, flüsterte sie heiser.

Langsam senkte sich Alex auf ihren Körper und presste sie in die Laken. Mit einem erstickten Schrei ließ sie sich fallen, genoss den Strudel der Empfindungen, der sie hinabzog und dann wieder hinaufspülte. Dorthin, wo es keiner Worte mehr bedurfte, sondern nur die Sinne zählten.

33

Das Geplapper des Radiomoderators ging Gregor auf die Nerven und er schaltete das Gerät aus.

Die Erinnerung daran, wie er Tanja Dubois während der Klassenzusammenkunft getroffen hatte, war kein Ruhmesblatt in seiner Biografie und meist versuchte er, nicht daran zu denken. Vor allem nicht an das, was kurz darauf passiert war. Diese Florence Galabert erinnerte ihn ein wenig an Alex' Schwester, obwohl sich die beiden rein äußerlich nicht ähnelten.

Gregor stieg aus, erleichterte sich neben seinem Auto und sah auf die Römerwiese hinab. Die Hindernislichter der Turmdrehkrane blinkten gleichförmig. Die dortige Bebauung war seine ganz persönliche Herzensangelegenheit. Sein Vater hatte es zu seinen Lebzeiten nicht geschafft, die Baubewilligung zu bekommen. Aber seinem alten Herrn hatte eine gewisse Härte gefehlt; er war, wie sein Großvater einmal über seinen Sohn gesagt hatte, kein richtiger Castel. Denn die Castels waren unerbittlich, ehrgeizig und bekamen immer, was sie wollten.

Gregor schluckte. Nein, das stimmte nicht. Nicht immer.

Sommer, 2003

Vor dem Waldhaus prasselte ein riesiges Feuer in der offenen Feuerstelle, über der ein Grillrost angebracht war. Irgendein Idiot hatte zu viel Feueranzünder hineingeschüttet. Bis sich die Glut zum Grillen eignete, mussten sich die Umstehenden gezwungenermaßen eine Weile gedulden.

Gregor legte die Bratwurst wieder auf den Tisch zurück, weil er sich reichlich dumm vorkam, mit den anderen zusammen um die lodernden Flammen herumzustehen. Er genehmigte sich noch ein Bier und sein Blick suchte, wie während der vergangenen Stunde auch, Tanja. Er entdeckte sie in lebhafter Diskussion mit Alex auf einer Bank, die etwas abseits unter einer riesigen Tanne stand.

Gregors Augen wurden schmal. Wie kam so ein Superweib in diese Ökofuzzi-Familie? Ihre Kleidung unterschied sich wesentlich von Alex' Dritte-Welt-Lumpen. Sie hatte Stil und Geschmack, das sah er sofort, anscheinend aber nicht sehr viel Geld. Denn ihre eleganten Pumps waren schon reichlich abgewetzt. Wenn sie, wie Claude gesagt hatte, noch zur Schule ging, hatte sie auch kein eigenes Einkommen. Das war gut! Er könnte ihr ein Leben in Luxus bieten. Sein Charme und ein paar gezielte Andeutungen dahin gehend würden sie sicher von seinen Vorzügen überzeugen. Jeder war käuflich, Frauen sowieso. Dass er sich nicht an sie erinnerte, erstaunte ihn, aber sie war jünger als Alex und damals noch ein kleines Mädchen gewesen. Und während seiner Schulzeit hatte er nicht auf kichernde Teenies geachtet. Wie alt mochte sie jetzt sein? Siebzehn? Achtzehn? Auf alle Fälle alt genug für … Er musste sie unbedingt allein sprechen! Aber wie sollte er das anstellen? Die Geschwister klebten wie Briefmarken aneinander. Orelie, ihre ehemalige Klassensprecherin, kam ihm zu Hilfe.

»Leute«, rief sie, kletterte auf einen Holzklotz und blickte in die Runde. »Da unsere Jungs in den vergangenen vier Jahren leider nicht erwachsener geworden sind«, ein paar Frauen kicherten, »und sie es nicht lassen konnten, mit dem Feuer zu zündeln, können wir leider noch nicht grillen. Zur Überbrückung der Wartezeit schlage ich daher ein Spiel vor.« Zustimmendes Gemurmel erhob sich. »Wir spielen Verstecken. Was meint ihr?« Ein paar klatschten in die Hände. »Fein, dann bestimme ich den ersten Sucher.« Sie blickte in die Runde und ein listiges Lächeln stahl sich in ihr Gesicht. »Alex, beweg deine Hufe!«

Der Genannte zuckte zusammen, als er seinen Namen hörte, und löste sich nur widerstrebend aus der Unterhaltung mit seiner Schwester. Diese lachte und gab ihm einen kräftigen Stoß, sodass er wohl oder übel aufstehen musste. Allgemeines Gelächter ertönte.

»Also, Leute«, Orelie sprang vom Holzklotz herunter. »Alex zählt langsam bis fünfzig – wir sind ja nicht mehr die Jüngsten und brauchen etwas Zeit, bis wir unsere müden Knochen versteckt haben – und fängt dann an zu suchen. Anschlagestelle ist die Bank unter der großen Tanne. Seid ihr bereit? Achtung, fertig, los!«

Die Menge stob auseinander. Gregor folgte Tanja, die aufsprang und die Hütte umrundete. Von dort führte ein schmaler Pfad tiefer in den Forst hinein. Weiter oben befand sich ein beliebter Picknickplatz. Ob sie dorthin wollte? Er hielt genügend Abstand, damit es nicht auffiel, dass er ihr nachlief. Er kam an ein paar ehemaligen Schulkollegen vorbei, die sich keine große Mühe gaben, sich zu verbergen. Er zwinkerte ihnen zu und beeilte sich dann. Tanja hatte schon einen beträchtlichen Vorsprung und er wollte sie nicht aus den Augen verlieren.

Der Pfad führte aufwärts. Gregor keuchte. Er sollte mehr Sport treiben und vielleicht seinen Alkoholkonsum etwas einschränken. Sein Magen war leer und die vier Bierchen machten sich jetzt unangenehm bemerkbar. Oben angekommen stützte er sich auf beide Knie und schnaufte. Als er sich wieder aufrichtete, sah er gerade noch, wie ein geblümtes Etwas hinter einer Tanne verschwand. Im selben Augenblick hörte er Alex entfernt rufen: »Fünfzig! Ich komme!«

Gregor stolperte auf die Tanne zu. Dahinter entdeckte er Tanja. Sie saß auf einem Baumstrunk und spielte mit einer Haarsträhne. Bei seinem Anblick zuckte sie zusammen.

»Hast du mich jetzt erschreckt!«, rief sie und legte eine Hand auf ihre Brust.

Gregor grinste. »Zwei Seelen, ein Gedanke, was?«

Sie nickte lächelnd und rutschte ein Stück zur Seite. Er setzte sich neben sie und der Duft ihres Parfüms stieg ihm in die Nase. Süß und fruchtig. Am liebsten hätte er sie gleich hier vernascht.

Gregor konnte seinen Blick kaum von ihr wenden. Alles an ihr war perfekt: die schlanke Figur, ihre blitzenden Augen, die blonde Mähne, ihre strahlend weißen Zähne. Er hatte noch nie eine attraktivere Frau getroffen. Er musste sie haben, koste es, was es wolle!

»Bleibst du noch lange in der Schweiz?«

Tanja schüttelte den Kopf. »Nein, aufs neue Schuljahr komme ich zurück und will dann studieren. Lehrerin, wie du ja weißt.«

Sie zwinkerte ihm zu, stand dann auf und lugte um die Tanne. Irgendwo gellte ein Schrei, dann war Gelächter zu hören. Tanja setzte sich wieder hin, dabei streiften ihre Haare sein Gesicht. Er bekam eine Erektion.

»Verstehe«, erwiderte er. »Ich hoffe, wir sehen uns dann ab und zu.«

Tanja warf ihm einen prüfenden Blick zu. »Das ist kaum zu vermeiden«, sagte sie dann lächelnd, »Lisieux ist ja nicht so groß.«

Gregor nickte, griff nach einem Stecken und stocherte damit den Waldboden auf.

»Hat dein Bruder mich eigentlich mal erwähnt?«, fragte er und versuchte, seiner Stimme einen beiläufigen Klang zu geben. Wenn Alex ihr von ihrem Verhältnis während der Schulzeit erzählt hatte, würde es vermutlich schwierig werden, sie von seinen Vorzügen zu überzeugen.

Tanja runzelte die Stirn. »Kann mich nicht erinnern. Wieso? Was gibt es denn von euch zwei zu berichten?«

Gregor grinste. »Ach, nichts Großartiges, wir verstanden uns damals nur nicht so besonders.« Er machte eine wegwerfende Handbewegung. »Jungs eben.«

Sie lachte und schlug sich dann die Hand vor den Mund.

»Wir sollten leiser sein«, flüsterte sie, »sonst findet mein Brüderchen uns. Und den Triumph wollen wir ihm nicht gönnen, oder?« Gregor schüttelte den Kopf. Dann überlegte sie eine Weile. »Nein«, sagte sie anschließend, »kann mich nicht erinnern, dass er von dir gesprochen hat.«

Super, Dubois hatte ihr nichts erzählt! Das vereinfachte die Sache ungemein.

»Komm!«, sagte er leise. »Wir gehen außen herum, pirschen uns von der anderen Seite an und tricksen ihn damit aus.«

Tanja nickte begeistert. Sie erhoben sich, spähten nochmals um die Tanne und schlichen dann den schmalen Pfad entlang, der tiefer in den Wald hineinführte. Soweit sich Gregor erinnerte, zweigte der irgendwo ab und führte nicht zurück zum Waldhaus. Doch er brauchte mehr Zeit, und diese Finte würde sie ihm verschaffen.

34

Der Regen trommelte monoton an die Fensterscheiben. Alex hatte die Nachttischlampe eingeschaltet, jedoch ein grünes Tuch darübergeworfen, damit das helle Licht nicht blendete. Woher er diesen Trick wohl kannte?

Flo kuschelte sich in seine Armbeuge und umkreiste mit ihrer Fingerspitze eine seiner Brustwarzen. Er wand sich unter ihrer Berührung und hielt dann ihre Hand fest.

»Das kitzelt«, sagte er lächelnd.

Sie sah zu ihm auf. Er hatte die Augen geschlossen, sein Gesicht wirkte entspannt. Die tiefe Falte, die sich normalerweise über seiner Nasenwurzel befand, war kaum noch zu erkennen. Alex war ein aufmerksamer Liebhaber und sehr darauf bedacht gewesen, dass sie auf ihre Kosten kam. Er hatte sich so lange beherrscht, bis sie zum Orgasmus gekommen war, und sich dann erst seinen eigenen Empfindungen ergeben.

Auf dem Nachttisch stand in einem Silberrahmen das Foto einer blonden, lachenden Frau, die ihre Arme um den Hals eines hechelnden Labradors gelegt hatte. Tanja, seine verstorbene Schwester – natürlich. Ob er mit ihr über sie sprechen würde, ihr offenbaren, weshalb er sich die Schuld

194

an ihrem Tod gab? Oder vergrub er seinen Schmerz in einem Winkel seines Herzens, den er niemandem zeigte? Flo war sich nicht sicher, ob ihre kurze Bekanntschaft dazu bereits ausreichte, und doch hoffte sie, dass er ihr von seiner Vergangenheit berichtete, denn sie hatte aus ihm erst den Menschen gemacht, der er heute war. Sie zu verleugnen bedeutete, einen Teil seiner selbst zu verleugnen.

Und du?, fragte eine leise Stimme in ihrem Kopf. Wirst du ihm von Marc erzählen oder warum du wirklich hier bist? Ihm sagen, dass du seit drei Jahren einen Freund hast, mit dem du zusammenwohnst, und das, was hier gerade passiert, unter einem Seitensprung einzuordnen ist? Und wirst du ihm auch von dem angeblichen Truhengeist berichten, sofern er dich dann noch zu Wort kommen lässt und dich nicht gleich aus dem Haus jagt?

Flo atmete tief durch. Ja, es war an der Zeit, Alex reinen Wein einzuschenken. Doch beide Geständnisse lagen ihr schwer im Magen. Wie würde er darauf reagieren? Sie mit Abscheu behandeln und hinauskomplimentieren? Oder wäre es ihm vielleicht sogar egal? Davon ging sie zwar nicht aus, aber manchmal nahmen Männer reife Früchte, die ihnen so unerwartet in den Schoß fielen wie sie gerade, einfach ohne groß zu überlegen an. Doch Alex schien ihr nicht so oberflächlich zu sein. Ganz und gar nicht. Und was war mit Marc? Er hatte ein Recht darauf, von ihrer Untreue zu erfahren. Wie würde er reagieren? Himmel, in was hatte sie sich da nur hineingeritten?

Sie fröstelte plötzlich und zog die Daunendecke über ihre nackte Schulter.

»Ist dir kalt?« Alex runzelte besorgt die Stirn. »Ich kann uns noch eine Decke holen.«

Sie schüttelte den Kopf. »Nein, schon okay. Es ging mir nur gerade etwas durch …« Sie brach ab.

Er deutete ihre Aussage falsch, denn er räusperte sich und holte tief Luft.

»Sie hieß Tanja«, begann er, griff nach dem Bilderrahmen und betrachtete ihn eine Weile. Zärtlich fuhr er mit dem Daumen über die Fotografie und stellte sie dann wieder auf den Nachttisch zurück.

Flos Magen krampfte sich zusammen. Er musste sie sehr geliebt haben. Ob er jetzt mit ihr über den Unfall sprach? Doch er blieb stumm und sie scheute sich, ihn darauf anzusprechen. Mit einem One-Night-Stand redete man schließlich nicht über solche intimen Dinge. Mehr konnte sie ihm unmöglich bedeuten, so, wie sie sich ihm an den Hals geworfen hatte. Lust, ja, die hatte er sicher empfunden, aber bestimmt nicht mehr. Eine spontane Liebesnacht, die im Schein des Morgenlichts nur einen schalen Geschmack zurücklässt.

Flo hatte plötzlich einen dicken Kloß im Hals und spürte, dass sie gleich weinen würde. Herrgott noch mal, was erwartete sie denn? Als hätte Alex ihr Gefühlschaos instinktiv gespürt, umarmte er sie fester. Und dann erzählte er ihr, wie er und Tanja dieses Haus geerbt hatten, wie sie es gemeinsam renovieren wollten, über ihre Träume, daraus die Dubois-Villa zu machen, und wie das alles auf einer nassen Fahrbahn vor drei Jahren geendet hatte.

»Sie hat mich gebeten, sie zu begleiten«, sagte er tonlos und schaute Flo bei den Worten nicht an. »Ich wollte nicht, musste noch die Aufsätze meiner Klasse fertig korrigieren. Daher ist sie mit Professor Higgins allein losgezogen. Wäre ich dabei gewesen, hätte sie nicht den gefährlichen Weg genommen. Es ist meine Schuld, dass sie gestorben ist. Ich werde mir das nie verzeihen!«

Er schluckte schwer und Flo konnte spüren, wie ein Schauer durch seinen Körper fuhr.

Nein!, wollte sie rufen, nein, es ist nicht deine Schuld, es war ein Unfall!, doch sie sagte nichts, weil sie nicht die richtigen Worte fand. Er war der große Bruder und als dieser hatte er seiner Meinung nach versagt. Ob er je darüber hinwegkommen würde? Sie ahnte, wie viel Überwindung es ihn gekostet hatte, ihr dies alles zu erzählen, und vielleicht war es einfach das Beste, ihn jetzt nur festzuhalten und ihm damit zu zeigen, dass er nicht allein war. Möglicherweise, so vermutete sie, war es das erste Mal überhaupt, dass er diese Geschichte mit jemandem teilte. Und sie schämte sich plötzlich unsagbar, dass sie selbst nicht den Mut fand, offen mit ihm über sich zu reden. Was waren ihre kleinlichen Probleme schon im Gegensatz zu seinem Verlust? Und doch brachte sie kein Wort über die Lippen. So sehr sie auch wollte, sie blieb stumm und der günstige Moment für eine Beichte verstrich ungenutzt.

»Damit wärst du im Bilde«, schloss er leise. »Keine schöne Bettgeschichte, was?«, versuchte er zu scherzen, doch seine Stimme klang brüchig, als hätte er einen Frosch im Hals.

»Es tut mir so leid«, flüsterte Flo.

»Danke«, erwiderte er, in der Annahme, sie meine Tanjas Tod. Doch im Grunde entschuldigte sie sich für ihr Lügengebilde. Nur wusste er das nicht, noch nicht. Sie nahm allen Mut zusammen und wollte gerade den Mund öffnen, um ihm alles zu gestehen, als er ein wenig tiefer rutschte, damit er ihr in die Augen sehen konnte.

»Ich würde lügen«, begann er und küsste ihre Nasenspitze, »wenn ich behaupten würde, dass es nicht immer noch wehtut. Aber«, fuhr er fort und liebkoste mit seiner Zunge dabei ihren Mundwinkel, »es ist an der Zeit, in die Zukunft zu blicken. Mit der Schuld werde ich leben müssen, aber ich glaube nicht, dass Tanja gewollt hätte, dass ich nie mehr glücklich bin. Und in diesem Moment bin ich es. Von daher habe ich kein schlechtes Gewissen, verstehst du? Wenn Tanja uns von irgendwoher zuschaut, obwohl ich mir nicht sicher bin, ob das überhaupt möglich ist, aber nehmen wir mal an, dass es so wäre, dann freut sie sich für mich. Ist das jetzt etwas wirr?«

Er lachte unsicher. Flo schluckte. Nein, sie konnte ihm jetzt nichts von Marc, Geistern und mysteriösen Truhen erzählen. Nicht nachdem, was er eben gesagt hatte. Es würde einen günstigeren Zeitpunkt dafür geben. Schließlich blieb sie ja noch ein paar Tage in Lisieux. Dass sie das Unvermeidliche damit nur feige hinauszögerte, war ihr jedoch schmerzlich bewusst.

»Du bist mir doch nicht böse, dass ich lieber in der Rue Guizot schlafen möchte, oder?«

Alex setzte den Blinker und schüttelte den Kopf.

»Nein, sicher nicht«, erwiderte er lächelnd und legte Flo seine Hand auf den Oberschenkel. »Ich muss morgen sowieso früh raus. Rendezvous mit der Polizei, besser gesagt mit dem Erkennungsdienst.«

Sie riss die Augen auf. »Wieso denn? Du bist doch unschuldig!«

Er zuckte mit den Schultern. »Ja, aber wenn man in die Mühlen der Justiz gerät, dann halten die nicht einfach wieder an. Brandstiftung ist ein Offizialdelikt, ich der Hauptverdächtige und deshalb muss ich Fingerabdrücke, Foto und weiß der Kuckuck noch was hinterlegen. Ich muss mir einen Anwalt nehmen und irgendwann kommt es zur Verhandlung, bei der meine Unschuld hoffentlich bewiesen wird. Wenn nicht: Über Besuch im Kittchen würde ich mich außerordentlich freuen.«

»Darüber macht man keine Scherze, das bringt Unglück!«

Alex schmunzelte. »Abergläubisch? Wie süß!« Sie boxte ihn auf den Arm. Er lachte und hielt ihre Hand fest. »Aua, das ist unfair, ich muss schließlich fahren!«

Er hauchte ihr einen Kuss auf die Fingerspitzen, ließ ihre Hand los und stoppte den Wagen vor Madame Picots Haus.

»Et voilà.«

Es goss immer noch wie aus Kübeln und Flo schätzte ab, wie nass sie werden würde, bis sie die Haustür erreicht hatte. Ihre Zimmerwirtin war vermutlich schon im Bett, denn nirgends brannte Licht. Sie beugte sich zur Fahrerseite hinüber und bot Alex ihren Mund.

»Dann bis morgen. Ich will alles wissen, was sie mit dir anstellen. Rufst du mich später an?«

Er küsste sie lang und innig. Ihr wurde dabei ganz schwummrig, aber sie war todmüde und wollte nur noch ins Bett – allein. Deshalb hatte sie Alex auch gebeten, sie in die Pension zu fahren. Sie sah sich nicht in der Lage, eine ganze Nacht mit ihm zu verbringen, und musste das Erlebte zuerst verarbeiten. Und vor allem musste sie sich zurechtlegen, wie sie ihm schonend die Wahrheit über sich beibringen konnte.

»Warte mal«, sagte er, als sie sich schwer atmend voneinander lösten. »Meine Mutter hat sicher einen Schirm im Auto.«

Er löste seinen Sicherheitsgurt und wühlte auf dem Rücksitz herum. Triumphierend hielt er nach einer Weile einen Knirps in die Höhe. »Wusste ich's doch!«

Flo brach in Gelächter aus. Der Schirm war weiß-rot kariert und mit einer Spitzenborte verziert.

»Ein Glück, dass es dunkel ist«, kicherte sie und wollte nach dem Ungetüm greifen.

»Moment«, rief er, »ich bin schließlich ein Gentleman.«

Er stieg aus, umrundete den Wagen und hielt ihr galant die Wagentür auf. Eng umschlungen liefen sie dann, das karierte Ding über ihren Köpfen, auf das Haus zu. Unter dem Vordach kamen sie lachend zum Stehen, schüttelten sich wie zwei nasse Hunde und schauten sich dann eine Weile stumm an. Der Moment zog sich dahin. Lediglich das Rauschen des Regens war zu hören.

Was für eine bizarre Situation, dachte Flo, als hätten wir uns plötzlich nichts mehr zu sagen. Obwohl ich doch eigentlich Gesprächsstoff für Stunden in petto hätte. Gerade eben war alles noch so locker gewesen und beinahe hätte sie vergessen, dass ihre Beichte noch ausstand. Und jetzt suchte sie krampfhaft nach den richtigen Abschiedsworten. Alex schien es ähnlich zu gehen. Er schüttelte ausgiebig den karierten Schirm aus, sagte aber kein Wort.

»Also dann …«, begannen beide gleichzeitig.

Flo grinste, gab sich dann einen Ruck und küsste ihn auf die Lippen. »Also bis morgen«, sagte sie. »Es war sehr schön.«

Er nickte nur, umarmte sie ein letztes Mal und lief zurück zum Auto. Sie sah ihm nach. Wartete, bis er den Wagen gewendet hatte und die Rücklichter hinter der nächsten Hausecke verschwanden, dann kramte sie in ihrer Handtasche nach dem Schlüssel.

Wie war das möglich, sich in so kurzer Zeit in einen Menschen zu verlieben? Flo seufzte. Es hatte keinen Sinn, sich länger etwas vorzumachen. Sie war rettungslos in Alex Dubois verliebt. Alle Argumente, die dagegen sprachen, und davon gab es mehr als genug!, eines davon hieß Marc und flog vermutlich gerade über dem Pazifik, waren in den vergangenen Stunden hinweggefegt worden. Aber wie würde es mit ihnen weitergehen? Schon bald musste sie wieder abreisen, in ihr altes Leben zurückkehren, mit Marc sprechen und sich danach sicher eine neue Wohnung suchen, weil sie sich nicht vorstellen konnte, dass sie ihre Beziehung weiterführen konnten. Wäre es allenfalls möglich, hier ein neues Leben zu beginnen? Mit Alex?

Sie erschrak. War sie denn noch zu retten? Zugegeben, sie hatte sich gegen alle Logik in ihn verliebt und vermeinte, auch ihm nicht ganz egal zu sein. Aber das war sicher schon alles. Trotz seiner Worte, dass es Zeit war, in die Zukunft zu blicken, kämpfte er immer noch mit seiner Schuld. Womöglich hatte er einfach jemanden gebraucht, der ihn ein wenig davon ablenkte. Denn von Liebe hatte er nicht gesprochen, würde es vielleicht gar nie tun, weil er wusste, dass sie in einer Woche wieder abreiste. Im Grunde war das doch nur ein Ferienflirt, der nach dem Urlaub am Alltagstrott oder an der Distanz scheiterte.

»Verdammt, wo ist denn dieser blöde Schlüssel?«, stieß sie hervor und wischte sich mit dem Ärmel über die Augen. Plötzlich fühlte sie sich einsam wie ein verlassenes Kind und hätte am liebsten geweint.

Endlich hatte sie ihn in ihrer Handtasche gefunden und schloss mit zitternden Fingern die Haustür auf. Filou begrüßte sie ausgelassen. Flo setzte sich auf die Treppe und strich dem Tier über das weiche Fell.

»Du hast es gut«, flüsterte sie. »Du weißt, wo du hingehörst.«

35

Gregor gähnte und rieb seine kalten Finger aneinander. Was für eine Schnapsidee, hier auf die schnucklige Braunhaarige zu warten. Gut möglich, dass sie sich irgendwo die Nacht um die Ohren schlug. Er sollte besser nach Hause fahren. Schließlich würde er morgen bei der Picot vorbeischauen und sie dann zu Gesicht bekommen.

Er schloss den Sicherheitsgurt und wollte gerade den Zündschlüssel herumdrehen, als er aus dem Augenwinkel ein Paar Scheinwerfer bemerkte, die von der Hauptstraße kommend in die Rue Guizot einbogen. Ein Taxi? Vielleicht konnte er doch noch einen Blick auf die Kleine erhaschen, wobei dies bei diesem strömenden Regen kaum mehr als ein flüchtiger Eindruck sein würde. Egal, er hatte jetzt so lange gewartet, da war alles besser, als unverrichteter Dinge abzuziehen.

Es war kein Taxi, sondern ein roter Clio. Gregor kannte den Wagen nicht. Er hielt jedoch vor Delphines Haus. Einen Moment passierte gar nichts, dann stürmte plötzlich ein groß gewachsener Mann aus dem Kleinwagen, rannte zur Beifahrertür und riss sie auf.

Gregor fiel die Kinnlade herunter. Er blinzelte ein paar Mal. Das war doch wohl ein Scherz? Aber nein, er täuschte sich nicht, das war tatsächlich Alex Dubois! Und eben stieg die hübsche Braunhaarige aus dem Wagen. Zusammen liefen sie auf das Haus zu und brachten sich unter dem Vordach vor dem Regen in Sicherheit.

Gregor starrte wie gelähmt auf die beiden. Wie war das möglich? Was hatte Florence Galabert mit Dubois zu schaffen? Kannten sie sich etwa? Vielleicht von früher oder waren sie sich erst hier in Lisieux begegnet? Oder war es einfach nur ein Zufall? Hatte Alex sie möglicherweise unterwegs aufgegabelt und, weil es wie aus Eimern schüttete, nach Hause gebracht? Doch sogleich wurde seine Hoffnung zunichtegemacht, denn in diesem Moment küssten sie sich.

Gregor stieß einen unartikulierten Laut aus. Das durfte nicht wahr sein! Zornig schlug er mit der Hand auf das Lenkrad. Nein, nicht schon wieder! Ein bitterer Geschmack stieg in seiner Kehle auf und er keuchte.

Sommer, 2003

»Bist du sicher, dass wir auf diesem Weg zum Waldhaus kommen? Ich erinnere mich gar nicht mehr an diesen Pfad.«

Tanja war stehen geblieben und schaute sich mit gerunzelter Stirn um. Die mächtigen Kronen der Buchen und Tannen verwehrten der untergehenden Sonne den Durchlass und versetzten die Umgebung in eine düstere Stimmung. In der Nähe raschelte es im Unterholz und sie zuckte zusammen.

Die vergangenen Minuten hatte sich Gregor krampfhaft überlegt, wie er Alex' kleine Schwester herumkriegen könnte, und war so in seine Gedanken vertieft, dass er fast auf sie aufgeprallt wäre, als sie unvermittelt stehen blieb. Normalerweise fiel es ihm nicht schwer, die holde Weiblichkeit zu bezirzen, aber eine eigenartige Scheu hatte ihn plötzlich ergriffen. Sie war kein Dummchen und sicher nicht so leicht einzuwickeln wie die Frauen, die er für gewöhnlich im Visier hatte.

Er zog ein Taschentuch aus seiner Hosentasche und wischte sich den Schweiß von der Stirn. Gott sei Dank hatte er sein Sakko im Waldhaus gelassen. Die Hitze war, selbst im Wald, beinahe unerträglich und sein Hemd klebte ihm am Rücken. Aber in seinem Jackett befanden sich auch seine Zigaretten. Das Bedürfnis, jetzt eine zu rauchen, wurde übermächtig.

»Ich glaube«, sagte er und machte ein zerknirschtes Gesicht dabei, »du hast recht. Ich war mir so sicher, dass wir auf diesem Weg zur Hütte kommen. Vermutlich sind wir irgendwo falsch abgebogen. Tut mir leid.«

Tanja lachte. »Schon okay. Wir kehren einfach um, und bis wir zurück sind, ist auch das Essen fertig.«

Sie zwinkerte ihm zu, quetschte sich an ihm vorbei und machte sich auf den Rückweg. Bei diesem Manöver streifte ihr Busen seine Brust und wieder stieg ihm ihr Parfüm in die Nase. Gregor schluckte hart. Wenn er sich jetzt nicht ein Herz nahm, war die günstige Gelegenheit dahin. Aber was, um Himmels willen, sollte er ihr sagen?

»Tanja?«, rief er. »Warte doch mal. Ich muss dich etwas fragen.«

Sie blieb stehen und schaute über ihre Schulter zurück.

»Ja?«, fragte sie und strich sich dabei eine blonde Strähne hinters Ohr.

Ihr sah man nicht an, dass sich die Temperaturen beinahe im tropischen Bereich befanden. Sie wirkte so frisch wie eine taubenetzte Rosenknospe. Gregor stellte sich vor, wie es sein würde, ihre vollen Lippen zu küssen, sein Gesicht in ihrer blonden Mähne zu vergraben, ihren Busen zu berühren und sich tief in sie zu versenken. Seine Hose wurde eng. Alles, was er sich gedanklich zurechtgelegt hatte und womit er Alex' Schwester für sich zu gewinnen gedachte, verpuffte in einer Welle des Begehrens.

Mit zwei Schritten war er bei ihr, umschlang ihre schmale Taille und drängte sie rückwärts an den rauen Stamm einer Fichte. Er presste sein Becken an ihre Hüften, umfasste ihre Brust mit einer Hand und küsste sie wild.

Tanja war im ersten Moment wie erstarrt, dann begann sie sich heftig zu wehren, trommelte mit ihren Fäusten auf Gregors Brust und wand sich wie ein Wurm unter ihm. Mit einer resoluten Bewegung riss sie ihren Kopf zur Seite und sog scharf die Luft ein.

»Verdammt!«, keuchte sie. »Spinnst du?! Lass mich sofort los!«

Sie versuchte sich fallen zu lassen, um unter ihm wegzurutschen, aber er hielt sie eisern umklammert. Mit einer Hand quetschte er ihre Brust und sie stieß einen Schmerzensschrei aus.

Gregor konnte nicht mehr klar denken. In einem Winkel seines Hirns wusste er, dass er gerade eine Riesendummheit beging, aber die Empfindungen, die durch seine Adern jagten, blockierten jede Vernunft. Er war der Jäger, sie die Beute. Er musste sie erlegen – jetzt!

Eine Eruption flüssigen Schmerzes schoss plötzlich durch seinen Körper. Wo zuvor noch Lust pulsiert hatte, öffnete sich ein Abgrund voller Höllenqualen. Vor seinen Augen zuckten weiße Blitze, seine Beine knickten ein. Er fiel auf die Knie und presste beide Hände in den Schritt. Die Schlampe hatte ihm ihr Knie in die Eier gerammt! Hilflos fiel er zur Seite und zog die Beine an. Er stöhnte, Tränen liefen ihm übers Gesicht. Ihm war, als würde er gleich das Zeitliche segnen.

»Arschloch!«, hörte er eine Stimme und blinzelte. Tanja stand neben ihm und sah auf ihn hinunter. Ihre Augen versprühten Blitze, ihr hübscher Mund war vor Abscheu verzerrt. Dann drehte sie sich um und rannte den Pfad entlang. Gregor wandte den Kopf und erbrach sich.

In der ersten Etage von Delphines Haus flammte Licht auf. Gregor blinzelte, die Erinnerungen verschwammen und er kam wieder in die Gegenwart zurück. Plötzlich vermeinte er, den Geruch von schalem Bier und Tannennadeln zu riechen. Er schüttelte den Kopf und die Einbildung verschwand, wie auch die Schmach, die ihm Tanja beim Klassentreffen beschert hatte.

Er warf noch einen letzten Blick auf das Haus in der Rue Guizot, startete dann den Jaguar und fuhr mit kreischenden Reifen davon. Dieses Mal würde er es geschickter anstellen und triumphieren, das schwor er sich in diesem Moment.

36

Beim Kriminaltechnischen Dienst in Rouen wurde Alex fotografiert, seine Fingerabdrücke wurden genommen und ein Speichelabstrich gemacht. Auf seine Frage hin, ob er denn auch noch die Körbchengröße angeben müsse, hatte der zuständige Polizist ihm einen finsteren Blick zugeworfen. Alex hielt es dann für klüger, keine Witze mehr zu machen. Obwohl er unschuldig war, hatte er sich während der Prozedur unwohl gefühlt. Dennoch hatte er Vertrauen in das Rechtssystem und darin, dass man ihn letztendlich freisprechen würde. Es handelte sich zwar tatsächlich um seinen Rucksack, den Carpentier angeschleppt hatte, aber auf der darin gefundenen Brandflasche konnten unmöglich seine Fingerabdrücke sein.

Alex betrachtete mit gerunzelter Stirn seine verfärbten Hände. Diese spezielle Paste ging nur schwer wieder ab und in der nächsten Zeit hatte er womöglich mit hochgezogenen Augenbrauen zu kämpfen, wenn ihm jemand auf die Finger schaute. Und noch etwas beunruhigte ihn. Wenn der Kriminaltechnische Dienst einen Abgleich mit bestehenden Abdrücken machen würde, kämen zweifelsfrei seine Jugendsünden ans Licht. Die waren zwar schon mehr als zehn Jahre alt, und ihre Truppe hatte damals nie mit militanten Mitteln versucht, ihre Anliegen durchzusetzen, aber er war schon einmal festgenommen worden. In jedem Fall war es nicht sehr förderlich, dass er schon in ähnlichen Situationen mit dem Rechtssystem in Berührung gekommen war. Irgendwann standen die Leichen im Keller eben wieder auf und trieben als Zombies ihr Unwesen. Zu seinen Gunsten zählte immerhin Flos Aussage. Die musste erst einmal widerlegt werden. Nichtsdestoweniger blieb er aber nach wie vor der Hauptverdächtige.

Der Regen hatte seit gestern Nacht kaum nachgelassen und die Fahrbahn war dementsprechend rutschig. Alex drosselte das Tempo, als vor ihm im Spritzwasser plötzlich zwei Lastwagen auftauchten und sich ein Elefantenrennen lieferten.

Er sah auf die Uhr. Kurz nach neun Uhr. Ob Flo noch schlief? Sie hatte ihn gebeten, sofort anzurufen, aber er wollte sie nicht wecken. Er lächelte, als er an die vergangene Nacht dachte. Besser gesagt an die Stunden, die seiner eigentlichen Nachtruhe vorangegangen waren. Er hatte fast vergessen, wie erfüllend körperliche Vereinigung sein konnte. Vor allem mit einem Menschen, der einem viel bedeutete. Schade, dass Flo bald wieder abreiste und dann zweihundert Kilometer weit weg wohnte. Aber wie hieß es so schön? Liebe überwindet alle Hindernisse! Er wollte zwar noch nicht von Liebe sprechen, das war ein so großes Wort, das seiner Meinung nach den meisten Leuten viel zu leicht über die Lippen kam, aber wenn sie sich weiterhin so gut verstanden, würde daraus sicher mehr als eine kurze Ferienliebe werden, davon war er überzeugt.

Er setzte den Blinker, als die Brummis ihren Wettkampf endlich beendet hatten, überholte und überlegte, wie er Flo eine Freude bereiten könnte. Ob sie Blumen mochte?

* * *

Flo verließ eben die Dusche, als es an der Haustür klingelte. Sie hörte, wie Madame Picot öffnete, und dann eine Männerstimme, die ihr bekannt vorkam. Alex? Ihr Herz machte einen Sprung. Sie schlang sich das Badetuch um den Körper und linste über das Treppengeländer. Doch alles, was sie sah, war ein dunkler Haarschopf, der sich am Hinterkopf bereits zu lichten begann. Ihr Lächeln erlosch. Filou hatte sie jedoch bemerkt und bellte freudig die Treppe hoch. Zwei Köpfe schnellten gleichzeitig nach oben. Castel! Sie schnappte nach Luft und verzog sich eilig in ihr Zimmer. Was wollte der denn hier?

Aus Alex' Bemerkungen über den Bauunternehmer hatte sie eine tiefe Abneigung herausgespürt und sie selbst konnte Gregor Castel ebenfalls nicht leiden. Bevor sie die Zimmertür schloss, hörte sie noch, wie ihre Zimmerwirtin sagte: »Sie wird sicher gleich herunterkommen. Kann ich Ihnen unterdessen einen Kaffee anbieten?«

Flo runzelte die Stirn. War der Typ etwa wegen ihr hergekommen? Aber wieso? Hing es eventuell mit ihrer Aussage bei der Polizei zusammen, als sie ihm zum ersten Mal begegnet war? Aber er konnte doch unmöglich wissen, dass sie zugunsten von Alex ausgesagt hatte. Ihre Vorfreude auf das reichhaltige Frühstück hatte einen erheblichen Dämpfer erlitten. Es fehlte gerade noch, dass Castel ihr dabei zusah, wie sie sich ein Marmeladenbrot schmierte. Ob sie versuchen sollte, das Haus unbemerkt zu verlassen? Aber das war doch kindisch! Nein, sie würde eben in den sauren Apfel beißen und sich erkundigen, weshalb er sich bemüßigt fühlte, sie aufzusuchen. Doch zuerst wollte sie Aline anrufen.

Flo zog sich rasch an und griff dann nach ihrem Handy. Dieses Mal nahm die Ladenbesitzerin bereits nach dem ersten Klingeln ab.

»Oui? Alines Wunderlampe. Womit kann ich Ihnen dienen?«

»Salut, Aline, Flo hier. Wie geht's dir denn?«

In den nächsten Minuten kam Flo nicht zu Wort und fand keine Möglichkeit, nach der vergessenen Sprache, diesem Patois, und Alines Großmutter zu fragen. Aline sprudelte wie ein Wasserfall. Erzählte von den Malern, die in Flos Abwesenheit das verrauchte Wohnzimmer gestrichen hatten, und von einem charmanten Bodenleger, der mit einem neuen Teppich gekommen war, jedoch ein très grande bordel, eine riesengroße Sauerei, im Treppenhaus hinterlassen hatte. Dann informierte sie sie darüber, dass Shiva vermutlich Flöhe hätte, denn sie müsse sich ständig kratzen.

»Aline«, unterbrach Flo schließlich lachend den Redefluss der Ladenbesitzerin, »kann ich dich etwas fragen? Es geht um die Briefe, die ich in der Truhe gefunden habe.«

Dann erzählte sie ihr von ihrem Besuch bei Eugene Lacroix und dessen Vermutung, dass es sich dabei um Patois handeln könne. Und ihrer Hoffnung, ob eventuell Alines Großmutter ihr bei der Übersetzung des Inhalts weiterhelfen würde.

Einen Moment blieb es am anderen Ende der Leitung still. Dann stieß Aline einen Schrei aus.

»Aber ja, was bin ich dumm!«, rief sie aufgeregt. »Natürlich Patois! Ich wusste doch, dass es mir irgendwie bekannt vorkommt. Wieso bin ich nicht selbst darauf gekommen?«

Flo spürte eine freudige Erregung. Würde sie mit dem Entschlüsseln endlich weiterkommen?

»Kannst du mir bitte die Adresse deiner Großmutter geben«, fragte sie. »Und würdest du sie eventuell anrufen und vorwarnen, dass ich auftauchen werde?«

»Nein!«

Flo hob konsterniert die Augenbrauen.

»Ich begleite dich«, fuhr Aline fort. »Ich wollte dieses Wochenende sowieso zu ihr. Wir können zusammenfahren, einverstanden?«

Flo fiel ein riesiger Stein vom Herzen. Das war ja noch besser.

»Super!«, erwiderte sie aufgekratzt. Dann gab sie Aline die Adresse von Madame Picot und vereinbarte mit der Ladenbesitzerin, dass diese sie am Samstagmorgen abholen käme, um gemeinsam nach Deauville zu fahren. »Also bis morgen«, beendete sie das Telefongespräch und hüpfte anschließend übermütig im Zimmer herum, bis das Eulenbild an der Wand gefährlich wackelte. Bald würde sich das Rätsel lösen – endlich!

37

»Sieht hübsch aus, nicht?«

Die Verkäuferin im Blumenladen strahlte Alex an, als wäre der Strauß für sie selbst. Dann wickelte sie durchsichtiges Zellophan um die drei orangefarbenen Rosen, die sie mit irgendwelchem Grünzeug aufgepeppt hatte. Alex nickte, obwohl er nicht wusste, ob Flo Rosen überhaupt mochte. Doch die Verkäuferin war direkt auf diese langstieligen Blumen zugesteuert, als er gesagt hatte, er suche etwas Hübsches für eine Bekannte. Den Begriff Freundin hatte er tunlichst vermieden; der Dorfklatsch würde, sobald Delphine Picot von seiner Beziehung mit Flo erführe, sowieso wie eine Sturmflut durch Lisieux rasen. Und das wäre früh genug. Des Weiteren wusste er nicht mit Sicherheit, ob Flo jetzt tatsächlich seine Freundin war. Durfte er sie einfach so nennen oder musste er sie zuerst fragen?

Mein Gott, er schüttelte amüsiert den Kopf, er benahm sich ja wie ein Fünfzehnjähriger nach dem ersten Kuss!

Vor Delphines Haus parkte ein dunkelgrüner Jaguar, als er fünf Minuten später auf den Vorplatz einbog. Alex sog scharf die Luft ein. Es gab nur einen Menschen in dieser Gegend, der so einen teuren Wagen fuhr. Gregor! Was zum Teufel machte der hier? Soweit er informiert war, mochte

Madame Picot den Bauunternehmer nicht besonders, wie so viele in Lisieux. Er hatte ihren verstorbenen Mann mehrfach dazu gedrängt, das Haus mitsamt dem Grundstück an ihn zu verkaufen. Von der Rue Guizot aus hatte man einen prächtigen Ausblick über die Stadt, und Castel hatte vorgehabt, das ganze Areal mit teuren Eigentumswohnungen zu bebauen. Doch weil sich François Picot so vehement gegen einen Verkauf gewehrt hatte, hatten auch die anderen Anwohner Gregor die Stirn geboten. Was also suchte er hier? Ob er sein Angebot jetzt der Witwe schmackhaft machen wollte?

Alex warf einen Blick auf die drei Rosen auf dem Beifahrersitz und beschloss, sie Flo später zu schenken. Er verspürte wenig Lust, sich Gregors Spott auszuliefern, wenn er damit auftauchte.

Alex stieg aus und rannte unters Vordach. Graue, dunkle Wolken hingen immer noch über der Stadt und entluden weiterhin ihre nasse Pracht. Die Frühlingsferien fielen dieses Jahr buchstäblich ins Wasser. Er seufzte und schüttelte den Kopf. Seine Schüler taten ihm leid, vor allem die, die sich für diverse Zeltlageraktivitäten angemeldet hatten. Deren größte Herausforderung würde voraussichtlich darin bestehen, genügend tiefe Gräben um ihre Behausungen zu buddeln. Hoffentlich besann sich der Wettergott bald.

Als er läutete, schlug Filou an und hinter der mattierten Glasscheibe schoss ein dunkler Schatten auf ihn zu, dem ein gemächlicherer folgte.

»Monsieur Dubois? Wie nett, Sie zu sehen. Kommen Sie doch herein.« Delphine Picot warf einen kurzen Blick über ihre Schulter, griff Filou am Halsband und trat dann beiseite. »Wir haben allerdings schon Besuch«, flüsterte sie und verzog missbilligend den Mund.

Alex nickte. »Dachte ich mir«, sagte er und tätschelte dem euphorischen Hund die Flanke, »ich kenne sein Auto.«

»Ich weiß gar nicht, was der hier will«, fuhr sie leise fort. »Er sitzt bloß da und starrt Madame Galabert an. Die arme Frau tut mir schon richtig leid. Gut, dass Sie jetzt hier sind. Ich bin mir sicher, Ihr Besuch wird sie weit mehr erfreuen.«

Sie zwinkerte ihm zu und er errötete wie ein Schuljunge. Delphine Picot drehte sich um und ging den Korridor entlang. Alex folgte ihr ins Wohnzimmer, wo Flo am Wohnzimmertisch saß, vor sich eine Tasse Kaffee, links und rechts je ein riesiger Blumenstrauß. Von Gregor? Gott sei Dank hatte er die Rosen im Wagen gelassen. Neben diesen üppigen Arrangements würden seine drei Blumen wie ein versprengtes Trüppchen Soldaten neben einer Kompanie aussehen. Flo gegenüber saß Gregor und nippte an einer Tasse Kaffee.

»Alex!« Ein Lächeln flog über ihr Gesicht, als sie ihn erblickte. »Wie war's in Rouen?«

Gregors Augen wurden bei seinem Eintreten schmal, trotzdem erhob er sich höflich und deutete ein Nicken an.

»Alex«, sagte er steif.

»Gregor«, erwiderte dieser in gleicher Weise.

Einen Moment lang standen sie sich wortlos gegenüber. Lediglich das Ticken einer Kuckucksuhr war zu hören und das rhythmische Klopfen von Filous Schwanz auf dem Parkettboden. Normalerweise sagte man doch, dass Hunde ein Gespür für unerquickliche Situationen hätten, dachte Alex, doch dieses Exemplar hier schien von der Spannung, die in der Luft lag, offenkundig nichts zu bemerken.

»Darf ich Ihnen einen Kaffee anbieten?«, fragte Delphine Picot und zerbrach damit die Stille wie ein Eisbrecher das Packeis.

»Gern«, erwiderte Alex, beugte sich demonstrativ zu Flo hinab, gab ihr einen Kuss auf die Wange und setzte sich an den Tisch.

Er sah mit Genugtuung, wie Gregors Adamsapfel daraufhin auf und ab hüpfte. Also war er wegen ihr hier und es passte ihm offenbar gar nicht, dass sein ehemaliger Mitschüler aufgetaucht war.

»Hübsche Blumen«, meinte Alex spöttisch.

»Ja, nicht wahr?«, bestätige Madame Picot und schenkte ihm eine Tasse Kaffee ein. »Herzlichen Dank nochmals, Monsieur Castel.«

Gregor machte eine wegwerfende Handbewegung.

»Keine Ursache«, erwiderte er lächelnd. Anscheinend hatte er sich wieder gefangen, denn seiner Stimme war nicht anzumerken, dass ihm Alex' Erscheinen gegen den Strich ging. »Nun«, fuhr er fort und stand auf, »die Geschäfte rufen. Ein Unternehmen leitet sich nicht von allein.« Er zog sein Sakko an, das über der Stuhllehne hing, und gab Delphine Picot die Hand. »Ich melde mich wieder, einverstanden?«

Diese nickte. »Wie Sie meinen. Ich weiß aber nicht, ob ich …«

»Kein Problem«, unterbrach er sie. »So etwas muss schließlich gut überlegt sein.« Er räusperte sich und wandte sich dann an Flo. »Und wir telefonieren wie abgemacht.«

Er lächelte maliziös, machte auf dem Absatz kehrt und stolzierte davon. Zurück blieben der Duft seines teuren Rasierwassers und ein verblüffter Alex.

»Ich fasse es nicht!«, zischte Alex und tigerte in Flos Zimmer auf und ab. »Mit jedem, wirklich mit jedem, aber doch nicht mit Gregor!«

Flo saß auf dem Bett und blickte mit weit aufgerissenen Augen zu ihm hoch. »Jetzt beruhige dich doch erst mal …«, begann sie, doch Alex ließ sie nicht zu Wort kommen.

»Das darf doch wohl nicht wahr sein!«, wetterte er weiter. »Ich habe dich doch vor seinen Methoden gewarnt. Bist du tatsächlich so schwer von Begriff?«

Flo sprang auf und funkelte ihn böse an.

»Na hör mal«, erwiderte sie eisig. »Was fällt dir ein, so mit mir zu reden? Ich kann schließlich tun und lassen, was ich will!«

Sie schnaubte und begann, ihre Kleider, die im Zimmer verstreut waren, einzusammeln.

Alex atmete tief durch. Sie hatte recht, er musste seinen Ärger zügeln. Sie kannte Gregor nicht so gut wie er und wusste nicht, wozu er fähig war.

Er griff nach ihrem Arm und hielt sie fest.

»Schau mich bitte an.« Florence knurrte etwas Unverständliches, blieb aber stehen und sah ihn herausfordernd an. »Es tut mir leid, ich wollte dich nicht so anfahren. Aber Gregor Castel ist ein Wolf, glaub mir. Er lächelt dich an und im nächsten Moment schlägt er dir die Reißzähne ins Fleisch. So war er schon immer. Und jetzt bist du in sein Blickfeld geraten. Er will dich erobern und dazu ist ihm jedes Mittel recht.«

»Grundgütiger!«, stieß Flo hervor und rollte dabei die Augen. »Männer und ihr Reviergehabe! Er hat mir doch nur einen Ausflug zum Mont-Saint-Michel vorgeschlagen. Das ist doch die größte Attraktion in der Normandie, oder etwa nicht? Zudem hat er ein Boot. Und ich bin noch nie mit einem Motorboot gefahren. Was ist denn schon dabei? Wie's aussieht«, sie warf einen Blick zum Fenster hinaus in den Regen, »wird das sowieso nichts, bis ich wieder abreise. Und ich habe auch nicht zugestimmt, also komm mal wieder runter!«

Alex presste die Lippen zusammen, bis sein Kiefer schmerzte. Jetzt nur keinen Fehler machen, beschwor er sich selbst. Es war wie bei seinen Schülern – je mehr er insistierte, desto größer war der Widerstand.

»Komm mal her«, sagte er daher sanft. »Stimmt.« Er zog sie in seine Arme, presste ihr einen Kuss auf den Scheitel und beugte sich hinunter, bis seine Lippen ihr Ohr streiften. Flo kicherte. »Es ist nichts dabei«, bestätigte er, »aber ich wollte dir die Schönheiten der Normandie eben selbst zeigen. Ich bin vermutlich einfach ein wenig eifersüchtig.« Er zog entschuldigend die Schultern hoch.

»Ein wenig?« Sie grinste und schmiegte dabei ihre Wange an seine Brust. »Das sieht mir eher nach einer jahrelangen Rivalität aus.«

Alex schluckte. Sie wusste ja nicht, wie nahe sie der Wahrheit mit dieser Vermutung kam.

»Also gut, Herr Lehrer. Wenn es Ihnen so wichtig ist, werde ich den geplanten Ausflug, dem ich ja noch gar nicht zugestimmt habe, absagen. Zufrieden?« Sie zwinkerte ihm zu und hielt seine Hand fest, als er ihr damit über die Wange streichen wollte. »Und jetzt erzähl mal, wie's bei der Polizei war. Aber zuerst wäschst du dir gefälligst die Hände. Die sehen ja aus, als hättest du in einem Bottich Tuch gefärbt.«

38

1863, Jeanne

Eine Eule fliegt knapp vor meinem Gesicht vorbei. Ich spüre den Luftzug und ziehe erschrocken den Kopf ein. Der Vogel setzt sich auf den Ast einer Tanne, flattert mit seinen Flügeln und betrachtet mich aufmerksam. Im Mondschein glänzt sein Gefieder grünlich. Es ist kalt. Mein Atem gefriert vor meinem Mund zu weißen Wölkchen, trotzdem beginne ich zu schwitzen. Der Weg ist steil, immer wieder muss ich anhalten. Meine Brust schmerzt und ich huste. Am Himmel steht der Mond. Er ist heute rund und schimmert silbrig wie eine Christbaumkugel. Plötzlich höre ich Stimmen. Jemand streitet sich. Das sind doch Mami und ein Mann! Ich beginne zu rennen, stolpere über eine Baumwurzel, falle hin und schlage mir das Knie auf. Es tut weh, doch ich beiße auf die Zähne und kümmere mich nicht um das Blut, das mein Schienbein hinunterläuft. Ich stehe wieder auf. Weiter! Ich muss zu ihr, sie beschützen, ihr helfen, denn er ist böse. Seine Stimme verrät ihn, auch wenn er lächelt.

Der Weg wird schmaler. Wolken schieben sich vor den Mond. Ich sehe jetzt kaum noch, wohin ich laufe. Äste schlagen mir ins Gesicht, greifen nach meinem Nachthemd und halten es fest. Ich weine ein bisschen, denn mir ist so kalt. Die Dunkelheit will mich erdrücken, ich kann kaum noch atmen. Bin ich noch auf dem rechten Weg? Erst jetzt bemerke ich, dass es still geworden ist. Das Rauschen in den Baumkronen hat aufgehört, nirgendwo ein Rascheln im Gebüsch. Es ist so still, dass ich höre, wie ich schnaufe. Ich fürchte mich, und zittere. Mami?

2014, Florence

Flo erwachte keuchend. Sie hatte sich in ihrem Bettzeug verheddert. Der Schlafanzug klebte schweißnass an ihrem Körper und das Herz schlug ihr bis zum Hals. Ein Klopfen an der Tür ließ sie zusammenzucken.

»Madame Galabert?«

Flo sprang aus dem Bett und öffnete die Tür. Ihre Zimmerwirtin stand im Flur, daneben Filou, der zaghaft mit dem Schwanz wedelte, als er sie erblickte.

»Sie haben geschrien«, sagte Madame Picot besorgt. »Ist alles in Ordnung?«

Flo stieß die Luft aus und versuchte zu lächeln.

»Ja, alles bestens«, erwiderte sie. »Ich hatte bloß einen …« Sie runzelte die Stirn und suchte nach dem richtigen Wort. »Bloß …« Sie schluckte. Es lag ihr auf der Zunge.

Madame Picot legte den Kopf schief. »Einen Albtraum?«

»Genau! Irgendetwas mit Eulen, Wald und Mondschein.« Sie schüttelte den Kopf. »Es war so real. Unglaublich.«

Ihre Zimmerwirtin schlang sich die Arme um ihren Körper. Erst jetzt realisierte Flo, dass sie lediglich ein dünnes, geblümtes Nachthemd trug.

»Möchten Sie darüber reden?«, fragte Madame Picot. »Ich könnte uns schnell einen Tee machen.«

»Danke«, erwiderte Flo und gähnte hinter vorgehaltener Hand. »Das ist nett, aber nicht nötig.«

»Na dann«, die ältere Frau wandte sich um und scheuchte Filou mit dem Knie von der Zimmertür weg. »Bis morgen. Und hoffentlich jetzt eine angenehmere Nachtruhe.« Sie drehte sich nochmals um. »Vielleicht mögen Sie mir ja später darüber berichten. Träume sind Botschaften unseres Unterbewusstseins. Man sollte sie nicht ignorieren.« Sie nickte ernst und ging dann die Treppe hinab.

Flo schloss die Tür und huschte wieder ins warme Bett. Sie rieb ihre eiskalten Füße aneinander und zog die Bettdecke bis zum Kinn hoch.

»Unterbewusstsein«, murmelte sie spöttisch, »eher zu viele Horrorfilme.«

Sie schloss die Augen und versuchte sich zu entspannen. Morgen würde Aline herkommen. Sie freute sich auf das Treffen und war gespannt, welche Erkenntnisse ihr der Besuch bei Alines Großmutter bringen würde. Alex würde sie leider nicht begleiten können, da seine Mutter Geburtstag hatte und er, als braver Sohn, den Tag mit ihr und seinem Vater verbringen wollte. Aber sie würden sich am Abend treffen und somit reichlich Gelegenheit haben, die gewonnenen Informationen über den Inhalt der ominösen Briefe auszutauschen. In dem Moment klingelte ihr Handy. Nanu, wer rief sie denn um diese Zeit an? Marc? Kaum. Sie hatte vor zwei Stunden eine SMS von ihm erhalten, dass er gleich in Sydney starten würde. Während er in der Luft war, schaltete er sein Handy stets aus.

Sie griff nach ihrem Mobilfunkgerät auf dem Nachttisch, die Nummer kannte sie nicht.

»Galabert?«, meldete sie sich und unterdrückte ein Gähnen.

»Flo? Hier ist Eric. Na, brutzelt ihr schön am Strand? Gibst du mir bitte mal Marc? Der Depp geht nicht ans Telefon und ich muss es jetzt wissen. Das Hotel hält die Zimmer nicht für ewig frei.«

Sie runzelte die Stirn. »Eric, salut, wie geht's deinem Bein? Marc wird wohl gerade in der Luft sein. Wovon sprichst du eigentlich?«

Am anderen Ende der Leitung blieb es einen Moment still, dann hörte sie ein Knacken, als ob jemand den Lautsprecher ausgeschaltet hätte.

»Wieso in der Luft? Ich dachte, ihr wärt in der Karibik. Und was soll mit meinem Bein sein?«

Flo war schlagartig hellwach und setzte sich im Bett auf.

»Wo bist du, Eric?«, fragte sie langsam und schluckte schwer. Sie fühlte sich plötzlich ganz schwach und hatte Mühe, ihr Handy am Ohr zu halten.

»In Sydney, wieso?«

»Du hast dir nicht das Bein gebrochen?«

»Bein? Nein, wie kommst du denn darauf?« Er lachte. »Gibst du mir jetzt bitte deine bessere Hälfte? Er hat mir immer noch nicht bestätigt, ob unsere gemeinsame Golfwoche klargeht. Das ist für dich doch in Ordnung, oder? Ich passe schon auf dein Herzblatt auf, keine Angst.« Er lachte wieder.

Flos Arm sank mitsamt ihrem Handy auf die Bettdecke. Ihr Mund war plötzlich staubtrocken. Marc hatte sie angelogen. Er war gar nicht für Eric eingesprungen, sondern war … Ja, was? Sie hörte Erics Stimme aus dem Telefon und starrte es einen Moment lang an, als wüsste sie nicht, wozu es diente, dann hob sie es wieder ans Ohr – es wog eine Tonne.

»Er ruft dich zurück, tschüss«, krächzte sie und beendete den Anruf.

Ihr Gefühl hatte sie also nicht getrogen. Ihre Beziehung war am Ende. Marc hatte ihren gemeinsamen Urlaub abgesagt, aber nicht, um einem Kollegen aus der Patsche zu helfen, sondern damit er nicht mit ihr verreisen musste. Ihre ganze Hoffnung, durch diese Reise ihr Liebesverhältnis wieder zu kitten, war nur eine kindische Reaktion auf etwas Unausweichliches gewesen, das sie insgeheim gespürt, aber nie zugegeben hatte.

Trotzdem, so hätte es nicht enden müssen. Ob eine andere Frau dahintersteckte? Vermutlich, was sollte es auch sonst sein? Vielleicht lag er gerade mit dieser Schlampe irgendwo am Strand und ... So ein Mistkerl!

Ich muss jetzt weinen, dachte Flo plötzlich. Normalerweise taten das betrogene Frauen doch. Heulen, Schreien, Geschirr an die Wand werfen. Doch sie war bloß wütend und seltsamerweise auch ein wenig erleichtert. Sie musste sich wegen Alex nicht mehr schuldig fühlen. Marc hatte ihr unwissentlich die Absolution für ihren Seitensprung erteilt. Und doch schmerzte sie sein Vertrauensbruch. Wieso hatte er ihre Beziehung mit einer Lüge beendet? Bedeutete sie ihm so wenig, dass er sie so hinterging?

Und du, fragte eine leise Stimme in ihrem Kopf, tust du denn nicht das Gleiche? Bist du denn ehrlich gewesen? Du hast gleich zwei Männer angelogen, also spiele dich hier nicht als Richterin auf!

»Ja«, murmelte sie, »ich bin schlimmer als er.«

Entschlossen griff sie erneut nach ihrem Handy und wählte zitternd Marcs Nummer. Ihre Finger waren eiskalt. Wut, Enttäuschung und Unsicherheit tobten in ihr. Doch wo immer Marc sich in diesem Moment auch aufhielt, es war an der Zeit, sich wie Erwachsene zu benehmen. Es klingelte mindestens zwanzig Mal, bevor sich ihr Freund meldete. Sicher hatte er ihre Nummer erkannt und sich überlegt, ob er den

Anruf entgegennehmen sollte. Dass er es tat, sprach immerhin für ihn.

»Hallo Marc, wir müssen reden …«

Wütendes Hundegebell weckte Flo und sie rieb sich die Augen. Als sie nach ihrer Uhr auf dem Nachttisch griff, stieß sie einen Schrei aus und strampelte die Bettdecke weg. Es war schon 09.05 Uhr. Sie hatte verschlafen! Dem zweistimmigen Hundegebell nach zu schließen waren Aline und Shiva bereits eingetroffen. Und wie aufs Stichwort klopfte es vehement an die Tür.

»He, Schlafmütze, aufstehen!«

Flo stolperte zur Zimmertür, öffnete sie und riss die Augen auf. Sie blinzelte zweimal, doch das Bild blieb dasselbe. Vor ihr stand Aline, aber nicht die Aline, die sie kannte, sondern eine Frau in einem konservativen dunkelblauen Kostüm. Rock, Blazer und dazu passende Pumps. Die Haare hatte sie zu einem ordentlichen Pferdeschwanz zusammengebunden. Geschminkt war sie nur dezent. Etwas Wimperntusche, einen Hauch von Lipgloss, das war alles. Flo starrte sie an, bis Aline genervt die Augen rollte.

»Ist ja gut«, erwiderte sie und hauchte ihr zur Begrüßung zwei Küsse auf die Wangen. »Meine Grand-Mère ist eben ein bisschen konservativ.« Sie trat ins Zimmer und sah sich neugierig um. »Beeil dich! Shiva und dieses belgische Ungetüm können sich nicht ausstehen.« Sie trat ans Fenster und schaute in den strömenden Regen hinaus. »Was für ein Wetter!«, sagte sie seufzend, setzte sich dann auf das ungemachte Bett und schlug die Beine übereinander. »Die Fahrt von Paris hierher war schrecklich! Willst du dich jetzt nicht endlich anziehen?«

Flo war über Alines Verwandlung immer noch dermaßen verblüfft, dass sie ihr nicht antworten konnte. Kleider machen

Leute! Der lebende Beweis saß ihr gegenüber und betrachtete aufmerksam das Eulenbild über dem Bett.

Flo schnappte sich ihre Jeans vom Vortag, zog frische Unterwäsche aus der Kommode und griff nach ihrem Kulturbeutel.

»Fünf Minuten«, rief sie, als sie schon halb zur Tür hinaus war.

Alines Auto sah aus, als hätte sie es aus dem Musical Hair entwendet. Von außen wirkte es einigermaßen passabel, wenn man von den verschiedenen Aufklebern und den aufgepinselten Horoskopsymbolen absah. Aber der Innenraum enthielt ein Sammelsurium der exotischsten Dinge. Am Rückspiegel hing ein runder Traumfänger, geschmückt mit weißen Federn. Die Sitze waren mit einem farbenfrohen, kratzigen Stoff überzogen, den vermutlich ein peruanischer Mönch gewebt hatte. Und auf dem Armaturenbrett hatte Aline allerlei Figürchen aus den unterschiedlichsten Materialen befestigt, die an Voodoo-Puppen erinnerten. Es roch nach Hund, Moschus und etwas, das Flo nicht zuordnen konnte. Die Rückbank hatte Shiva in Beschlag genommen und hechelte ihr ihren warmen Hundeatem ins Genick. Als Aline den Wagen startete, erklang aus einem altertümlichen Kassettengerät eine Art Sphärenmusik: Glöckchen, einzelne Töne und vermutlich Walgesang. Aline wirkte in ihrem neuen Outfit wie ein Fremdkörper in dem Vehikel und fühlte sich scheinbar auch so, denn sie zog und zupfte an ihrem engen Rock herum und verzog dabei den Mund.

Sie fuhren auf der D 275 Richtung Deauville. Die Landschaft war durch den starken Regen hindurch kaum auszumachen, zudem säumten hohe Hecken die schnurgerade Landstraße. So viel Grün war Flo als Städterin nicht gewohnt. Ob sie wirklich hier leben könnte? Ohne all die Bequemlichkeiten, die das Stadtleben bot? Aber die Nähe zum Meer wäre wunderbar. Gregor Castel hatte ihr erzählt, dass er in Deauville ein Ferienhaus besaß. Sie verscheuchte das Bild des Bauunternehmers aus ihren Gedanken. Je weniger sie mit ihm zu tun hatte, umso besser. Er war ihr ein wenig unheimlich und das nicht nur, weil Alex ihn nicht mochte. Es lag etwas in seinen Augen, das ihr eine Gänsehaut verursachte. Wenn sie ehrlich war, war sie nicht unglücklich darüber, dass Alex sie quasi dazu genötigt hatte, sich nicht mit ihm zu treffen.

Der Gedanke an ihn brachte Flo auf ihr nächtliches Gespräch mit Marc zurück. Er hatte sofort alles gestanden, als sie ihm von Erics Anruf berichtete. Sie vermutete, dass er ganz froh darüber war, endlich reinen Tisch machen zu können. Sie hieß Michelle, arbeitete als Flight Attendant für dieselbe Fluggesellschaft wie er und sie kannten sich schon ein halbes Jahr. Obwohl, wie Marc ihr wortreich beteuert hatte, erst seit drei Wochen etwas zwischen ihnen lief. Er hatte sich tausend Mal für sein grässliches Verhalten ihr gegenüber entschuldigt, immerhin aber so viel Anstand bewiesen, nicht mit dieser Michelle auf den Bahamas in ihrem gebuchten Hotel zu nächtigen. Sie seien mit einem Wohnmobil in der Bretagne unterwegs. Sie möge nämlich die Natur, hatte er gesagt. Marc und campen? Er musste anscheinend sehr in diese Frau verschossen sein.

Seltsamerweise war ihre Wut während des Telefonats irgendwann verraucht. Natürlich, sein Verrat schmerzte sie und die Demütigung, dass er sie so schamlos belogen und betrogen hatte, kratzte an ihrem Ego. Wer ließ sich schon gerne Hörner aufsetzen? Doch heute fühlte sie sich herrlich frei, als wäre ihr eine große Last von der Seele genommen worden. Sie würde Alex nicht mehr anlügen müssen. Ja, sie müsste ihm nicht einmal von Marc erzählen, denn jetzt war ihre Beziehung definitiv zu Ende. Das Schicksal hatte ihr diese schwere Beichte erspart. Im Grunde hatte ihr Marc mit seinem Betrug einen Dienst erwiesen.

Nach Alines Auskunft würden sie etwa eine halbe Stunde unterwegs sein. Ihre Großmutter wohnte in dem wohl berühmtesten Seebad der Normandie. In Flos Vorstellung flanierten Damen mit flatternden weißen Kleidern, großen Hüten und mit Spitzen besetzten Sonnenschirmchen die Promenade entlang. Aber vermutlich lag sie damit hundert Jahre in der Vergangenheit. Heutzutage wimmelten die Straßen dort sicher, wie überall am Meer, von locker bekleideten Touristen mit Sonnenbrand und gezückten Kameras.

»Aline? Du hast doch zu mir mal etwas auf Patois gesagt. Erinnerst du dich noch? Was hieß das denn?«

Aline runzelte die Stirn, ohne die Augen von der regennassen Fahrbahn zu lösen.

»Ich spreche es kaum«, erwiderte sie, »nur ein paar Redewendungen, die mir meine Grand-Mère beigebracht hat. Wann soll das denn gewesen sein?«

Flo griff nach dem Lautstärkeregler des Kassettengerätes und schaltete die Sphärenklänge leiser.

»Wir saßen in deiner Küche. Du hast mir einen Teller Curry serviert und wir sprachen über meine Oma. Dann hast du etwas – ich vermute, es war Patois – gesagt. Irgendwas mit verloren, vorbei. Erinnerst du dich?«

Aline nickte. »Un chécret r'à pège teullement qu'à la fin no peut pus l'portaer«, sagte sie. »Das?«

»Genau!«, rief Flo. »Was heißt das?«

Aline blickte in den Rückspiegel, setzte den Blinker und überholte einen Traktor. »Nichts wiegt so schwer wie ein Geheimnis«, erklärte sie und warf ihr dabei einen schnellen Blick zu.

Flo bekam bei den Worten wieder eine Gänsehaut. Es war, als geriete etwas in ihrem Innern in Schwingung, als wenn jemand zaghaft an einer Harfe zupfte.

»Und warum hast du das damals gesagt?«, bohrte sie weiter und rieb sich fröstelnd die Arme.

Aline zuckte die Schultern. »Nur so«, erwiderte sie leichthin. Doch wegen ihres Tonfalls vermutete Flo, dass sie ihr etwas verschwieg. Aber ehe sie sie fragen konnte, stoppte Aline abrupt den Wagen und verkündete: »Et voilà, wir sind da!«

39

Mit hochgezogenen Augenbrauen betrachtete Gregor Castel den Zettel, der ihn dazu aufforderte, am Postschalter ein Einschreiben abzuholen, und verriegelte das Postfach wieder.

Er hatte schlecht geschlafen, war früh aufgewacht und hatte sich daher vorgenommen, ins Büro zu fahren und den Samstagmorgen mit dem Aufarbeiten von liegen gebliebener Korrespondenz zu verbringen. Einer Eingebung folgend hatte er vor dem Postamt haltgemacht, um das Firmenpostfach zu leeren, was normalerweise seine Sekretärin erledigte. Aber die Bellanger arbeitete nur ausnahmsweise am Samstag und heute hatte sie frei. Doch als Gregor jetzt den Meldezettel betrachtete, bereute er es, ihr den Postgang abgenommen zu haben, denn ein Einschreiben bedeutete oft Ärger und darauf konnte er verzichten. Es gab im Moment schon genug unerfreuliche Angelegenheiten, die ihm das Leben schwer machten.

Er verstaute die übrigen Geschäftsbriefe in seinem Aktenkoffer und betrat die Schalterhalle. Außer ihm war nur ein weiterer Kunde anwesend. Während Gregor ungeduldig darauf wartete, dass der ältere Mann seine Zahlungen erledigte, ließ er den letzten Tag Revue passieren.

Erneut hatte ihm Alex eine Frau vor der Nase wegge-schnappt. Es schien beinahe so, als würden sie immer wieder auf den gleichen Typ abfahren. Oder war es der Umstand, dass er, Gregor, einfach nur die Weiber interessant fand, mit denen Alex aufkreuzte?

»Quatsch!«, murmelte er halblaut und ignorierte den ver-blüfften Blick des Mannes vor ihm. Der hatte endlich seine ver-schiedenen Quittungen eingepackt und Gregor war an der Reihe.

»Castel Bauunternehmen«, raunzte er und schob den Zettel unter der Glasscheibe hindurch. Er kannte den Schalterbeamten nicht, daher kam er dessen Frage nach dem Empfänger einfach zuvor.

»Ich weiß, Monsieur Castel«, erwiderte der Mann jedoch zu seiner Verblüffung. »Mein Schwiegersohn arbeitet in Ihrer Firma. Einen Moment bitte.«

Gregors schlechte Laune wuchs mit jeder Sekunde, die ihn der Postbeamte warten ließ. Seine Schuhe waren infolge des strömenden Regens vollkommen durchnässt. Er spürte ein Kribbeln in der Nase und gleichzeitig ein Kratzen im Hals. Wunderbar, bei dieser dämlichen Warterei am Donners-tagabend hatte er sich anscheinend erkältet.

»Hier ist er ja«, sagte der Schalterbeamte fröhlich und wedelte mit einem grauen Umschlag. »Bitte noch auf dem Display zu Ihrer Linken unterschreiben.«

Während Gregor mit einem Metallstift seine Unterschrift auf einen winzigen Monitor kritzelte, verspürte er ein dump-fes Pochen hinter seiner Stirn. Er kannte die Umschläge mit dem offiziellen Logo des Nationalen Archäologischen Amtes INRAP nur zu gut. Verdammt, das bedeutete wirklich Ärger!

»Wir müssen die Gräben an verschiedenen Stellen abböschen und dort, wo die Gruben schon tiefer sind, sofort mit dem Verbau beginnen. Dieser Dauerregen …«

Gregor hörte Xaviers Ausführungen nur mit halbem Ohr zu. Vor ihm lag das Schreiben des Nationalen Archäologischen Amtes mit der Aufforderung, die Bauarbeiten auf der Römerwiese unverzüglich einzustellen. Es seien weitere römische Artefakte gefunden worden, die einen sofortigen Baustopp gerechtfertigt, und man müsse das Areal erst sichten, bevor weitergebaut werden durfte. Wie zum Hohn stand natürlich auch noch der passende Gesetzesartikel darunter, als wäre er ein Depp, der sich mit dem Baugesetz nicht auskannte.

Verflucht! Sein Instinkt bezüglich dieses Einschreibens hatte ihn also nicht getrogen. Um welche Funde es sich handelte, wurde nicht erwähnt, ebenso wenig, wer der Finder war. Doch er wusste sofort, wer dahintersteckte: Alex Dubois!

»… und deshalb müssen wir am Montag schleunigst mit dem Verbau beginnen.«

Xavier Carpentier brach ab und schaute ihn aufmerksam an.

»Wie?«, fragte Gregor abwesend und trommelte mit den Fingern auf seinen Schreibtisch. »Verbau, verstehe.« Er griff nach dem amtlichen Formular und schob es seinem Vorarbeiter über die Tischplatte zu. »Hat sich jedoch erledigt«, knurrte er.

Carpentier hob verblüfft die Augenbrauen und griff nach dem Brief. Seine Hand war immer noch mit Verbandmull umwickelt, schien aber nicht mehr zu schmerzen. Trotzdem hatte er Mühe, das Schriftstück zu greifen.

»Merde!«, stieß er hervor, als er den Bescheid gelesen hatte.

Gregor nickte grimmig. »Kannst du laut sagen.« Er stand auf. »Und wir wissen beide, wer dahintersteckt, nicht wahr?«

»Dubois«, vermutete Carpentier und legte den Brief wieder zurück. »Aber was zum Teufel hat er auf der Römerwiese gefunden?«

Gregor zuckte mit den Schultern. »Keine Ahnung«, erwiderte er, trat zur Bar und holte den Calvados hervor. »Wohl irgendeine dämliche Scherbe. Und die in Paris machen sich vor Freude natürlich gleich in die Hosen!«

Carpentier schüttelte den Kopf, als er ihn mit der Flasche in der Hand fragend ansah. Gregor schenkte sich schulterzuckend einen Fingerbreit der goldgelben Flüssigkeit in einen Schwenker ein, setzte sich wieder hinter seinen Schreibtisch und starrte vor sich hin.

»Dieser Baustopp kostet mich ein Vermögen!«, stieß er wütend hervor. »Ich könnte den Kerl umbringen!«

Carpentier zuckte bei den harschen Worten zusammen und verzog den Mund. Gregors Augen wurden schmal. Seit wann war sein Vorarbeiter denn so eine Memme? Früher hätte er auf seinen »Wunsch« hin bloß wann und wo gefragt. Ob es Zeit war, ihn durch einen Jüngeren mit mehr Elan zu ersetzen? Aber Xavier wusste so einiges über ihn und seine Arbeitsweise. Es wäre im Moment sicher nicht klug, ihn rauszuschmeißen.

»Nun denn«, sagte er schließlich und stürzte den Calvados hinunter. »Es ist Samstag und wir können nichts ausrichten. Auch wegen des vermaledeiten Regens nicht. Hoffen wir mal, dass die Gruben halten. Wir treffen uns am Montagmorgen um acht Uhr auf der Römerwiese. Dann sehen wir weiter.«

Carpentier nickte. »Alle klar, Chef. Schönes Wochenende!«, sagte er sichtlich erleichtert, drehte sich um und verschwand so eilig aus dem Büro, als hätte er Angst, noch einen heiklen Auftrag mit auf den Weg zu bekommen.

Gregor starrte eine Weile auf die geschlossene Tür, während der Calvados seine Wirkung tat und eine wohlige Wärme in seinem Magen verbreitete.

Alex, immer wieder Alex! Es war zum Verrücktwerden. Die Stadt war eindeutig zu klein für sie beide. Er hatte sich jetzt weiß Gott lange genug mit diesem Vollidioten herum-geschlagen. Zeit, Nägel mit Köpfen zu machen. Manche mussten es eben schmerzhaft lernen. Und dass es schmerzhaft für Don Q. werden würde, beschwor das Lächeln auf Gregors Gesicht.

40

Das Haus von Alines Großmutter, einer gewissen Madame Huguette Simonet, lag in der Rue Jean Mermoz unweit des Jachthafens. Bei schönem Wetter hätte man vermutlich einen wundervollen Fernblick auf das Meer und die luxuriösen Segeljachten gehabt. Doch der Regen kannte kein Mitleid. Graue Wolken hingen über der Bucht, schlichen sich in die angrenzenden Straßen und blockierten jedes Panorama.

Schade, Flo hatte schon so viele begeisterte Reiseberichte über Deauville gelesen, das sich als das attraktivste Seebad am Ärmelkanal rühmte. Angeblich trafen sich hier während der Sommermonate die Reichen und Schönen der ganzen Welt. An der fast einen Kilometer langen Strandpromenade, der sogenannten Planches, reihten sich kleine Badehäuschen aneinander, die die Namen der Stars trugen, die Deauville bereits besucht hatten. Nebst dem feinen Sandstrand gab es in der Stadt ein Kasino und zwei Pferderennbahnen mit internationalem Renommee.

Als Flo ausstieg, schlug es von irgendwoher zehn Uhr. Sie lechzte nach einer Tasse Kaffee. Da sie verschlafen hatte, hatte sie ohne Madame Picots reichhaltiges Frühstück das Haus verlassen müssen, und als ihr jetzt der verführerische Duft von frischen Croissants in die Nase stieg, knurrte ihr Magen vernehmlich. Aline kicherte, als sie das Geräusch hörte, hatte jedoch keine Zeit, einen Kommentar abzugeben, denn Shiva gebärdete sich wie ein Berserker und sprang jaulend an der geschlossenen Haustür hoch.

»Sie mag meine Großmutter«, keuchte Aline, zerrte an Shivas Halsband und versuchte, das Tier zu bändigen.

Flo nickte und hoffte, Madame Simonet hatte einen festen Stand. Der Hund würde sie in seinem Enthusiasmus sonst womöglich zu Boden werfen.

Zwei flache Steinstufen führten zur Haustür hinauf, vor der eine zerschlissene Fußmatte lag. Links und rechts standen zwei akkurat geschnittene Buchsbäumchen. Ein Windspiel aus silberfarbenen Fischen hing an einem Haken neben dem Eingang, schaukelte hin und her und gab leise Töne von sich.

Flo knetete sich nervös die Hände. Von Madame Simonets Urteil hing viel ab. Entweder würde sie die Briefe übersetzen können oder deren Inhalt bliebe für alle Zeiten im Dunkeln und ihre Reise nach Lisieux somit nutzlos.

Nein, das stimmte nicht ganz. Sie hatte Alex kennengelernt. Bei dem Gedanken an seine grauen Kieselaugen wurde ihr warm ums Herz und ein leichtes Lächeln umspielte ihre Lippen. Als sie Alines prüfenden Blick auf sich spürte, räusperte sie sich. Sie wusste noch nichts von ihrer neuen Bekanntschaft und jetzt war auch nicht der richtige Zeitpunkt, ihr davon zu erzählen.

»Dann mal los«, murmelte sie, holte tief Luft und folgte Aline, die nach einem kurzen Läuten die Haustür öffnete.

Madame Simonets Wohnzimmer glich einer altertümlichen Puppenstube. Über den geblümten Polstersesseln lagen gehäkelte Deckchen, ebenso auf dem auf Hochglanz polierten Salontisch. An den Wänden hingen gerahmte Impressionen der Umgebung, ein verblasster Orientteppich zierte den Parkettboden und eine antike Standuhr in der Ecke schwang ihr Bronzependel gemächlich hin und her. Flo nippte an einem Gläschen Pommeau, einem Aperitif aus der Region, der aus frisch gepresstem Apfelsaft und Calvados bestand. Sie spürte bereits, wie ihr der Alkohol zu Kopf stieg. Madame Simonet hielt, wie Aline ihr zugeflüstert hatte, nichts von Kaffee und der Tee war ihr angeblich ausgegangen.

Alines Großmutter war eine zierliche Dame in den Siebzigern. Sie hatte feines weißes Haar, das einen Stich ins Blaue aufwies und noch die Größe der Lockenwickler erahnen ließ. Sie trug wie Aline ein konservatives Deuxpièce, eine helle Bluse und eine schmale Perlenkette. Ihre blassblauen Augen hatten Flo prüfend gemustert, als sie hereingekommen war, jetzt jedoch palaverte sie mit Aline bereits eine Viertelstunde, ohne sie eines weiteren Blickes zu würdigen. Dabei streichelte sie Shivas Kopf, die die alte Dame hingebungsvoll anschmachtete und ihren dunkelblauen Rock vollsabberte.

Flo musste sich konzentrieren, um dem Gespräch zu folgen. Der Akzent des Nordens war für ihre Pariser Ohren nur schwer zu verstehen. Auf ihrem Schoß lag, wegen des Regens in eine Plastiktüte verpackt, der Struwwelpeter mit den Briefen. Vermutlich tat die ständige Feuchtigkeit den antiken Dokumenten nicht gut, aber dieses Risiko musste sie eingehen.

Als es plötzlich still wurde und die beiden Frauen sie fragend anblickten, zuckte sie zusammen.

»Pardon?«, krächzte sie. »Haben Sie mich etwas gefragt?«

Aline kicherte. »Meine Großmutter möchte wissen, ob du eventuell normannische Wurzeln hast.«

Flo krauste die Nase. Das hatte schon Eugene Lacroix wissen wollen. Sie hatte sich jedoch noch nie mit der Herkunft ihrer Familie beschäftigt.

»Nein, darüber weiß ich nichts.« Sie hob entschuldigend die Schultern. »Wie kommt deine Oma denn auf diesen Gedanken?«

Aline goss sich noch ein wenig Pommeau ein.

»Ich habe ihr von deiner verstorbenen Großmutter und den Briefen erzählt«, erklärte sie und leckte sich genüsslich die Lippen, nachdem sie sich einen großen Schluck des aromatischen Getränks genehmigt hatte. »Wäre doch möglich, dass eure Familie ursprünglich in dieser Region beheimatet war. Wie dem auch sei«, fuhr sie fort und zupfte an ihrem engen Rock herum. »Grand-Mère möchte jetzt die Briefe sehen. Und wenn wir Glück haben, löst sich auch gleich das Rätsel um den Geist.«

Ihre Augen blitzten bei den Worten. Dann wandte sie sich an ihre Großmutter und reichte ihr eine schmale Lesebrille, die auf dem Salontisch neben einer Tageszeitung lag. Flo packte unterdessen den Struwwelpeter aus, zog die Briefe hervor und gab sie der alten Dame. Ihre Hände zitterten dabei und ihr Magen vollführte einen Hopser. Nervosität oder Pommeau? Vermutlich eine Mischung aus beidem.

Flo hatte die Schriftstücke chronologisch geordnet. Wenn Madame Simonet den Inhalt entziffern konnte, würde sie also eine fortlaufende Korrespondenz vorfinden und vielleicht daraus schließen können, wer an wen und warum geschrieben hatte.

Außer Shivas Hecheln und dem Geräusch des Pendels der Standuhr war es mucksmäuschenstill geworden. Alines Großmutter blickte konzentriert auf die Schriftstücke, legte das erste beiseite und nahm sich das zweite vor. Sie runzelte die Stirn, griff abermals zum ersten Brief und schürzte dann die Lippen.

Flo wechselte einen Blick mit Aline. Diese zog die Schultern hoch, als wollte sie sagen: »Mich musst du nicht fragen!«

Flos Nerven waren zum Zerreißen gespannt. Madame Simonets Miene war nicht zu entnehmen, ob sie den Inhalt der Briefe verstand oder nicht. Flo traute sich jedoch nicht, nachzufragen. Die ältere Dame empfand es womöglich als unhöflich, wenn sie gestört wurde.

»Und?«, brach Aline endlich die Stille, wofür ihr Flo dankbar war. Eine Minute länger und sie hätte es vor Aufregung nicht mehr ausgehalten.

Madame Simonet hob den Kopf und schaute ihren Gast eine Weile stumm an. Flos Kopfhaut begann zu kribbeln, als würde eine Kolonne Ameisen darüberkriechen.

»Grand-Mère?« Aline wedelte mit der Hand. »Nun sag schon!«

Madame Simonet warf ihrer Enkelin einen tadelnden Blick zu und klopfte dann auffordernd auf den freien Platz an ihrer Seite. Aline erhob sich vom Sessel und quetschte sich neben ihre Großmutter auf das Sofa. Dabei stieß sie Shiva unsanft beiseite. Der Hund rollte sich daraufhin zu Füßen der beiden Frauen zusammen und blickte seine Herrin vorwurfsvoll an. Madame Simonet zeigte mit dem Finger auf eine Stelle in dem Brief, dann auf eine andere und wandte sich anschließend dem dritten Brief zu. Danach flüsterte sie ihrer Enkelin etwas ins Ohr.

Wenn mir jetzt nicht gleich jemand sagt, was da steht, fange ich an zu schreien!, ging es Flo durch den Kopf und sie stieß ärgerlich die Luft aus. Zwei Köpfe drehten sich gleichzeitig in ihre Richtung.

»Oh«, sagte Aline mit schuldbewusster Miene, »entschuldige bitte. Also, meine Großmutter sagt, es handle sich tatsächlich um Patois, und zwar glücklicherweise um einen Dialekt aus der Umgebung. Die Dialekte sind wohl angeblich von Region zu Region sehr unterschiedlich.«

Flo nickte. Das war in etwa dasselbe, was ihnen Eugene Lacroix bereits erklärt hatte.

»Und was steht da jetzt?«, fragte sie und rutschte auf die Kante des Sessels.

Madame Simonet schmunzelte.

»Es sind tatsächlich Liebesbriefe«, bestätigte sie. »Dieser Louis, der Verfasser, zählt im ersten Brief die Vorzüge seiner Liebsten auf. Auf eine sehr poetische Art.« Sie lächelte verschmitzt und deutete dann auf das PS des Briefes, in dem die Wörter Noviomagus Lexoviorum standen. »Im Post Skriptum steht, dass sie sich bei den Ruinen von Noviomagus Lexoviorum treffen wollen.«

Flo nickte. So etwas hatte sie vermutet.

»Und weiter?«

»Ich brauche etwas Zeit«, erwiderte Alines Großmutter. »Es ist sehr schwierig zu lesen, selbst für mich.« Dabei zwinkerte sie ihr über ihre Lesebrille hinweg zu.

Flo errötete. Natürlich, es waren immerhin zwölf Briefe. Etwas Geduld war angebracht.

»Wollen wir einen Spaziergang machen?«, schlug Aline vor. »Das Wetter hat sich gebessert und Shiva müsste auch mal raus. Und bis wir zurück sind, hat Grand-Mère sicher alle gelesen.«

Sie stand auf und strich ihren Rock glatt. Obwohl Flo lieber geblieben wäre, erhob sie sich ebenfalls. Es war mittlerweile halb zwölf und sie fühlte sich schon ganz schwach mit ihrem leeren Magen, in dem lediglich der Pommeau gluckerte.

»Natürlich«, entgegnete sie und versuchte zu lächeln. »Wir könnten auch essen gehen. Will uns deine Großmutter begleiten?«

Die alte Dame schüttelte den Kopf und vertiefte sich abermals in die Schriftstücke.

Aline stand bereits mit einer aufgeregten Shiva unter dem Türsturz. Also legte Flo den Struwwelpeter auf den Polstersessel und folgte den beiden nach draußen.

Obwohl sie wusste, dass von Alines Großmutter keine Gefahr drohte, war es ihr unangenehm, die Briefe fremden

Händen zu überlassen. Als beginge sie damit einen Vertrauensbruch.

Flo schüttelte unwillig den Kopf. Was für ein Gedanke!
Das war sicher nur der Hunger, der ihr das Hirn vernebelte.
Sie kam aber nicht umhin, einen letzten prüfenden Blick auf
die alte Dame zu werfen, die sich mit einem angedeuteten
Lächeln über die Schriftstücke beugte.

41

»Holst du bitte die Milch aus dem Kühlschrank?«

Alex stand auf und folgte der Bitte seiner Mutter. Am Wohnzimmertisch hatten sich zwölf Personen versammelt, um Paulette Dubois' fünfundfünfzigsten Geburtstag zu feiern. Ein paar nahe Familienangehörige, Freunde seiner Eltern und die Nachbarn. Sie waren nach einem reichhaltigen Mittagessen in einem Restaurant alle noch hierhergekommen, um bei Kaffee und Kuchen die Feier abzuschließen.

Während Alex den Milchbeutel aus dem Kühlschrank nahm, warf er einen Blick zur Küchenuhr. Zwei Uhr. Flo war vielleicht von ihrer Exkursion nach Deauville schon wieder zurück. Er holte sein Handy aus der Hosentasche. Nichts. War das ein schlechtes Zeichen? Hatte die Großmutter dieser Aline nicht weiterhelfen können? Er bedauerte es zutiefst, dass er nicht mitgefahren war, aber seine Mutter wäre in Ohnmacht gefallen, wenn er sich vor ihrem Geburtstagsfest gedrückt hätte. Wider jede Logik hatte ihn jedoch ein Gefühl ergriffen, das früher vermutlich Schatzsucher gut gekannt hatten. Er wollte unbedingt wissen, was in diesem verflixten Brief stand!

»Alex? Die Milch!«

Paulette Dubois räumte die schmutzigen Tassen und Kuchenteller in die Spülmaschine und warf ihrem Sohn, der versuchte, einen Teil des Geburtstagskuchens in Alufolie zu verpacken, prüfende Blicke zu. Alex konnte sich denken, was sie umtrieb. Heute Morgen hatte sie beiläufig erwähnt, dass sie Delphine Picot beim Einkaufen getroffen hatte.

»Okay, Mama«, sagte er endlich. »Ich gebe mich geschlagen. Was willst du wissen?«

»Ich?« Sie zog erstaunt die Augenbrauen in die Höhe. »Ich will gar nichts wissen! Wie kommst du darauf?«

Sie schloss mit einem geübten Hüftschwung die Tür der Spülmaschine und verschränkte die Arme vor der Brust. Er unterdrückte ein Schmunzeln, denn er wusste, was jetzt gleich kommen würde.

»Ich bin ja bloß deine Mutter«, fuhr sie fort, »und somit die Letzte, der man etwas erzählt.« Sie drehte sich um und betätigte den Schalter der Spülmaschine. »Wie üblich«, fügte sie unwirsch hinzu.

Alex grinste. Dann trat er zu seiner Mutter und umarmte sie stürmisch, bis sie zu kichern anfing.

»Beste Mama aller Zeiten!«, rief er theatralisch und drückte ihr einen Kuss auf die Wange. »Du wärst natürlich die Erste gewesen, der ich von meiner neuen Bekanntschaft erzählt hätte, wenn mir Delphine Picot nicht zuvorgekommen wäre.

Also, sie heißt Florence Galabert, verbringt hier ihren Urlaub und arbeitet ansonsten in einer Zahnarztpraxis in Paris. Und sie ist die hübscheste, kratzbürstigste, rehäugigste Frau, die mir seit Jahren begegnet ist. Und ich glaube fast, dass ich mich verliebt habe.«

Paulette Dubois' Kiefer klappte nach unten. »Verliebt?«, fragte sie unsicher, als hätte sie sich verhört.

»Mit Haut und Haaren!«

Er strahlte sie an, doch seine Mutter runzelte nur die Stirn. Vermutlich hätte sie auf die Beichte eines One-Night-Stands gelassener reagiert. Aber im Grunde war ihre Reaktion verständlich. Nach Tanjas Tod schien es lange Zeit so, als würde er alle Mitmenschen auf Abstand halten, selbst seine Eltern, die doch genauso in ihrer Trauer gefangen waren wie er.

»Ich weiß, dass dich das erstaunt, so, wie ich mich die vergangenen Jahre abgekapselt habe. Es ist, als wäre ein Damm gebrochen.« Er hob die Schultern. »Flo ...«, er brach ab, trat einen Schritt zurück und schüttelte lächelnd den Kopf. »Sie bringt mich zum Lachen, zum Träumen und manchmal nervt sie mich unheimlich. Aber wenn sie bei mir ist, dann ist der Himmel ein Stück blauer, die Luft etwas milder und die Sonne scheint heller ... auch wenn es ständig regnet«, fügte er mit einem schiefen Lächeln hinzu.

Paulette Dubois riss ein Papiertuch vom Rollenhalter an der Wand und wischte sich damit über die Augen.

»Ach, Junge«, sagte sie, stellte sich auf die Fußspitzen und drückte ihm einen Kuss auf die Wange. »Das hast du aber schön gesagt. Und ich freue mich doch für dich. Es ist nur ... Ach, egal, genieße es. Und spätestens morgen will ich die junge Dame kennenlernen. Keine Widerrede! Ich werde für euch kochen. Sagen wir um sechs?«

Alex salutierte. »Zu Befehl, Madame Dubois!«

Dann schnappte er sich den eingewickelten Kuchen und verabschiedete sich. Um fünf Uhr wollte er sich mit Flo treffen. Er konnte es kaum erwarten zu hören, was bei ihrem Besuch in Deauville alles passiert war.

Mit kreischenden Reifen hielt um Viertel nach fünf ein fremder Wagen vor der Hauseinfahrt. Alex linste durchs Fenster und schmunzelte. Das Vehikel stammte vermutlich noch aus der Hippiezeit. Flo stieg gerade auf der Beifahrerseite aus, beugte sich dann nochmals ins Wageninnere und schlug anschließend die Autotür zu.

Er hätte gerne einen Blick auf diese Aline geworfen. Offenbar war die Frau so etwas wie eine Wahrsagerin, doch alles, was er von ihr sehen konnte, war ein Schatten hinter der verschmutzten Windschutzscheibe. Er hastete zur Eingangstür und riss sie auf, bevor Flo den Klingelknopf betätigen konnte.

»Salut«, begrüßte er sie und küsste zärtlich ihren Mund. »Deine Freundin wollte nicht hereinkommen?«

Flo erwiderte seinen Kuss und schüttelte dann den Kopf.

»Sie hat noch etwas vor«, erklärte sie und schmiegte ihre Wange an seine Brust. »Wie war das Fest?«

»Sättigend«, erklärte er mit einem Grinsen. »Aber das ist jetzt Nebensache. Wie war's? Konnte die alte Dame den Brief entschlüsseln? Sag schon!«

Flo lachte und trat ins Haus.

»Kann ich noch meine Jacke ausziehen oder muss ich gleich hier im Flur Rede und Antwort stehen?«

»Du kannst ausziehen, was du möchtest, mein Herz«, neckte er sie und grinste dabei unverschämt.

Sie rollte entnervt die Augen. »Männer!«, entgegnete sie, errötete aber dabei, was ihrer Reaktion die Schärfe nahm. »Ich wäre dir dankbar, wenn du mir einen Kaffee machen könntest, mein Bauch ist voller Pommeau.«

Nachdem er ihr einen starken Espresso serviert hatte, setzten sie sich zusammen aufs Sofa und Flo zog einen beschriebenen Block aus einer Plastiktüte. Bevor sie die Tüte auf den Boden legte, erhaschte er einen kurzen Blick auf ein schmales Buch mit einer Figur drauf, die vermutlich alle Kinder kannten. Der Struwwelpeter. Wieso hatte sie denn ein Kinderbuch dabei? Ihm blieb jedoch keine Zeit, darüber nachzudenken, denn Flo zog die Beine an und setzte sich im Schneidersitz hin.

»Bereit?«, fragte sie und er nickte.

42

»Madame Simonet, Alines Großmutter, hat alle zwölf Briefe gelesen«, begann Flo.

»Zwölf?«, unterbrach Alex sie verblüfft.

Flo errötete. Natürlich, sie hatte ihm ja verschwiegen, dass sie alle Briefe dabeihatte, und bis jetzt kannte er nur den ersten; vom Struwwelpeter und der Geisteraustreibung wusste er ebenfalls nichts.

»Ja«, sagte sie gedehnt, »es gibt zwölf von der Sorte. Habe ich das nicht erwähnt?« Er schüttelte den Kopf. »Dann habe ich es wohl vergessen«, erwiderte sie leichthin, räusperte sich und senkte den Kopf über ihre Notizen, die sie bei Alines Großmutter gemacht hatte, damit er nicht sah, wie ihr das Blut ins Gesicht schoss. Sie musste ihm später unbedingt die ganze dumme Angelegenheit erklären, das war sie ihm schuldig. Aber das konnte warten, jetzt ging es erst einmal um den Inhalt der Briefe.

»Also, es handelt sich, wie wir bereits vermutet haben, tatsächlich um Liebesbriefe. Ein gewisser Louis schrieb sie im Jahr 1863 an seine Angebetete. Madame Simonet meint, er sei ein verkappter Poet gewesen.«

Sie lächelte bei der Erinnerung, wie die alte Dame bei einigen Stellen gekichert hatte.

»Der Name der Umschwärmten wird aber leider nicht erwähnt.« Flo blätterte in ihren Notizen. »Wenn ich das jetzt mal so im Großen zusammenfasse, steht nichts wirklich Interessantes darin. Also nichts, das uns etwas über die Identität der beiden verrät. Anscheinend war dieser Louis ein Handwerker. Ein Schreiner oder Zimmermann, denn er deutet an einigen Stellen an, dass er ihr, also seiner Liebsten, etwas Spezielles anfertigen will.

Madame Simonet hat diese Zeilen nicht richtig interpretieren können. Der Verfasser malt sich ihre gemeinsame Zukunft aus. Was sie tun werden, wenn sie denn endlich zusammen sind, und so Sachen. Wie gesagt, in blumigen Worten. An zwei Stellen warnt er seine Holde jedoch vor einem Mann. Wohl vor einem Nebenbuhler, wie Madame Simonet vermutet, der dem Glück der beiden im Wege stand, besser gesagt, der die zwei Liebenden trennen wollte. Aus welchem Grund, ist leider nicht ersichtlich. Auch der Name dieses Dritten wird nicht erwähnt; Louis beschreibt ihn lediglich als jemanden, der in der Region allseits bekannt ist und dessen Familie über Macht und Einfluss verfügt.

Übrigens vermutet Madame Simonet auch, dass diese vielen seltsamen Käppchen, Hütchen und Striche unter und oberhalb der Wörter phonetische Zeichen sind. Sie glaubt, dass der Verfasser damit womöglich unerlaubte Leser verwirren wollte. Anders kann sie sich diese Schreibweise nicht erklären. Aber Patois hat angeblich keine offizielle Rechtschreibung, man kann den Dialekt also schreiben, wie man möchte. Und die Liebenden trafen sich, wahrscheinlich heimlich, bei den Ruinen von Noviomagus Lexoviorum. Das haben wir ja auch bereits vermutet.«

Sie brach ab und hob den Blick. Alex kaute an seiner Unterlippe, sagte aber nichts.

»Ach ja«, fügte Flo hinzu, »und die Angebetete hatte eine Tochter. Aber auch deren Name wird nirgends genannt.« Sie zuckte mit den Schultern. »Das ist alles.« Sie legte den Schreibblock auf den Salontisch und verschränkte die Arme vor der Brust. »Nicht wirklich viel, oder?«

Alex strich sich eine Haarsträhne aus dem Gesicht.

»Würde ich nicht sagen«, meinte er dann. »Wir wissen jetzt wenigstens mit Bestimmtheit, dass es sich um eine Liebesgeschichte handelt. Und wenn die Angebetete eine Tochter hatte, dann wird sie entweder Witwe gewesen sein oder, was in der Zeit vermutlich eine Katastrophe war, eine alleinerziehende Mutter. Des Weiteren müssen die beiden in dieser Gegend gewohnt haben, wenn sie sich bei den Ruinen trafen.« Er zog Flo an sich und küsste ihre Stirn. »Eine romantische Geschichte, nicht wahr?«

Sie nickte und kuschelte sich in seine Arme.

»Ja, aber was ist mit dem anderen Mann?«

»Du meinst den Nebenbuhler?«

»Genau. Das Wort war mir gerade entfallen. Drei sind doch einer zu viel, oder? Und aus solchen Konstellationen erwächst meist nichts Gutes.«

Alex zuckte mit den Schultern. »Kann schon sein, ja«, bestätigte er zögernd, »das gab's früher halt auch schon. Aber es muss nicht unbedingt mit einem Drama à la Romeo und Julia ausgegangen sein. Sicher haben die Briefschreiber geheiratet und glücklich bis an ihr Ende gelebt. Vielleicht findet man in den Stadtarchiven sogar noch ihre Trauanzeige.«

Flo lächelte bei dem Gedanken. Das wäre natürlich die schönste Lösung und würde Alines Version vom Truhengeist den Wind aus den Segeln nehmen. Schließlich geisterten nur Unglückselige durch die Welt, das wusste doch jeder!

Sie wandte ihren Kopf und küsste Alex' Kinn. Seine Bartstoppeln fühlten sich angenehm kratzig unter ihren Lippen an und sie konnte sich nicht zurückhalten, mit der Zunge über seine Haut zu fahren.

»Vorsicht, Madame Galabert«, knurrte er. »Wir sind nicht zu unserem Vergnügen hier!«

Flo grinste und fuhr mit ihrer Zunge weiter seinen Hals entlang, bis zu der kleinen Kuhle unter seiner Kehle. Sie spürte seinen Herzschlag an ihren Lippen und hörte ihn wohlig seufzen. Seine Hände tasteten sich so vorsichtig unter ihre Bluse, als würden sie sich auf Neuland bewegen. Mit den Fingerspitzen streichelte er ihre Brüste, bis sich Flo unter seinen Berührungen wandt. Ein angenehmes Ziehen breitete sich zwischen ihren Schenkeln aus und sie sog genüsslich die Luft ein.

Alex stand auf, blickte sie verlangend an und reichte ihr dann seine Hand.

Sie ließen sich mehr Zeit als beim ersten Mal. Flo genoss jede Sekunde ihres Beisammenseins. Obwohl sie nicht an Marc denken wollte, verglich sie die beiden Männer ungewollt miteinander.

Marc hatte sich nie so viel Zeit genommen, um sie zu verführen. Wie in jeder Situation seines sonstigen Lebens versuchte er auch beim Liebesspiel zu dominieren. Er bestimmte, wann, wo und wie oft. Im Grunde hatte es ihn nie besonders interessiert, ob sie die Vereinigung erfüllend fand. Alex war das genaue Gegenteil von ihm.

Als ihr Atem später ruhiger wurde, ihre verschwitzte Haut abkühlte, spürte sie, wie sich ein dicker Kloß in ihrem Hals bildete, als sie an Madame Picots Ausspruch dachte: Vielleicht darf man einfach nicht so glücklich sein. Nein, das war Blödsinn, denn sie wusste erst jetzt, wie glücklich man sein konnte. Und sie würde alles dafür tun, um es auch zu bleiben.

1863, Jeanne

Was tut er da? Weshalb schlägt er ihr ins Gesicht? Was hat sie ihm denn getan?

Ich versuche, über einen umgestürzten Baum zu klettern, ich muss ihr helfen. Doch mein Nachthemd verfängt sich in einem Ast. Ich höre, wie der Stoff reißt. Mami wird mich deswegen ausschimpfen. Ich verliere einen Schuh. Ich kann sie noch nicht alleine binden.

Es ist dunkel und mir ist kalt, meine Zähne schlagen aufeinander. Ich habe Durst, müsste im Bett sein, weil ich ein braves Mädchen bin. Aber der Wind hat mich geweckt. Er hat die Tür zugeschlagen, als Mami wegging. Deshalb bin ich ihr nachgegangen. Ich bin müde, so müde. Aber ich will nicht, dass der böse Mann meine Mami schlägt. Das tut man nicht! Louis tut das nie. Ich mag Louis, er hat mir ein Buch geschenkt. Das mit den beiden Kätzchen und dem Tintenfass.

Ich bin schon ganz nah. Ich werde ihn beißen, dann lässt er Mami los. Ich stolpere, falle hin. Als ich aufstehe, lugt der Mond zwischen den Wolken hervor. Der dicke Mann steht bei der Mauer und hält etwas in der Hand. Er schlägt zu! Sie fällt. Mami! Mami!

2014, Florence

»Flo? Hörst du mich? Flo?«

Sie zuckte zusammen, öffnete die Augen und blickte in Alex' besorgtes Gesicht.

»Alles in Ordnung?«, fragte er und berührte ihre Wange. »Du hast geschrien.«

Sie blinzelte. Alex hatte die Nachttischlampe eingeschaltet, daneben zeigten die Leuchtziffern des Weckers zwei Uhr dreiunddreißig an. Die Kerzen, die sie vor dem Liebesspiel angezündet hatten, waren fast heruntergebrannt. Es roch nach warmem Wachs und abgestandener Luft.

Flos ganzer Körper war von einem kalten Schweißfilm überzogen und ihr Herz hämmerte in ihrer Brust, als hätte sie eben einen Sprint absolviert. Sie hatte geträumt. Einen schrecklichen Traum! Sie hatte helfen wollen, war aber zu spät gekommen.

»Ich bekomme keine Luft!«, keuchte sie.

Alex sprang auf, lief nackt zum Fenster und öffnete es. Kühle Nachtluft, die nach Regen roch, flutete ins Zimmer. Flo setzte sich auf und rieb sich die Augen.

»Heiliger Prämolar«, stieß sie hervor, »das war unglaublich real!«

»Prämolar?«, fragte er verwirrt und schlüpfte wieder unter die warme Bettdecke.

Flo lachte. Es klang wie das Krächzen einer Krähe.

»Fachbegriff für einen Backenzahn. Alter Zahnarztfluch!«

Sie griff nach der Wasserflasche, die neben dem Bett stand, und setzte sie an ihre Lippen. Sie hatte unglaublichen Durst!

»Komm, du erkältest dich sonst.« Alex hielt seine Arme auf und sie kuschelte sich wieder an seine Brust. »Möchtest du darüber reden?«

»Über den Traum?«

»Nein, über Prämolare«, versuchte er zu scherzen, doch ihr war nicht nach Späßen zumute. Sie war noch vollkommen in den Traumbildern gefangen. Als hätte sie das alles wirklich erlebt. Es war beängstigend.

Sie legte ihre Hand auf seine Brust. Sie war warm und glatt, unter seiner Haut konnte sie seinen gleichmäßigen

Herzschlag spüren. Sie befand sich in Sicherheit – niemand würde ihr etwas tun. Es war nur ein Traum gewesen.

»Ich lief durch einen Wald«, begann sie. »Es war Nacht, kalt, windig.« Sie runzelte die Stirn. »Ich glaube, ich war ein Kind. Ich sah einen Mann und eine Frau. Sie kämpften miteinander. Ich wollte ihr helfen. Sie war mir wichtig.«

»Vielleicht die Mutter des Kindes?«

Flo zuckte mit den Schultern.

»Möglich. Auf alle Fälle hatte ich unglaubliche Angst. Fühl mal …«

Sie legte seine Hand auf ihre linke Brust.

»Mon Dieu!«, rief er. »Schlägt es auch so, wenn du mich siehst?«

Sie zwickte ihn in die Brustwarze, worauf er sie lachend küsste.

»Tut mir leid«, sagte er, nachdem sie sich wieder voneinander gelöst hatten. »Erzähl weiter.«

»Da gibt's nichts mehr zu erzählen, das ist alles. Wobei …«

»Ja?«

»Ich glaube, ich habe gestern schon etwas Ähnliches geträumt. Und jetzt fällt mir noch etwas ein. Der Name Louis kam darin vor.«

Alex nahm ihre Hand und küsste die Innenfläche. Ein angenehmer Schauer jagte ihr über den Rücken.

»Kein Wunder«, meinte er, »du befasst dich ja auch dauernd mit diesem Herren. Kann es sein, dass du einfach den Inhalt der Briefe jetzt in einem Traum zu verarbeiten suchst?«

Flo nickte. »Vielleicht, ja, denn gestern habe ich praktisch dasselbe geträumt. Bisschen unheimlich, nicht?« Sie versuchte zu lächeln, doch es glich mehr einer Grimasse. »Ist ja egal«, stieß sie schließlich hervor. »Träume sind Schäume! Lass uns schlafen … oder hast du eine Alternative anzubieten?«

Ihre Hand wanderte von seiner Brust aus tiefer und er sog scharf die Luft ein.

»In meinem gesetzten Alter sollte man zwar nachts schlafen«, keuchte er, »aber ...«

Der Rest des Satzes ging in einem leidenschaftlichen Kuss unter.

43

»Aufstehen, ma petite!«

Alex beugte sich zu Flo hinunter, von der nur ein strubbeliger Haarschopf zu sehen war, und zog ihr die Bettdecke weg. Sie knurrte und rollte sich wie ein Embryo zusammen.

Nachdem sie sich gestern Nacht nach ihrem Albtraum ein weiteres Mal geliebt hatten, hatte er ihr sein Pyjamaoberteil überlassen. Er schaute das gestreifte Knäuel liebevoll an und nahm die heiße Tasse Kaffee in die andere Hand. Er hatte fast vergessen, wie wunderbar es war, neben einer Frau aufzuwachen. Selbst neben so einem Morgenmuffel wie Flo.

»Wie spät ist es denn?«, murmelte sie und blinzelte. »Ist das etwa Kaffee?«

»Schon neun Uhr vorbei.« Er setzte sich auf die Bettkante und hielt ihr die Tasse unter die Nase. »So, wie du ihn magst. Schwarz mit viel Zucker.«

Flo rieb sich die Augen und lächelte ihn an. »Du verwöhnst mich. Hör ja nicht damit auf.«

»Habe ich nicht vor«, erwiderte er schmunzelnd. »Und weil ich weiß, dass Frauen morgens viel Zeit benötigen, um einigermaßen auszusehen, radele ich mal schnell zum Bäcker und hole uns in der Zwischenzeit frische Brötchen.«

252

»Frecher Kerl!«, schnaubte sie. »Aber du hast recht, ich würde gerne duschen. Gibt's in diesem Männerhaushalt auch saubere Handtücher?«

»Zufällig ja. Es liegt schon alles im Bad für dich bereit. Also bis gleich.«

Er drückte ihr einen Kuss auf die Wange und verließ das Haus.

Der Sonntagmorgen begann, wie der Samstag aufgehört hatte. Dunkle Wolken bedeckten den Himmel. Jeden Moment konnte es wieder anfangen zu regnen. Was für ein Frühling! Die Natur triefte vor Nässe und der Asphalt glänzte, als hätte ihn jemand mit Lack bepinselt. Alex wich mit seinem Rad diversen Schneckenansammlungen aus, versuchte, nicht abrupt zu bremsen, damit er nicht ausrutschte, und hielt vor der Bäckerei, die auch am Sonntagmorgen geöffnet hatte. Der Duft von frischem Brot ließ seinen Magen knurren. Er kaufte Croissants, etwas Obst und die Sonntagszeitung.

Als er kurze Zeit später in die Straße zu seinem Haus einbog, begann es auch schon wieder zu tröpfeln. Das würde ein gemütlicher Sonntag im Bett werden.

Bei der Vorstellung musste er lächeln. Es war Jahre her, dass er einen ganzen Tag im Bett verbracht hatte, aber der Gedanke war ungemein verlockend. Im Moment konnte er von Flo nicht genug bekommen. Ob es ihr auch so ging? Sie hatten kaum über ihre Gefühle füreinander gesprochen. Sobald sie sich sahen, konnten sie die Finger nicht voneinander lassen, und für tiefschürfende Gespräche blieb dabei keine Zeit. Eine Woche! Sie würde noch eine Woche in Lisieux bleiben. Und was war danach?

Alex fühlte plötzlich einen Kloß im Hals und schluckte. War dann alles vorbei? Eine Ferienliebe, die zwar heiß und süß war, dem Alltag aber nicht standhielt? Und was war mit seinen Eltern? Heute Abend waren sie bei ihnen zum Essen eingeladen. Wie würden sie auf Flo reagieren? Und würde sie seine Eltern überhaupt treffen wollen? Plötzlich war er sich gar nicht mehr so sicher, ob sie damit einverstanden sein würde. Es gab nur einen Weg, das herauszufinden. Er musste sie einfach fragen.

»Chérie, ich bin wieder zu Hause!«, rief er betont fröhlich, als er in den Flur trat. Hoffentlich verstand sie diesen Scherz nicht falsch. Plötzlich fühlte er sich unsicher. Vielleicht war sie ja unterdessen gegangen. Quatsch, schimpfte er mit sich selbst. Mach dich nicht verrückt!

»Hier, mein Häschen«, flötete es aus dem Wohnzimmer und Alex fiel ein Stein vom Herzen. Er machte sich grundlos Sorgen und sollte einfach den Moment genießen, anstatt sich mit kruden Hirngespinsten zu quälen.

Flo hatte in der Zwischenzeit den Tisch gedeckt. Sogar ein paar Blumen standen in Ermangelung einer Vase in einem Wasserglas zwischen den Frühstückstellern. Vermutlich hatte sie sie im Garten seiner Nachbarn stibitzt.

Sie hatte sich angezogen, ihre Haare waren noch feucht von der Dusche. Ungeschminkt wirkte sie jünger, wie eine Studentin. Wärme durchflutete ihn. Nur zu gern hätte er ihr in diesem Moment eine Liebeserklärung gemacht. Doch es war zu früh, er wollte sie mit seinen Gefühlen nicht überrumpeln. Schon in der Vergangenheit hatten ihm verflossene Freundinnen vorgehalten, dass er sie mit seinen Sentiments erdrückte. Und schließlich blieb ihnen noch Zeit, also nichts überstürzen.

»Wie wär's mit einem Besuch im Museum für Kunst und Geschichte?«, fragte er, während sie an der Hauptstraße standen und eine Lücke im Verkehr abwarteten. »Im Moment läuft dort die Ausstellung ›Das archäologische Fenster der Region‹. Ich will sie mir mit meinen Schülern nach den Frühlingsferien ansehen. Möglicherweise erfahren wir etwas aus der Zeit von 1863. Und wenn nicht, ich habe Kontakte zu einem Aufseher. Wenn er Dienst hat, könnten wir ein wenig in den Archiven stöbern. Vielleicht finden wir dabei mehr über Louis und seine Angebetete heraus.«

Alex setzte den Blinker und fuhr die Rue Guizot hinauf. Es war kurz vor elf Uhr. Nachdem sie gefrühstückt hatten, hatte Flo ihn gebeten, sie zur Pension zu fahren, damit sie sich umziehen konnte. Er hatte ihr beim Essen von der Einladung seiner Mutter erzählt und wider Erwarten hatte sie freudig zugestimmt. Sie schien sich viel weniger Gedanken darüber zu machen als er selbst. Und er schimpfte sich einen Hasen-fuß, dass er sich ständig um ungelegte Eier sorgte.

»Ja, warum nicht«, antwortete Flo und suchte in ihrer Handtasche nach dem Hausschlüssel. »Bei dem mistigen Wetter gibt es kaum eine Alternative.«

»Ich wüsste da schon etwas«, entgegnete er und zwinkerte ihr dabei anzüglich zu.

Sie kicherte und schlug ihm spaßeshalber auf den Arm.

»Mein Gott, Herr Lehrer, Sie haben ja eine Ausdauer! Man könnte meinen, Sie hätten seit Jahren keinen …« Sie brach ab und biss sich auf die Lippen. »Entschuldige.«

Er schnalzte mit der Zunge. »Schon in Ordnung. Es stimmt ja auch.«

Vor Delphine Picots Haus parkte ein Wagen mit Pariser Kennzeichen. Als Flo das Auto erblickte, wurde sie leichen-blass. Alex stellte den Clio seiner Mutter neben die Nobel-karosse und zog den Schlüssel ab.

»Ist was?«, fragte er stirnrunzelnd.

Doch sie sagte nichts, starrte nur mit weit aufgerissenen Augen auf den protzigen Wagen. In der einen Hand hielt sie den Hausschlüssel und mit der anderen krallte sie sich an ihre Handtasche, als würde sie ihr jemand entreißen wollen.

»Flo? Alles in Ordnung?« Seine Stimme klang unsicher – etwas stimmte nicht und sein Hals wurde eng. »Was ist denn?«, fragte er nochmals, nicht sicher, ob er es wirklich wissen wollte.

Sie wandte den Kopf und sah ihn an. Ihre Augen waren weit aufgerissen.

»Marc«, sagte sie tonlos. »Marc ist hier.«

44

»Wer bitte schön ist Marc?«

Alex löste den Sicherheitsgurt und drehte sich zu Flo. Sein Gesicht war eine einzige Frage.

»Mein Exfreund«, erklärte sie leise und senkte den Blick.

»Verstehe«, meinte er daraufhin, was sie bezweifelte, denn er stieß das Wort aus, als hätte es ihn in die Zunge gebissen. »Und was tut dieser Marc hier?«, fragte er weiter und spielte währenddessen mit dem Autoschlüssel.

Das klirrende Geräusch ging Flo auf die Nerven. Hinter ihrer Stirn begann es zu pochen.

Ja, gute Frage, was tat er hier? Sie hatte keine Ahnung. Freitagnacht war er doch noch in der Bretagne gewesen. Woher wusste er überhaupt, dass sie in der Rue Guizot logierte? Lediglich ihre Eltern und Aline kannten ihren Aufenthaltsort. Aline hatte Marc noch nie getroffen, also hatte er höchstwahrscheinlich ihre Mutter angerufen. Verdammt!

Sie zuckte die Schultern. »Ich habe keine Ahnung«, sagte sie wahrheitsgetreu und warf Alex dabei einen verstohlenen Blick zu. Er hatte die Lippen fest aufeinandergepresst, sodass seine Kieferknochen hervortraten. Seine grauen Augen waren zu schmalen Schlitzen zusammengezogen. Sie ahnte, dass er seine Emotionen gerade nur mühsam unterdrückte. Doch um welche Emotionen handelte es sich dabei? Wut? Eifersucht? Enttäuschung?

Flo schloss für einen Moment die Augen. Sie hätte ihm von Marc erzählen sollen, obwohl es seit gestern Nacht offiziell aus war zwischen ihnen. Es wäre ehrlicher gewesen. Aber sie hatte nie den richtigen Zeitpunkt erwischt, die Briefe standen immer im Vordergrund. Zudem hatte sie gehofft, dass es nach dem gestrigen Telefonat gar nicht mehr nötig wäre.

Sie warf ihm einen unsicheren Blick zu. Alex saß mit einem verkniffenen Gesichtsausdruck neben ihr und machte keine Anstalten auszusteigen. Die lockere Stimmung, die eben noch zwischen ihnen geherrscht hatte, war verpufft wie eine fehlgeleitete Feuerwerksrakete.

»Na dann«, brach sie das eisige Schweigen, sie konnten schließlich nicht den ganzen Tag hier sitzen. »Schauen wir mal, was er will.«

Sie öffnete die Beifahrertür und stieg aus. Im ersten Moment sah es nicht danach aus, als würde Alex ihr folgen. Vielleicht war es besser so. Wenn sie sich an seine Reaktion gegenüber Gregor Castel erinnerte, konnte es nicht schaden, wenn er Marc nicht begegnete. Am Ende würde Alex ihr wieder eine Szene machen. Doch unvermittelt zog er energisch die Handbremse an, stieg ebenfalls aus und rannte durch den Regen unters Vordach. Seiner Mimik war nicht zu entnehmen, was er dachte oder wie er auf die Konfrontation mit seinem Vorgänger reagieren würde. Flo atmete tief durch. Warum musste nur immer alles so kompliziert sein?

Als sie den Flur betraten, hörten sie Gelächter aus dem Wohnzimmer. Anscheinend hatten sich Marc und Madame Picot bereits miteinander bekannt gemacht. Er wirkte auf ältere Damen oft unwiderstehlich. Mit seiner lockeren, charmanten Art wickelte er diese um den kleinen Finger und ihre Zimmerwirtin machte dahin gehend wohl keine Ausnahme.

»Wie lange seid ihr denn schon getrennt?«, fragte Alex lauernd, als sie durch den Korridor gingen. Er fuhr sich mit beiden Händen durch die Haare, als würde er es darauf anlegen wollen, einen guten Eindruck zu machen. »Nun?«

Flo schluckte. Diese Frage musste ja kommen. Er war stehen geblieben, verschränkte die Arme vor der Brust und schaute sie mit leicht geneigtem Kopf von oben herab an.

Wie er so dastand, ein Ausbund an Rechtschaffenheit und Tugend, wurde sie plötzlich wütend. Das war ja schlimmer als auf dem Polizeiposten! Stand sie denn hier unter Anklage? Natürlich, sie hätte ehrlich sein sollen, aber die Ereignisse hatten sie überrollt; ihre Gefühle für ihn hatten sie überrollt und jetzt wusste sie nicht mehr, wo ihr der Kopf stand. Aber seine Reaktion forderte ihren Trotz heraus.

»Wenn du es genau wissen willst, offiziell seit Freitagnacht!«

Dann straffte sie ihre Schultern, drehte sich um und ließ ihn im Flur stehen.

»Flo, Chérie! Schön, dich zu sehen!«

Marc sprang vom Stuhl auf, umarmte sie stürmisch und wollte sie küssen. Sie schaffte es gerade noch, den Kopf zu drehen, und seine Lippen streiften nur ihre Wange. Er trug seine Pilotenuniform, hatte sich die Haare geschnitten und sah blendend aus.

Sie schälte sich aus seiner Umarmung.

»Was tust du denn hier«, fragte sie unsicher.

»Einen Kaffee, Madame Galabert?« Delphine Picot deutete auf die silbrige Kanne. Sie hatte das Sonntagsgeschirr aufgetragen und war, wie Flo vermutet hatte, von ihrem Exfreund hingerissen. Das Glitzern in ihren Augen sprach Bände; selbst

Filou blickte ihn schmachtend an, als wären seine Taschen voller Hundekuchen.

Sie schüttelte stumm den Kopf, zog ihre Jacke aus und drehte sich nach Alex um. Dieser stand immer noch im Flur und betrachtete die Szene mit unbewegtem Gesicht.

Himmel, was für eine Situation! Gab es denn hier kein Mauseloch, in das sie sich verkriechen konnte? Madame Picot folgte ihrem Blick und hob erstaunt die Augenbrauen.

»Monsieur Dubois? Was tun Sie denn da draußen? Kommen Sie doch herein!«

Erst jetzt hatte Marc registriert, dass Flo nicht allein gekommen war. Sein Lächeln erstarb und er warf ihr einen fragenden Blick zu.

»So schnell hast du mich also ersetzt?«, konstatierte er und zog die Mundwinkel nach unten. Es klang mehr nach einer Feststellung als nach einer Frage.

Wieder wallte Zorn in Flo auf. Wofür hielten sich die beiden Kerle eigentlich? Der eine hatte sie betrogen und empörte sich jetzt darüber, dass sie nicht weinend in einem Kämmerlein saß und sich den Rest ihres Lebens grämte, und der andere meinte, er müsse ihr vorschreiben, mit wem sie Umgang zu pflegen habe. Die konnten sie doch alle mal!

»Wenn ihr mich bitte entschuldigt«, presste sie zwischen den Lippen hervor. »Ich habe schreckliche Kopfschmerzen und möchte mich hinlegen.«

Sie drehte sich um, stürmte aus dem Wohnzimmer, an Alex vorbei die Treppe hoch, und warf ihre Zimmertür mit einem Knall ins Schloss, dann setzte sie sich aufs Bett, vergrub das Gesicht in den Händen und fing an zu weinen.

»Flo?« Es klopfte zaghaft an die Tür. »Kann ich bitte hereinkommen?«

Sie biss sich auf die Lippen. Es war Marcs Stimme. Und wo war Alex? Stand er etwa neben ihrem Exfreund und die peinliche Situation hatte sich nur vom Erdgeschoss in die erste Etage verlagert?

Sie wischte sich die Tränen aus den Augen.

»Komm herein«, sagte sie müde und atmete tief durch. Am besten brachte sie es sofort hinter sich, dann war die unangenehme Sache erledigt. Doch wider Erwarten trat nur Marc ins Zimmer. Von Alex war weit und breit nichts zu sehen. Im gleichen Moment hörte sie jedoch einen Wagen mit kreischenden Reifen davonfahren und seufzte.

»Es tut mir leid, dass ich dich so überfalle«, begann Marc und setzte sich neben sie aufs Bett. »Ich bin ein Idiot. Das habe ich nach unserem Telefongespräch begriffen. Können wir unsere Probleme noch einmal klären?«

»Unsere Probleme?« Flo sprang vom Bett auf. »Ich höre wohl schlecht. Was heißt denn unsere?«

»Nun sei doch nicht so, Chérie.«

Marc wollte nach ihrem Arm fassen, doch sie trat einen Schritt zurück und seine Hand griff ins Leere.

»Und nenn mich nicht Chérie!«, rief sie aufgebracht. »Spar dir das für deine Michelle auf!«

Ihre Stimme hatte einen hysterischen Klang angenommen. Wie immer, wenn sie mit Marc diskutierte, fand sie sich über kurz oder lang in der Defensive wieder. Sie räusperte sich und schloss für einen Moment die Augen, um sich zu sammeln.

»Hör zu, Marc. Es ist vorbei, definitiv. Wir hatten unsere Chance. Aber wir sind einfach zu verschieden. Oder besser gesagt haben wir zu unterschiedliche Vorstellungen, was eine Beziehung anbelangt. Das Resultat haben wir ja beide erlebt. Ich trage dir nichts nach, wirklich nicht, bitte dich aber, mich in Zukunft weder anzurufen noch zu besuchen.«

»Ist es wegen dieses Normannen?«, fragte er und stand ebenfalls auf.

Sie blickte zur Seite. Was sollte sie ihm darauf antworten? Natürlich war es auch wegen Alex, aber im Grunde war ihre Beziehung an so vielem gescheitert. Ihren gegensätzlichen Ansichten. Marcs Dominanz, daran, dass er ständig über ihr Leben bestimmte. Doch wie sie ihn kannte, würde er den endgültigen Bruch eher akzeptieren können, wenn ein anderer Mann im Spiel war. Rivalität war für ihn einfacher anzunehmen als das Eingeständnis, dass er selbst einen Fehler gemacht hatte.

»Ja«, sagte Flo. »Ich liebe ihn.«

Marc hob erstaunt die Augenbrauen. »Verstehe«, meinte er darauf hin konsterniert. »Das ging ja schnell, alle Achtung. Hätte ich dir gar nicht zugetraut. Aber gut, dann muss ich mir wenigstens wegen Michelle nichts vorwerfen. Ich nehme an, dann ist alles gesagt, oder?«

Flo nickte stumm. Marc klaubte sich ein nicht existentes Stäubchen von seiner Uniform und straffte die Schultern.

»Also dann. Ich werde nächste Woche nicht im Land sein. Dieses Mal ist es wirklich ein kurzfristiger Einsatz. Du hast also genügend Zeit, deine Sachen aus der Wohnung zu holen. Wirf den Schlüssel einfach in den Briefkasten, wenn du fertig bist.«

Er wandte sich um und ging zur Tür, blieb dann aber stehen und kam nochmals zurück. Er streckte ihr die Hand entgegen.

»Alles Gute. Ich bedaure dieses Ende zwar, wir hatten eine gute Zeit miteinander, oder? Aber du hast recht, es war schon länger Sand im Getriebe.«

Er hob entschuldigend die Schultern.

Flo ergriff seine Hand. »Dir auch alles Gute.«

Dann verließ er das Zimmer, blieb aber unter der Tür stehen und drehte sich nochmals um.

»Übrigens hasse ich Wohnmobile ... und die Bretagne, wenn's regnet ganz besonders!«

Er schenkte ihr ein schiefes Lächeln und schloss dann die Tür. Sie hörte, wie er sich von Madame Picot verabschiedete und wenig später davonfuhr.

Flo atmete erleichtert auf. Wenigstens war das jetzt endgültig abgeschlossen. Doch die nächste Schwierigkeit stand bereits an: Alex. Ihr graute vor der Konfrontation mit ihm, aber es musste sein. Er bedeutet ihr zu viel, als dass sie ihn so gehen lassen wollte. Ich liebe ihn, hatte sie zu Marc gesagt. Wie leicht waren ihr diese Worte über die Lippen gekommen. Aus dem einfachen Grund, weil sie stimmten. Sie liebte diesen demonstrierenden, zärtlichen, prinzipientreuen Lehrer, der die unglaublichsten Augen des Universums hatte.

Sie griff nach ihrer Handtasche und zog ihr Handy hervor. Als sie Alex' Nummer wählte, schaute sie sich suchend nach der Plastiktüte mit dem Struwwelpeter und den Briefen um. Mist, die hatte sie im Clio liegen lassen!

45

Der Motor heulte auf und das Getriebe kreischte wie eine Katze, der man versehentlich auf den Schwanz tritt. Alex verzog den Mund, trat erneut die Kupplung durch und würgte dann den Rückwärtsgang rein. Mit durchdrehenden Reifen schoss der Clio rückwärts auf die Straße.

»Merde!«, zischte er, legte den ersten Gang ein und preschte davon.

Er war zutiefst enttäuscht. Weshalb hatte Flo diesen Piloten verschwiegen? Seine stürmische Begrüßung ließ die Vermutung aufkommen, dass zwischen ihnen immer noch etwas war. Kein Wunder, wenn sich die beiden erst vorgestern getrennt hatten!

Wie war das überhaupt möglich? Wenngleich er von Flo nichts Schlechtes denken wollte, bestürzte es ihn, dass sie sich mit ihm eingelassen hatte, obwohl sie zu dem Zeitpunkt noch gebunden war. Der Vergleich mit dem Schmetterling, der von Blume zu Blume flattert, kam ihm unwillkürlich in den Sinn. Er hätte das nie gekonnt und musste einsehen, dass er sie im Grunde gar nicht kannte. Hatte sie ihm die ganze Zeit nur etwas vorgespielt? Und war er für sie nur die Ablenkung von ihrem Beziehungsfrust mit diesem geschniegelten Fatzke gewesen? Wer sagte ihm denn, dass sie nach ihrem Urlaub nicht wieder zu ihm zurückkehrte? Vielleicht hatte sie sich nur eine Auszeit genommen und er, Alex, hatte ihr als Übergangslösung, als netter Zeitvertreib, gedient.

Er presste die Lippen zusammen und stieß einen Laut des Abscheus aus. Wie hatte er nur so blind sein können? Zuerst die Lüge mit Mike und jetzt das! Er lachte bitter auf; es war kaum eine Stunde her, da er ihr seine Liebe hatte gestehen wollen. Mein Gott, bei dem Gedanken, dass sie darauf mit Spott hätte reagieren können, wurde ihm schlecht. Noch nie hatte er sich so gedemütigt gefühlt!

»Was bin ich bloß für ein Idiot!«, knurrte er und hieb mit der Hand auf das Lenkrad. Er hatte nicht übel Lust, irgendetwas zu zerschlagen. So wie Flo seine Illusionen über ihre Beziehung gerade zerschlagen hatte.

»Beziehung?« Er schnaubte missbilligend, schüttelte den Kopf und bog rasant in die Einbahnstraße zum Haus seiner Eltern ein. »Dass ich nicht lache!«

Als er nach seiner Jacke griff, die auf dem Rücksitz lag, bemerkte er die Plastiktüte, in der Flo ihren Notizblock und die Briefe verstaut hatte. Na toll, jetzt durfte er noch mal zurückfahren! Aber nicht heute! Nein, dazu war er viel zu aufgewühlt. Er hatte wirklich keine Lust, ihren geheuchelten Rechtfertigungen zuzuhören. Vielleicht bat er einfach seine Mutter darum, die Plastiktüte morgen in der Rue Guizot abzuliefern. Oh Gott, die Einladung zum Abendessen!

Alex stieg aus und seufzte. Er schaute auf die Uhr – kurz vor Mittag. Wie sollte er seinen Eltern klarmachen, dass die neue Frau im Leben ihres Sohnes es gerade wieder verlassen hatte und nicht am geplanten Abendessen teilnehmen würde? Wie aufs Stichwort klingelte sein Handy. Als er den Namen auf dem Display erkannte, musste er schlucken. Er zögerte nur eine Sekunde, schaltete dann das Gerät aus und verstaute es wieder in seiner Hosentasche.

Du bist ein Feigling, sagte eine höhnische Stimme in seinem Kopf. Und wenn schon, dachte er grimmig, immer noch besser, als sich neue Lügen anhören zu müssen.

Seine Eltern saßen in der Küche, vor ihnen die Reste des gestrigen Geburtstagskuchens, und schauten verblüfft auf, als Alex eintrat. Seine Mutter neigte den Kopf, als erwarte sie hinter ihm noch jemanden, und runzelte dann die Stirn.

»Alex?«, fragte sie unsicher. »Ist etwas passiert?«

»Nein«, schnauzte er sie an und warf die Autoschlüssel des Clios auf den Küchenschrank. »Was soll denn passiert sein?«

Sie hob konsterniert die Augenbrauen und wies dann mit der Hand auf den Kuchen. »Hast du Hunger?«

Er schüttelte den Kopf. »Übrigens, heute Abend, das Essen, daraus wird nichts.«

»Oh«, war alles, was seine Mutter dazu sagte und er war ihr dafür dankbar. Er hätte wirklich nicht gewusst, wie er seinen Eltern die unerfreuliche Entwicklung hätte erklären sollen.

»Was hast du denn da in der Tüte?«, fragte seine Mutter und schob sich einen Bissen vom Kuchen in den Mund.

»Ein paar alte Briefe«, erwiderte er und öffnete den Plastiksack. »Sie gehören Florence. Wenn es dir nichts ausmacht, wäre ich froh, wenn du sie ihr morgen in die Rue Guizot bringen würdest. Ich habe schon etwas anderes vor.«

Seine Eltern warfen sich einen kurzen Blick zu und Alex fühlte sich genötigt, eine zusätzliche Erklärung abzugeben. Doch weil er ihnen keine weitere Lüge auftischen wollte, biss er sich auf die Lippen und schwieg. Sollten sie sich doch ihren Teil denken. Sie würden früh genug erfahren, dass die rosige

Wolke, auf der ihr Sohn die vergangenen Tage geschwebt hatte, nichts weiter als eine einfache Regenwolke war, eine von denen, die noch immer über der Stadt hingen. Das Wetter passte hervorragend zu seiner momentanen Gemütsverfassung. Dunkel, nass und kalt!

»Kein Problem«, sagte seine Mutter. »Ich wollte Delphine sowieso nächstens einen Besuch abstatten.«

Sie griff nach der Plastiktüte, dabei riss ein Henkel und der Struwwelpeter fiel heraus.

»Mist!«

Alex bückte sich und hob das alte Kinderbuch auf. Obwohl es schon recht zerschlissen war, wollte er es nicht noch zusätzlich beschädigen. Die Liebesbriefe waren während dieses Manövers aus dem Struwwelpeter herausgerutscht und sein Vater hob einen davon auf.

»Ist das Patois?«, fragte er überrascht, als er einen kurzen Blick darauf warf. »Schon lange nichts dergleichen mehr gesehen. Woher hat deine Freundin diese Schriftstücke denn?«

Alex blieb der Mund offen stehen. »Du kennst diesen Dialekt?«, fragte er verblüfft.

»Kennen?« Charles Dubois lachte. »Nein, das wäre zu viel gesagt. Aber dein Großvater besaß ähnliche Briefe, daher nahm ich an, dass es sich bei diesen hier ebenfalls um diese vergessene Sprache handelt. Die Hütchen und Striche sind ja unverkennbar. Habe ich denn recht?«

Alex war zu perplex, um gleich zu antworten. Er zog sich einen Stuhl heran und setzte sich.

»Großvater?«, echote er und plötzlich fiel es ihm wie Schuppen von den Augen. Natürlich! Er hatte die ganze Zeit das Gefühl gehabt, dass er ähnliche Schriften schon einmal gesehen hatte. Demzufolge musste sein Opa sie ihm gezeigt haben. Ob sich diese Briefe noch irgendwo befanden? Vielleicht waren sie ja aus der gleichen Epoche und sie würden, mit Madame Simonets Hilfe, noch mehr über die damalige Zeit erfahren.

»Und haben wir die etwa noch?«, fragte er aufgeregt.

Er hatte plötzlich Hunger und schnappte sich ein Stück Apfelkuchen, das er mit drei Bissen verschlang, ohne die Proteste seiner Mutter zu beachten, die ihm einen Teller und eine Gabel hinhielt.

Sein Vater kratzte sich am Kinn.

»Soweit ich mich erinnere«, begann er, »hat mein Vater sie verschenkt. Er ist ja nach dem Tod deiner Oma zu uns gezogen. Damals hat er nahezu seine gesamte Sammlung aufgelöst. Darunter befanden sich auch mehrere Originale. Also nicht nur alte Zeitungen, Skizzen und der sonstige Krimskrams, den er durch die Jahre zusammengetragen hat.« Er lachte und schüttelte den Kopf. »Heutzutage würde man deinen Großvater vermutlich als Messie bezeichnen.«

»Verschenkt?«

Alex' Hoffnung fiel wie ein Kartenhaus in sich zusammen. Schade, das wäre vielleicht eine weitere Möglichkeit gewesen, um dem ominösen Liebespaar auf die Spur zu kommen. Wenn er daran dachte, wie die Einheimischen gerne tratschten und dass die anderen Briefe ebenfalls in diesem Dialekt abgefasst waren, läge es im Bereich des Möglichen, dass die Briefschreiber diesen Louis und die unbekannte Frau erwähnt hatten.

Aber das war im Grunde Flos Schnitzeljagd. Und da er vor einer knappen Stunde aus dem Team geworfen worden war, hatte er damit nichts mehr zu schaffen. Trotzdem steckte er das Buch und die Briefe wieder ein. Er würde seine Mutter nicht bemühen, die Unterlagen zurückzubringen. Sein Stolz gebot es ihm, sie Florence direkt vor die Füße zu werfen – im übertragenen Sinn natürlich, schließlich wollte er sie nicht zerstören.

»Dem Museum für Kunst und Geschichte«, sagte sein Vater und holte seine Pfeife hervor.

»Bitte?« Alex schaute ihn verwirrt an.

»Der Beschenkte. Dein Großvater hat die Briefe dem Museum für Kunst und Geschichte geschenkt.«

46

»Nun nimm schon endlich ab«, murmelte Flo genervt, als sich zum wiederholten Male nur die digitale Stimme meldete, die ihr höflich mitteilte, dass der gewünschte Mobilteilnehmer im Moment nicht erreichbar sei. »So ein kindisches Getue!«, fügte sie hinzu, doch insgeheim konnte sie Alex verstehen. Sie hätte ihm sofort von Marc erzählen müssen, schließlich hatte er ihr auch sein Herz geöffnet und ihr von seinem Problem berichtet, Nähe zuzulassen, seit seine Schwester gestorben war. Sie konnte sich lebhaft vorstellen, wie schockiert er gewesen sein musste, als Marc plötzlich aufgetaucht war. Kaum hatte er sich jemandem zugewandt, enttäuschte ihn dieser auch schon. Aber rechtfertigte das sein Schweigen? Wieso gab er ihr nicht die Möglichkeit, sich zu entschuldigen und ihm die ganze Sache zu erklären? Und wie sollte sich, wenn er jedem Problem in dieser Weise begegnete, ihre Beziehung entwickeln?

Flo schluckte. Ihre Beine wurden plötzlich schwach. Sie setzte sich aufs Bett und betrachtete mit leerem Blick das Display ihres Handys. Würde sich Alex womöglich ganz von ihr zurückziehen? Der Gedanke erschreckte sie und sie spürte einen schmerzhaften Stich in der Magengrube. Das konnte doch nicht sein! Nicht nach dieser Nacht! Tränen schossen ihr in die Augen.

»Nur ruhig«, sprach sie sich selbst Mut zu. »Er ist beleidigt, enttäuscht, aber die Situation lässt sich klären.«

Nur wie? Natürlich ihn um Verzeihung bitten und sich in den Staub zu seinen Füßen werfen. Der Gedanke entbehrte nicht einer gewissen Komik und sie verzog für einen Moment den Mund. Doch die Lage war zu ernst, um Witze darüber zu machen.

Sie kannte Alex noch zu wenig, um mit Sicherheit sagen zu können, wie er auf solche Probleme reagierte. Marc hatte Streitereien stets mit einem lockeren Spruch abgetan. Das hatte sie zwar zuweilen unheimlich genervt, das Zusammenleben aber auch irgendwie leichter gemacht. Ihr Exfreund kannte keine schlechte Laune und war nicht nachtragend, aus dem einfachen Grund, weil er Dinge, die ihm unangenehm waren, beiseiteschob oder sie schlichtweg vergaß. Alex war ein ganz anderer Typ. Doch sie hatte angenommen, dass er konfliktfähiger wäre. Hatte sie sich dahin gehend getäuscht? Würde er sie überhaupt anhören, damit sie ihm ihre Sicht der Dinge darlegen konnte? Und was war mit dem Museumsbesuch? Dem gemeinsamen Abendessen bei seinen Eltern?

Flo drückte nochmals die Wahlwiederholung – ohne Erfolg. Sie blickte zum Fenster hinaus. Der Platzregen hatte sich in ein leichtes, aber stetiges Nieseln verwandelt und hüllte die Umgebung in einen grauen Schleier. Tolles Wetter für einen Spaziergang. Aber wenn der Prophet nicht zum Berg kam, musste der Berg eben reagieren. Doch bevor sie sich zu seinem Haus aufmachte, musste sie sich erst ein wenig hinlegen. Die Kopfschmerzen pochten unvermindert hinter ihren Schläfen.

Flo stand auf, schluckte zwei Aspirin und legte sich dann aufs Bett. Sie zog die Tagesdecke bis unters Kinn und schloss die Augen. Nur eine halbe Stunde, dachte sie, bis die Tabletten wirken.

1863, Jeanne

Die Wollstrümpfe kratzen und die Schürze ist mir zu klein. Die Frau mit dem Rock und der weißen Haube mag mich nicht. Sie sagt, dass ich verstockt sei. Ich verstehe das nicht. Ich habe doch gar keinen Stock. Aber ich hätte gerne einen Regenschirm, wie Robert aus dem Bilderbuch. Dann könnte ich auch davonfliegen, über die Wolken, bis zu Mami.

Wenn ich nur wüsste, wo sie ist. Niemand sagt es mir. Warum lässt sie zu, dass ich in diesem Haus bin? Die anderen Mädchen lachen mich aus und das Bett ist schmal und hart. Die Suppe schmeckt mir nicht, doch ich esse sie, weil ich sonst Schläge bekomme. Mami hat mich nie geschlagen. Wenn ich weine, muss ich in den Kartoffelkeller. Dort fürchte ich mich schrecklich, wegen der Spinnen und den dicken schwarzen Käfern. Und es ist dunkel, so dunkel.

2014, Florence

Flo schreckte auf und rieb sich die Augen. Ihr war kalt. Schon wieder so ein seltsamer Traum. Hörten die denn nie auf? Sie sah auf ihre Uhr. Schon halb drei.

»Mist!«

Sie strampelte sich aus der Tagesdecke. Ein Blick auf das Display ihres Handys bestätigte ihre Vermutung: weder eine Kurznachricht noch ein Anruf. Alex zog die Sache also durch. Fein, dann würde sie eben zu ihm gehen. So leicht ließ sie sich nicht abwimmeln.

Sie schnappte sich ihren Kulturbeutel und lief ins Badezimmer. Aus dem Spiegel blickte ihr ein blasses Gesicht entgegen. Unter ihren Augen lagen bläuliche Schatten. Kein

Wunder, wenn sie ständig solche konfusen Träume hatte. Aber wenigstens waren die hämmernden Kopfschmerzen weg. Sie trug etwas Rouge auf, tuschte sich die Wimpern und griff nach ihrem Lippenstift. Bei dem, was sie vorhatte, konnte eine leichte Kriegsbemalung nicht schaden.

Als sie zehn Minuten später die Treppe hinunterlief, hörte sie aus dem Wohnzimmer Chansonmusik. Filou hatte sie bereits entdeckt, sprang freudig auf sie zu und rieb sich an ihrem Oberschenkel.

»Madame Galabert?« Ihre Zimmerwirtin war aufgestanden und kam ihr entgegen. »Hören Sie, es tut mir leid, dass ich Ihren ehemaligen Freund einfach so hereingelassen habe«, sagte sie und lächelte etwas bemüht. »Ich wusste ja nicht, dass Sie im selben Moment kommen würden. Dazu noch mit Alexandre. Das war wirklich eine missliche Situation.«

»Schon gut, Madame Picot«, sagte Flo. »Ich mache Ihnen keinen Vorwurf. Und mein Ex kann manchmal sehr gewinnend sein, das weiß ich. Im Grunde war es mein Fehler, ich hätte … na ja, ist doch egal. Würden Sie mir bitte einen … ehm … wie heißt das Ding, leihen?« Sie wies auf den Regenschirm bei der Garderobe.

Was ist nur los mit mir?, dachte sie kopfschüttelnd. Ständig vergesse ich irgendwelche Wörter. Alzheimer mit fünfundzwanzig?

»Sie wollen ausgehen?«, fragte Delphine Picot überrascht.

»Ja, das habe ich vor. Soll ich Filou mitnehmen?«

Als der Schäferhund seinen Namen hörte, begann er zu winseln, als wüsste er genau, welch verlockendes Angebot gerade eben ausgesprochen worden war.

»Das würden Sie tun?«, fragte Madame Picot. Und als Flo nickte, strahlte ihre Zimmerwirtin übers ganze Gesicht. »Sehr freundlich, danke. Das nasse Wetter ist Gift für meine Arthritis.«

Sie wandte sich um, nahm Filous Leine vom Garderobenhaken und befestigte sie an seinem Halsband. Das Tier flippte
schier aus, als es merkte, dass es wirklich Gassi gehen konnte.
Danach reichte Delphine Picot ihr einen hellblauen Regenschirm, auf dem weiße Margeriten prangten. Flo hatte bereits
die Haustür aufgestoßen und mit einem Seufzen in den
wolkenverhangenen Himmel geblickt, als sie Madame Picots
Stimme zurückhielt.

»Er wird sich schon wieder beruhigen«, sagte sie, zog fröstelnd ihre Strickjacke enger und rieb ihren Ellbogen. »Stolze
Männer werden schnell eifersüchtig.«

47

»Die Wetteraussichten für die nächsten Tage: Heute und morgen weiterhin stark bewölkt und immer wieder Regen. Zu kalt für die Jahreszeit. Ab Dienstag gegen Abend vermutlich Wetterberuhigung ...«

Alex schaltete das Radio aus und holte sich ein Bier aus dem Kühlschrank. In der Spüle stand noch das schmutzige Frühstücksgeschirr. Weder Flo noch er selbst hatten heute Morgen Lust verspürt, sich darum zu kümmern.

Er betrachtete die gelbe Tasse mit dem abgebrochenen Henkel, die Flo benutzt hatte, und atmete tief durch. Ob sich dieser Marc immer noch in der Rue Guizot aufhielt? Und wenn ja, was tat er dort? Die Bilder, die ihm seine Fantasie vorgaukelte, verursachten ihm Übelkeit. Wie flüssiges Blei raste die Eifersucht durch seinen Körper. Er keuchte. Verdammt, weshalb musste Liebe so schmerzvoll sein? Nein, nicht die Liebe, sondern ihr Verlust! Er hatte sich nach Tanjas Tod nicht umsonst geschworen, sein Herz nie wieder zu verschenken, ganz gleich, ob es sich um einen Menschen oder ein Tier handelte.

Die letzten drei Jahre war er mit dieser Einstellung sehr gut gefahren, obwohl es Augenblicke gegeben hatte, in denen ihn die Einsamkeit beinahe zerstört hatte. Aber der bloße Gedanke daran, dass er wiederum eine geliebte Person verlieren könnte, hatte ihn das Alleinsein ertragen lassen. Und jetzt hatte sich Flo in sein Leben geschlichen; hatte sein sorgsam verschlossenes Herz aufgebrochen und Gefühle geweckt, die er unter Verschluss wähnte. Einen kurzen Moment lang hatte er sogar geglaubt, dass er sich die vergangenen Jahre zu Unrecht so abgekapselt hatte, und sich einen Dummkopf gescholten, eventuelle Möglichkeiten verpasst zu haben. Doch die Realität hatte ihm erneut schmerzlich vor Augen geführt, dass es im Leben keine Garantien gab. Weder für ein gemeinsames Glück noch für eine dauerhafte Liebe. Sobald man sich öffnete, wurde man unweigerlich enttäuscht oder verletzt. Entweder durch sein Gegenüber oder das Schicksal selbst.

Alex prostete seinem Spiegelbild zu, das sich in der Fensterscheibe abbildete, und nahm einen großen Schluck direkt aus der Bierflasche.

Was für ein Feigling er doch geworden war! Tanja hätte ein Füllhorn ironischer Bemerkungen über ihm ausgeschüttet, wenn sie ihn jetzt sehen könnte. Sie war immer der Teil von ihnen beiden gewesen, der sich voller Elan in alles Neue gestürzt hatte. Vielleicht, weil sie als junges Mädchen über eine schwache körperliche Konstitution verfügt hatte und diesen Mangel mit einer gewissen Risikofreudigkeit kompensierte. Und er war ihr gefolgt. Als derjenige, der sie aufgefangen hatte, wenn sie in ihrem Übermut gestolpert war, weil er ihr großer Bruder war und sie beschützen musste. Doch er hatte versagt. Was gab ihm also das Recht, wieder für einen anderen Menschen da sein zu wollen?

Tanja hatte einmal auf einem Zuckerpäckchen ein Zitat von Goethe gefunden und es seitdem ständig bei sich getragen: »Wenn's dir in Kopf und Herzen schwirrt, was willst du Bessres haben? Wer nicht mehr liebt und nicht mehr irrt, der lasse sich begraben.« Das war ihr Motto geworden und dementsprechend hatte sie gelebt. Vielleicht deshalb so intensiv, weil ihr so wenig Zeit blieb.

Alex strich sich müde über die Augen. Das Bier schmeckte ihm plötzlich nicht mehr und er goss es in die Spüle. Es brachte nichts, sich über Tanjas kurzes Leben den Kopf zu zerbrechen. Das hatte er jahrelang getan und war zu keinem Ergebnis gekommen. Und doch vermisste er ihren unbändigen Lebenshunger und ihr Talent, ihn mit einem lockeren Spruch aus seinen Grübeleien herauszuholen, bis er selbst über sein Zaudern und den angeborenen Pessimismus lachen musste.

Florence hatte ein ähnliches Wesen, auch wenn sie ruhiger war. Vielleicht hatte er sich deshalb so schnell in sie verliebt. Wollte er, dass sie die Stelle seiner kleinen Schwester einnahm? Aber das war ja verrückt! Und auch ein wenig pervers. Nein, er sah in Flo nicht die kleine Schwester, sondern wollte sie als Partnerin. Aber zwischen Wollen und Haben lag eben ein gewaltiger Unterschied.

Alex verstaute die leere Bierflasche im Weidenkorb, in dem er das Altglas sammelte, und ließ Spülwasser einlaufen. Seine Spülmaschine hatte schon vor Monaten ihren Geist aufgegeben, und für das wenige Geschirr, das er selbst benötigte, musste er sich keine neue anschaffen. Als er bis zu den Ellbogen im warmen Wasser steckte, klingelte es an der Tür. Er trocknete sich die Hände an einem Tuch ab, warf es sich über die Schulter und ging zur Haustür. Er hörte ein Niesen und danach etwas, das wie ein Winseln klang. Vermutlich seine Nachbarin, die sich etwas ausborgen wollte. Doch als er die Tür aufschloss, standen ihm Flo und Filou gegenüber. Beide tropfnass und reichlich ramponiert. Der Hund drängte sich sogleich an ihm vorbei, schüttelte sich im Gang und begann dann die Leisten zu beschnüffeln.

»Salut«, sagte Flo und nieste nochmals. »Ist doch weiter, als ich gedacht habe.« Sie lachte und klappte den Regenschirm zu. »Kann ich reinkommen?«, fragte sie unsicher und trat dabei von einem Fuß auf den anderen.

Alex war zu perplex, um etwas zu erwidern, nickte aber und trat beiseite. Seine Gedanken schlugen Purzelbäume. Was wollte sie hier? Sich rechtfertigen? Einen Schlussstrich ziehen? Ein letztes Mal Sex?

»Tut mir leid«, sagte sie und betrachtete beschämt die Wasserpfütze, die sich unter ihr zu bilden begann. Filous Pfotenabdrücke zogen sich ebenfalls durch den ganzen Korridor. »Dieses Wetter …« Sie brach ab und hob entschuldigend die Schultern. »Aber da du nicht auf meine Anrufe reagierst, habe ich mir gedacht, ich komme vorbei.«

Sie schälte sich aus ihrer Jacke, zog die Schuhe aus und schnäuzte sich als Nächstes kräftig die Nase. »Und?«, fragte sie anschließend.

Er runzelte die Stirn. »Und was?«, entgegnete er unwirsch.

»Wieso gehst du nicht an dein Handy? Bist du sauer?«

»Habe ich nicht allen Grund dazu?«, stellte er die Gegenfrage, drehte sich um und ging zurück in die Küche.

Sie folgte ihm, zog ihm das Geschirrtuch von der Schulter und begann die Tassen und Teller vom Frühstück abzutrocknen.

»Hör zu, ich weiß, was das für einen Eindruck auf dich gemacht haben muss, als Marc plötzlich aufgetaucht ist. Aber du musst mir glauben, dass es vorbei ist. Keine Ahnung, was er mit seinem Besuch bezweckt hat.«

»Und du hieltest es nicht für nötig, mir von ihm zu erzählen?«, fragte Alex gekränkt und drehte sich um.

»Doch, schon«, begann sie zaghaft. Er sah, wie sie errötete. »Es ist nur …« Sie stellte die gelbe Tasse in den Schrank und lehnte sich dann dagegen.

»Ja?« Er ließ das Spülwasser ablaufen, trocknete sich die Hände an seiner Jeans ab und verschränkte die Arme vor der Brust. »Ich höre.«

Flo biss sich auf die Lippen.

»Weißt du was?«, zischte sie plötzlich und die vorherige Unsicherheit war wie weggeblasen. »Ich habe einen Fehler gemacht, das gebe ich zu und entschuldige mich auch dafür. Aber ich lasse mich von dir nicht an den Pranger stellen! Dir nicht von Marc zu erzählen, war eine große Dummheit, und dafür schäme ich mich auch. Der heilige Alexandre hat vermutlich noch nie einen Fehler begangen, nicht wahr? Deshalb kann er auch nicht nachvollziehen, dass dumme Leute wie ich das zuweilen tun. Trotzdem musst du dich nicht als Inquisitor aufspielen. Alles, was Recht ist! Manchmal nervst du ganz schön!«

Ihre braunen Augen funkelten, sie hatte das Kinn vorgeschoben und sah ihn herausfordernd an.

Und unversehens und entgegen aller Logik fiel sein kompletter Ärger wie ein Kartenhaus in sich zusammen. Sie sah einfach zum Anbeißen aus, wenn sie sich so echauffierte, und der Wunsch, sie in die Arme zu nehmen, wurde übermächtig. Doch sein Stolz hielt ihn zurück.

»Verstehe«, sagte er gedehnt. »Ich nerve also. Na, dann sind wir schon zwei.«

In dem Moment trottete Filou herein. Er hatte ein braunes Sofakissen mit Troddeln in der Schnauze, das wie eine überdimensionale Wurst aussah. Der Hund setzte sich zwischen die Kampfhähne, blickte stolz von einem zum anderen und wedelte dabei mit dem Schwanz. Er sah urkomisch aus. Sie brachen beide gleichzeitig in Gelächter aus und der Bann war gebrochen.

»Ich brauche jetzt unbedingt einen Kaffee«, sagte Alex und drehte sich um. Er setzte Wasser auf, nahm die auf Hochglanz polierte gelbe Tasse wieder hervor und drückte sie Flo in die Hand. »Setzen wir uns ins Wohnzimmer und dann fängst du bitte mal ganz von vorne an, einverstanden?«

48

Mit einem ohrenbetäubenden Paukenschlag wurde die Leinwand dunkel und die Lichter gingen an. Links und rechts erhoben sich die Kinobesucher und diskutierten angeregt über den Film, während sie in ihre Jacken schlüpften. Gregor blieb noch einen Moment sitzen, starrte auf den Abspann und fragte sich, was zum Teufel er die vergangenen zwei Stunden gesehen hatte. Er erinnerte sich einzig an bewaffnete Jugendliche, die in einer apokalyptischen Welt bis zum Tod gegeneinander gekämpft hatten.

Als er das Kino verließ, standen bereits neue Besucher für die nachfolgende Vorstellung an. Der größte Teil von ihnen war gut fünfzehn Jahre jünger als er. Ein paar aufgetakelte Mädchen in engen Jeans und diesen lächerlichen gestrickten Kappen, wie sie jetzt in Mode kamen, kicherten bei seinem Anblick. Er konnte es ihnen nicht verdenken. Der gezeigte Film war, das wusste er jetzt, auf eine andere Altersgruppe zugeschnitten und er in seinem teuren Maßanzug passte dazu wie ein Glas Milch neben einem Teller frischer Austern. Doch zu Hause war ihm die Decke auf den Kopf gefallen und ein Kinobesuch versprach wenigstens für ein paar Stunden Ablenkung. Allerdings hätte er vorher das Kinoprogramm studieren sollen.

Gregor lief zu seinem Wagen, setzte sich hinters Steuer und starrte durch die nasse Windschutzscheibe auf die grauen Häuserreihen. Er hasste Sonntage! Die meisten seiner Kumpels mussten diesen Tag mit ihrer Familie verbringen und fanden keine Zeit, so wie früher mit ihm um die Häuser zu ziehen. Auch waren bei seinen Kollegen Babygeschrei und gegenseitige Besuche zum Sonntagsbrunch zum bevorzugten Zeitvertreib geworden. Er ignorierte diese Einladungen geflissentlich und mit der Zeit wurden sie immer spärlicher, bis sie am Ende ganz ausblieben. Ihm war das nur recht.

Er atmete tief durch und schloss den Sicherheitsgurt. Wenn das Wetter nur nicht so beschissen wäre! Zu gern hätte er eine Bootstour unternommen, doch nach wie vor regnete es Bindfäden. Beim Gedanken an seinen schnittigen Außenborder fiel ihm Florence Galabert ein. Was für ein süßer Käfer! Er grinste bei der Vorstellung, wie sie sich beim Liebesspiel unter ihm winden und seinen Namen stöhnen würde. Hoffentlich klarte es bald auf, damit er sie zu der versprochenen Spritztour einladen konnte. Die Aussicht auf schnellen Sex war jedoch nur das Zweitschönste. Dubois' Gesicht bei der Erkenntnis, dass er ihm seine neue Flamme ausgespannt hatte, würde weitaus befriedigender sein.

Dubois! Immer wieder Dubois! Wegen ihm durfte er morgen seinen Arbeitern verklickern, dass die Bauarbeiten auf der Römerwiese eingestellt werden mussten. Was hätte sein Vater wohl zu dieser Niederlage gesagt? Gregor schnaubte. Vermutlich irgend so ein Gesülze wie: ›Man kann nicht immer gewinnen‹ oder ›Aufgehoben ist nicht aufgeschoben‹. Sein Vater war der König der Floskeln gewesen. Und manchmal hatte er sich richtiggehend zurückhalten müssen, um ihm nicht ins Gesicht zu schlagen, wenn er wieder eine davon vom Stapel ließ.

Er hasste sinnloses Geschwätz! Doch was juckte ihn das noch? Sein Vater war schließlich tot und würde ihm nie mehr irgendwelchen Unsinn vorbeten, wie damals, als er ihm erklärt hatte, weshalb ihn die Kinder hänselten. Schiefmaul hatten sie ihn genannt und dabei ihre eigenen Münder zu Grimassen verzogen. »Es ist, wie es ist, mein Sohn«, hatte sein Vater daraufhin in salbungsvollem Ton deklamiert, als er weinend nach Hause gerannt war. »Alles, was dich nicht umbringt, macht dich stark.« Ein großer Trost für einen Fünf-jährigen mit einer operierten Hasenscharte! Doch irgendwann war Gregor zur Einsicht gelangt, dass der Respekt erfährt, der sich mit den Fäusten wehrt. Und dass derjenige, der genü-gend Geld in der Tasche hat, zum Anführer wird. Ab dem Zeitpunkt hatte er seinen Vater nie wieder um eine Erklärung gebeten, weil er selbst wusste, worauf es im Leben ankam: Geld und Macht. Nichts sonst!

Er startete den Jaguar, manövrierte ihn vorsichtig aus der Parklücke und fädelte sich in den Verkehr ein. Kurz überlegte er, ob er sich einen Drink genehmigen sollte, verwarf den Gedanken aber wieder. Um diese Uhrzeit wäre er vermutlich der einzige Gast und das war noch erbärmlicher, als allein ins Kino zu gehen.

Er überschlug rasch seine Barschaft, wendete dann kurz entschlossen den Wagen und fuhr in die andere Richtung. Eine Stunde Entspannung unter kundigen Händen konnte jetzt nicht schaden.

49

»Und deshalb bin ich hier.«

Flo lehnte sich auf dem Sofa zurück und verschränkte die Arme vor der Brust. Alex hatte ihr schweigend zugehört, ab und zu die Stirn gerunzelt, sie jedoch bei ihrem Geständnis, das sie mit immer schnelleren Worten vortrug, nicht unterbrochen. Jetzt stand er auf, trat ans Fenster und schaute in die aufkommende Dämmerung hinaus.

Obwohl jetzt alles ausgesprochen war, fühlte sie ein eigenartiges Ziehen in der Magengegend, als würde gleich ein Fallbeil heruntersausen.

»Alex?«, fragte sie, als die Stille unerträglich wurde. Ihre Stimme zitterte und sie räusperte sich.

»Liebst du ihn noch?«

Er drehte sich um und vergrub seine Hände in den Taschen seiner Jeans, als wüsste er nicht, was er sonst damit tun sollte. Sein Blick war ausdruckslos und auch seinem Tonfall war nicht zu entnehmen, was ihm gerade durch den Kopf ging.

Flo erhob sich ebenfalls, trat zu ihm und schlang ihre Arme um seine Taille. Er versteifte sich unmerklich und ihr Magen krampfte sich zusammen.

»Nein«, sagte sie mit fester Stimme. »Ich liebe Marc nicht mehr. Wenn ich ehrlich bin, schon lange nicht mehr. Es war nur noch ein Festhalten an etwas, von dem ich dachte, dass es Liebe sei. Und weil ich wohl zu feige war, die Konsequenzen zu ziehen.«

Alex nickte, machte aber keine Anstalten, seine starre Haltung aufzugeben.

Flo versuchte, die aufsteigenden Tränen zu unterdrücken. Hatte sie mit der Wahrheit zu lange gewartet? Konnte er ihr die Flunkereien und die mangelnde Offenheit nicht verzeihen? Sie hatte es sich so einfach vorgestellt. Ein Spaziergang mit dem Hund, ein paar Erklärungen und alles war wieder gut. Und die lockere Stimmung, als Filou ihnen das Wurstkissen gebracht hatte, hatte sie in der Gewissheit bestätigt, dass Alex ihr alles verzieh. Im Nachhinein kamen ihr ihre Bedenken, dass er sie wegen der Geisteraustreibung verspotten würde, töricht vor. Doch entgegen ihrer Befürchtung, dass er sie wegen der Jagd nach dem angeblichen Truhengeist für vollkommen verrückt hielt, verlor er darüber kein Wort. Im Gegenteil, er sagte überhaupt nichts mehr, was weitaus schlimmer war als Vorwürfe.

Flo spürte, wie er mehrmals tief durchatmete, als müsste er eine schwerwiegende Entscheidung fällen. Sie konnte die Tränen jetzt nicht mehr länger zurückhalten. Sie hatte es vergeigt und durfte jetzt wohl nur noch auf einen angemessenen Rückzug hoffen, der ihr weitere Peinlichkeiten ersparte.

Sie trat einen Schritt zurück und vermied es dabei, Alex' Blick zu begegnen. Es bereitete ihr schon genug Schwierigkeiten, die Fassung zu wahren, dazu brauchte sie nicht auch noch die Abscheu in seinen Augen zu sehen. Sie stolperte durch den Flur, dicht gefolgt von Filou, riss ihre Jacke und die Hundeleine von der Garderobe, dann schlüpfte sie in ihre Schuhe. Die Tränen liefen ihr über die Wangen und sie blinzelte ein paar Mal, bis sie in der Lage war, die Schnürsenkel zu binden.

»Geh nicht.«

Alex war ihr gefolgt und schaute sie bittend an. Ihr Herz vollführte einen Salto. Hatte sie richtig gehört oder war der Sinn dieser zwei Worte lediglich ein Zerrbild ihrer Wünsche?

»Bitte.«

Flo kuschelte sich enger in Alex' Armbeuge. Sie spürte seinen schnellen Herzschlag an ihrer Wange, der sich langsam wieder beruhigte. Er hatte den Arm um sie gelegt und streichelte mit seinem Daumen ihre Schulter.

Sie hatten sich mit einer Heftigkeit geliebt, als müssten sie damit all die Zwistigkeiten hinwegfegen, die kurz vorher noch zwischen ihnen gestanden hatten. Es war schon seltsam, entweder stritten oder liebten sie sich. Die Beziehung mit ihm glich einer Achterbahn, bei der man nie wusste, was sich hinter der nächsten Kurve verbarg.

Ihre Lippen fühlten sich wund an. Zu viele, zu leidenschaftliche Küsse. Doch es war ein köstlicher Schmerz. Einen, den sie jederzeit ertragen und nicht mehr missen wollte.

Etwas Kaltes berührte ihren Oberschenkel und sie schrie erschrocken auf. Als sie den Kopf wandte, sah sie in Filous vorwurfsvolles Gesicht.

»Himmel, dich hätte ich beinahe vergessen!« Sie löste sich widerwillig aus Alex' Umarmung. »Ich muss den Hund zurückbringen«, sagte sie und suchte das Zimmer nach ihren Kleidern ab. »Fressenszeit.« Und als sie einen prüfenden Blick zum Fenster hinaus in den strömenden Regen warf, fragte sie weiter: »Kannst du mich fahren?«

Er schüttelte den Kopf. »Der Clio steht wieder bei meinen Eltern. Ich musste schließlich das Abendessen absagen.«

Flo verzog den Mund. Das Essen mit seinen Eltern hatte sie vollkommen vergessen. Was mussten sie nur von ihr denken? Als hätte er ihre Gedanken erraten, fügte er hinzu: »Keine Sorge, das lässt sich nachholen. Die Neugier meiner Mutter kennt kein Verfallsdatum.«

Er schwang die Beine aus dem Bett und ging nackt zu einem altmodischen Sessel, auf dem seine Jeans lag. Flo hatte dabei die Gelegenheit, seinen muskulösen Rücken, die schmale Taille, den festen Hintern und seinen geschmeidigen Gang zu bewundern. Beinahe hätte sie geseufzt. Sie begehrte diesen Mann mit einer Intensität, die sie erschreckte. Doch was würde das Morgen bringen? Und obwohl sie vor ein paar Minuten ihre ganze Vergangenheit vor ihm ausgebreitet hatte, sprach keiner von ihnen über die Zukunft.

»Ich rufe dir ein Taxi«, sagte Alex und wandte sich um. Als er ihre entblößte Brust bemerkte, kam sie nicht umhin, geschmeichelt zu bemerken, wie er auf deren Anblick reagierte. Eine feine Röte schlich sich in sein Gesicht und er zuckte entschuldigend mit den Schultern. Flo unterdrückte ein Grinsen und schlüpfte in ihre Unterwäsche. Sie fühlte sich leicht, als würde sie schweben. Und wenn ihre gemeinsame Zukunft auch ungewiss war, nahm sie sich vor, einfach das Jetzt zu genießen. Sie würden schon eine Lösung finden.

Im Bad versuchte sie, ihre zerzausten Haare in Form zu bringen. Der Taxifahrer sollte nicht auf den ersten Blick bemerken, was sie die vergangene Stunde getrieben hatte. Auf der Suche nach einem Kamm öffnete sie den Spiegelschrank oberhalb des Waschbeckens und entdeckte einen Parfumflakon. Ob der noch von seiner verstorbenen Schwester stammte? Schließlich hatten die Geschwister in diesem Haus zusammengelebt. Sie zog den Stöpsel aus dem Fläschchen und schnupperte daran, dann stellte sie den Flakon sorgfältig wieder zurück.

»Flo, das Taxi ist da!«, hörte sie Alex rufen. Sie spritzte sich etwas kaltes Wasser ins Gesicht, fuhr sich mit den Fingern durch die Haare und lief in den Flur. »Sehen wir uns später?«, fragte er, half ihr galant in ihre Jacke, die immer noch feucht war, und drückte ihr dann die Plastiktüte mit dem Struwwelpeter und den Briefen in die Hand, die sie im Clio hatte liegen lassen. »Für einen Museumsbesuch ist es jetzt zu spät, aber wir könnten irgendwo zu Abend essen.«

»Fein«, entgegnete sie. »Ruf mich an.«

Sie schlang ihre Arme um seinen Hals, und während sie sich leidenschaftlich küssten, bis ihre Beine weich wurden, kratzte Filou wie wild an der Eingangstür.

»Du solltest jetzt gehen«, befahl Alex gespielt ärgerlich, »sonst muss ich morgen den Zimmermann anrufen und das wird teuer.«

Flo erstarrte. In ihrem Kopf rauschte es plötzlich, als stände sie unter einem Wasserfall. Ihr wurde schwindlig. Wie aus weiter Ferne hörte sie Alex etwas sagen, konnte dem Sinn seiner Worte jedoch nicht folgen.

Schwing die Axt, schwing das Beil,
heut wird's Bäumchen fallen!
Zieh den Prügel, halt das Seil,
lass die Lieder schallen!

Auf ihr Leute, in den Wald,
bald ist's Holz geschlagen.
Zimmermannes Lied erschallt,
Liebchen wird's ertragen.

Wo kamen diese Zeilen her? Ganz deutlich hörte sie eine dunkle Männerstimme, unterbrochen von dem Gekicher eines Mädchens. Beide sangen abwechselnd diese Verse in einer eingängigen Melodie.

»Flo? Was ist denn? Ist dir nicht gut?« Sie blickte hoch und sah in Alex' besorgtes Gesicht. »Chérie? Du bist ja weiß wie die Wand. Was ist denn passiert?«

Ich habe eben eine Männerstimme gehört, die ein altertümliches Zimmermannslied gesungen hat, wollte sie sagen, doch sie brachte kein Wort über die Lippen. Sie öffnete den Mund, doch ihrer Kehle entwich nur ein Krächzen. Sie fühlte, wie ihr der kalte Schweiß ausbrach.

»Du machst mir Angst«, hörte sie Alex sagen.

Ein Lied, wollte sie erklären, ich habe ein Lied gehört. Ein Mann und ein Kind! Ich kenne die Strophen nicht und doch waren sie mir vertraut. All das wollte sie ihm mitteilen, doch ihre Zunge war wie gelähmt.

Sie begann zu zittern. Was war bloß mit ihr los? Zuerst vergaß sie ständig irgendwelche Wörter und jetzt konnte sie nicht mehr sprechen? War sie krank? Sie hatte plötzlich fürchterliche Angst.

Es klingelte an der Tür und sie fuhren beide herum.

»Taxi«, hörten sie eine Männerstimme mit einem ausländischen Akzent.

Alex ließ Flo los und öffnete die Eingangstür. Filou flitzte hinaus und der Taxifahrer presste sich erschrocken an die Hauswand.

»Einen Moment noch«, wandte sich Alex an den verdatterten Mann und war mit zwei Schritten wieder bei ihr.

»Wieso sagst du denn nichts? Ist dir schlecht?«, fragte er mit sorgenvoller Miene. »Mir wäre es lieber, du würdest hierbleiben.«

Sie schüttelte stumm den Kopf, presste ihre Hand auf den Bauch und verzog dabei das Gesicht. Sollte er denken, dass ihr übel war, das war einfacher. Sie versuchte zu lächeln, was ihr auch gelang. Wenigstens reagierten ihre Gesichtszüge noch. Sie hatte bestimmt etwas Falsches gegessen und jetzt verhielt sich ihr Körper dementsprechend. Am besten, sie legte sich eine Weile hin und gönnte sich etwas Schlaf. Sie würden sich ja später noch sehen und dann war der Spuk hoffentlich vorbei.

Sie griff nach der Hundeleine, drückte Alex einen Kuss auf die Wange, dem anzusehen war, dass ihm gar nicht gefiel, dass sie ihn verließ, und trat in den Regen hinaus. Filou hockte unter einem tropfenden Apfelbaum, und nachdem sie auf ihren Schenkel geklopft hatte, trottete er mit wenig Enthusiasmus zu ihr. Sie öffnete die Beifahrertür des Taxis, ließ den Hund hineinspringen und setzte sich dann ebenfalls in den Wagen.

Durch die Autoscheibe sah sie, wie Alex mit dem Taxifahrer sprach und ihm Geld in die Hand drückte. Bevor sie losfuhren, spreizte er den Daumen und den kleinen Finger und hielt sie sich ans Ohr. Flo nickte. Dann gab der Fahrer Gas und Alex' Silhouette verschwand hinter einem Regenschleier.

50

Bevor Flo die Gelegenheit hatte, Madame Picots Eingangstür aufzuschließen, wurde diese auch schon aufgerissen.

»Da sind Sie ja endlich!«, rief ihre Zimmerwirtin und stieß die Luft aus. »Ich dachte schon, ich muss eine Vermisstenanzeige aufgeben.«

Filou stob an den beiden vorbei und wenig später hörten sie ein geräuschvolles Schmatzen aus der Küche.

»Tut mir leid, Madame Picot, ich habe …«

Flo brach ab, ließ vor Schreck ihre Handtasche fallen, deren Inhalt sich über die Eingangsstufen ergoss. Während sie zusah, wie ihr Lieblingslippenstift über den Vorplatz kullerte und auf Nimmerwiedersehen in einem Gulli verschwand, hielt sie sich schwankend am Türrahmen fest.

Wieso konnte sie jetzt wieder sprechen und gerade eben war es ihr nicht möglich gewesen? Dem Taxifahrer hatte sie lediglich zunicken können, obwohl sie mehrmals versucht hatte, sich von ihm zu verabschieden. Keinen Ton hatte sie hervorgebracht. Aber als hätten sich ihre Stimmbänder nur einen Scherz erlaubt, sprudelten die Worte jetzt wieder, als wäre nichts geschehen. Was zum Teufel ging hier vor?

Delphine Picot beobachtete sie mit gerunzelter Stirn.

»Ist alles in Ordnung?«, fragte sie und ergriff ihren Ellbogen. »Sie sehen etwas grün um die Nase aus.«

Was sollte sie ihrer Zimmerwirtin sagen? Die Wahrheit? Die würde sie ihr nicht abnehmen, sie glaubte sie ja selbst nicht. Um einer Antwort zu entgehen, bückte sie sich nach ihren Utensilien und stopfte sie wieder in ihren Beutel.

»Nichts«, sagte sie daraufhin und lauschte entzückt ihrer eigenen Stimme. »Vermutlich deprimiert mich einfach das schlechte Wetter.«

Delphine Picot seufzte und ließ sie eintreten, bevor sie die Haustür sorgfältig abschloss.

»Ja, da haben Sie recht. Dieser ständige Regen schlägt einem aufs Gemüt. Und der kommenden Apfelblüte tut er auch nicht gut. Die Bienen können sich bei dem Regen ja gar nicht an die Arbeit machen. Kann ich Ihnen eine Tasse Kaffee anbieten? Ich habe gerade welchen aufgebrüht.«

Flo lehnte dankend ab. Sie sehnte sich nach einer warmen Dusche und wollte sich anschließend ein wenig hinlegen, was sie ihrer Zimmerwirtin auch erklärte.

Madame Picot nickte verstehend, reichte ihr eine frische Garnitur Badetücher und ging dann in die Küche, wo sie mit Filou redete.

»Das ist verrückt«, murmelte Flo, als sie die Treppe hinauflief. »Verrückt und erschreckend.«

Der Regen prasselte wie Gewehrschüsse an die Fensterscheibe und schluckte jedes andere Geräusch. Die Konturen der Bäume hinter dem Haus lösten sich in der Wasserwand beinahe auf. Es sah aus, als hätte ein Maler mit seinem nassen Pinsel darübergewischt. An flachen Stellen bildeten sich bereits kleine Teiche. Eine regelrechte Sintflut. Zum Glück lag Madame Picots Haus erhöht und würde vermutlich vor einem Wassereinbruch gefeit sein.

Flo kuschelte sich enger in ihren Bademantel, wandte sich ab und schlüpfte unter die Bettdecke.

»Wenn der Regen niederbraust, wenn der Sturm das Feld durchsaust, bleiben Mädchen oder Buben hübsch daheim in ihren Stuben«, rezitierte sie mit halblauter Stimme.

Einwandfrei. Nicht das leiseste Stocken, geschweige denn das Gefühl, sich nicht artikulieren zu können. Ihre vorherige partielle Stummheit war zwar unheimlich gewesen, ließ sich aber sicher logisch erklären. Ein kurzer Blackout, wie man ihn manchmal vor Prüfungen hat. Oder wie man zuweilen ein bestimmtes Wort sucht und es partout nicht aussprechen kann, obwohl es einem doch auf der Zunge liegt. Alles ganz normal. Aber diese ständigen Kopfschmerzen? Hatte sie vielleicht einen Gehirntumor?

Flo schluckte schwer. Himmel, was ging ihr denn da durch den Kopf?! ›Bei Hufgetrampel nicht gleich an Zebras denken‹, sagte ihr Vater immer. Wie recht er doch hatte. Sie machte sich nur selbst verrückt. Etwas Schlaf und alles war wieder in Ordnung. Bestimmt.

Wie ging die Geschichte vom fliegenden Robert eigentlich weiter? Sie konnte sich nur an die erste Strophe erinnern. Ein Sturm, der Junge geht nach draußen und fliegt mit seinem Regenschirm davon. Etwas in der Art. Aber der genaue Wortlaut war ihr entfallen. Flo schaute sich im Zimmer um, entdeckte die Plastiktüte mit dem Struwwelpeter neben der Tür und stand auf, um sie zu holen.

Dieses feuchte Wetter tut den alten Dokumenten nicht gut, dachte sie und zog dabei das Kinderbuch aus der Tüte. Tatsächlich begannen sich die Briefe bereits zu wellen und der Struwwelpeter ging an verschiedenen Ecken aus dem Leim. Als sie sich umdrehte, fiel ihr Blick auf das Eulenbild oberhalb des Bettes. Sie runzelte die Stirn. Ihr war aufgefallen, dass dieser Vogel überall auftauchte. Zuerst als Schlüsselanhänger an

Omas Wohnungsschlüssel, dann als geschnitztes Pendant auf der Holztruhe, in einer Zeichnung auf Alex' Unterlagen zu den römischen Ruinen und jetzt noch als Wandschmuck über ihrem Bett. War das alles nur Zufall? Oder kam dem Vogel eine bestimmte Bedeutung zu? Auch in ihrem Traum war eine Eule herumgeflattert.

Überhaupt diese Träume. Erst seit sie in Lisieux war, plagten sie sie, wie auch diese ständigen Kopfschmerzen. Und die Bilder in diesen Träumen waren so real wie Szenen aus einem Film. Oder einem echten Leben? Träumte sie etwa ein reales Leben nach? Aber das war doch Quatsch! Ihr Unterbewusstsein konstruierte sich vermutlich aus den Geschichten um Madame Picots weiße Colombe eine irrwitzige Story. Aber würde sie dann nicht eher aus der Sicht einer jungen Frau fantasieren? Soweit sie sich an den Inhalt ihrer Träume erinnerte, erlebte sie sich darin als Kind. Als kleines Kind. Und auch das Lachen, das sie bei den Zimmermann-Versen in Alex' Wohnung zu hören vermeint hatte, war ein Kinderlachen gewesen. Das Kichern eines jungen Mädchens.

Flos Herz pochte plötzlich schneller. Träumte sie womöglich das Leben dieses Kindes nach, das in den Briefen erwähnt wurde? Fernsehsendungen über Seelenwanderungen kamen ihr in den Sinn, die sie sich zwar belustigt angesehen, aber als reinen Humbug abgetan hatte. Was, wenn das doch der Wahrheit entsprach und eine Kinderseele aus dem neunzehnten Jahrhundert von ihr Besitz ergriffen hatte? Aber warum? Und weshalb gerade sie? Gab es einen triftigen Grund dafür? Ein Verbrechen? Normalerweise rächten sich Geister an ihren Peinigern auf diese Weise. Spukten in weißen wallenden Gewändern des Nachts an den Stätten der Gräueltat herum und rasselten mit ihren Ketten, wie das Gespenst von Canterville.

Flo kicherte. Die Fantasie ging mit ihr durch, eindeutig. Zeit, sich etwas auszuruhen. Sie schlüpfte unter die Bettdecke, stellte ihr Handy auf stumm und widmete sich dem fliegenden Robert. Doch noch bevor sie die zweite Strophe zu Ende gelesen hatte, war sie eingeschlafen.

51

Nachdem Alex geduscht hatte, versuchte er Flo nochmals anzurufen. Vergeblich, nach dem fünften Klingeln schaltete sich die Mailbox ein.

Er runzelte die Stirn. Was, wenn sie nicht ans Handy ging, weil sie nicht reden konnte? Er erinnerte sich an ihren entsetzten Gesichtsausdruck, bevor das Taxi gekommen war. Was war nur mit ihr los gewesen? Es hatte den Anschein gehabt, als hätte sie zwar sprechen wollen, es aber einfach nicht gekonnt. Irgendetwas musste sie so erschreckt haben, dass es ihr buchstäblich die Sprache verschlagen hatte. Aber was? Er ging den Nachmittag nochmals im Geiste durch. Flos Beichte, seine reichlich kindische Reaktion darauf. Das konnte es nicht gewesen sein, schließlich hatten sie sich danach noch unterhalten und später sogar geliebt. Erst als das Taxi vorfuhr, war dieses Phänomen aufgetreten. Was hatte er in dem Moment nur zu ihr gesagt? Irgendeinen Spaß, weil Filou ihm die Haustür zerkratzte, aber an den genauen Wortlaut konnte er sich nicht mehr erinnern. Und doch war Flo daraufhin erbleicht, als hätte sie ein Gespenst erblickt, und ab dem Zeitpunkt stumm wie ein Fisch gewesen. Erschreckend. Nicht nur für ihn, denn er hatte die Angst in ihren Augen deutlich wahrgenommen. Und doch hatte sie nicht bleiben wollen. Er seufzte. Sie war so stur wie ein Esel!

Alex legte das Handy neben sein Notebook und starrte weiter auf das dunkle Display. In den vergangenen Stunden hatte er nach einer logischen Erklärung für Flos Sprachlosigkeit im Internet gesucht. Da er, entgegen dem Wunsch seiner Mutter, nicht Medizin studiert hatte, musste er sich eben auf die Auskünfte verlassen, die ihm das Web lieferte. Er hatte diverse Informationen über plötzliches Verstummen gefunden. Die logischste Erklärung schien ihm eine Kommunikationsstörung zu sein, die Mutismus genannt wurde. Zwar trat diese Störung vorwiegend bei Kindern und Jugendlichen auf, aber auch Erwachsene konnten davon betroffen sein. Als Ursache wurde eine psychische, genetische oder erworbene Anfälligkeit aufgeführt. Ein totaler Mutismus war meist das Ergebnis eines Traumas, gefolgt von Depressionen, Psychosen oder anderen psychiatrischen Erkrankungen.

Er schluckte. Obwohl er den Teufel nicht an die Wand malen wollte und immer noch darauf hoffte, das Ganze als vorübergehende Halsentzündung abtun zu können, gab ihm der Artikel über diese seltene Krankheit doch zu denken. Denn die Behandlung setzte eine langwierige Therapie voraus, die durch Antidepressiva unterstützt werden musste. Litt Flo an Mutismus? Und wusste sie vielleicht davon, hatte es ihm aber nicht sagen wollen? Sein Kopfkino suggerierte ihm sofort eine bleiche, abgemagerte Flo, die mit leerem Blick auf einem Stuhl saß und die Wände einer Klinik anstarrte.

»Idiot!«, knurrte er halblaut. »Hör bloß auf mit dem Scheiß!«

Er griff erneut nach seinem Handy, wählte die Nummer der Auskunft und ließ sich mit Delphine Picot verbinden. Flos Zimmerwirtin nahm schon nach dem ersten Klingeln ab, hörte sich seine Bitte an und legte dann den Telefonhörer hin. Er hörte sich entfernende Schritte, ein Rufen und danach Getrampel.

»Entschuldige, ich habe geschlafen und mein Handy auf lautlos gestellt. Wollen wir …«

Ihm fiel ein Stein vom Herzen, als er Flos atemlose Stimme hörte. Also war es nur eine kurze Unpässlichkeit gewesen. Automatisch schloss er alle Internetseiten und klappte sein Notebook erleichtert zu. Er würde ihr nichts von seiner Recherche erzählen und schimpfte sich einen Schwachkopf, überhaupt an eine ernsthafte Erkrankung gedacht zu haben.

»Alex? Bist du noch dran?«

Ihre Stimme riss ihn aus seinen Gedanken.

»Wie? Ja, in Ordnung. Ich hole dich in einer halben Stunde ab.«

Er legte auf, ging in den Flur und zog seine Jacke an. Nach einem kritischen Blick zum Fenster hinaus schnappte er sich einen Regenschirm und verließ das Haus.

Seine Mutter hatte ihm den Autoschlüssel ihres Wagens mit einem amüsanten Heben der Augenbrauen in die Hand gedrückt, jedoch keine Fragen gestellt. Alex wusste, dass er ihr nichts vormachen konnte. Sie las in seinem Gesicht wie in einem Buch. Schon immer, was ihn während seiner Pubertät beinahe wahnsinnig gemacht hatte. Doch mit der Zeit hatte er sich daran gewöhnt und nach Tanjas Tod hatte er ihre Gabe sogar zu schätzen gelernt. Ein Blick und seine Mutter hatte sofort gewusst, ob er gerade Trost, eine Aufmunterung oder den berühmten Tritt in den Hintern brauchte. Er bewunderte sie dafür, sich so auf ihn einlassen zu können und ihre eigene Trauer quasi hintanzustellen. Sein Vater war nach Tanjas Tod noch mehr zum Eigenbrötler geworden und hatte seine Exkursionen in die Vogelwelt verdoppelt. So ging eben jeder anders mit Verlust um.

Die Straßen lagen an diesem Sonntagabend verlassen unter einem wolkenverhangenen Himmel. Wer nicht musste, ging nicht aus dem Haus, und nur ab und zu sah Alex einen Passanten, der schnellen Schrittes seinen Hund ausführte. Im Radio lief eine Liebesschnulze. Normalerweise stand er mehr auf Rocksongs und schaltete, sobald er den Clio startete, auf einen etwas moderneren Sender um, als den, den seine Mutter bevorzugte. Aber der Chansonnier sprach ihm gerade aus dem Herzen. Er pfiff die eingängige Melodie mit und setzte den Blinker, als die Rue Guizot in Sicht kam.

Flo stand bereits vor der Haustür, als er wenig später auf den Vorplatz einbog. Bei ihrem Anblick grummelte es angenehm in seinem Magen, was er einerseits seinem Hunger und andererseits seinen erwachten Gefühlen für sie zuschrieb. Trotz des anhaltenden Regens fand er das Leben plötzlich wunderbar.

»Mistwetter!«, brummte Flo, als sie ins Auto stieg, sich zu ihm hinüberbeugte und ihm einen zärtlichen Kuss auf die Wange hauchte. »Scheint in der Normandie auch einmal die Sonne?«

»Jedes Mal, wenn ich dich sehe«, erwiderte er und bemerkte mit Freude, wie ihre Augen bei seinen Worten aufleuchteten.

»Danke für das Kompliment, Herr Lehrer«, sagte sie lachend. »Und wo geht's hin? Ich sterbe vor Hunger!«

Er schaute in den Rückspiegel und fuhr los.

»Ich habe für zwanzig Uhr einen Tisch beim Chinesen reserviert. Nach den ganzen normannischen Spezialitäten der letzten Tage hast du sicher mal Lust auf etwas Abwechslung. Du magst doch chinesisches Essen, oder? Zuerst besuchen wir aber noch einen alten Bekannten von mir. Kannst du so lange warten?«

Flo schälte sich aus ihrer Jacke, schloss den Sicherheitsgurt und fuhr sich durch die Haare.

»Ungern«, erwiderte sie seufzend. »Ich meine, ich liebe chinesisches Essen, nur das Warten geht mir gegen den Strich. Was machen wir bei deinem Freund? Einen Antrittsbesuch?«

Alex bog in die Hauptstraße ein und beschleunigte.

»Etwas in der Art«, meinte er. »Du erinnerst dich an meinen Vorschlag, das Museum für Kunst und Geschichte zu besuchen?« Er warf ihr einen schnellen Blick zu und sah, wie sie nickte. »Ich habe vorhin Maurice angerufen. Er arbeitet als Aufseher dort. Am Sonntag schließen sie zwar um achtzehn Uhr, aber er sagte mir, dass er sicher noch eine Stunde länger zu tun habe und uns noch reinlassen würde.«

Und dann erzählte er ihr vom Gespräch mit seinem Vater, den Briefen seines Großvaters und dass diese denjenigen, die Flo besaß, ähnelten. Schließlich erwähnte er die Schenkung an das Museum.

Flo hörte ihm schweigend zu, stieß jetzt aber die Luft aus, als hätte sie sie in den vergangenen Minuten angehalten.

»Heiliger Prämolar, das ist ja fantastisch!«, rief sie aufgeregt. »Kann dieser Maurice uns die Briefe deines Großvaters denn übersetzen? Meinst du, sie stammen aus der gleichen Zeit? Und kannten sich die Verfasser womöglich? Himmel, das wäre ja unglaublich!«

Alex lachte. »Nein, ich denke nicht, dass Maurice Patois spricht. Und leider werden wir die Briefe auch nicht mitnehmen können, aber eventuell dürfen wir sie fotografieren. Und dann müsstest du noch mal Alines Großmutter bemühen. Bis jetzt ist sie ja die Einzige, die uns inhaltlich weiterhelfen kann.«

»Ja, du hast recht. Madame Simonet wird uns sicher noch einmal behilflich sein. Sie ist sehr nett.« Flo atmete tief durch und fuhr dann nachdenklich fort: »Wenn, und ich sage wenn«, ihre Stimme klang rau vor Aufregung, »diese Briefe das Pendant zu den meinen sind, dann lösen wir das Rätsel um Louis und seine Angebetete.«

300

Alex zuckte die Schultern. Er glaubte zwar nicht, dass die Lösung so einfach war, wollte Flos Enthusiasmus aber nicht schmälern. Vielleicht hatten sie ja Glück und die Briefe seines Großvaters waren tatsächlich die Gegenstücke. Und wenn nicht, dann bliebe ihnen immer noch das Stadtarchiv, um mehr über ein örtliches Liebespaar im 19. Jahrhundert herauszufinden, von dem die eine Partei Louis hieß und Handwerker war. Auf die eine oder andere Weise würden sie das Rätsel sicher lösen. Er hoffte nur, dass die Aufklärung für Flo nicht in einer Enttäuschung endete.

Plötzlich spürte er einen kalten Schauer im Nacken. War das etwa eine Vorahnung? Er schüttelte den Kopf. Das war ja kindisch! Er drehte die Heizung eine Stufe höher und lauschte Flos Spekulationen, die immer abstruser wurden.

Alex betrachtete sie lächelnd aus dem Augenwinkel, wie sie mit den Händen in der Luft herumfuchtelte, als müsse sie einen Schwarm Mücken vertreiben. Ihr war diese Sache enorm wichtig und darum würde er alles tun, um ihr bei der Auflösung zu helfen, koste es, was es wolle.

52

Die Garagentür schloss sich lautlos hinter dem Jaguar. Gregor blieb noch einen Augenblick im Wagen sitzen und checkte sein Handy. Ein verpasster Anruf seiner Mutter, eine Kurzmitteilung von Carpentier, dass ihm die Römerwiese wegen des ständigen Regens Sorgen bereitete, und eine Erinnerung an einen Zahnarzttermin. Florence Galabert hatte sich nicht gemeldet. Kein Wunder bei dem Wetter, schließlich hatten sie sich für eine Bootsfahrt verabredet. Trotzdem fühlte er einen Stich der Enttäuschung. War sie mit Dubois zusammen? Vermutlich. Der Gedanke, dass die beiden gerade in diesem Moment Sex hatten, machte ihn wütend, obwohl er sich selbst vor kurzer Zeit den Freuden des Liebesspiels hingegeben hatte. Wenn man denn einen Besuch bei einer Prostituierten damit gleichsetzen wollte.

Er schämte sich nicht dafür, die Dienste von Professionellen in Anspruch zu nehmen. Die verstanden wenigstens ihren Job und die meisten waren ihr Geld wert. Eine Geschäftsbeziehung, die mit beiderseitigem Einverständnis abgeschlossen und vollzogen wurde. Trotzdem hasste er die Momente danach, wenn er, wie jetzt, in sein leeres Haus zurückkam.

Wie lange würde er dieses Leben noch führen? Wechselnde Frauenbekanntschaften, einsame Sonntage, Restaurantbesuche mit Einzeltisch. Reichlich erbärmlich für den größten Bauunternehmer der Region. Mit dieser Galabert könnte er sich eine längere Beziehung vorstellen. Sie hatte das gewisse Etwas im Blick, eine tolle Figur und, was ihn am meisten reizte, sie war mit Dubois liiert. Es wäre eine süße Genugtuung, sie ihm auszuspannen. Dass er das schaffen konnte, davon war Gregor felsenfest überzeugt. Eine kluge Frau wusste schließlich, was im Leben wichtig war. Und diese Florence Galabert schien ihm nicht dumm zu sein. Er würde ihr morgen einen großen Blumenstrauß und etwas Konfekt senden. Frauen mochten solche Dinge.

Ob er seine Mutter zurückrufen sollte? Sie würde ihn bestimmt zum Abendessen einladen. Doch er hatte keine Lust, ihr endloses Gejammer anzuhören, in das sie unweigerlich verfiel, wenn sie zwei Gläser Wein getrunken hatte. Seit Vaters Tod klammerte sie sich wie eine Ertrinkende an ihn. Und je mehr sie klammerte, desto weiter stieß Gregor sie von sich. Sie wollte anscheinend die verlorenen Jahre kompensieren. Doch es war zu spät; er hätte seine Mutter früher gebraucht, als die Kinder ihn Schiefmaul nannten; ihn wegen seines Geburtsgebrechens gehänselt und links liegen gelassen hatten. Doch damals war die schöne Gattin des Bauunternehmers Castel mit ihren Pelzen, Perlen und den teuren Urlauben an der Côte d'Azur beschäftigt gewesen und fand es lästig, einen Sohn zu haben, der ihrem Sinn für Ästhetik nicht genügte. Doch das Leben war gerecht. Es hatte aus seiner hübschen Mama mit der Zeit eine alte, hässliche Vettel werden lassen. Und da halfen weder Botox noch irgendwelche Fettabsaugungen, die danach an anderer Stelle wieder eingespritzt wurden.

Nein, er hatte keine Lust, den Abend mit seiner alten Mutter zu verbringen. Dann doch noch lieber allein. Vielleicht rief er später ein paar Kumpels an. Den Sonntag mit einer kleinen Pokerrunde und reichlich Calvados abzuschließen, war nicht das Schlechteste. Und was die Römerwiese betraf, die konnte ihm langsam gestohlen bleiben. Erstens durfte er nicht mehr weiterbauen und zweitens sollten sich doch die Archäologen mit einstürzenden Gruben herumschlagen. Wenn sie dort buddeln wollten, bitte, dann aber auf eigene Gefahr. Er hatte schon genug Geld verloren. Nur dass es für Dubois quasi einen Teilsieg bedeutete, stieß ihm sauer auf. Aber er würde zweifellos einen Weg finden, sich am grünen Ritter zu rächen.

Gregor stieg aus und ging durch die Verbindungstür der Garage direkt ins Haus. Für die Beleuchtung seiner Villa sorgte, sobald die Dämmerung hereinbrach, ein Zeitschalter, weil er es nicht mochte, in ein dunkles Haus zu kommen. Die hellen Lampen suggerierten ihm, dass ihn jemand erwartete. Eine kleine Selbsttäuschung, zugegeben, aber eine, die verzeihlich war.

Er stieg in die erste Etage hinauf, entledigte sich seiner Kleider und trat ins Bad, das die Ausmaße einer Einzimmerwohnung hatte. Gregor schnüffelte an seiner Haut. Er roch nach billigem Parfüm. Schrecklich! Vor dem mannshohen Spiegel betrachtete er seinen nackten Körper und zog den Bauch ein. Er wäre gerne größer gewesen, aber seine Muskeln, die er dreimal in der Woche in einem Fitnessstudio stählte, machten die fehlenden Zentimeter wieder wett. Er achtete gut auf seinen Körper, pflegte ihn mit teuren Kosmetika, die er sich per Post schicken ließ. Er wäre lieber gestorben, als Gefahr zu laufen, in einer Parfümerie beim Kauf von Cremes und Lotionen gesehen zu werden.

Er legte sich ein flauschiges Badetuch bereit und trat in die gläserne Duschkabine. Unter der Brause waren ihm schon immer die besten Ideen gekommen.

Dubois musste weg! Es gab keine andere Lösung. Gregor hatte es im Guten versucht und es hatte nicht gefruchtet, jetzt würde er eben härteres Geschütz auffahren. Während der heiße Wasserstrahl auf ihn niederprasselte und den Nuttengeruch wegspülte, dachte er über einen Weg nach, den vermaledeiten Nebenbuhler loszuwerden – endgültig.

53

Das Museum für Kunst und Geschichte befand sich in einem der letzten originalen Fachwerkhäuser von Lisieux, die das Bombardement im Zweiten Weltkrieg überstanden hatten. Sie fanden einen Parkplatz direkt gegenüber des Gebäudes, stiegen aus und überquerten eilig die Straße, weil es immer noch wie aus Kübeln goss. Vor einer blau gestrichenen Tür blieben sie stehen und Alex betätigte den altmodischen Klopfer. Nach einer Weile öffnete sich die Tür mit einem Knarzen und ein Mann in einem grauen Kittel stand vor ihnen.

»Ihr seht aus wie zwei nasse Katzen«, witzelte dieser und ließ sie eintreten.

»Salut, Maurice«, begrüßte Alex ihn. »Danke, dass du uns noch einlässt. Das ist Florence Galabert, meine Freundin.«

In Flos Gesicht stahl sich ein Lächeln, als sie die ungewohnte Bezeichnung hörte. Das klang verheißungsvoll. Sie reichte Maurice, der etwa zehn Jahre älter als Alex war, die Hand und ließ sich dabei von ihm aufmerksam mustern. Darauf würde sie sich wohl einstellen müssen, denn, wie ihr Alex berichtet hatte, war sie seit längerer Zeit die erste Frau an seiner Seite. Doch darüber konnte sie sich keine weiteren

306

Gedanken machen, denn die beiden drehten sich um und durchquerten zielstrebig den Eingangsbereich.

Flo hätte gerne länger verweilt, um sich die Kunstwerke aus der Region zu betrachten. In Vitrinen erblickte sie Ornamente und Keramik aus dem Pays d'Auge, religiöse Kunst und galloromanische Artefakte. Doch die Männer verschwanden hinter einer Tür und sie beeilte sich, die beiden einzuholen. In dem Raum, den sie betrat, befanden sich Schriftstücke in allen Größen, Formen und aus allen Epochen. Hinter Glaskästen lagen farbig illustrierte Bibeln, in anderen handgeschriebene Urkunden und weitere amtliche Dokumente. Alex stand mit seinem Freund vor einer Vitrine, die Briefe enthielt. Maurice deutete mit seinem Finger auf ein Schriftstück im unteren Teil und Alex ging in die Hocke.

»Flo, schau dir das an!«, rief er und winkte sie aufgeregt zu sich. »Da sind sie!«

Sie trat zur Vitrine, beugte sich vor und betrachtete zwei vergilbte Blätter, die in ähnlicher Weise wie diejenigen geschrieben waren, die sie in der Truhe gefunden hatte. Striche, Bögen und Hütchen auf nahezu allen Buchstaben. Eindeutig Patois! Das Schriftbild unterschied sich jedoch markant von ihren Briefen. Diese Schrift war runder, geschwungener und ihr fehlten die harten Überlängen der Anfangsbuchstaben. Unverkennbar eine Frauenhandschrift. Neben den Briefen informierte eine kleine Karte darüber, dass es sich bei den Schriftstücken um eine Gabe Guillaume Dubois' aus Lisieux handelte.

»Kann man sie umdrehen?«, fragte Alex und stand ächzend auf. »Ich kann nirgends ein Datum entdecken. Gut möglich, dass sich die Jahreszahl auf der Rückseite befindet.«

Maurice schüttelte lächelnd den Kopf. »Tut mir leid, Alex. Ich darf die Vitrinen nicht öffnen.«

Er nickte. »Verstehe. Aber es gibt noch mehr Briefe, nicht wahr? Können wir die vielleicht sehen?«

Maurice runzelte die Stirn. »Die befinden sich sicher im Archiv. Aber da haben Fremde keinen Zutritt. Sorry, Kumpel.«

Alex biss sich auf die Lippen und blickte hilflos zu Flo.

»Monsieur …«, begann sie und stellte erstaunt fest, dass sie Maurice' Nachnamen gar nicht kannte. »Können Sie die Briefe für uns fotografieren?«

Abermals schüttelte der Mann den Kopf und sie wurde langsam wütend. Was nützten ihnen denn die Schreiben, wenn sie sie weder knipsen noch begutachten konnten? Da hätten sie sich die Fahrt auch sparen können.

»Nein, fotografieren geht leider auch nicht. Diese alten Dokumente sind sehr lichtempfindlich«, begann Maurice in entschuldigendem Ton, doch dann huschte ein verschmitztes Lächeln über sein Gesicht. »Aber ich kann sie euch ausdrucken.«

Alex und Flo schauten ihn verblüfft an.

»Ausdrucken?«, wiederholten sie gleichzeitig.

»Aber ja, alle unsere Schriftstücke sind eingescannt und katalogisiert. Jetzt muss ich sie im Archivprogramm nur noch finden und dann könnt ihr die Kopien mitnehmen. Kommt!«

Er drehte sich um und ging zu einer Tür im hinteren Teil des Ausstellungsraums.

Während sie ihm folgten, raunte Flo Alex zu: »Ich bin mir nahezu sicher, dass wir die Gegenbriefe zu meinen gefunden haben.«

»Weibliche Intuition?«

Er zwinkerte ihr zu und sie schnaubte entrüstet.

»Mach nur deine Witze. Du wirst schon sehen.«

Er griff nach ihrer Hand und drückte einen Kuss auf die Innenfläche. Flo lächelte besänftigt.

»Wieso besaß dein Großvater eigentlich diese Briefe?«, fragte sie dann. »Ist doch seltsam.«

Alex zuckte die Schultern. »Keine Ahnung. Vielleicht hat er sie irgendwo gekauft oder bei einer Wohnungsauflösung geschenkt bekommen.«

Sie nickte und erinnerte sich an Madame Picots Bericht über Guillaume Dubois' Hobby. Unterdessen waren sie in einem Raum mit einer niedrigen Decke angekommen. Mehrere Schreibtische formten in der Mitte ein Hufeisen, darauf befanden sich moderne Computer mit Flachbildschirmen. An der Fensterfront standen hüfthohe Regale, zwei Drucker und eine Kaffeemaschine. Gegenüber erhob sich ein Metallgestell mit unzähligen Aktenordnern.

»Unsere Schaltzentrale«, bemerkte Maurice. »Setzt euch doch. Wollt ihr einen Kaffee?«

Flo verneinte. Sie war schon aufgeregt genug und brauchte kein zusätzliches Aufputschmittel, doch Alex stimmte freudig zu. Nachdem Maurice einen der Computer gestartet hatte, betätigte er die Kaffeemaschine und servierte seinem Freund einen Espresso in einer kleinen Tasse. Danach setzten sie sich an einen der Schreibtische.

Der Kaffeeduft stieg Flo verlockend in die Nase und fast bereute sie ihre Ablehnung. Derweil hatte sich Maurice vor den Bildschirm eines Computers gesetzt, gab ein paar Befehle ein und stützte dann sein Kinn in die Handfläche.

»Also, schauen wir mal. Handschriften, Briefe, Dubois. Ich hoffe mal, mit diesen Stichwörtern werden wir fündig.«

Alex schlürfte seelenruhig seinen Espresso und Flo beneidete ihn um seine Gelassenheit. Sie wäre am liebsten aufgesprungen und hätte selbst nach den gescannten Dokumenten gesucht.

Über ihre Stummheit von heute Nachmittag hatten sie während der Fahrt nicht gesprochen. Es schien, als mieden sie beide bewusst das Thema. Kein Wunder, es hatte sie und auch Alex erschreckt und war logisch nicht zu erklären. Vielleicht würden sie sich später beim Essen noch darüber unterhalten. Und vielleicht würde sie Alex von ihren Überlegungen bezüglich des Kindergeistes erzählen. Sie war unschlüssig. Trotzdem nahm sie sich vor, ihm in Zukunft nichts mehr zu verschweigen. Auch wenn er ihren Gedanken an eine Seelenwanderung womöglich für verrückt hielt.

»Bingo!«

Maurice' Stimme riss sie aus ihren Gedanken und sie sprang alarmiert auf.

»Dokument 2389-45C und folgende. Gleich habt ihr eure Briefe.«

Gegenüber blinkte ein Drucker, ratterte und spuckte dann mehrere Blätter aus.

Flo konnte sich nicht mehr zurückhalten. Sie lief zu dem Gerät, nahm mit zitternden Händen die doppelseitig bedruckten Seiten heraus und überflog sie hastig. Es waren insgesamt dreizehn Briefe, einer mehr als die, die sie besaß. Sie wagte kaum, nach dem Datum zu suchen. Jetzt würde es sich entscheiden, ob sie mit ihrer Vermutung richtiglag oder sich getäuscht hatte. Doch nirgends stand eine Jahreszahl. Sie runzelte die Stirn und drehte hektisch alle Dokumente um. Nichts.

»Und?«

Alex war ebenfalls aufgestanden und schaute sie erwartungsvoll an.

»Kein Datum«, erwiderte sie mit kläglicher Stimme. Das durfte doch nicht wahr sein! Hatte sie sich dermaßen geirrt?

Sie reichte Alex die Briefe. Er überflog sie und seufzte.

»Du hast recht«, meinte er und gab sie ihr zurück. »Schade.«

Dann wandte er sich an Maurice und bedankte sich für dessen Mühe. Der machte nur eine wegwerfende Handbewegung, schaltete Computer und Drucker aus und ging zur Tür.

»Nun mach nicht so ein Gesicht, Flo. Komm, wir gehen jetzt zum Chinesen«, schlug Alex mitfühlend vor. »Dort können wir die Briefe noch mal durchsehen. Vielleicht finden wir ja doch einen Hinweis, wann sie geschrieben worden sind. Maurice möchte jetzt sicher Feierabend machen.«

Flo nickte automatisch. Sie hatte plötzlich keinen Hunger mehr. Sackgasse, Ende und aus! Am liebsten hätte sie ihren Tränen freien Lauf gelassen, aber sie wollte sich vor einem Fremden nicht so gehen lassen. Was sollte er von ihr denken?

Während sie durch die Eingangshalle zurückgingen, überflog sie nochmals die dreizehn Schriftstücke. Nichts, kein Datum, keine Jahreszahl. So ein verfluchter Mist! Und doch war sie sich sicher, dass diese Briefe mit denjenigen von Louis in Zusammenhang standen. Vielleicht würde Madame Simonet ihre Ahnung bestätigen. Sie musste sie so schnell wie möglich noch einmal besuchen.

Bevor sie wieder durch die Holztür ins Freie traten, faltete sie die Blätter sorgfältig zusammen und verstaute sie in ihrer Handtasche. Dabei fiel ihr Blick auf die Unterschrift. Sie kniff die Augen zusammen und versuchte den Namen zu entziffern. Irgendetwas mit A oder O? Nein, das war zweifelsfrei ein A.

»Danke, Maurice, ich wünsche dir einen schönen Abend«, hörte sie Alex sagen und gleich darauf sein Freund: »Keine Ursache. Wir sehen uns nach den Ferien. Die Führung für deine Klasse habe ich bereits organisiert.«

»Adelaide!«, rief Flo plötzlich und die Männer zuckten erschrocken zusammen. »Sie hieß Adelaide!«

54

»Einmal Poulet süßsauer mit kantonesischem Reis, einmal Schweinefleisch Szechuan mit gebratenen Nudeln, zwei Tsingtao-Bier und eine Flasche Mineralwasser bitte.«

Alex gab der Bedienung die Karte zurück, legte die Serviette beiseite und verschränkte die Hände auf dem Tisch. »So, und jetzt sag mir, wer diese Adelaide ist.«

Sie waren durch den Regen bis zum chinesischen Restaurant gesprintet und sahen dementsprechend aus. Flos Haare standen einmal nicht nach allen Himmelrichtungen ab, sondern klebten an ihrem Kopf, als hätte ein Hund darübergeleckt. Alex strich sich eine nasse Strähne aus dem Gesicht und verzog den Mund, als ihm Wasser in den Hemdkragen tropfte.

Flo hatte unterdessen die Ausdrucke auf dem Tisch ausgebreitet. Sie sahen reichlich lädiert aus. Zum Glück waren es nur Kopien und nicht die Originale.

»Hier.« Sie tippte mit dem Finger auf die Unterschrift eines Briefes. »Eindeutig Adelaide, nicht?«

Alex besah sich die Unterschrift eine Weile und nickte dann.

»Ja, scheint mir auch so. Und hier«, er wies auf eine andere Stelle, »Noviomagus Lexoviorum.« Mit einem Lächeln blickte er in ihr strahlendes Gesicht. »Sieht ganz danach aus, als hätten wir tatsächlich die Gegenstücke zu deinen Briefen gefunden. Woher hatte mein Großvater die bloß?«

Er lehnte sich zurück, zog die Essstäbchen aus der Verpackung und betrachtete nachdenklich die darauf abgebildeten chinesischen Schriftzeichen. »Unglaublich … irgendwie.«

Er schüttelte den Kopf. Wie hoch war die Wahrscheinlichkeit, dass jemand in einer Truhe Liebesbriefe fand, dann dorthin fuhr, wo diese vermutlich geschrieben worden waren, und zufällig den Enkel desjenigen traf, der die Gegenstücke besessen hatte? Eins zu einer Million? Milliarde?

Früher hätte er göttliches Geschick dahinter vermutet, den großen Plan, aber seit Tanjas Tod bezweifelte er, dass es so etwas überhaupt gab. Und wenn doch, dann hatte der Mann mit dem weißen Rauschebart einen reichlich makabren Humor. Schicksal? Das war auch so ein Begriff für etwas, das unerklärbar war oder grundlos passierte. Doch er war nicht der Typ, der sich damit zufriedengab. Es musste ein Motiv für diese Harmonisierung von Vergangenheit und Gegenwart geben. Und was vorher Flos Nachforschungen gewesen waren, waren jetzt auch die seinen geworden.

Sie hatten noch eine Woche Zeit. Eine Woche, um herauszufinden, was das alles sollte, und eine Woche, um sich darüber klar zu werden, wie ihre gemeinsame Zukunft aussah.

»Alex?« Flo schaute ihn prüfend an. »Alles in Ordnung?«

»Klar«, er bemühte sich um einen heiteren Ton. »Könnte nicht besser sein.«

Das Gebläse der Heizung lief auf Hochtouren und langsam klarte die beschlagene Frontscheibe auf. Es roch nach nasser Wolle und chinesischen Küchendüften, die sich in ihren Kleidern festgesetzt hatten. Seine Mutter würde ihm gehörig die

Meinung sagen und den Clio mit Unmengen von Duftbäumchen vollstopfen.

Während des Essens hatten sie beschlossen, dass Flo Madame Simonet gleich morgen kontaktieren würde, damit sie auch die neuen Briefe übersetzte. Und sie hatten sich darauf geeinigt, zu ihm nach Hause zu fahren, um im Internet nach einem Liebespaar namens Adelaide und Louis aus dem Jahr 1863 zu recherchieren, das in der Normandie gelebt hatte.

Es war bereits nach zweiundzwanzig Uhr. Nur ab und zu kam ihnen noch ein Wagen entgegen. Die Einheimischen gingen selten am Sonntagabend aus, vor allem wenn es wie jetzt in Strömen regnete. Er dachte an die Archäologen, die vermutlich schon morgen anreisten, um auf der Römerwiese erneut nach Überresten römischer Siedlungen zu graben. Im Moment eine schlammige Angelegenheit. Und die Leute würden ihn sicher verfluchen, wenn sie wüssten, dass sie ihm das zu verdanken hatten. Hoffentlich besserte sich das Wetter bald.

Er warf Flo einen Seitenblick zu, bevor er den Blinker setzte und von der Hauptstraße abfuhr. Sie hatte die Augen geschlossen, ihr Kopf war zur Seite gerutscht und in ihren Händen hielt sie Maurice' Ausdrucke. Obwohl er wusste, dass sie, sobald sie die Augen aufschlug, wieder die temperamentvolle Flo sein würde, sah sie in diesem Moment so verletzlich wie ein junges Reh aus. Seine Kehle wurde eng. Würde er sie beschützen können? Oder würde er wie bei Tanja kampflos miterleben müssen, wie ihm auch sie entrissen wurde?

Er schluckte und blinzelte heftig, als seine Augen feucht wurden. Er trat etwas zu fest auf die Bremse und Flo schreckte auf.

»Hoppla«, entschuldigte er sich und bog zu seinem Haus ab. »Mein Talent als Chauffeur hält sich in Grenzen, was?«

Sie unterdrückte ein Gähnen.

»Kein Problem«, sagte sie und massierte ihren Nacken. Dabei warf sie ihm einen prüfenden Blick zu. »Ist alles in Ordnung?«

»Aber ja doch!«, erwiderte er bemüht heiter. Auf keinen Fall wollte er, dass sie ihn für ein Weichei hielt.

Plötzlich türmte sich ein dunkles Gebilde vor ihnen auf und Alex riss instinktiv das Steuer herum. Mit ersterbendem Motor kam der Clio zum Stehen. Flo und er sahen sich mit schreckgeweiteten Augen an und sprangen dann aus dem Wagen. Quer über seinem Vorplatz lag ein Baum. Hätte er nicht so geistesgegenwärtig reagiert, wären sie direkt in ihn hineingekracht.

»Heiliger Prämolar!«, stieß Flo hervor. »Das war aber knapp.«

Er nickte und schlug den Kragen hoch.

»Vermutlich hat der Regen die Wurzeln unterspült«, meinte er und betrachtete betrübt die alte Eiche, die dem Haus so viele Jahre lang Schatten gespendet hatte. »Ich muss die Feuerwehr anrufen«, wandte er sich dann an Flo, »damit sie hier absperren.«

»Bis morgen, danke.«

Alex schloss die Haustür und drehte den Schlüssel herum. Die Feuerwehr hatte innerhalb weniger Minuten die Zufahrt zu seinem Haus mit Absperrband und blinkenden Lampen gesichert und würde morgen wiederkommen, um die umgestürzte Eiche zu zersägen und abzutransportieren.

Flo saß derweil in seinen Bademantel gehüllt, um den Kopf ein Handtuch geschlungen, an seinem Esstisch und surfte im Internet.

»Schon was gefunden?«, fragte er und zog sein Hemd aus. Sie schüttelte den Kopf, ohne aufzusehen.

»Ich lande immer auf australischen Seiten. Adelaide, die Stadt, du verstehst? Und der Name Louis verweist meist auf den Herzog von Burgund.«

Sie seufzte.

Alex zog seine Jeans aus, warf sie mit den nassen Socken in die Zimmerecke, wo schon sein Hemd lag, und trat hinter Flo. Er betrachtete einen Augenblick den Bildschirm, beugte sich dann hinab und küsste ihren Nacken. Sie kicherte, zog die Schultern hoch und drehte sich lächelnd um.

»Du willst mich wohl verführen«, sagte sie, als sie ihn nur mit Shorts bekleidet erblickte.

»Hätte ich denn Erfolg?«

»Möglich.«

Sie stand auf und legte ihre Hände auf seine Brust.

»Du bist eiskalt«, flüsterte sie und bedeckte seine Haut mit kleinen Küssen. »Geh duschen, bevor du dich erkältest – ich warte im Schlafzimmer auf dich.«

Er nickte und ging Richtung Badezimmer.

»Alex?« Er drehte sich nochmals um. »Beeil dich!«

55

1863, Jeanne

»Rede! Na los, du blöde Kuh, sag endlich was!«

Das Mädchen mit den dünnen Zöpfen, dem Mausgesicht und den verschorften Knien stemmt die Hände in die Hüften, beugt sich nach vorne und streckt mir die Zunge heraus. Die anderen Kinder fangen an zu lachen. Sogar Amandine, deren Bett neben meinem steht und die manchmal nachts zu mir unter die Decke schlüpft, weil unter ihrem Bett angeblich der Teufel hockt, lacht. Alle lachen. Tränen schießen mir in die Augen und ich wende mich ab. Sie sollen nicht sehen, dass mich ihr Spott trifft. Niemand soll es sehen!

Ich renne weg und verstecke mich im Schlafsaal, was verboten ist. Am Tag darf man sich dort nicht aufhalten. Doch hinter meiner Truhe sieht mich keiner. Sie ist mein Freund. Ich streiche zärtlich über die Eule, nehme das Buch heraus und setze mich in den Spalt zwischen Truhe und Wand. Tränen tropfen auf den Struwwelpeter. Mama, Louis, weshalb habt ihr mich verlassen?

2014, Florence

Ein Schluchzer entrang sich Flos Kehle und sie erwachte davon. Als sie sich über die Augen strich, merkte sie, dass sie geweint hatte. Schon wieder so ein verrückter Traum! Alex atmete ruhig und gleichmäßig neben ihr. Sein Körper strahlte so viel Wärme ab, als ob in seinem Innern Kohlen glühten.

Sie hatte unheimlichen Durst. Ihre Kehle fühlte sich an, als hätte ein Sandsturm darin getobt. Sie schlug die Bettdecke zurück und tapste im Dunkeln zur Schlafzimmertür. Die Leuchtziffern der Digitalanzeige des Weckers zeigten zwei Uhr dreiunddreißig an. Sie runzelte die Stirn. Seltsam, war sie das letzte Mal nicht genau um die gleiche Uhrzeit aufgewacht? Sie drehte sich um und stieß dabei mit ihrem nackten Zeh an den Sessel und unterdrückte einen Schmerzensschrei. Vorsichtig öffnete sie die Schlafzimmertür, zog sie leise hinter sich zu und humpelte durch den Korridor in die Küche. Erst hier wagte sie, das Licht einzuschalten, und blinzelte, als die altmodische Lampe aufflammte. Vom Abtropfbrett nahm sie ein Glas und goss sich Wasser direkt vom Hahn ein. Während sie trank, ging sie ins Wohnzimmer hinüber und betrachtete die Ausdrucke des Museums.

Alex' Notebook war in den Schlafmodus gefallen. Sie hatte vergessen, es auszuschalten, als sie vor ein paar Stunden ihre Aktivitäten ins Schlafzimmer verlegt hatten. Die Erinnerung an die innigen Momente zauberte ihr ein Lächeln aufs Gesicht. Würde Glück einen Ton erzeugen, müsste Lisieux unter Trompetenstößen erzittern.

Sie strich mit dem Finger über das Touchpad und der Bildschirm wurde hell. Flo stellte das Glas Wasser neben den Laptop und setzte sich. Vielleicht sollte sie noch ein wenig nach Adelaide und Louis im Internet suchen. Im Moment war sie hellwach, weil sie so krudes Zeug geträumt hatte. Und sich mit den ominösen Liebenden zu beschäftigen, war auf jeden Fall besser, als über blöde Träume zu grübeln.

Sie probierte ein paar Wortkombinationen aus, danach die Vornamen plus die Jahreszahl 1863, später nur die Jahreszahl. Zwar wurden Unmengen von Informationen angegeben, aber keine davon brachte weitere Erkenntnisse. Wenn sie doch nur die Nachnamen der Briefschreiber wüsste, dann könnte sie in den Registern für Ahnenforschung nachschlagen.

Flo gähnte, rieb ihre kalten Hände aneinander und sehnte sich allmählich nach Alex' Wärme zurück. Sie war schon im Begriff, das Notebook runterzufahren, als ihr ein Gedanke durch den Kopf schoss. Es fanden sich keine Einträge über Adelaide und Louis im Netz, weil niemand ihre Namen in einem Artikel oder etwas Ähnlichem eingetippt hatte! Dazu hätten sie 1863 berühmt gewesen sein müssen. Was sie ja offensichtlich nicht waren. Und trotzdem konnte man Spuren finden, denn wo stieß man auf Meldungen über Heiraten, Geburten, Skandale und dergleichen Klatsch? In der Zeitung! Und Zeitungen führten bekanntlich Archive. Sollte das Liebespaar wirklich eine Meldung Wert gewesen sein, würde sie einen alten Artikel darüber finden. Jetzt stellte sich nur noch die Frage, welches Blatt im 19. Jahrhundert in dieser Gegend herausgegeben wurde und wo sich dessen Dokumentensammlung befand. Und falls die Zeitschrift nicht mehr existierte, fände sich mit aller Voraussicht nach etwas in der Nationalbibliothek in Paris darüber.

»Na, etwas entdeckt?«

Flo wirbelte herum. Alex stand, das Haar zerzaust und nur mit einer Pyjamahose bekleidet, hinter ihr und rieb sich die Augen.

»Himmel noch mal!«, stieß sie hervor. »Du solltest den Beruf wechseln. Als Einbrecher wärst du unschlagbar!«

»Schwarze Rollkragenpullis stehen mir aber nicht besonders«, konterte er und lehnte sich an die Tischkante. »Und, etwas über unser Liebespaar herausgefunden?«

Sie schüttelte den Kopf, erzählte ihm dann aber begeistert über ihre Vermutung bezüglich der Zeitungsmeldung.

Er nickte. »Gut kombiniert, Watson«, scherzte er. »Ich weiß aber leider nichts über damalige Zeitungen.«

»Das ist kein Problem. Dabei hilft uns das Internet.«

In den nächsten Minuten suchten sie mit verschiedenen Stichwörtern nach Regionalzeitschriften aus der Mitte des 19. Jahrhunderts. Treffer! Das Journal de Rouen gab es bereits seit 1762.

»Fantastisch!«, rief Flo. »Die haben alles digitalisiert. Man kann sich jede Ausgabe einzeln ansehen.«

Sie klickte wahllos ein Datum im Jahr 1863 an und fing an zu kichern.

»Hör dir das mal an. Unter Verschiedenes steht: ›Um in das Kabinett von Gustave Levaufre, Coiffeur, zu kommen, beliebe man sich gefälligst während der Dauer der Messe zum unteren Hausgang, erste Türe links, zu bemühen.‹ Die Stimmung beim Friseur war vermutlich um einiges lockerer als die im Gottesdienst.«

Alex lachte. »Lass mich auch mal sehen.« Er beugte sich vor und klickte ein paar Meldungen an. »Da sucht jemand einen gestohlenen schwarz-weißen Hund mit Namen Gaston; ein junges Frauenzimmer möchte eine Stellung als Lehrerin in einem honetten Haus und der Finder eines schwarz seidenen Regenschirms verspricht, gegen ein angemessenes Trinkgeld natürlich, seinen Fund dem Eigentümer zurückzugeben. Drollig, nicht?«, meinte er lächelnd. »Das Frauenzimmer finde ich am besten. Ob ich das nächstens im Unterricht mal verwende?«

Flo boxte ihn in die Seite.

»Diese diskriminierenden Zeiten sind Gott sei Dank vorbei, mein Lieber.« Dann wurde sie ernst. »Wollen wir es mit den Namen versuchen?«

Er nickte und sie atmete tief durch. Es war vermutlich mehr Wunsch als Realität, und wenn sie etwas fänden, musste das nicht zweifelsfrei mit ihren Briefschreibern in Zusammenhang stehen, aber es war eine Möglichkeit, die es zu nutzen galt.

Langsam und mit zitternden Fingern gab sie die Begriffe Adelaide, Louis, Noviomagus Lexoviorum und 1863 in das Feld der Suchfunktion des Zeitungsarchivs ein und drückte dann die Entertaste. Sie war versucht, die Augen zu schließen, wollte aber nicht albern erscheinen. Nach einer Weile, die ihr viel länger schien, als sie in Wirklichkeit war, spuckte die Suchmaschine fünf Artikel aus. Sie schauten sich überrascht an. Atemlos klickte Flo auf den ersten Zeitungsausschnitt.

Lisieux, Montag, 6. April 1863 – Seit letztem Donnerstag wird die junge Witwe Adelaide Fouquet, wohnhaft in Lisieux, vermisst. Personen, die in der Lage sind, zu ihrem derzeitigen Aufenthaltsort Auskunft zu geben, werden gebeten, sich bei der städtischen Polizeidirektion zu melden.

Die Wörter, die Flo in die Suchmaske eingegeben hatte, wurden fett und unterstrichen dargestellt.

»Adelaide Fouquet«, hauchte sie und schauderte. Alex schien es ebenso zu gehen, denn er rieb sich plötzlich über seine nackten Arme.

»Vermisst«, sagte er tonlos. »Das erklärt vielleicht schon alles, nicht?«

Sie nickte, klickte den nächsten Artikel an und griff hastig nach dem Glas Wasser. Beinahe hätte sie es umgestoßen und sie holte tief Luft, um sich zu beruhigen. Der zweite Zeitungsausschnitt enthielt keine Informationen über die vermisste Adelaide. Er handelte von einem Louis Tibaud, der in der Nähe der Ruinen ein Stück Wald erworben hatte.

»Nicht weiter schlimm«, meinte Alex, der ihren enttäuschten Gesichtsausdruck bemerkte. »Wir haben ja noch drei Versuche.«

Lisieux, Freitag, 10. April 1863 – Noch immer kein Zeichen von der vermissten Adelaide Fouquet. Bereits seit einer Woche fehlt jedes Lebenszeichen von der Witwe. Lediglich ihr Umschlagtuch wurde bei den Ruinen von Noviomagus Lexoviorum gefunden. Für Hinweise über ihren Verbleib wurde eine Belohnung ausgesprochen.

Flo schluckte. Ein unbestimmtes Gefühl sagte ihr, dass Adelaide Fouquet nicht mehr aufgetaucht war, und fast wäre sie in Tränen ausgebrochen.

Himmel, was war nur los mit ihr? Sie kannte diese Frau doch gar nicht. Und auch wenn, wäre sie heute beinahe seit 150 Jahren tot.

»Nächster Artikel?«

Flo wartete Alex' Antwort nicht ab und klickte weiter. Auch dieser Bericht erwies sich als unergiebig, da er lediglich über einen Holzschlag in der Nähe der römischen Ruinen berichtete und sonst keine weiteren Stichwörter enthielt, außer dem Jahr 1863. Deshalb rief sie den fünften und letzten Artikel auf.

Rouen, Zivilgericht, Dienstag, 11. August 1863 –
Der Stadthalter verkündet folgendes Urteil:
Die Tochter von Adelaide Fouquet, Jeanne Fouquet,

wird nicht Louis Dubois zugesprochen, der dies beim Zivilgericht beantragt hat. Da sie nicht gleichen Blutes sind, geht das Sorgerecht der kleinen Waise an das Departement Calvados über. Jeanne wird daher per sofort ins Waisenhaus eintreten und dort bis zu ihrer Volljährigkeit einsitzen. Zur Erinnerung: Adelaide Fouquet, die Witwe des Hugo Fouquet, ist seit April 1863 verschwunden. Es muss mit einem Verbrechen gerechnet werden.

Flo schlug sich die Hand vor den Mund und Alex stieß die Luft aus.

»Himmel!«, rief er bestürzt. »Die arme Kleine! Einsitzen… klingt ja wie im Gefängnis.«

»Was es zu der Zeit vermutlich auch war«, erwiderte sie erschüttert. »Denk mal an Oliver Twist.«

Alex legte ihr die Hand auf die Schulter.

»So schlimm wird's sicher nicht gewesen sein«, mutmaßte er. »Dickens schrieb sein Buch dreißig Jahre früher.«

»Was weißt du schon!«, rief Flo plötzlich und stand so schnell auf, dass ihr Stuhl zu Boden krachte. »Es war die Hölle! Hörst du, die …«

Sie brach mitten im Satz ab und griff sich an die Kehle. Ihr Mund klappte auf und zu, doch kein weiterer Ton kam heraus.

»Großer Gott, Flo«, rief Alex unsicher, »beruhige dich bitte. Ich habe das doch nicht böse gemeint. Natürlich waren das zu der Zeit schreckliche Zustände, aber die Kleine hatte wenigstens ein Dach über dem Kopf. Und bedenke, dass Louis sie zu sich nehmen wollte. Sicher hat er sie regelmäßig besucht. Flo?«

Sie stieß unartikulierte Laute aus und deutete dann auf ihren Hals. Jetzt ging das schon wieder los! Irgendetwas lief komplett schief in ihrem Körper. War das so eine Power-grippe, die sich auf die Stimmbänder legte? Irgendeine Nervenstörung, die die Zunge lähmte? Und weshalb hatte sie Alex so angefahren? Sie wusste schließlich nicht, wie es in den Waisenhäusern des 19. Jahrhunderts ausgesehen hatte – sie konnte es lediglich vermuten, weil sie Dickens gelesen hatte.

»Flo? Himmel, was ist denn mit dir? Du machst mir echt Angst.«

Er packte sie bei den Schultern und schaute ihr verwirrt ins Gesicht.

Sie hätte ihm gerne gesagt, dass im Grunde alles in Ordnung war, sie einfach nur nicht sprechen konnte. Doch je mehr sie versuchte, ein Wort über die Lippen zu bringen, desto weniger gelang es ihr. Es fühlte sich an, als gäbe es irgendwo zwischen Stimmbändern, Zunge und Mund ein Hindernis, das sie unmöglich bezwingen konnte.

Sie schloss einen Moment die Augen, um sich zu sammeln. Wenn sie nur ruhig genug wäre, würde die Blockade sicher verschwinden. Sie atmete tief durch, öffnete den Mund und … nichts. Jetzt war es mit ihrer Fassung vorbei und sie brach in Tränen aus. Alex nahm sie in die Arme, drückte sie an seine warme, nackte Brust und strich ihr beruhigend übers Haar.

»Wein doch nicht, Chérie«, sagte er zärtlich. »Das wird schon wieder. Gleich Morgen fahren wir zum Arzt und lassen dich gründlich durchchecken. Sicher nur eine kleine Störung, die man schnell in den Griff bekommt. Einverstanden?«

Sie nickte schniefend, löste sich dann aus seiner Umarmung und beugte sich über sein Notebook. Sie startete das Textverarbeitungsprogramm und schrieb mit zitternden Fingern auf die leere Seite: Etwas Unerklärliches geht mit mir vor, Alex. Das macht mir Angst! Bitte hilf mir!

56

Die anbrechende Dämmerung ließ die Konturen des Mobiliars schemenhaft hervortreten. Vor seinem Schlafzimmerfenster begrüßte eine Schar Amseln voller Enthusiasmus den neuen Tag. Sie hatten Alex mit ihrem Gezwitscher geweckt. Er wandte den Kopf. Durch einen kleinen Spalt zwischen den Vorhängen hindurch sah er, dass der Himmel immer noch bedeckt war, aber anscheinend regnete es nicht mehr. Es war kurz nach sechs Uhr morgens. Flo schlief tief und fest in seiner Armbeuge und er wagte nicht sich zu rühren, damit sie nicht aufwachte, obwohl sein Arm kribbelte, als würden ihn Termiten aushöhlen. Vorsichtig ballte er seine Finger zu einer Faust und öffnete sie wieder.

Nachdem Flo in der vergangenen Nacht lange gebraucht hatte, um sich nach ihrem erneuten Sprachaussetzer zu beruhigen, war sie in einen unruhigen Schlaf gefallen. Deshalb wollte er sie jetzt nicht wecken.

Diese plötzliche Sprachlosigkeit war beängstigend. Nicht nur für sie, obwohl er sich nur ansatzweise vorstellen konnte, wie man sich fühlen musste, wenn einem abrupt die Sprache versagte. Er überlegte, welchen Spezialisten sie zurate ziehen könnten, um dieses besorgniserregende Phänomen abzuklären. Der ältere Arzt, den seine Familie stets aufsuchte, war sicher nicht die richtige Adresse. Am besten führen sie gleich ins Krankenhaus in die Notaufnahme.

Er versuchte, eine etwas bequemere Lage zu finden. Jetzt brannte sein Arm, als würde er auf offenem Feuer geröstet. Er biss sich auf die Lippen, um nicht zu stöhnen.

Seine Gedanken schweiften zu den Zeitungsausschnitten zurück. Die Briefschreiberin hieß also Adelaide Fouquet. Der Name sagte ihm absolut nichts und er konnte sich auch nicht erinnern, dass sein Großvater ihn je erwähnt hatte. Die Frau hatte eine Tochter namens Jeanne gehabt. Auch diese Information ließ keine Glocken erklingen. Womöglich hatte die Tochter später geheiratet und dadurch den Namen gewechselt. Sollten sie deren Spur verfolgen wollen, wäre das kein leichtes Unterfangen. Und ob sich das überhaupt lohnte, war dahingestellt. Was ihn jedoch mehr als alles andere beunruhigte, war die Tatsache, dass dieser Louis mit Nachnamen Dubois hieß. Zugegeben ein Zuname, der in der Basse-Normandie heimisch und daher häufig vertreten war. Aber die Briefe dieser Adelaide Fouquet, die sie an Louis geschrieben hatte, waren im Besitz seines Großvaters gewesen. War es demzufolge nicht logisch, dass er mit diesem Mann aus dem 19. Jahrhundert verwandt war? Er musste unbedingt mit seinen Eltern sprechen, denn wenn das stimmte, warf es ein ganz neues Licht auf diese Schnitzeljagd.

Adelaide Fouquet und sein potenzieller Vorfahre Louis waren also ein Liebespaar gewesen. Aber war das wirklich alles? War Louis vielleicht, entgegen des Artikels, doch Jeannes Vater? Aus welchem Grund hätte er die Kleine sonst zu sich nehmen wollen?

Alex war ebenfalls unklar, weshalb das Gericht ihm das Kind nicht zugesprochen hatte. Die Obrigkeit hätte sich zu der Zeit doch sicher glücklich schätzen können, wenn dem Staat ein Kind weniger auf der Tasche lag.

Und was war letztendlich mit Adelaide Fouquet im April 1863 passiert? Es wurde ein Verbrechen vermutet. Mord? Aber wer hatte sie ermordet und wieso? Dass dieser Louis etwas mit dem Verschwinden seiner Angebeteten zu tun hatte, glaubte er nicht. Er hätte sich sonst sicher nicht in die Schusslinie einer öffentlichen Gerichtsverhandlung begeben. Oder war das genau seine Absicht gewesen, in der Annahme, dass ihm dann keiner ein Verbrechen zur Last legen würde?

Alex hatte das unbestimmte Gefühl, irgendetwas zu übersehen. Eine Kleinigkeit, die Flo ihm gestern aus ihren Notizen vorgelesen hatte. Sie wollte ihm aber partout nicht einfallen. Und womöglich täuschte er sich auch.

Er atmete tief durch. Es war alles so verwirrend und passte nicht zusammen.

Aber jetzt hatten sie wenigstens konkrete Namen und weitere Informationen, mit denen sie arbeiten konnten. Und ein Treffen mit Madame Simonet aus Deauville würde vermutlich noch mehr Licht ins Dunkel bringen. Kannten sie den Inhalt von Adelaides Briefen erst einmal, wäre das Rätsel hoffentlich bald gelöst, denn ihn beschlich langsam das ungute Gefühl, dass Flos plötzliches Handicap mit diesen Schriftstücken zusammenhing. Identifizierte sie sich dermaßen mit dem Geschehen, dass sie zwischen Realität und Fiktion nicht mehr unterscheiden konnte? Oder waren die Briefe womöglich verflucht?

»Was für ein Blödsinn«, murmelte er und schüttelte den Kopf. Seine Fantasie ging mit ihm durch.

Er betrachtete die schlafende Flo einen Moment lang, strich ihr dann zärtlich eine Haarsträhne aus der Stirn, was ihr ein Knurren entlockte. Er presste die Lippen zusammen, um nicht zu lachen. Sie war so süß, wenn sie die Nase krauste. Und obwohl er sie noch vor wenigen Augenblicken nicht hatte wecken wollen, konnte er sich jetzt nicht zurückhalten, sie sanft auf die Stirn zu küssen.

Sie öffnete die Augen und blinzelte. Dann gähnte sie ungeniert, kuschelte sich erneut in seine Armbeuge und murmelte: »Nur noch fünf Minuten.«

»Ich muss mich umziehen«, verkündete Flo mit vollem Mund und griff gleichzeitig nach der Kaffeekanne. »Und überhaupt habe ich dafür gar keine Zeit.«

Alex betrachtete schmunzelnd, wie sie, zerzaust wie ein frisch geschlüpftes Küken, an einem Stück trockenem Toast knabberte. Zu ihrer beider Erleichterung hatte sie, als sie aufgewacht war, wieder sprechen können. Er nahm sich aber vor, später nochmals nach dieser Krankheit namens Mutismus zu recherchieren, die er im Internet entdeckt hatte, aber zuerst musste er sie überzeugen, in die Notaufnahme zu fahren.

»Doch, klar hast du Zeit«, widersprach er bestimmt. »Auch wenn du jetzt wieder sprechen kannst, gestern konntest du es nicht. Die Gründe dafür müssen abgeklärt werden.«

»Schon, ja«, murrte sie, »aber …«

»Aber was?«

Er goss sich noch einen Kaffee ein und schaute sie erwartungsvoll an.

Sie seufzte tief, straffte dann die Schultern und sagte: »Ich fürchte mich vor Krankenhäusern! So, und jetzt darfst du mich ruhig auslachen.«

Sie warf ihm einen scheuen Blick zu und spielte dabei nervös mit der Gabel.

»Warum sollte ich das tun?«, entgegnete er ernst. »Ich fürchte mich zum Beispiel vor Clowns. Sobald ich jemanden mit einer roten Nase sehe, bekomme ich Schweißausbrüche und mir wird schlecht. Es gibt sogar einen Namen dafür: Coulrophobie.«

Sie starrte ihn mit offenem Mund an.

»Du verschaukelst mich doch, oder?«

»Ein wenig vielleicht«, entgegnete er lächelnd und griff nach ihrer Hand. »Also gut. Wenn du nicht willst, dann fahren wir nicht. Aber du versprichst mir, dass wir es sofort abklären lassen, sollte es noch mal auftreten, in Ordnung?«

Sie nickte.

»Versprochen. Und jetzt muss ich in die Rue Guizot, meine Kleider wechseln und Madame Simonet anrufen. Ich bin unheimlich darauf gespannt, was Adelaide ihrem Louis geschrieben hat.«

57

Gregor trat abrupt auf die Bremse, das empörte Hupen hinter ihm beachtete er nicht. Er kniff die Augen zusammen und starrte auf die vier Personen, die auf der Römerwiese zusammenstanden. Zweifelsfrei Mitarbeiter des Archäologischen Amtes. Mann, die waren vielleicht fix! Und wie um ihn zu verspotten, brach in diesem Moment die Sonne durch die Wolkendecke und tauchte das Gelände in warmes Licht. Durch die steten Regenfälle sah das Areal zwar mehr wie ein Sumpf aus, aber der würde schnell abtrocknen, wenn das schöne Wetter anhielt. Glück hatten diese Idioten also auch noch.

»Mist!«, knirschte er und schlug mit der Hand aufs Lenkrad. Als er im Rückspiegel den Linienbus herannahen sah, legte er den ersten Gang ein und fuhr rasant davon.

Irgendwie hatte sich in letzter Zeit alles gegen ihn verschworen. Zuerst die Anzeige gegen Alex, die nicht den gewünschten Effekt erzielt hatte, dann die Sache mit Florence Galabert und jetzt der Baustopp. Verdammt, was kam als Nächstes? Ein Börsencrash?

Um auf andere Gedanken zu kommen, schaltete er das Radio ein. Der Nachrichtensprecher kündigte für den Nachmittag milde Temperaturen an und ließ einen lahmen Witz über den verspäteten Frühling vom Stapel. Idiot! Doch plötzlich hellte sich Gregors Miene auf. Angriff war immer die beste Verteidigung. Und mit einem Nein würde er sich nicht abspeisen lassen. Er wendete den Wagen, und während er zur Rue Guizot fuhr, gab er seiner Sekretärin die Anweisung, alle seine heutigen Termine abzusagen.

»Tatsächlich, wie ein Elefant, der seinen Rüssel ins Meer taucht!«

Florence schüttelte lächelnd den Kopf und fotografierte die skurrile Felsformation von Etretat an der Alabasterküste.

Gregor nickte. »Du wolltest es mir ja nicht glauben.« Er drosselte den Motor, bis sie zum Stillstand kamen und das Boot sanft in der Dünung schaukelte.

Während der vergangenen Stunden waren sie die Küste entlanggefahren und Flo hatte es beim Anblick der bis zu 90 Meter hohen weißen Kreideklippen beinahe den Atem verschlagen. Den Elefantenkopf und die Nadel, die Felsformationen der Falaise d'Aval, behielt sich Gregor bis zum Schluss vor, quasi als krönenden Abschluss ihrer Bootstour. Sie hatten ihre Wirkung noch nie verfehlt. Man musste kein Experte sein, um nachzuvollziehen, weshalb Maler zu allen Zeiten ihre Staffeleien in dieser Umgebung aufgestellt hatten. Land und Meer vereinten sich in diesem Teil der Normandie zu einer grandiosen Szenerie, die ihresgleichen suchte. Sogar er, der die Felsen seit seiner Kindheit kannte, war immer wieder von ihrer majestätischen Ausstrahlung beeindruckt. Und Florence war regelrecht bezaubert. Sie würde bald in seinen Armen liegen, dessen war er sich sicher.

Nachdem sie die Klippen ausgiebig fotografiert hatte, drehte er um und fuhr Richtung Küste zurück.

»Keine Angst«, rief Gregor lachend, als sie nach einer halben Stunde in den Hafen von Fécamp einfuhren. Er versuchte, das Boot so ruhig wie möglich am Steg zu halten. »Wenn du reinfällst, rette ich dich – versprochen.«

Florence warf ihm einen gequälten Blick zu, zögerte noch einen Moment und sprang dann auf den Bootssteg.

»Ha!«, rief sie übermütig, zog die orangefarbene Schwimmweste aus und hielt sie wie eine Trophäe in die Höhe. »Geschafft!«

Er zeigte ihr schmunzelnd den erhobenen Daumen und fing die Weste auf, die sie ihm zuwarf. Wildes Möwengeschrei ertönte plötzlich vom gegenüberliegenden Pier, als eine Gruppe Touristen Brotabfälle in die Fluten warf. Florence lachte ausgelassen; sie sprühte geradezu vor Lebendigkeit und Gregors Wunsch, sie sein Eigen zu nennen, wurde übermächtig.

»Nimm bitte das Tau und schlinge es um einen der dicken Pflöcke dort.«

Sie nickte, griff nach der Bugleine und wickelte sie um einen Holzpfahl an der Landungsbrücke. Es waren bereits ein paar Boote vertäut und er hatte Mühe, seine siebeneinhalb Meter lange Motorjacht so festzumachen, dass sie den beiden anderen Barken nicht in die Quere kam. Er befestigte zwei Fender auf der rechten Seite, damit das Boot bei Wellengang nicht ungebremst an den Landungssteg schlug und womöglich beschädigt wurde. Dann sprang er ebenfalls auf den Holzsteg, zog mit der Heckleine das Schiff näher und befestigte das Tau an einem Pfeiler. Er tauschte Florences laienhaften Knoten grinsend in einen korrekten Mastwurf aus und folgte ihr an Land.

Sie betrachtete derweil fasziniert den Hafen von Fécamp, streckte dann ihren Rücken durch und hielt ihr Gesicht genießerisch der Sonne entgegen.

»Ich hatte schon fast vergessen, wie sich ein Sonnentag anfühlt«, sagte sie und versuchte, ihre Frisur ein wenig zu ordnen, die während der rasanten Fahrt mit dem Motorboot gelitten hatte. »So habe ich mir die Normandie vorgestellt! In Fécamp lebte Guy de Maupassant zeitweise, nicht? Soweit ich weiß, spielen auch ein paar seiner Erzählungen hier. Wir haben ein paar davon in der Schule besprochen. Aufregend. Man hätte zu der Zeit leben sollen.« Sie seufzte.

Gregor nickte zustimmend, obwohl er unter keinen Umständen im 19. Jahrhundert hätte leben wollen, dazu schätzte er die Annehmlichkeiten der modernen Zeit viel zu sehr. Aber wenn es Florence glücklich machte, so ein kleines Nicken war eine verzeihliche Lüge. Er hatte sich keine großen Chancen ausgerechnet, dass sie ihn auch wirklich auf eine Bootstour begleiten würde. Doch wider Erwarten hatte sie gleich zugestimmt, als sie ihm zufälligerweise in der Rue Guizot über den Weg gelaufen war. Dass er sich gerade auf dem Weg zu ihrer Pension befunden hatte, verschwieg er tunlichst. Sollte sie an einen Zufall glauben.

Irgendetwas musste zwischen ihr und Dubois vorgefallen sein. Auf sein vorsichtiges Nachfragen hin hatte sie sich jedoch sofort wie eine Auster verschlossen und er hielt es daher für klüger, sie nicht weiter zu bedrängen. Hauptsache, sie war mit ihm hier und der verhasste Nebenbuhler weit weg. Alles andere würde sich finden. Und darauf freute er sich jetzt schon. Er besaß schließlich nicht umsonst eine Motorjacht mit einer Kabine. Zwar trug er sich seit längerer Zeit mit dem Gedanken, ein größeres Boot zu kaufen, doch seine Einkabinenjacht hatte auch ihre Vorteile: nur ein Bett!

»Hast du Hunger?« Dabei suchte sein Blick die Hafenpromenade nach einem hübschen Bistro ab.

»Nicht wirklich. Ich würde mich lieber ein wenig umsehen.«

Gregor nickte, obwohl ihm bei der Aussicht auf einen Teller marinierte Muscheln in einem der malerischen Fischrestaurants entlang des Piers das Wasser im Mund zusammenlief. Nun gut, sein Appetit musste eben warten. Und wenngleich ihm die Rolle des Touristenführers nicht besonders behagte, hatte er schon ganz andere Kniffe angewendet, um eine Frau herumzukriegen.

»Wir könnten uns das Benediktinerkloster ansehen«, schlug er vor. »Es ist nur etwa zehn Minuten entfernt. Der berühmte Kräuterlikör Bénédictine stammt von hier. Irgend so ein Mönch soll ihn angeblich im 16. Jahrhundert aus mehr als 27 Kräutern zusammengebraut haben. Mir schmeckt er nicht besonders, aber bei Völlerei soll er wahre Wunder wirken. Interessiert dich das?«

Florence nickte und Gregor lächelte. »Na, dann los.«

Sie kamen an der Statue der Fischersfrau vorbei und er fühlte sich bemüßigt, seine Begleiterin darüber aufzuklären. Frauen mochten solche sentimentalen Dinge.

»Schau«, sagte er und deutete mit dem Arm auf die Skulptur aus hellem Granit. »Das ist die Fischersfrau von Fécamp. Sie schaut aufs Meer hinaus und wartet auf ihren Liebsten. Früher war der Ort nämlich berühmt für seine Fischfangflotte. Die Kabeljaufischer fuhren bis an die Küsten Neufundlands. Sie waren monatelang unterwegs und manche kehrten nicht mehr zurück.«

Florence war vor der Statue der Frau mit den Holzpantinen und dem wehenden Umhang stehen geblieben und beschirmte ihre Augen mit der Hand. Stumm betrachtete sie sie eine Weile.

»Sie tut mir leid«, sagte sie plötzlich und drehte sich dann abrupt um.

Gregor runzelte die Stirn. Die gute Laune, die sie noch während der Bootsfahrt versprüht hatte, war wie weggeblasen. Anscheinend beschäftigte sie etwas. Dubois? Oder war sie einfach nur launisch wie seine Mutter?

Er verzog den Mund. Kapriziösen Frauen konnte er nichts abgewinnen, sie ermüdeten ihn nur. Aber vielleicht war ihr auch bloß ein wenig übel. Das Meer war nach dem schlechten Wetter der vergangenen Tage kabbelig und sie, als Städterin, war so ein Geschaukel vermutlich nicht gewöhnt. Sie schien ihm auch etwas blass um die Nase zu sein und er zermarterte sich das Hirn, womit er sie aufheitern konnte.

Florence war unterdessen weitergegangen und stand vor dem Schaufenster einer kleinen Galerie, die Landschaftsbilder der Küste und des Umlandes verkaufte.

»Apropos Bilder«, begann Gregor, »von Claude Monet wird berichtet, dass ihm einmal zu Beginn seiner Karriere eine kräftige Böe die Staffelei umpustete und die Leinwand ins Gesicht schlug, als er an der Strandpromenade von Etretat stand und die Kreidefelsen malte. Und weil er gerade mit einer tropfenden Schnupfennase zu kämpfen hatte, verwischte dadurch die Farbe auf seinem Bild. So entstand ein unverwechselbarer Stil, genannt Impressionismus.«

Florence warf ihm einen prüfenden Blick zu, dann fingen ihre Mundwinkel an zu zucken.

»Ja, klar«, prustete sie, »das glaubst du doch selbst nicht!«

Gregor riss die Augen auf.

»Wenn ich es dir doch sage!«, entgegnete er in gespielter Entrüstung und fing dann ebenfalls an zu lachen.

Na bitte, jetzt lächelte sie wieder. Wenn er weiterhin einen auf charmanten Witzbold machte, käme er bei ihr leichter ans Ziel. Florence war zwar eine kluge Frau, aber eben auch eine Frau. Und er wusste genau, wie diese zu erobern waren.

58

Das Benediktinerkloster in der Rue Alexandre Legrand in Fécamp war ein erstaunlich extravagantes Gebäude. Flo kannte sich mit architektonischen Feinheiten nicht aus, doch sie vermutete, dass die Erbauer einfach gotische, normannische und Elemente der Renaissance bunt gemischt hatten. Doch bevor sie den Eingang erreichten, rief jemand Castels Name. Gregor drehte sich um und ein etwas beleibter Herr in den Fünfzigern, der ein gestreiftes Hemd und eine weiße Schürze trug, watschelte freudestrahlend auf sie zu.

»Gregor!«, rief er und kam schnaufend neben ihnen zu stehen. »Wie schön, dich wieder einmal zu sehen. Kommt, ich lade euch zu einem Gläschen Cidre ein.«

Er packte Gregor am Arm, zog ihn in eine Seitengasse und sie verschwanden in einem Eingang. Flo schaute den beiden konsterniert hinterher und folgte ihnen dann lustlos. Durch einen gemauerten Durchgang gelangte sie in einen schattigen, gekiesten Innenhof, der als Gartenwirtschaft genutzt wurde. Das Personal war gerade dabei, Tische und Stühle von den Spuren der vergangenen Regenfälle zu säubern. Im Sommer musste es hier wunderbar kühl sein, im Moment war der Steinboden jedoch nass und die Luft daher frisch, fast kalt.

Flo lief ein Schauer über den Rücken. Sie rieb sich die Arme und bedauerte, ihre Jacke im Boot gelassen zu haben. Gregor, der sich angeregt mit dem Fremden, vermutlich der Besitzer des Lokals, unterhielt, bemerkte ihr Frösteln nicht, er schien ihre Anwesenheit vollkommen vergessen zu haben.

Sie runzelte ärgerlich die Stirn. Alex hätte nie so reagiert. Er hätte ihr Befinden wahrgenommen, hätte sie dem Unbekannten vorgestellt und hätte …

Hätte, hätte, hätte! Ihr schossen die Tränen in die Augen. Verdammt, was war bloß geschehen, dass sie sich jetzt mit Alex' Erzfeind in Fécamp befand, anstatt mit ihm nach Deauville zu Alines Oma zu fahren?

Heute Morgen war doch noch alles in Ordnung gewesen. Alex hatte sie in die Rue Guizot chauffiert, damit sie sich umziehen und Madame Simonet anrufen konnte. Währenddessen hatte er es sich mit Delphine Picot in deren Garten gemütlich gemacht.

Flo hörte die beiden durch das offene Fenster lachen, als sie aus der Dusche trat. Sie schlang das Handtuch um ihren Körper und linste zum Badezimmerfenster hinaus. In der Gartenlaube, die sich direkt darunter befand, saßen er und ihre Zimmerwirtin einträchtig beieinander, ließen sich das feudale Frühstück schmecken und genossen die Sonnenstrahlen. Flos Magen meldete sich beim Anblick der reich gedeckten Tafel mit der selbst gemachten Marmelade und den frischen Croissants begehrlich zu Wort und sie wollte sich gerade in ihr Zimmer aufmachen, um sich anzuziehen, als sie ungewollte Zeugin einer Konversation wurde.

»Wollen wir uns nicht endlich duzen?«, fragte Madame Picot. »Schließlich kenne ich dich, seit du auf der Welt bist.«

»Ja, gerne«, erwiderte Alex. »Herzlichen Dank für das Frühstück, Delphine. Ist doch ganz was anderes als mein trockener Toast.«

Sie lachten und Flo schmunzelte. Delphine Picots Koch-
künste waren in der Tat außergewöhnlich, und wenn sie noch
lange hierbliebe, würde sie nicht mehr in ihre Jeans passen.
Dieser Gedanke brachte sie wieder auf ihr dicht gedrängtes
Tagesprogramm zurück und sie hatte die Türklinke schon in
der Hand, als ein Name sie aufhorchen ließ.

»Es freut mich«, hörte sie ihre Zimmerwirtin sagen, »dass
du mit Florence ein neues Glück gefunden hast. Drei Jahre
Trauerzeit sind wirklich genug. Du bist doch glücklich, nicht
wahr?«

Flo hielt unwillkürlich den Atem an. Vor Spannung
bekam sie eine Gänsehaut und sie zog das feuchte Badetuch
enger um ihren Körper. Das schlechte Gewissen, zwei Personen, die sie gern mochte, zu belauschen, wurde von der Neugier auf seine Antwort überlagert. Doch warum sagte er denn
nichts? Und warum brauchte er so lange, um Delphine Picots
Frage zu beantworten?

Flo schluckte. Das konnte nur bedeuten, dass er sich
zuerst überlegen musste, was er darauf erwidern wollte. Vielleicht etwas, das ihre Zimmerwirtin nicht vor den Kopf stieß.
Schließlich wusste er, wie gut sie sich verstanden.

Er war also nicht glücklich mit ihr. Sie fühlte sich, als
hätte ihr jemand ins Gesicht geschlagen, und ihr wurde ganz
flau im Magen. Sie musste sich an die Wand lehnen, um nicht
umzufallen. Die Enttäuschung brach wie eine Welle über
sie herein. Hatte sie sich etwas vorgemacht? Schon wieder?
Waren die Gefühle, die sie für Alex hegte, einseitig und er
sah ihre Beziehung ganz anders? Vielleicht nur als Ablenkung?
Ein Schritt weiter in der Trauerarbeit um seine verstorbene
Schwester?

Sie presste die Hand auf den Mund, um den Schluchzer
zu unterdrücken, der sich ihrer Kehle entringen wollte. Es
wäre fatal, wenn die zwei sie hören würden.

Sie lief in ihr Zimmer und zog sich in Windeseile an. Dann stopfte sie ihr Handy, die Kamera, den Geldbeutel und die Ausdrucke aus dem Museum in ihre Handtasche, schlüpfte in ihre Schuhe und griff nach einer leichten Jacke.

Sie musste weg! So schnell wie möglich. Sie konnte Alex jetzt unmöglich gegenübertreten. Nicht nachdem sie erfahren hatte, dass er sich nichts aus ihr machte. Womöglich würde sie sonst in Tränen ausbrechen. Und auf seinen mitleidigen Trost konnte sie wahrlich verzichten.

Sie würde Madame Simonet von unterwegs anrufen und dann mit dem Zug nach Deauville fahren. Das Rätsel um die Liebesbriefe würde sie auch allein lösen. Vielleicht war Alex sogar froh, dass er sich nicht mehr darum kümmern musste. Möglicherweise war sein Interesse nur geheuchelt. Eine List, um sie ins Bett zu kriegen. Und sie, Flo, hatte es ihm ja auch sehr leicht gemacht. Nach dem Desaster mit Marc war sie so ausgehungert nach Zuwendung, dass sie sich vermutlich jedem an den Hals geworfen hätte, der ihr ein bisschen Freundlichkeit entgegenbrachte.

Mit tränenblinden Augen stolperte sie die Treppe hinunter, froh darüber, dass der Garten auf der entgegengesetzten Seite des Hauses lag und weder Alex noch Madame Picot ihr Verschwinden bemerken würden. Solange Essen auf dem Tisch stand, würde sich auch Filou nicht von dort fortbewegen und ihr durch seine überschäumende Art einen Strich durch die Rechnung machen.

Leise öffnete sie die Haustür, schlüpfte hindurch und machte sich auf den Weg zur Hauptstraße. Die Entfernung bis zur nächsten Biegung kam ihr unendlich lang vor und sie warf nervöse Blicke über die Schulter in der Angst, plötzlich Alex aus dem Haus kommen und ihr nachlaufen zu sehen. Doch ihre Befürchtung war unbegründet. Und als Delphine Picots Haus aus ihrem Blickfeld verschwand, atmete Flo erleichtert auf. Sie musste sich zuerst über einige Dinge klar werden, bevor sie Alex wieder gegenübertreten konnte. Wie ging dieser Satz noch? Vielleicht darf man einfach nicht so glücklich sein. Der Spruch schien geradezu für sie erfunden worden zu sein.

Ein hübsches Mädchen in einer schwarz-weißen Uniform stieß mit ihr zusammen, holte sie damit aus ihren Gedanken und entschuldigte sich wortreich.

Flo atmete tief durch, schüttelte den Kopf, um der jungen Frau zu zeigen, dass sie ihr nichts nachtrug, und wischte sich mit dem Handrücken verstohlen über die Augen. Warum jetzt dieses Selbstmitleid? Sie war an dem Schlamassel ja selbst schuld. Hätte sie Alex in ihrer Naivität nicht so schnell vertraut, wäre sie auch nicht so enttäuscht worden.

Nach ihrer überstürzten Flucht war ihr zufällig Gregor Castel begegnet, der sie an den geplanten Bootsausflug erinnerte. Und in einem Anfall von Trotz hatte sie sein Angebot angenommen und war gleich in seinen Wagen gestiegen. Die Vergnügungsfahrt würde, wie er ihr versichert hatte, nicht länger als zwei, drei Stunden dauern. Es bliebe ihr also noch genug Zeit, um zu Alines Großmutter zu fahren.

Flo straffte die Schultern und versuchte zu lächeln. Sie war eine erwachsene Frau, und kein Mann, schon gar keiner, den sie erst ein paar Tage kannte, sollte sie in ein solches Gefühlschaos stürzen können. Aber vermutlich war ihr die Logik, wenn es um Alex ging, abhandengekommen, sofern sie dahin gehend überhaupt welche besessen hatte.

Sie atmete tief durch, trat zu den beiden Männern und beschloss, das Beste aus der Situation zu machen und den Moment zu genießen. Mehr konnte sie sowieso nicht tun.

59

»Flo? Bist du unter der Dusche eingeschlafen?«

Alex blickte die Treppe hinauf und horchte. Aus der oberen Etage war kein Laut zu hören. Er sah auf seine Uhr. Bereits eine Stunde dauerte ihr »schnell umziehen und telefonieren«. Doch bei dem üppigen Frühstück und dem angeregten Gespräch mit Delphine hatte er die Zeit vergessen. Aber wenn sie nach Deauville wollten, sollten sie jetzt langsam los. Zudem wollte er Flo unterwegs die touristischen Sehenswürdigkeiten der Region zeigen. Auf einem kleinen Umweg bei Le Havre über die imposante Pont de Normandie, die sich dort über die Seine spannte, fahren, durch das schmucke Küstenstädtchen Honfleur und dann die Blumenküste entlang. An der Côte Fleurie reihte sich ein Seebad an das andere: Deauville, dessen kleine Schwester Trouville, Houlgate und Cabourg, eines schöner als das andere. Sie würde begeistert sein! Zudem hatte er einen Ausflug nach Les Andelys geplant, wo Richard Löwenherz das Château Gaillard im Jahr 1197 erbauen ließ, um dem französischen König den Zugang nach Rouen zu versperren. Für einen Ausflug zum Mont-Saint-Michel reichte zwar die Zeit nicht aus, aber jeder, der zum ersten Mal in der Normandie war, sollte dieses architektonische Meisterwerk auf der Felseninsel im Meer einmal besucht haben. Doch morgen war schließlich auch noch ein Tag, und übermorgen auch, und, wie er hoffte, noch viele Tage danach. Er würde Flo nämlich nicht mehr gehen lassen!

Delphine trug ein Tablett mit schmutzigem Geschirr in die Küche und zwinkerte ihm beim Vorbeigehen schelmisch zu. Er grinste. Zuerst waren ihm ihre Fragen, mit denen sie ihn während des Frühstücks regelrecht gelöchert hatte, unangenehm gewesen. Denn auch nach drei Jahren fiel es ihm immer noch schwer, mit einem Außenstehenden über Tanjas Tod zu sprechen. Und auf Delphines Frage hin, ob er denn mit Flo glücklich sei, hatte er erst einen Moment überlegen müssen. Nicht, dass er die Frage nicht spontan hätte bejahen wollen, denn er hatte sich seit Ewigkeiten nicht mehr so großartig gefühlt, aber gleichzeitig war ihm auch bewusst geworden, dass, wenn er es laut aussprach, eine Tür unwiederbringlich zufiel. Vielleicht ein dummer Gedanke und völlig haltlos, aber für ihn bedeutete ein neues Glück das Eingeständnis, dass er die Trauer zurücklassen musste. Denn beide konnten nicht gleichzeitig sein Leben beherrschen. Deshalb hatte er gezögert, aber danach, nicht ohne leichte Verlegenheit, von Flo und ihrer noch jungen Beziehung geschwärmt. Und von den Hoffnungen gesprochen, die er insgeheim hegte.

Vermutlich hätte er Delphine in seiner Begeisterung auch noch die Namen der zukünftigen Kinder genannt, wenn Filou sie nicht damit unterbrochen hätte, dass er ein Stück Brot vom Tisch stibitzte und bei dem Manöver die Kaffeekanne umstieß. Alex bemerkte erst bei dem Zwischenfall, wie schnell die Zeit verflogen war.

»Flo?«

Keine Antwort. Ob ihr etwas zugestoßen war? Hatte sie möglicherweise wieder einen ihrer Anfälle und konnte sich nicht artikulieren? Ihm wurde bei der Vorstellung eiskalt und hastig lief er die Treppe hinauf, warf zuerst einen Blick in die Dusche und klopfte dann ungestüm an Flos Zimmertür.

»Chérie? Geht es dir gut? Kann ich reinkommen?«

Ohne eine Antwort abzuwarten, öffnete er die Tür. Das Fenster stand einen Spalt offen, am Boden lagen ihre Kleider vom gestrigen Tag, über einem Stuhl hing ein Frottiertuch, ansonsten war das Zimmer leer.

»Was zum Teufel …?«

»Wie? Verschwunden?«

Delphine schloss die Spülmaschine und betätigte den Schalter, dann wandte sie sich mit fragendem Gesicht um.

»Weg!«, sagte Alex. »Einfach nicht mehr da.«

Die Zimmerwirtin schüttelte den Kopf.

»Wie soll denn das gehen?«, meinte sie zweifelnd. »Und wieso sollte Madame Galabert so etwas tun?«

Er sah ihr deutlich an, dass sie ihm nicht glaubte. Es war ja auch zu verrückt. Wo war Flo hin? Dass sie geduscht hatte, war an dem nassen Handtuch zu erkennen gewesen, auch hatte sie anscheinend frische Kleider angezogen. Ihre Handtasche war ebenfalls weg. Alles deutete darauf hin, dass sie genau das getan hatte, wozu sie in die Rue Guizot gekommen war. Hatte sie auch Madame Simonet angerufen und war anschließend nach Deauville gefahren? Aber warum? Und wieso sollte sie allein per Bahn fahren, wo sie doch abgemacht hatten, gemeinsam mit dem Wagen hinzufahren? Das ergab überhaupt keinen Sinn.

»Hat sie denn eine Nachricht hinterlassen?«, fragte Delphine, zog ihre Küchenschürze aus und hängte sie an einen Haken hinter der Tür. Er schüttelte den Kopf. »Merkwürdig«, gab sie jetzt ebenfalls zu. »Vielleicht musste sie schnell etwas besorgen und wollte unser Gespräch nicht stören.« Doch an ihrem Tonfall merkte er, dass sie von der Erklärung nicht überzeugt war. Nein, irgendetwas war passiert. Ein dringender Anruf ihrer Familie, der ihre sofortige Abreise verlangte? Aber selbst dann wäre es doch normal gewesen, sich zu verabschieden. Und überhaupt, Flos Gepäck war noch da, demzufolge war sie nicht abgereist. Ob ihr Verschwinden eventuell mit Marc zusammenhing? Der Gedanke bereitete Alex Bauchschmerzen und er hoffte, Flos Beteuerungen, dass der Mann ihr nichts mehr bedeutete, entsprachen der Wahrheit.

»Vielleicht macht sie ja auch einfach nur einen kleinen Spaziergang«, schlug Delphine vor. »Und wenn sie zurückkommt, ist sie ganz erstaunt darüber, dass wir uns solche Sorgen machen.«

Alex bezweifelte dies, doch er wollte die ältere Frau nicht beunruhigen. Trotzdem nahm er sich vor, gleich die Rue Guizot in beide Richtungen abzufahren. Seine Fantasie gaukelte ihm das Bild einer umherirrenden, stummen Flo vor und ein kalter Schauer lief ihm über den Rücken. Er zog sein Handy aus der Hosentasche und probierte noch einmal, sie zu erreichen. Wieder meldete sich nur ihre Mailbox. Es war zum Verrücktwerden!

Er verabschiedete sich von Delphine, hielt Filou zurück, der schwanzwedelnd vor der Haustür stand und seinen täglichen Spaziergang einforderte, und startete das Auto. Zuerst fuhr er die Rue Guizot hinauf bis zum Waldrand, ignorierte das Fahrverbot für Kraftwagen und wendete erst, als der Pfad in einen schmalen Fußweg überging. Nichts. Dann fuhr er den gleichen Weg zurück, hinunter bis zur Hauptstraße und linste zur Bushaltestelle. Ebenfalls keine Spur. Er musste einsehen, dass Flo, wenn sie sich denn wirklich allein auf den Weg gemacht haben sollte, vermutlich schon im Regionalzug nach Deauville saß. Es würde also gar nichts bringen, zum Bahnhof zu fahren. Und wo Madame Simonet wohnte, wusste er nicht. Sollte er auf gut Glück hinfahren und sich durchfragen? So viele Simonets gäbe es dort sicher nicht. Aber was würde Flo zu seinem plötzlichen Auftauchen sagen und weshalb, zum Teufel, hatte sie ihn einfach so abserviert?

Er fluchte leise vor sich hin und wollte eben nach Hause fahren, als er hinter einer Hecke einen Mann erblickte, der an einer grünen Staude herumschnipselte. An dem beträchtlichen Haufen Zweige und Blätter zu seinen Füßen musste er dieser Beschäftigung schon eine ganze Weile lang nachgehen. Alex fuhr ein Stück zurück, stellte den Clio am Straßenrand ab und stieg aus.

»Bonjour«, sagte er und versuchte vertrauensvoll zu lächeln. »Endlich mal anständiges Wetter, nicht?«

Der Mann beäugte ihn wachsam.

»Hätte den Strauch schon viel früher beschneiden müssen«, nuschelte dieser dann. »Aber bei dem Scheißwetter kann man ja nix tun.«

Alex nickte verstehend.

»Sagen Sie, haben Sie vielleicht eine junge Frau gesehen? Zierlich, kurze braune Haare, etwa so groß.«

Er hielt seine Hand auf Brusthöhe.

»Delphines niedliche Kostgängerin?«, fragte der Mann.

Alex nickte. »Ja, genau die. Kam sie hier vorbei?«

»Nicht direkt«, meinte der Mann, zog ein zusammengeknülltes Taschentuch aus seiner Hosentasche und wischte sich damit über die Stirn.

»Wie meinen Sie das?«, fragte Alex unsicher.

»Nun, ich sah sie in einen Wagen einsteigen.«

Der Mann griff erneut zu seiner Gartenschere und beäugte den zerzausten Strauch wie ein Friseur einen langhaarigen Hippie.

»Ach«, sagte Alex perplex.

War sie etwa entführt worden? Aber dann hätte sie doch sicher um Hilfe gerufen und dieser Hobbygärtner hätte anders reagiert. Oder hatte sie den Fahrer vielleicht gekannt? Das Ganze wurde immer undurchsichtiger.

»Wegen dem sein Vater musste mein Vater das Haus verkaufen«, sagte der Mann plötzlich und spuckte dabei auf den Boden.

»Wie bitte?«

Alex sah sich im Geist bereits eine Vermisstenanzeige aufgeben und hatte nicht weiter auf seinen Informanten geachtet. Jetzt wandte er sich ihm erneut zu und erschrak ob dessen Miene. Abscheu war noch das freundlichste Wort, das ihm bei dem Anblick einfiel.

»Wissen Sie«, begann der Hobbygärtner und trat einen Schritt näher, »ich habe nix gegen Leute mit Geld. Aber anständige Leute zu bescheißen, das stößt mir sauer auf. Und mein Vater war ein anständiger Mann! Aber er war nicht der Hellste, leider. Hat alles geglaubt, was der Alte ihm vorgebetet hat. Und plötzlich standen wir auf der Straße. Sauerei! Aber gegen den hat ja niemand etwas sagen dürfen, sonst wäre man noch …«

Er brach ab und straffte die Schultern, die während seines Ausbruchs immer mehr eingesunken waren, und wandte sich dann ab. Alex überlegte noch, was ihm der Mann damit eigentlich sagen wollte, als dieser sich nochmals umdrehte.

»Castel«, stieß er angewidert hervor. »Die Kleine ist zum jungen Castel ins Auto gestiegen.«

60

»Und wofür ist die Klappe da?«

Flo zeigte mit dem Finger auf eine Öffnung im Holzboden neben einem blau gekachelten Steinofen.

»Das war vermutlich ein Fluchtweg«, erwiderte Gregor. Sie hatten es doch noch in das Benediktinerkloster geschafft, obwohl Castel sich beinahe nicht mehr aus dem Bistro hatte wegbewegen wollen, und befanden sich jetzt auf dem Rundweg durch das Gebäude.

Sie wandten sich um und folgten einem langen Gang, der sie in einen pompösen Saal schleuste, an dessen Wänden Mönchsstatuen angebracht waren. Flo blieb vor einer stehen und bewunderte das Kunstwerk. Sie spürte Gregors Cidre-Atem in ihrem Nacken, als er ebenfalls herantrat und ihr über die Schulter blickte. Dass er so nahe bei ihr stand, verursachte ihr Unbehagen und sie war nicht unglücklich darüber, dass im selben Augenblick eine Schar Touristen den Raum betrat und in lautes – vermutlich spanisches – Entzücken ausbrach. Gregor trat einen Schritt zurück und sie beeilte sich, aus dem Saal zu kommen.

Seine Avancen waren ihr unangenehm. Er musste doch wissen, dass sie sich mit Alex traf. Oder war es gerade das, was sie für ihn interessant machte? Aber das war doch idiotisch! Den wahren Grund für den abgrundtiefen Hass der beiden ehemaligen Schulkollegen hatte ihr Alex nicht verraten. Vermutlich nur eine dumme Jungengeschichte um männliche Ehre und ähnlichen Schwachsinn. Und sie hatte wirklich keine Lust, als Spielball zwischen die Fronten zu geraten. Außerdem hatte sie das unbestimmte Gefühl, dass sie Gregor nicht trauen konnte. Einen Grund dafür hatte er ihr jedoch nicht geliefert, denn bis jetzt entpuppte er sich als beinahe perfekter Gentleman. Aber unterschwellig spürte sie eine gewisse Anspannung bei ihm, als würde in seinem Innern ein Vulkan brodeln. Und sie fragte sich insgeheim, wann und aus welchem Grund dieser ausbräche. Hoffentlich war sie dann nicht in seiner Nähe.

Plötzlich bereute sie ihre kindische Flucht. Was musste Madame Picot von ihr denken? Und Alex war sicher fuchsteufelswild, wenn er wüsste, wo und mit wem sie sich gerade vergnügte. Aber vermutlich machte sie sich dahin gehend auch etwas vor und seine Eifersucht war nichts weiter als männliches Besitzdenken. Seine Reaktion auf Delphine Picots Frage hatte ja deutlich gezeigt, wie viel sie, Flo, ihm bedeutete.

Die aufsteigenden Tränen trübten ihren Blick und beinahe wäre sie an der Türschwelle gestolpert.

»Hoppla«, sagte Castel und sah ihr dabei prüfend ins Gesicht. »Alles in Ordnung?«

Sie versuchte zu lächeln.

»Staub, ich bin allergisch dagegen«, flunkerte sie, zog ein Taschentuch aus ihrer Handtasche und schnäuzte sich die Nase. Auf keinen Fall wollte sie ihm ihre wahren Gefühle offenbaren. Er nickte, ohne weiter in sie zu dringen.

»Möchtest du noch die Buntglasfenster sehen? Oder den Likör degustieren?«

Flo schüttelte den Kopf. Sie hatte plötzlich keine Lust mehr auf weiteren Touristenkram und griff sich an die Stirn.

Schon wieder kündeten sich Kopfschmerzen an und sie unterdrückte ein Stöhnen.

»Wollen wir lieber etwas essen gehen?«, fragte Gregor, fuhr sich mit der Zunge über die Lippen und deutete auf ein Bistro auf der gegenüberliegenden Straßenseite.

»Wenn es dir nichts ausmacht, möchte ich lieber nach Lisieux zurück«, gestand sie und wandte sich um. »Ich muss noch etwas erledigen.«

Für einen Moment wurden seine Augen schmal wie zwei Münzschlitze und sein Körper versteifte sich, doch fast augenblicklich setzte er wieder sein übliches Lächeln auf und sie nahm an, dass sie sich getäuscht hatte.

»Ihr Wunsch sei mir Befehl«, flötete er und deutete eine Verbeugung an.

Sie warf ihm einen irritierten Blick zu. Machte er sich etwa lustig über sie? Das konnte sie überhaupt nicht leiden. Die Kopfschmerzen verstärkten sich zu einem hämmernden Stakkato und sie wollte nur noch so schnell wie möglich nach Hause. Hoffentlich kam es während der anstehenden Bootsfahrt zu keiner unerfreulichen Diskussion deswegen. Vielleicht verschob sie sogar den Besuch bei Alines Großmutter. Sie sah sich im Moment außerstande, ein anständiges Gespräch zu führen. Sie hatte sich auf Alex' Sprachkenntnisse des lokalen Dialekts verlassen, um sich nicht so konzentrieren zu müssen, aber die würde sie jetzt kaum mehr in Anspruch nehmen können.

Wieder füllten sich ihre Augen mit Tränen. Verdammt, sie sollte sich wirklich zusammennehmen! Gregor musterte sie schon die ganze Zeit so seltsam und er würde ihr sicher bald auf den Zahn fühlen, wenn sie sich nicht beherrschte.

Die Sonne, die sie nach den vergangenen Regentagen so genossen hatte, brannte ihr jetzt unangenehm auf dem Kopf, als sie den Weg zurück zum Pier einschlugen. Einen Moment wurde ihr schwindlig und sie musste sich an einem geschmiedeten Eingangstor festhalten.

»Florence? Ist wirklich alles in Ordnung?«

Gregor fasste sie am Arm und ihr lief bei seiner Berührung ein eiskalter Schauer über den Rücken. In ihrem Bauch ballte sich eine jähe Angst zu einem festen Knoten zusammen, der sie kaum noch atmen ließ.

»Nicht …«, stammelte sie, »bitte nicht!«

Sie fiel zitternd auf die Knie und hielt sich schützend die Hände über den Kopf.

»Mein Gott, Florence«, stieß Gregor entsetzt hervor. »Was ist denn mit dir?« Er kniete sich neben sie auf den Gehsteig und versuchte ihre Hände zu greifen.

»Nein!«, kreischte sie. »Lass mich! Nein!«

Sie wimmerte, wiegte sich tränenüberströmt vor und zurück. Ein älteres Paar mit einem Hund an der Leine blieb stehen und fragte, ob sie helfen können. Gregor stotterte etwas von zu viel Sonne und die beiden Fußgänger gingen langsam weiter, nicht ohne ihnen skeptische Blicke zuzuwerfen.

Flo sah sich plötzlich selbst, wie sie auf dem Trottoir kauerte und herzergreifend schluchzte. Daneben hockte Gregor Castel in seinem teuren Maßanzug im Staub, machte ein Gesicht wie die Kuh, wenn's donnert, und versuchte sie zu beruhigen. Sie lachte laut auf und der Spuk war vorbei. Sie schaute sich verwirrt um, rappelte sich dann hoch und klopfte sich den Straßenstaub von den Jeans.

»Heiliger Prämolar!«, rief sie, um ihre Fassungslosigkeit zu überspielen. »Was war das denn?«

Gregor hatte sich ebenfalls erhoben und schüttelte den Kopf.

»Ich habe keine Ahnung. Es kam …«, er stockte, »urplötzlich. Geht's dir auch wirklich gut? Oder soll ich dich nicht lieber zu einem Arzt fahren?«

»Nicht nötig!«, meinte sie und wedelte mit der Hand. »Zu wenig im Bauch und zu viel Sonne. Keine gute Mischung. Ich wäre aber froh, wenn du mich jetzt nach Hause bringen könntest. Ich muss mich hinlegen.«

Die rasante Bootsfahrt übers Meer zurück in den Hafen, wo Gregors Jacht vor Anker lag, tat ihr gut. Die frische Luft, die nach Jod und Salz roch, kühlte ihre heiße Stirn und vertrieb die wirren Gedanken, die sich nach ihrem Zusammenbruch eingestellt hatten. Trotzdem kam sie nicht umhin, das merkwürdige Geschehen zu reflektieren.

Irgendetwas stimmte nicht mit ihr. Etwas Gravierendes! Zuerst diese Träume, dann das partielle Verstummen und jetzt ein Nervenzusammenbruch mit anschließender körperfremder Sinneswahrnehmung. Sie hatte sich in dem Zustand maßlos vor Gregor gefürchtet und war sich sicher gewesen, dass er ihr wehtun würde. Woher kam diese plötzliche Anwandlung?

Je mehr sie darüber nachdachte, desto verwirrender war das Ganze. Sie hatte beinahe das Gefühl, dass alles miteinander verknüpft war und sie lediglich den Anfangsfaden finden müsste, um das Knäuel zu entwirren.

Als Gregor sein Boot im Hafen vertäute, begann es zu tröpfeln. Flo schaute zum Himmel hinauf. Graue Regenwolken hatten das Frühlingsblau geschluckt und nur ganz im Osten war die Sonne noch als milchige Scheibe hinter weißen Schleierwolken zu erkennen.

»Ihr solltet die Gegend in ›schottische Enklave‹ umbenennen«, versuchte sie zu scherzen. Doch ihre Worte gingen in einem mächtigen Donnerschlag unter. Innerhalb von Minuten öffnete der Himmel seine Schleusen und ein wahrer Wolkenbruch ging hernieder.

Sie flüchtete sich unter das Dach eines geschlossenen Kiosks und sah zu, wie Gregor geschickt eine weiße Plane über sein Boot zog und sie an den Seiten befestige. Er hatte sich gegen den Regen eine blaue Kappe mit dem Superman-Logo aufgesetzt. Sie schmunzelte und dachte an ihre Oma, die immer gesagt hatte, dass Männer im Grunde nur große Jungs wären. Das galt vermutlich auch für Gregor Castel, Inhaber des alteingesessenen, bedeutendsten Bauunternehmens im Pays d'Auge und anscheinend ein Fan des fliegenden Helden.

Ihr Kiefer klappte nach unten. Herr im Himmel, war sie denn blind gewesen? Natürlich, das musste es sein! Sie hatte endlich den Eckstein gefunden, der das Konstrukt aus Gegenwart und Vergangenheit trug. Es war so offensichtlich, dass es eines Zufalls bedurft hatte, um es ihr klarzumachen. Der Spruch mit dem Wald und den Bäumen kam ihr in den Sinn und sie konnte es kaum erwarten, Alex von ihrer Entdeckung zu berichten.

Als Gregor durch den strömenden Regen auf sie zusprintete, schluckte sie die aufsteigende Angst hinunter.

61

Alex trat so fest auf die Bremse, dass er schmerzhaft in den Sicherheitsgurt gepresst wurde. Er stieg aus dem Clio, versuchte seine Wut nicht an der Wagentür auszulassen und stapfte auf die Haustür zu. Doch als er eine zerbeulte Coladose auf seinem Vorplatz fand, konnte er seinen Ärger nicht mehr zügeln und kickte sie wütend in Nachbars Garten.

Was zum Henker war nur in Flo gefahren? Wie konnte sie zu Gregor ins Auto steigen? Hatte er sie nicht mit Engelszungen darum gebeten, seinen Widersacher links liegen zu lassen? Und hatte sie es nicht versprochen? Warum fiel sie ihm jetzt in den Rücken? Und weshalb zum Teufel war sie überhaupt abgehauen? Als hätte sie etwas ausgefressen! War es das? Hatte sie ihm und allen anderen hier nur etwas vorgemacht?

Ein Gedanke stieg plötzlich wie ein brodelnder Geysir in ihm auf, und der war so abscheulich, dass er sich mit einem Stöhnen auf die Eingangsstufen setzen musste. Was, wenn Flo und Gregor zusammen unter einer Decke steckten und ihn die ganze Zeit nur an der Nase herumgeführt hatten? Und obwohl sich sein Innerstes gegen diesen Verdacht vehement zur Wehr setzte, ätzte er sich trotzdem wie Säure in seinen Verstand und verursachte ihm einen bitteren Geschmack im Mund.

Flo und Gregor! Wie um sich selbst zu quälen, sah er vor seinem geistigen Auge ihre zwei nackten Körper in leidenschaftlicher Umarmung.

Delphines Rühreier vollführten einen ungezügelten Flamenco in seinem Magen und er befürchtete schon, dass er sich gleich übergeben müsse. Er atmete tief ein und aus. Nach einer Weile flaute die Übelkeit ab und er kam mühsam auf die Beine. Mit zitternden Fingern schloss er die Haustür auf und blieb im Flur stehen. In der Luft hing noch Flos Parfum. Mit einem unterdrückten Schrei schlug er mit der Faust an die Wand. Dass er sich dabei die Hand aufriss und sie zu bluten anfing, realisierte er nicht. Zu tief war er in seiner Eifersucht gefangen, als dass ihn körperlicher Schmerz jetzt erreicht hätte.

Wie konnte sie ihn nur so hintergehen? Er hatte ihr sein Herz geöffnet und sie konspirierte mit seinem ärgsten Feind. Sie hatte ihn der Lächerlichkeit preisgegeben und Gregor in die Hände gespielt.

Hör mit dem Schwachsinn auf!, befahl eine leise Stimme in seinem Kopf. Sie wäre kaum zur Polizei gegangen, wenn sie mit Gregor unter einer Decke steckte. Ruf sie an, kläre das, es hat sicher alles einen plausiblen Grund.

»Und welchen?«, schrie er in den leeren Raum.

Er trottete in die Küche, riss den Kühlschrank auf und starrte hinein, als würde dort die Lösung all seiner Probleme liegen. Nach einer Weile nahm er ein Bier heraus und merkte jetzt, dass seine Hand blutete. Er schlang ein Küchentuch darum, öffnete die Flasche und trank in großen Zügen.

Verdammt, er musste sich zusammenreißen. Sein verfluchtes Temperament war, gepaart mit seinem Hang zum Schwarzsehen, eine explosive Mischung und hatte ihm schon öfter Probleme eingebracht. In diesen Situationen vermisste er Tanja schmerzlich; ihre fröhliche, optimistische Art hatte ihn immer wieder auf den Boden der Tatsachen zurückgeholt, wenn er zu versinken drohte oder, noch schlimmer, im Begriff war, auszuflippen. Und genau wie seine verstorbene Schwester besaß auch Flo dieses Talent. Vielleicht schmerzte ihn ihr mutmaßlicher Verrat darum so sehr.

»Quatsch«, knurrte er und nahm den letzten Schluck aus der Flasche. »Da muss man nicht mutmaßen. Die Sache mit diesem Marc hätte mir eine Warnung sein sollen. Sie hat mich hintergangen und abserviert. Ganz einfach. Das passiert jeden Tag, also flenn nicht rum und ertrag es wie ein Mann!«

Wie zur Bestätigung donnerte es in dem Moment ohrenbetäubend und Alex nickte grimmig.

Ein rhythmisches Klopfen riss ihn aus dem Schlaf. Er blinzelte und sah auf seine Armbanduhr. Es war erst vier Uhr nachmittags, jedoch bereits so dunkel, dass er die Stehlampe neben dem Sofa einschaltete, auf dem er eingenickt war. Das Klopfen identifizierte sich als neuerlicher Regenschauer, der an die Fensterscheiben prasselte. Selbst das Wetter passte zu seiner Gemütslage. Da hielt ihm Petrus wohl einen Spiegel vor. Der Mann musste entweder schwarzen Humor haben oder extrem schadenfreudig sein.

Mit einem tiefen Seufzer stand Alex auf, spülte sich mit einem großen Schluck Leitungswasser den schalen Biergeschmack aus dem Mund und beschloss, sich eine Auszeit zu nehmen. Sollte doch die Welt untergehen, er hatte Urlaub, und ein paar Tage im Hinterland, fern ab von ominösen Briefen, rehäugigen Hochstaplerinnen und überbordenden Gefühlen, würden ihm guttun. Sein Mountainbike, eine einfache Unterkunft und viel frische Luft! Der Druck, der ihm auf der Brust lastete, verging bei dem Gedanken ein wenig. Alles war besser, als hier herumzusitzen und zu grübeln.

Alex schüttelte nachdenklich den Kopf. Da wurde man erwachsen, machte seine Erfahrungen und glaubte, mit der

Zeit klug und abgeklärt geworden zu sein, und doch brauchte es nur eine Sekunde der Unachtsamkeit und das totale Gefühlschaos brach über einen herein. Als wäre man immer noch ein Teenager und unglücklich in das beliebteste Mädchen der Schule verliebt.

Er lief die Treppe hinauf, griff nach dem Holzstock mit dem Haken an der Spitze und öffnete die Luke zum Speicher. Dann zog er die Holzleiter herunter und stieg hinauf.

Es war schon eine Weile her, dass er auf dem Dachboden gewesen war, und er betrachtete mit Wehmut die ausrangierten Möbelstücke, die er mit Tanjas Hilfe damals hier deponiert hatte. Sein früherer Lieblingssessel, Tanjas rot lackiertes Schaukelpferd, dem Schwanz und Mähne fehlten, das sie aber aus Sentimentalität nicht hatte wegwerfen wollen. Ein Überseekoffer, der ihm während der Studienzeit gleichzeitig als Tisch, Bücherregal und Ablagefläche gedient hatte, und Professor Higgins Schlafkorb mitsamt dem albernen Fressnapf in Form eines Knochens. Er hatte beinahe vergessen, dass all diese Dinge noch hier oben lagerten. Irgendwann musste er das alles entsorgen – es war Zeit.

Er ging zielstrebig zu der schiefen Holztruhe, die noch von seinem Großvater stammte, öffnete sie und nahm seinen roten Campingrucksack heraus. Alex schnüffelte daran und verzog das Gesicht. Er würde ihn über Nacht auslüften müssen, wenn er nicht Gefahr laufen wollte, dass alle seine Utensilien später nach Schimmel rochen. Während er die Leiter wieder hinunterstieg, hörte er ein Rufen von draußen und wäre beinahe gestolpert. Eine stählerne Faust drückte ihm plötzlich die Kehle zu und sein Herzschlag beschleunigte sich ums Doppelte.

Verdammt, was wollte Flo noch hier?

62

»Lass mich endlich rein, Alex!«, rief Flo ungeduldig und hämmerte nochmals an die Haustür. »Ich werde sonst noch in den
Gully gespült.«

Sie kicherte und strich sich die nassen Haare aus dem
Gesicht. Gregor war gar nicht amüsiert darüber gewesen, als
sie ihn vorhin gebeten hatte, sie am Straßenrand aussteigen zu
lassen. Natürlich wusste er, wer hier wohnte, und hatte dementsprechend kurz angebunden reagiert. Doch was ging es sie
an, was der werte Herr Bauunternehmer mochte? Sie war ihm
nichts schuldig. Und was er sich erhoffte, war nicht ihr Problem. Trotzdem hatte er sie mit seinem Gebettel dazu gebracht,
ihm zu versprechen, ihn bald anzurufen. Zwar wollte sie das
nicht wirklich tun und sie schämte sich ein wenig ob ihrer
Feigheit, aber sie hatte sich nicht anders aus dieser Situation
herauswinden können.

Wenn sie mit ihrer Vermutung richtiglag, und sie war
felsenfest davon überzeugt, dass sie das tat, dann konnte es
durchaus sein, dass Gregor plötzlich ausrastete. Und davor
fürchtete sie sich. Aber womöglich ging die Fantasie mit ihr
durch. Kein Wunder, nach diesem Erlebnis in Fécamp! Also
hatte sie es sich einfach gemacht und ihm alles versprochen,

was er hören wollte. Bei solchen Gelegenheiten wurde ihr schmerzlich bewusst, dass sie nie richtig gelernt hatte, sich durchzusetzen, und immer den leichtesten Weg einschlug. Es war nicht immer von Vorteil, Papas Liebling zu sein, der einem jedes Problem aus der Welt schaffte.

Aber das war jetzt zweitrangig, sie würde sich später Gedanken über ihre charakterlichen Unzulänglichkeiten machen, jetzt wollte sie Alex zuerst ihre Schlussfolgerung mitteilen. Doch wo blieb der Kerl? Er musste ihr Klopfen und Rufen doch gehört haben. Der Clio stand schließlich auch hier.

Ihr Handyakku war leer, sonst hätte sie ihn vorher angerufen, obwohl sie ihm ihre Folgerung persönlich mitteilen wollte. Sie war gespannt auf seine Reaktion und erhoffte sich ebenfalls ein bisschen Lob für ihre Findigkeit. Hoffentlich nahm er ihr ihre überstürzte Flucht von heute Morgen nicht krumm. Sie hatte ihm sicher unrecht getan. Denn schließlich hatte er Delphine Picot nicht explizit erklärt, dass er unglücklich sei, sondern lediglich eine Denkpause eingelegt. Für sie, die ihr Herz auf der Zunge trug, waren solche Reaktionen zwar unverständlich, aber manchmal war es bestimmt besser, zuerst nachzudenken, bevor man einfach losplapperte. Vor Gebrauch schütteln, hatte ihr Lehrer stets gesagt. Und wenn sie ehrlich war, dann ergänzten Alex und sie sich in der Hinsicht doch wunderbar. Sie hätte seine Antwort abwarten sollen, und schalt sich eine Närrin. Wenn schon horchen, dann doch bitte bis zum Schluss!

Ein bisschen mulmig war ihr trotzdem zumute, als sie jetzt vor Alex' Haus stand. Sie musste ihm noch den Ausflug mit Gregor beichten, aber er würde diesen Umstand leichter schlucken, wenn sie mit ihrer fabelhaften Erkenntnis, die sie vorhin wie eine Eingebung überkommen hatte, beginnen würde. Der Zweck heilig bekanntlich die Mittel. Und später konnte sie ihm von ihrer außerkörperlichen Wahrnehmung erzählen. Vielleicht, wenn sie zusammen im Bett lagen.

Bei dem Gedanken schoss ihr das Blut ins Gesicht. Am liebsten hätte sie Alex mit Haut und Haaren verschlungen. Sie konnte gar nicht genug von seinen Zärtlichkeiten bekommen und die Vorfreude auf das, was sie später miteinander tun würden, entlockte ihr ein wohliges Seufzen.

»Herrgott noch mal, jetzt mach schon auf!«

Sie hämmerte erneut an die Tür. Sie fror, war nass bis auf die Knochen und wurde langsam ärgerlich. Ob er einen Spaziergang unternommen hatte? Aber es regnete weiter Bindfäden, kein Mensch mit normalem Verstand ging bei dem Wetter vor die Tür. Schlief er? Doch ihr Klopfen und Rufen hätte doch sicher einen Toten geweckt. War er ihr böse und ließ sie deshalb schmoren? Sie schüttelte den Kopf. Das war kindisch und so ein Verhalten traute sie ihm nicht zu. Vielleicht war er einfach schnell zu den Nachbarn gegangen und kam gleich wieder zurück.

Sie nieste. Na bravo! Jetzt hatte sie sich sicher erkältet. Der Wunsch nach einem heißen Getränk und einer warmen Dusche wurde elementar und sie drückte die Klinke herunter. Im selben Augenblick wurde die Tür aufgerissen. Vor ihr stand Alex mit abweisender Miene.

»Was willst du hier?«, fragte er und seine Stimme war so eisig wie ihre Hände.

»Es ist schon seltsam«, begann Flo und umklammerte die Teetasse wie ein Ertrinkender eine Holzplanke, »ständig verstehen wir uns falsch.« Sie lachte freudlos. »Vielleicht soll es nicht sein.« Und vielleicht darf man einfach nicht so glücklich sein, fügte sie in Gedanken hinzu.

Alex hielt den Blick gesenkt und sie hoffte vergebens auf einen Widerspruch. Sie biss sich auf die Lippen. Der Kloß in ihrem Hals würde sie gleich ersticken. Hastig nahm sie einen Schluck Tee und verbrannte sich prompt die Zunge an dem heißen Getränk.

Das war's also!, ging es ihr durch den Kopf und der Gedanke war so ernüchternd, dass sie die Tränen nicht mehr zurückhalten konnte. Aber das war ihr egal. Sollte Alex sie ruhig sehen. Keiner hatte etwas davon, wenn sie die heldenhafte Märtyrerin spielte. Es war ihr unbegreiflich, wie er weder versuchte, sie zu verstehen, noch zur Versöhnung bereit war. Sie war mit Gregor Castel, seinem langjährigen Kontrahenten, ausgegangen, das reichte scheinbar, um alles, was sie verband, ins Nirwana zu befördern, als hätte nie eine Bindung zwischen ihnen bestanden.

Zum Schmerz, der ihr fast das Herz abdrückte, kam plötzlich auch eine unbändige Wut hinzu. Bitte, wenn er es denn so haben wollte! Sie würde ganz sicher nicht um seine Liebe betteln. Und sie hatte das Rätsel um die gefundenen Briefe so gut wie gelöst, also könnte sie schon Morgen abreisen. Ein paar Wochen lang würden die Erinnerung und der Gedanke an ein Was-hätte-sein-können noch in ihrem Kopf herumgeistern, aber auch das ging vorbei. Sie sollte Gott dafür danken, dass sie so früh gemerkt hatte, dass sie nicht kompatibel waren. Bei Marc waren ja leider drei Jahre vergangen, bevor sie zu dieser Erkenntnis gekommen war.

»Also dann«, sagte sie, stellte die halb ausgetrunkene Tasse auf den Tisch und stand auf. »Ich …«, ihre Stimme brach und sie räusperte sich. »Mach's gut.«

Alex nickte stumm, hob aber weder den Kopf noch machte er Anstalten, sich von ihr zu verabschieden. Feigling!, hätte sie ihm am liebsten ins Gesicht geschrien, aber ihr fehlte die Kraft, um noch etwas zu erwidern.

Sie zog ihre durchweichte Jacke an und schauderte. Scheißwetter! Passte hervorragend zu ihrem momentanen

Leben. Sie schlurfte durch den Korridor, wobei ihre nassen Schuhe ein quietschendes Geräusch verursachten. Dann öffnete sie die Haustür, warf noch einen Blick zurück, obwohl sie sich fest vorgenommen hatte, es nicht zu tun.

Insgeheim hoffte sie, dass Alex, wie beim letzten Mal, aufspringen, ihr hinterherlaufen und sie zurückhalten würde. Doch nichts dergleichen geschah, und mit einem unterdrückten Schluchzen trat sie schließlich ins Freie hinaus.

Der Regen hatte nachgelassen. Ab und zu blitzte sogar wieder ein Stück blauer Himmel zwischen den Wolken hervor. Fein, das schöne Wetter würde sicher ab Morgen bei ihrer Abreise Einzug halten. Gab es noch irgendetwas, das sie nicht verhöhnte?

Ihr Verdacht, ein Vorfahre von Gregor könnte in die Geschichte von Adelaide und Louis involviert gewesen sein, hatte sie erst gar nicht zur Sprache bringen können. Alex hatte ihr dazu keine Gelegenheit gegeben, sondern ihr mit unbewegtem Gesicht mitgeteilt, dass er sich nicht zum Idioten machen ließe und sie darüber in Kenntnis gesetzt, von seiner Seite her sei ihre Beziehung ab sofort beendet. Einfach so, als sei ihre Romanze nur ein Versuchsballon gewesen, der leider nicht über die nächste Baumkrone hinauskam und jetzt kläglich an einer Telefonleitung baumelte.

Hoffentlich erstickte er an seiner Rechtschaffenheit!, dachte Flo, während sie die Rue Guizot hinaufstapfte.

Sie sah auf ihre Uhr. Wenn sie sich beeilte, könnte sie vielleicht noch heute Abend nach Hause zurückkehren – wo auch immer dieses Zuhause war. Madame Picot würde sicher Verständnis für ihre überstürzte Abreise zeigen und hoffentlich nicht nachfragen. Und wenn doch, würde Flo dem Wetter die Schuld geben. So einen verregneten Urlaub hatte sie wirklich noch nie erlebt. Aber wenn's dick kam, kam's eben dick. Und wieso sollte ihr Petrus mehr gewogen sein als dieser blöde Amor?

Kurz vor Delphine Picots Haus kam ihr ein älteres Ehepaar entgegen, das in identische Regenjacken gehüllt war und einen dicklichen Spaniel ausführte. Sie grüßten freundlich. Flo nickte ihnen zu und öffnete den Mund. Nichts. Sie holte tief Luft, aber kein Ton kam heraus. Verdammt, fing das schon wieder an?

Der kalte Schweiß brach ihr aus. Ruhig, ganz ruhig, sprach sie sich innerlich Mut zu. Eben, bei Alex, hatte sie noch ganz normal reden können und auch während des Ausfluges mit Gregor war das Sprechen kein Problem gewesen. Also nur keine Panik. Das ging wieder vorbei. Sie war sicher nur zu aufgewühlt. Stress und so. Doch je mehr Mühe sie dafür aufwendete, ein Wort zu artikulieren, desto schlimmer wurde es. Ihre Zunge lag ihr tonnenschwer im Mund, ihre Kehle war so eng, als hätte sie jemand in ein Korsett geschnürt, und Wellen der Übelkeit brandeten durch ihren Körper. Die älteren Leute schauten sie erschrocken an, gingen dann rasch weiter, ohne darauf zu achten, dass sie ihren dicken Spaniel dabei beinahe strangulierten.

Flo setzte sich auf eine kniehohe Mauer am Wegrand. Binnen Sekunden drang die Feuchtigkeit durch ihre Jeans, doch das war ihr egal, sie war sowieso schon nass. Etwas Unheimliches ging mit ihr vor. Es konnte unmöglich ein Zufall sein, dass sie, sobald sie diese Träume hatte oder in Lisieux war, an diesem Symptom litt. Alles schien miteinander verwoben zu sein, die Briefe, Noviomagus Lexoviorum, Adelaide, deren Kind und Louis Dubois. Und sie, Florence Galabert, fungierte womöglich als Antenne, die all diese Schwingungen aus der Vergangenheit auffing, bündelte und ins Heute übertrug. So wie ein Radio: Flo, das Geisterradio! Das reimte sich sogar.

Sie lachte lautlos, bis ihre Schultern bebten. Sie wurde langsam verrückt, kein Zweifel. Es war höchste Zeit zu verschwinden.

63

»Lass mich in Ruhe!«, schrie Alex, als er ein Klopfen an der Haustür vernahm, und schlug den Kleiderschrank so fest zu, dass dieser wackelte. Was wollte sie denn noch? Hatte sie nicht begriffen, dass es aus war?

»Alex?«

Durch das offene Schlafzimmerfenster sah er das erstaunte Gesicht seiner Mutter.

Er zuckte zusammen. »Entschuldige«, knurrte er und fuhr sich durch die feuchten Haare, »ich dachte, du wärst jemand anderes.«

Er riss sich das Handtuch von den Hüften, schlüpfte in eine Trainingshose und beeilte sich, seiner Mutter die Haustür zu öffnen.

Paulette Dubois schüttelte ihren Schirm aus, stellte ihn neben die Tür an die Hauswand und trat ein. Sie schaute sich unauffällig um, so als suche sie jemanden, und wandte sich dann ihrem Sohn zu.

»Du siehst schlecht aus«, meinte sie und kniff die Augen zusammen. »Bist du krank?«

Er schüttelte den Kopf und ging in die Küche. Wenn man Dummheit als Krankheit bezeichnen wollte, hatte er eben gelogen, aber das würde er kaum seiner Mutter auf die Nase binden.

»Möchtest du etwas trinken?«, fragte er, um Zeit zu gewinnen.

Was wollte sie hier? Sie kam selten zu Besuch. Vermutlich deprimierte sie dieses Haus. Er hätte es schon lange verkaufen sollen.

Seine Mutter war ihm gefolgt, und als sie die zwei Tassen in der Spüle entdeckte, schüttelte sie den Kopf.

»Nein, ich will nichts trinken. Ich will endlich wissen, was mit dir, oder sollte ich sagen euch, los ist!«

Alex stützte sich mit beiden Händen auf das Spülbecken und ließ den Kopf hängen. Als er die Hand seiner Mutter auf seinem nackten Arm spürte, war es um seine Selbstbeherrschung geschehen. Er drehte sich um, holte tief Luft und erzählte ihr von seinem Streit mit Flo.

»Jetzt bist du dreißig Jahre alt«, begann seine Mutter nach der Beichte, »und nicht auf den Kopf gefallen, aber von Frauen hast du keine Ahnung.«

Paulette Dubois schüttelte tadelnd den Kopf, holte ein Kräuterbonbon aus ihrer Handtasche und schob es sich in den Mund.

»Aber sie hat mich hintergangen!«, versuchte er sich zu rechtfertigen. Es gefiel ihm gar nicht, dass seine Mutter nicht seine Partei ergriff, sondern ihm sogar Vorhaltungen machte. »Und sie war mit Gregor …«

»Ja, und?«, unterbrach sie ihn. »War sie mit ihm in der Kiste?«

»Mutter!«, rief er empört.

Paulette Dubois zuckte die Schultern.

»Also nein. Dann weiß ich nicht, weshalb du dich so aufregst. Hast du ihr gesagt, dass du sie liebst?«

Er schüttelte den Kopf. »Sie mir aber auch nicht«, gab er zurück und merkte im selben Augenblick, wie kindisch das klang.

»Hör zu, Alex. Ich kann mir vorstellen, dass es für dich nicht leicht ist, einer Frau zu sagen, dass du sie liebst, doch wenn du es wirklich tust, dann trau dich. Niemand kann dir versichern, dass diese Beziehung halten wird, wie dir ebenfalls niemand versichern kann, das es das ist, was du suchst und brauchst und ob du deswegen Schmerzen erleiden wirst. Aber Liebe ist etwas Kostbares. Wirf sie nicht weg, nur weil du zu stolz bist oder zu ängstlich. Wenn du jetzt nicht alles versuchst, um diese Liebe zu halten, wirst du das dein Leben lang bereuen.«

Alex biss sich auf die Lippen. Seine Mutter hatte recht, wie üblich. Er hätte Flo wenigstens anhören müssen. Wenn sie tatsächlich mit Gregor unter einer Decke steckte, musste er den Grund erfahren, und dann wäre noch genügend Zeit, sie in die Wüste zu schicken. Doch wenn alles nur ein großes Missverständnis war, blieb ihnen – blieb ihm! – vielleicht nur noch eine Möglichkeit, das Ganze wieder auf die Reihe zu kriegen.

»Ruf sie an!«, befahl seine Mutter. »Oder nein, fahre besser gleich zu ihr. Ihr müsst das klären und dann würde ich diese Dame, die dir den Kopf so verdreht, wirklich gerne einmal kennenlernen.«

Sie zwinkerte ihm zu und er grinste. Dann nickte er und sprang auf.

»Alex?«

Er drehte sich nochmals um.

»Ja?«

»Zieh dir besser etwas an.«

Es war kurz vor fünf Uhr, als er vor Delphines Haus stoppte. Ein einzelner Sonnenstrahl stahl sich durch die Wolkendecke und ließ den nassen Asphalt auf dem Vorplatz glitzern. Er hielt das für ein gutes Zeichen, holte tief Luft und stieg aus.

Sein Puls beschleunigte sich, als er an der Haustür klingelte, aber seine Mutter hatte recht: Er würde es sich nie verzeihen, wenn er Flo ohne klärendes Gespräch ziehen ließe. Selbst der Abschiedsschmerz wäre erträglicher als die Ungewissheit, was sie und Gregor verband.

Irgendwo im Haus fing Filou an zu bellen und wenig später öffnete Delphine die Tür. Bei ihrem Anblick erschrak er. Sie war kreidebleich, ihre sonst so akkurat frisierten Haare standen in alle Himmelrichtungen ab, als hätte sie einen Stromschlag abbekommen.

»Alexandre, gut, dass du kommst!«, begrüßte sie ihn und zerrte ihn in den Korridor. »Etwas ist mit Madame Galabert geschehen. Sie …« Delphine brach ab und schüttelte den Kopf. »Sie will aber absolut nicht, dass ich einen Arzt anrufe. Ich weiß mir nicht mehr zu helfen.«

»Kann sie nicht mehr sprechen?«

Delphine blieb der Mund offen stehen. »Woher weißt du das?«

»Das ist schon einmal passiert«, erwiderte er grimmig. »Es könnte sich dabei um eine Krankheit namens Mutismus handeln. Ein psychogenes Schweigen, das häufig bei Depressionen, nach schweren Schocks oder bei psychiatrischen Erkrankungen auftritt.«

Delphine schlug sich die Hand vor den Mund. »Und du glaubst, daran leidet die arme Frau?«

»Ich weiß es nicht«, sagte er wahrheitsgetreu. »Manchmal liegt diese Krankheit in der Familie und wird vererbt. Sie muss das unbedingt ärztlich abklären lassen. Aber mach ihr das mal klar, sie ist doch so stur wie ein Esel!«

Er versuchte zu lächeln, um seinen Worten die Spitze zu nehmen, doch Delphines Miene blieb bekümmert.

»Geh am besten gleich zu ihr hinauf. Sie ist am Packen. Hattet ihr Streit?«

Ohne ihre Frage zu beantworten, lief er die Treppe hoch. Die Tür zu ihrem Zimmer stand einen Spalt offen. Auf dem Bett lag eine gepackte Reisetasche. Flo stand mit dem Rücken zur Tür, sah zum Fenster hinaus und hatte ihre Arme um ihren Oberkörper geschlungen, als wäre ihr kalt.

»Flo?« Seine Stimme klang unsicher. »Darf ich reinkommen?«

Sie hatte sein Ankommen sicher bemerkt, denn sie schien über sein plötzliches Auftauchen nicht erstaunt zu sein, drehte sich jedoch auch nicht um. Lediglich ein leichtes Heben ihrer Schultern verriet ihm, dass sie ihn gehört haben musste.

»Flo, bitte«, er trat ins Zimmer, blieb aber zwei Schritte hinter ihr stehen, »es tut mir schrecklich leid.«

Langsam wandte sie sich um. Der Schmerz, den er in ihren Augen sah, zerriss ihm das Herz. Er wollte sie in die Arme nehmen, doch sie stoppte ihn mit einer Handbewegung und einem Laut, der mehr einem Tier als einem Menschen gehörte.

Das Entsetzen musste ihm ins Gesicht geschrieben sein, denn mit Tränen in den Augen wandte sie sich abrupt wieder ab, durchmaß das Zimmer in wenigen Schritten und griff nach einem karierten Block und einem Kugelschreiber. Sie kritzelte etwas darauf, riss das Blatt ab und hielt es ihm vor die Nase.

Lass mich in Ruhe!

»Nein«, sagte er. »Das werde ich nicht!« Er griff nach dem Zettel, zerknüllte ihn und warf ihn achtlos über seine Schulter. »Zuerst reden wir, dann werde ich dich in Ruhe lassen.«

Flo fletschte die Zähne, was vermutlich ein Lachen sein sollte. Sie beugte sich wieder über den Schreibblock und hielt ihm erneut ein Blatt vors Gesicht.

Reden? Ha ha!, stand darauf. Geht nur leider nicht! Dann zog sie das Blatt zurück, wendete es und schrieb noch etwas drauf. Idiot!

Alex lachte.

»Ja, in der Tat, dem kann ich nicht einmal widersprechen. Aber keine Angst, meine Mutter hat mir schon die Leviten gelesen. Sie kam zum gleichen Schluss wie du.«

Um Flos Mundwinkel zuckte es und er nahm daraufhin all seinen Mut zusammen und griff nach ihrer Hand. Sie war eiskalt, aber wenigstens zog sie sie nicht sofort zurück.

»Bitte«, flehte er inständig. »Ich würde gerne erfahren, weshalb du mit Gregor weggefahren bist. Weshalb du überhaupt weggefahren bist! Vor allem nach dieser Nacht. Hat dir das alles denn nichts bedeutet?«

Seine Stimme brach und er räusperte sich. Verdammt, gleich fing er noch an zu heulen. Was war er doch für eine Memme!

Sie schaute ihm währenddessen aufmerksam ins Gesicht, als würde sie einen Käfer unter einem Mikroskop betrachten, und stieß dann einen Laut aus, der einem genervten Seufzen ähnlich war. Sie setzte sich aufs Bett, nahm den Block zur Hand und schrieb hektisch etwas auf. Er wagte nicht, sich zu rühren, als würde durch eine Bewegung das zerbrechliche Gleichgewicht, das momentan herrschte, sogleich wieder zerstört. Nach einer Weile streckte sie ihm den Schreibblock hin.

Ich habe durchs Fenster gehört, wie dich Mme Picot gefragt hat, ob du glücklich seist. Da du nicht geantwortet hast, nahm ich an, du wärst es nicht. Das hat mich tief verletzt, deshalb bin ich abgehauen. Gregor kam nur zufällig ins Spiel. Mir tut's auch leid. Trotzdem bist du ein Idiot!

Alex hob verblüfft den Kopf. Das Badezimmerfenster? Also hatte sie die Unterhaltung mit Delphine gehört und sein Zögern falsch gedeutet. Verdammt! Anscheinend hatte sie seine nachfolgenden Sätze nicht mehr mitbekommen. Kein Wunder, dass sie kopflos davongerannt war. Er an ihrer Stelle hätte vermutlich ähnlich reagiert. Und das Treffen mit Gregor war ein Zufall? Er runzelte die Stirn und deutete mit seinem Finger auf dessen Namen.

Flo riss ihm den Block aus der Hand und gab ihn ihm nach kurzer Zeit zurück.

Ich kann zwar nicht sprechen, aber ich bin nicht taub! Und ja, es war wirklich ein Zufall.

»Okay, okay«, Alex lachte. »Ich glaube dir ja.«

Er quetschte sich zwischen die Reisetasche und Flo und legte seinen Arm um ihre Schultern.

»Und jetzt reden wir mal Tacheles, meine Liebe. Dass du nicht sprechen kannst, muss eine Ursache haben. Entweder psychisch oder physisch. Lass mich ausreden!«, gab er bestimmt zurück, als sie ihn mit einer Handbewegung unterbrechen wollte. »Ich rufe jetzt meinen Kumpel Christoph an und werde ihn um einen Termin bitten. Er arbeitet in Caen. Als was, kann ich dir nicht genau sagen, aber er hat seinen Doktor gemacht, und wenn er nicht der richtige Mann für dieses Symptom ist, wird er uns an den passenden Spezialisten verweisen. Alles klar?«

Sie nickte ergeben, schmiegte sich in seine Armbeuge und zeichnete ein Herz auf den Schreibblock, der immer noch auf seinen Knien lag.

Alex lächelte gerührt.

»Ich liebe dich auch.«

64

Die Dämmerung entzog dem Zimmer jede grelle Farbe, ließ ein Meer aus Grau- und Blautönen zurück und verwandelte die Möbel in konturlose Fabelwesen. Obwohl sich Flo nach dem Liebesspiel warm und zufrieden fühlte, fand sie keinen Schlaf. Sie beobachtete die Regentropfen, die ans Fenster schlugen und in unregelmäßigen Linien abflossen. Die Wetterberuhigung hatte nur kurz angehalten.

Neben ihr lag Alex und schnarchte leise. Sie stand vorsichtig auf, um ihn nicht zu wecken und ging zur Toilette. Auf dem Gang blieb sie einen Moment stehen. Von unten hörte sie den Fernseher. Ob ihre Zimmerwirtin sie für verrückt hielt? Vermutlich. Aber sie hatte wirklich vorgehabt, sofort abzureisen. Doch Alex hatte sie – schon wieder – umgestimmt. Es war wohl ihr Schicksal, dass sie sich ständig missverstanden, stritten, nur um sich anschließend wieder zu versöhnen.

Sie schmunzelte. Langeweile kam da wenigstens nicht auf. Doch sogleich verschwand ihr Lächeln. Was, wenn diese Stummheit anhielt? Sie schluckte. Alex hatte seinen ehemaligen Studienkollegen vorhin angerufen und einen Termin für übermorgen vereinbart. So sehr sie darauf brannte zu erfahren, was mit ihr los war, so sehr fürchtete sie sich auch vor der Wahrheit. Ein Leben in Schweigen? Sie wusste nicht, ob sie das ertragen konnte – ob Alex das ertragen konnte. Sie fröstelte plötzlich und beeilte sich, wieder zu ihm ins warme Bett zu schlüpfen.

»Wehe, du reibst deine eiskalten Füße an mir!«, drohte er mit schlaftrunkener Stimme und schloss sie in die Arme.

Sie grinste.

»Was dann?«, wollte sie wissen und beide erstarrten zur gleichen Zeit. »Heiliger Prämolar!«, stieß sie fassungslos hervor. »Jetzt geht's wieder. Was zum Teufel ist das nur?«

Er kratzte sich am Kinn.

»Das ist wirklich äußerst sonderbar«, meinte er. »Kannst du es denn steuern? Oder hast du vorhin etwas Spezielles getan?«

Sie schüttelte den Kopf. »Wenn du einen Toilettengang als speziell bezeichnen willst … also nein. Das kommt und geht wie ein Schluckauf.«

Alex zog die Bettdecke über sie beide und sie kuschelte sich in seine Armbeuge.

»Wir werden übermorgen trotzdem nach Caen fahren, nicht wahr? Normal ist das nämlich nicht.«

Flo nickte ergeben, obwohl sie lieber widersprochen hätte. Aber sie war sich sicher, dass er sich nicht umstimmen ließ.

»Hast du wieder geträumt?«, fragte er weiter und strich mit seinem Daumen über ihren nackten Arm. »Du meintest doch, dass es vielleicht damit zusammenhängen könnte.«

»Ich hätte ja gerne etwas geschlafen«, erwiderte sie bekümmert, »nur ist das bei deinem Geschnarche leider nicht möglich.« Er schnaubte empört und sie lachte. »Übrigens muss ich dir noch etwas erzählen. Während meines Zusammenseins mit Gregor hatte ich quasi eine Erleuchtung.«

Bei Gregors Namen spannte sich Alex' Bizeps unwillkürlich an. Sie schüttelte innerlich den Kopf. Wie konnten die beiden bloß so unversöhnlich sein?

»Also«, fuhr sie fort, »während Castel-Superheld sein Boot zudeckte, begann ich zu überlegen. Die Castels sind doch schon seit Ewigkeiten hier beheimatet, nicht? Und werden als alteingesessen und bedeutend tituliert.« Alex nickte zustimmend. »Nun, jetzt erinnere dich daran, was Madame Simonet übersetzt hat. Louis sprach doch von einem Mann – wir nahmen an, dass es sein Nebenbuhler um die Gunst von Adelaide gewesen ist –, vor dem sie sich in Acht nehmen soll. Ein alteingesessener, bedeutender Mann!«

Flo brach ab und bemerkte mit Genugtuung, wie sich auf Alex' Gesicht das Verstehen abzeichnete.

»Donnerwetter!«, rief er und schlug sich mit der flachen Hand an die Stirn. »Natürlich! Dieser Nebenbuhler war ein Castel. Die waren schon früher die reichsten Bauern hier. Und sicher waren auch Gregors Vorfahren so wie er, unerbittlich, wenn es um die Wahrung ihrer Interessen ging. Dazu zähle ich auch Eroberungen.«

Sie nickte.

»Und ich weiß sogar, wie dieser Urahne hieß.«

Alex setzte sich auf. »Ach, und wie?«

»Frédéric.« Sie umkreiste mit ihrem Finger Alex' Bauchnabel, bis er sich wand und ihre Hand festhielt.

»Und wie kommst du auf diesen Namen?«, fragte er, fasste sie unter den Achseln und zog sie auf Augenhöhe. Dann küsste er sie zärtlich, bis sie zu seufzen begann.

»Beherrschen Sie sich mal, Herr Lehrer, dann erzähle ich es Ihnen.«

Er verzog bedauernd das Gesicht, ließ sie aber los und sie berichtete ihm von ihrem außerkörperlichen Erlebnis in Fécamp und wie sie später auf ihrem Handy im Internet nach der Familie Castel im 19. Jahrhundert gesurft hatte, bis der Akku leer war. Dabei war ein Frédéric Castel aufgetaucht, der genau zu dem Zeitpunkt, als Adelaide Fouquet verschwunden war, mehrmals in Zeitungsartikeln erwähnt wurde, wenn auch nicht im Zusammenhang mit der jungen Witwe.

»Fassen wir mal zusammen.«

Alex setzte sich in Ermangelung eines zweiten Stuhls im Zimmer auf einen umgedrehten Papierkorb. Sie hatten das warme Bett verlassen, um ihre Recherchen zu rekapitulieren. Flo saß vor ihrem Laptop und schaute Alex aufmerksam an. Er hatte nur seine Boxershorts übergestreift und mit Verlangen betrachtete sie seinen flachen Bauch und den schmalen Streifen Haare, der sich bis zu seinem Nabel zog. »Flo? Hörst du mir zu?«

»Wie? Ja, klar – zusammenfassen«, wiederholte sie und grinste ihn anzüglich an. Sie konnte einfach nicht genug von diesem Mann bekommen.

Er rollte mit den Augen und strich sich eine Strähne aus der Stirn.

»Louis Dubois liebt Adelaide Fouquet. Eine Witwe, deren Tochter Jeanne heißt. Die beiden träumen von einer gemeinsamen Zukunft. So weit, so gut?« Flo nickte und er fuhr fort. »Leider kennen wir den Inhalt von Adelaides Briefen noch nicht, sonst müssten wir vielleicht gar nicht spekulieren. Aber nehmen wir mal an, dass dieser Frédéric Castel, den du im Internet gefunden hast, Gregors Ur-ur-ur-Irgendetwas ist, ebenfalls ein Auge auf besagte Dame geworfen hat. Was würde ein reicher Großbauer tun? Vermutlich nicht abwarten, bis Amor seine Pfeile verschießt, oder?«

»Nein«, bestätigte sie seine Annahme. »Er würde die Dinge in die Hand nehmen. Sie stalken oder so. Vielleicht sogar jemanden erpressen oder nötigen. Früher konnten sich die Reichen ja so einiges erlauben.«

Er nickte. »Nehmen wir weiter an, Adelaide zeigt ihm die kalte Schulter, weil sie lieber Louis will. Würde sich so ein Pascha damit abfinden?«

Flo schüttelte den Kopf. »Kann ich mir nicht vorstellen.«

»Eben.«

Alex stand auf und ging im Zimmer auf und ab. Es war mittlerweile neunzehn Uhr und ihr knurrte der Magen, doch sie wollte ihn nicht unterbrechen. Es schien fast, als hätte er plötzlich größeres Interesse als sie, das Geheimnis um die Liebesbriefe zu lüften. Als müsste er sich oder jemand anderem damit etwas beweisen. Vielleicht diesem Louis Dubois? Sie hatten zwar noch keinen eindeutigen Hinweis gefunden, dass der Briefschreiber tatsächlich mit Alex verwandt war, vermuteten aber beide, dass es so war. Wenn das stimmte, dann waren die Parallelen der Dreiecksgeschichte im 19. Jahrhundert mit derjenigen von Gregor, Alex und ihr selbst nicht zu übersehen. Gruselig. Ein kalter Schauer lief über ihren Rücken. Adelaide verschwand damals spurlos. Würde sie ihr Schicksal teilen?

»Oder?«

»Bitte? Entschuldige, ich war gerade in Gedanken.«

»Nun konzentriere dich doch mal.« Alex' Stimme klang gereizt. Sie verbiss sich ein Lachen.

»Bitte um Verzeihung, Herr Lehrer«, murmelte sie brav.

»Ich fragte dich, ob dieser Frédéric Adelaide womöglich beiseitegeschafft haben könnte.«

»Du meinst, er hat sie getötet?« Sie wurde bleich. »Und was hat er mit der Leiche getan?«

Er zuckte mit den Schultern.

»Ich glaube kaum, dass wir das herausbekommen. Es ist ja auch schon ein paar Jährchen her.«

»Stimmt, das werden wir wohl nie erfahren«, pflichtete sie ihm traurig bei und vermeinte aus dem Augenwinkel plötzlich eine Bewegung wahrzunehmen. Doch als sie den Kopf wandte, sah sie nur das zerwühlte Bett und das Eulenbild an der Wand darüber. Einen Moment starrte sie es an, bis Alex' unvermittelt ausrief: »Ich weiß, wo er Adelaides Leichnam versteckt haben könnte!«

Er schubste Flo vom Stuhl, griff sich ihren Laptop und tippte ein paar Begriffe in die Suchmaschine ein.

»Lies das mal!«, forderte er sie auf und blickte sie dabei mit stolzgeschwellter Brust an.

65

Die Lachspastete, die sich Gregor von einem Cateringservice hatte liefern lassen, schmeckte wie Pappe und mit einem Laut des Unmuts schob er den Teller von sich. Er schenkte sich das dritte Glas Weißwein ein, betrachtete einen Moment die hellgelbe Farbe des Chardonnays und trank das Glas danach in einem Zug aus.

Er hatte Lust, sich sinnlos zu betrinken. Selten war er an einem Tag so zwischen Himmel und Hölle hin und her geschwankt wie heute. Noch am Morgen hatte er sich maßlos über das Archäologische Amt geärgert, das ihn zu einem Baustopp auf der Römerwiese zwang. Später hatte er sich auf den Ausflug mit Florence Galabert gefreut, der zwar äußerst vielversprechend begonnen, aber abrupt geendet hatte, als sie ihn bat, sie bei Alex abzusetzen. Nebst dem Ärger, dass sie Dubois' Gesellschaft vorzuziehen schien, hatte er plötzlich das Gefühl gehabt, dass sie sich vor ihm fürchtete. Zum Henker! Er hätte sich vor ihr fürchten müssen, so, wie sie sich in Fécamp aufgeführt hatte! Ob sie geistesgestört war? Er schauderte. Die Begeisterung für die rehäugige Schönheit flaute ein wenig ab. Wenn sie wirklich verrückt war, dann konnte er froh sein, wenn Dubois sich mit ihr herumschlagen musste. Trotzdem spürte er einen Stich Eifersucht. Sie reizte ihn immer noch und er überlegte sich, wie er sie doch noch ins Bett bekommen könnte. Den Gedanken an eine ernsthafte Beziehung mit ihr hatte er jedoch zu den Akten gelegt.

Gedankenverloren nuckelte er an seiner elektronischen Zigarette, die ihn vom Rauchen abhalten sollte, schenkte sich noch ein Glas ein und wechselte vom Esstisch zur ledernen Sitzgruppe. Er stellte den Fernseher an, zappte ein wenig durch die Programme und startete schließlich den DVD-Player. Die Avengers? Captain America? Die fantastischen Vier? Er kannte sie alle auswendig und meist bekam er durch diese Filme seine gute Laune zurück, doch heute wollten die Marvel-Helden in den farbigen Kostümen ihren angestammten Job nicht übernehmen und nach einer Weile stellte er das Gerät frustriert ab.

Seine Narbe an der Lippe juckte, ein untrügliches Zeichen dafür, dass bald ein Wetterumschwung bevorstand. Es war auch langsam Zeit, dass dieser verdammte Regen aufhörte. Oder ob man sich zukünftig auf solche Regenperioden einstellen musste? Kürzlich hatte er einen Bericht darüber im Fernsehen mitverfolgt, in dem Al Gore über die Folgen der globalen Klimaerwärmung sprach. Wozu auch lang anhaltende Unwetter gehörten.

»Blödsinn«, murmelte er, kratzte mit seinem Fingerknöchel über die leichte Erhöhung oberhalb seiner Lippe und leerte sein Glas. Das war Dubois' Metier und daher ein Gebilde aus Lügen und Fantasien.

Gregor stand auf und runzelte die Stirn, als die Türklingel ertönte. Er erhielt selten spontanen Besuch. Seine Freunde wussten, dass er solche Überfälle nicht schätzte. Xavier Carpentier? Aber auch der würde sich telefonisch anmelden.

Er stellte das leere Glas neben den erkalteten Lachs und zog seine Hose hoch. Hinter der Milchglasscheibe der Haustür konnte er zwei Silhouetten im Schein der Laterne des Eingangsbereiches ausmachen. Eine große und eine kleine. Er warf einen Blick auf den quadratischen Bildschirm der Videokamera, die den Eingang überwachte, und schnappte nach Luft.

»Aber sonst geht's euch gut, ja?« Der Spott in Gregors Stimme war dick und klebrig wie Melasse. »Nicht genug, dass ich wegen dir nicht weiterbauen kann, Alex. Jetzt besitzt du noch die Frechheit, mich um so einen Schwachsinn zu bitten. Und weil du dich allein nicht traust, hast du hübsche Verstärkung mitgebracht, wie?«

Er warf Florence einen tadelnden Blick zu und bemerkte mit Genugtuung, wie sie errötete.

»Gregor ...«, begann Dubois, doch dieser unterbrach ihn brüsk.

»Kein Wort mehr! Ich höre mir diesen Schwachsinn jetzt nicht länger an. Romeo und Julia auf dem Dorfe, Mord und Totschlag! Und unsere Vorfahren sollen die Hauptfiguren in diesem Rührstück gespielt haben? Ihr habt sie ja nicht mehr alle! Das Archäologische Amt soll meinetwegen auf der Römerwiese noch ein wenig im Schlamm wühlen, aber danach wird der Wohn- und Geschäftskomplex hochgezogen. Basta! Wenn irgendwer jemanden dort verbuddelt hat, dann ruft die Polizei. Die werden sicher hocherfreut sein.«

Er lachte schallend und schüttelte amüsiert den Kopf. Das war wirklich der größte Witz, den der grüne Ritter in seiner ganzen Karriere je vorgebracht hatte. Selbst wenn es stimmte, dass irgendwer irgendjemanden im 19. Jahrhundert in den alten Römergräbern verscharrt hatte, was ging es ihn an? Zugegeben, die Bahnlinie des Regionalzugs hatte früher gut zweihundert Meter weiter westlich entlanggeführt, genau über die Römerwiese, unter der diese Gräber angeblich lagen, und war während des Baus der neuen Straße versetzt worden. Aber wenn dort eine Leiche lag, hätte man die in den 70er-Jahren des letzten Jahrhunderts sicher gefunden. Nein, das war nur wieder so eine Schnapsidee von Dubois, um ihm das Leben schwer zu machen. Und die hübsche Florence war wohl dazu gedacht, ihn zu bezirzen. Da hatten sie sich aber geschnitten! Er ließ sich nicht zum Narren halten. Da konnte sie mit ihren Bambi-Augen noch so klimpern. Er war Geschäftsmann und kein Träumer. Wenn sie wirklich so klug war, wie er sie einschätzte, würde sie über kurz oder lang merken, dass sie ihre Gunst dem Falschen geschenkt hatte, und zu ihm zurückgekrochen kommen. Der Gedanke erregte ihn und er wurde hart.

Als hätte sie seinen Gedankengang erraten, bemerkte Florence die Beule in seiner Hose und schaute schnell weg. Er grinste zufrieden. Er würde ihr schon bald zeigen, wer hier das Sagen hatte.

»Also, ihr entschuldigt, wenn ich euch jetzt bitten muss zu gehen. So viel Schwachsinn ermüdet mich.«

Er stand auf und machte eine Handbewegung, als wolle er eine räudige Katze verscheuchen. Alex und Florence sahen sich betreten an, erhoben sich ebenfalls und schlüpften in ihre Jacken, die vor Nässe trieften. Er warf einen missbilligenden Blick auf die Pfütze, die die Kleidungsstücke unter seiner Garderobe hinterlassen hatten.

Alex öffnete die Haustür, ließ Florence den Vortritt und drehte sich dann nochmals um.

»Und es gibt keine Möglichkeit, dich umzustimmen?«, fragte er, doch seinem Tonfall war anzumerken, dass er sich keine große Hoffnung machte.

»Werd endlich erwachsen, Don Q.!«

Alex biss sich auf die Lippen und Gregor sah zufrieden, wie sein früherer Schulkamerad die Fäuste ballte. Doch er hatte sich besser im Griff als erwartet, denn er zuckte daraufhin nur die Schultern und folgte Florence in den Regen hinaus. Einen Moment standen die beiden noch vor der Gartenpforte, schienen zu diskutierten und warfen ihm dabei schnelle Blicke zu, bevor sie in der Dunkelheit verschwanden. Dann hörte er ein Auto davonfahren und schloss die Haustür.

Auch wenn er Alex verabscheute, Chuzpe hatte der Kerl, einfach so bei ihm aufzutauchen, das musste man ihm lassen. Und was die hübsche Florence betraf, die hatte unsicher gewirkt. Vermutlich nagte schon der Zweifel bezüglich ihrer aktuellen Partnerwahl an ihr. Bald würde sie reif sein – reif für Gregor Castel!

66

»So ein arrogantes, selbstgerechtes, überhebliches Ar…«, Flo brach ab und schnaubte. »Entschuldige, aber solche Typen bringen mich echt auf die Palme. Ich war so frustriert, dass ich kein Wort herausgebracht habe.«

Alex lachte leise und setzte den Blinker.

»Mach dir nichts draus. Ein Versuch war es wert, wobei ich nicht wirklich damit gerechnet habe, bei Gregor auf ein offenes Ohr zu stoßen. Er hat mich schon immer verachtet und alles in den Schmutz gezogen, woran ich geglaubt habe. Wenn unsere Annahme stimmt und sowohl Louis als auch Frédéric unser beider Vorfahren sind, ist die gegenseitige Antipathie höchstwahrscheinlich vererbt und mir wird so einiges klar.« Er lachte wieder, aber es klang nicht belustigt. »Bisschen unheimlich, nicht?«

Sie nickte und stieg aus. Der Parkplatz der Pizzeria war an diesem Montagabend nur spärlich besetzt. Beim Eintreten schlug ihnen ein köstliches Duftgemisch aus Oregano, geschmolzenem Käse und Pizzateig entgegen.

»Ich könnte einen ganzen Ochsen verspeisen«, stöhnte Flo und schälte sich aus ihrer feuchten Jacke. Ein dunkelhaariger Kellner mit einem Zahnpastalächeln nahm ihnen die durchnässten Kleidungsstücke ab und hängte sie an die Garderobe, die sich neben dem gemauerten Pizzaofen befand.

Nachdem sie eine Flasche Mineralwasser und je ein Glas Chianti bestellt hatten, verschränkte Flo ihre Finger auf dem Tisch und schaute Alex aufmerksam an.

»Und jetzt?«, fragte sie gespannt. »Wie lautet Plan B?«

Er atmete tief durch und rückte sein Essbesteck zurecht.

»Wenn ich das wüsste«, sagte er endlich und eine Spur Resignation lag in seinen Worten. »Vielleicht ist es das Beste, wir geben uns mit dem zufrieden, was wir bis jetzt herausgefunden haben. Ist ja nicht wenig.«

Sie schürzte die Lippen und schwieg. Obwohl sich alles in ihr wehrte, die Sache abzubrechen, hatte er nicht unrecht. Sie hatten keine rechtliche Handhabe, um auf der Römerwiese nach einem Leichnam aus dem Jahr 1863 zu suchen, und wenn sie mit ihrer Vermutung zur örtlichen Polizei gingen, würden die höchstwahrscheinlich die Zwangsjacken auspacken. Doch trotz aller Argumente für einen Abbruch ihrer Mission konnte sie sich jetzt nicht einfach zurücklehnen und sich mit dem Erreichten zufriedengeben. Es war … sie konnte nicht mal genau sagen, was es war – ein unbestimmtes Gefühl, dass noch nicht alles geregelt war.

»Flo?«

Sie blickte auf, seufzte dann und meinte: »Ja, du hast bestimmt recht. Nur … ach, ich weiß nicht. Mein Ego lässt es nicht zu, dass ich jetzt die Waffen strecke.« Sie hob die Schultern. »In der Vergangenheit habe ich selten etwas zu Ende gebracht – kleine Charakterschwäche –, und als ich die Briefe in Omas Wohnung fand, habe ich mir geschworen herauszufinden, was dahintersteckt. Wenn ich jetzt wieder aufgebe, bin ich wie üblich eine Versagerin.«

Alex griff nach ihrer Hand. Mit dem Daumen strich er zärtlich über ihre Handfläche.

»Du bist ganz bestimmt keine Versagerin. Du hast doch beinahe alles herausgefunden, Kleines. Sei mal ein bisschen stolz auf dich.«

»Aber es gibt noch so vieles, was wir nicht wissen. Was ist zum Beispiel mit Adelaide damals wirklich passiert? Woher wusste dieser Frédéric, dass sie sich mit Louis immer bei den Ruinen traf? Ist er ihr gefolgt? Hat er sie beschatten lassen? Wer hat die Briefe im Struwwelpeter versteckt? Und was bedeuten meine Träume und dieses Verstummen? Wie kann ich zufrieden sein, wenn noch so viele lose Enden herumflattern?«

Sie atmete tief durch, um die aufsteigenden Tränen zu unterdrücken. Eine plötzliche Traurigkeit hatte sie ergriffen, als würde jemand neben ihr stehen und sie auch dessen Enttäuschung spüren. Verstohlen schaute sie sich um. Aber natürlich war da keiner. Wie dumm von ihr, so etwas zu denken. Sie nahm einen kräftigen Schluck Chianti, genoss die Würze des toskanischen Weines und setzte sich dann aufrecht hin. So schnell würde sie nicht aufgeben, auch wenn Gregor ihnen seine Hilfe verweigerte.

»Lass mich den Faden mal weiterspinnen«, wandte sie sich an Alex, brach ab, als der Kellner die Pizzen brachte, und ergriff erst wieder das Wort, als Alex den ersten Bissen zum Mund führte. »Adelaide wird von Frédéric Castel im Jahr 1863 umgebracht. Wir wissen nicht, ob es Mord, Totschlag oder vielleicht ein Unfall war. Wenn er jedoch ebenso cholerisch wie Gregor war, dann kann es durchaus sein, dass er im Affekt handelte, nicht wahr?«

Alex nickte und winkte dem Kellner, damit er ihnen noch zwei Gläser Rotwein brachte.

»Also.« Sie schloss genüsslich die Augen, als sie in ihre Schinkenpizza biss. Sie kaute einen Moment und überlegte sich ihre nächsten Worte. Alex würde sie womöglich für verrückt halten, aber sie musste es versuchen – für Adelaide.

»Frédéric sieht sich jetzt mit dem Problem konfrontiert, eine Leiche entsorgen zu müssen. Er hat das möglicherweise nicht geplant oder nicht gewollt und reagiert panisch. Was würdest du tun?« Alex öffnete den Mund, doch sie sprach sogleich weiter, ohne ihn zu Wort kommen zu lassen. »Du bist Bauer. Das Einfachste wäre wohl, den Körper im Gülleloch zu versenken. Aber irgendwann wird das geleert und vielleicht treibt ein Toter auch an der Oberfläche – Gas, du verstehst?« Sie verzog den Mund. Alex atmete tief durch. »Entschuldige. Kein hübsches Thema zum Essen, was?«

»Nicht wirklich«, stimmte er zu, »aber sprich weiter.«

»Gut, wir haben also eine Leiche und wissen nicht wohin damit. Versenken? Vergraben? Zerstü…, pardon. Was, wenn sich aber zufälligerweise genau vor unserer Haustür eine Baustelle befindet? Und zwar genau dort, wo die Römergräber liegen? Wäre es dann nicht logisch, den Leichnam in eines dieser Gräber zu legen, darauf hoffend, dass die bald zugeschüttet werden und die Bahnlinie darübergebaut wird? Für immer verschwunden! Wäre doch die perfekte Lösung! Frédéric konnte zu dem Zeitpunkt ja nicht wissen, dass die Geleise in hundert Jahren versetzt und die Römerwiese, wie auch die Gräber darunter, dann wieder zur Bebauung freigegeben würden. Und damit auch die Möglichkeit bestand, den Leichnam zu entdecken.«

Alex nickte und sie widmete sich ihrer Pizza, die in der Zwischenzeit kalt geworden war. Doch sie war so hungrig, dass sie dieser Umstand nicht weiter störte.

»Stimmt«, meinte er nachdenklich. »Das wäre das ideale Versteck. Nur, wie wollen wir das beweisen? Willst du dir einen Spaten schnappen und die Wiese umgraben?« Er grinste, doch als er Flos ernste Miene bemerkte, zerbrach sein Lächeln. »Großer Gott«, stieß er hervor, »genau das willst du tun!« Sie zwinkerte und er stöhnte. »Du bist verrückt! Gregor wird sich nie darauf einlassen, jemanden dort graben zu lassen, du hast ihn ja gehört. Und ich habe keine römische Figur mehr auf Lager, die ich …«

Er biss sich auf die Lippen.

»Ha!«, Flo grinste. »Wusste ich's doch. Selbst der Herr Lehrer kämpft mit unlauteren Methoden.« Sie kicherte und er schaute betreten auf seinen Teller. »Wo hast du das Artefakt, das den neuerlichen Baustopp rechtfertigt, eigentlich her?«, fragte sie und schob sich das letzte Stück Pizza in den Mund.

Er wand sich noch einen Moment und erzählte ihr dann, wie er sich an die Eulenfigur seines Großvaters erinnert hatte und ihm die Idee kam, sie dem Archäologischen Amt als neue Fundsache von der Römerwiese unterzujubeln.

»Clever, nur schade, dass du nicht noch mehr Gegenstände auf Lager hast.«

Der Kellner räumte die leeren Teller ab und drückte ihnen anschließend die Dessert-Karte in die Hand. Nachdem Flo eine Portion Tiramisu und Alex einen Espresso bestellt hatten, ergriff er das Wort.

»Du willst also wirklich auf der Römerwiese graben?« Als sie begeistert nickte, schüttelte er nur den Kopf. »Chérie, wie stellst du dir das vor? Im Moment ist die Baustelle abgesteckt, das Archäologische Amt arbeitet dort. Wenn wir Glück haben, finden sie Adelaides vermeintliches Grab. Und wenn nicht, oder wenn sie keine weiteren römischen Überreste ausfindig machen können, wird Gregor unmittelbar danach seine Maschinen anwerfen und weiterbauen. So gern ich selbst die Wahrheit ans Licht bringen möchte, es geht einfach nicht.«

Flo runzelte die Stirn. Sie war sich all dessen bewusst. Es gab praktisch keine Möglichkeit, ihre Hypothese zu untermauern, aber bis jetzt hatte das Schicksal ihnen immer dann, wenn alles verloren schien, einen Hinweis in die Hand gespielt. Warum also nicht auch dieses Mal? Und wie hieß es so schön: Probieren geht über studieren!

»Ich weiß, es ist vollkommen verrückt, aber kennst du das Gefühl, dass etwas, auch wenn es unmöglich erscheint, trotzdem ausprobiert werden muss?« Als sie sein zweifelndes Gesicht bemerkte, fuhr sie stärkeres Geschütz auf. »Oder waren deine Aktivitäten als Umweltschützer immer von Erfolg gekrönt? Hätte die Logik nicht erfordert, gar nicht erst mit einer Demonstration, einer Kampagne oder mit einem Protest zu starten, weil nahezu keine Hoffnung bestand, etwas zu ändern? Und hat dich das etwa davon abgehalten? Sei ehrlich.«

Er zog amüsiert einen Mundwinkel nach oben und Flo fühlte, dass sie ihn bald so weit hatte.

»Wenn die Menschen immer nur angepackt hätten, was ihnen Erfolg versprach, würden wir heute vermutlich noch Felle tragen und uns in Gebärdensprache verständigen.«

Er grinste und hob die Hände.

»Okay, okay, ist ja gut, du hast mich überredet. Nur, wie stellst du dir das vor? Wir können morgen nicht plötzlich mit Schaufel und Pickel auf der Römerwiese auftauchen und verlangen, dass wir ein wenig buddeln dürfen.«

Sie schüttelte den Kopf. »Wir graben nachts.«

»Nachts?«, rief er und riss die Augen auf. Das Pärchen am Nebentisch drehte erschrocken die Köpfe.

»Nachts?«, wiederholte er leiser und beugte sich über den Tisch. »Hast du jetzt vollkommen den Verstand verloren? Wie wollen wir …«

»Das ist kein Problem, Alex«, unterbrach sie ihn und strich ihm dabei sanft über die Wange. Eine plötzliche Sentimentalität hatte sie ergriffen und sie musste ihn jetzt einfach berühren. Am liebsten hätte sie ihn geküsst, doch sowohl der Kellner als auch die Gäste am Nebentisch schauten sie bereits kritisch an, und sie hatte keine Lust, noch mehr aufzufallen.

Alex' Augen hatten die Farbe von nassem Schiefer angenommen, wie immer, wenn ihn etwas beunruhigte oder
beschäftigte. Dann wirkten sie beinahe schwarz. Mit den
feuchten Haaren, dem Dreitagebart und den dunklen Augen
sah er aus wie ein Pirat. Sie seufzte, als sich das bekannte Kribbeln im Bauch einstellte. Sie wäre eigentlich lieber zu ihm
nach Hause gefahren und hätte die Nacht mit ihm in seinem
warmen Bett genossen, aber jetzt hatte sie ihn schon so weit
und wollte keinen Rückzieher machen.

»Du hast mir doch die Pläne aus dem 19. Jahrhundert
gezeigt, erinnerst du dich?« Er nickte und sie fuhr fort.
»Damals führten die Eisenbahnschienen noch direkt über
die Römerwiese, bevor sie später versetzt wurden und jetzt
parallel zur Autostraße verlaufen. Und sowohl die Bahnlinie wie auch die Autostraße sind auf der Höhe Lisieux mit
Straßenlaternen bestückt. Oder sagt man bei Bahnlinien
Bahnleuchten? Egal, Hauptsache, das Gelände ist beleuch-
tet. Wir werden bestimmt über ausreichend Licht verfügen
und wenn wir warten, bis keine Züge mehr fahren, werden wir gar nicht entdeckt. Von der Autostraße aus ist das
Areal nämlich nicht einsehbar. Und du hast diesem Professor erzählt, die Eule hätte weiter vorne gelegen, wo jetzt der
archäologische Dienst gräbt. Dem kommen wir also auch
nicht in die Quere. Wenn wir die Pläne noch mal genau
studieren, können wir das infrage kommende Areal sehr gut
eingrenzen und müssen nicht buddeln, bis uns Maulwurfs-
schaufeln wachsen.«

Sie lachte und holte tief Luft. Mehr Argumente hatte sie
nicht auf Lager und hoffte, die vorgebrachten würden ihn
überzeugen.

»Du weißt, dass du einen Knall hast, oder?«, platzte Alex
heraus, doch er lächelte bei den Worten und ihr Herz vollführte einen Purzelbaum.

»Deshalb liebst du mich doch«, konterte sie und er lachte schallend.

»Ja, vermutlich«, gab er zu, griff nach ihrer Hand und zog sie an seine Lippen. »Dann lass uns zu mir fahren und die Pläne sichten. Ich kann dir jedoch nicht versprechen, dass wir wirklich graben können. Vielleicht ist der Boden zu steinig, zu sumpfig oder das Gebiet zu groß. Eventuell kommen wir nicht einmal aufs Gelände, da ein zwei Meter hoher Zaun das Grundstück umgibt. Sei also nicht allzu enttäuscht, wenn dein Vorhaben schon im Vorfeld scheitert. Aber irgendwo in meinem Schuppen liegt sicher das adäquate Equipment für diese irre Aktion herum. Und wenn das nicht effizient genug ist, klauen wie einfach einen von Gregors Bulldozern.«

67

Als sie die Pizzeria verließen, schlug es von einem Kirchturm zehn Uhr. Der Regen hatte eine Atempause eingelegt. Wind war aufgekommen und jagte die verbliebenen Regenwolken über den Himmel. Ab und zu blitzte der Mond hervor. Es roch nach Meer.

Alex beobachtete Flo, wie sie tief einatmete und ihre Arme gegen den dunklen Nachthimmel streckte, als müsse sie eine Gottheit beschwören. Wie zum Teufel hatte sie ihn nur dazu gebracht, sie bei dieser verrückten Aktion zu unterstützen? Sollte sie jemand dabei erwischen, wie sie sich unerlaubterweise auf dem Gelände herumtrieben und Löcher gruben, hätten sie ein Problem. Vor allem er.

Im Hinblick auf seinen anstehenden Prozess konnte er sich nicht die geringste Verfehlung leisten. Er spielte mit dem Feuer, wusste es und es war ihm komplett egal. Flo brauchte diese letzte Möglichkeit, um das Schicksal der Briefschreiberin aufzuklären, und das war das Einzige, was im Moment zählte.

Sie glaubte an einen Zusammenhang zwischen den Briefen, ihren Träumen, dem Verstummen und Adelaides Verschwinden. Vielleicht nur eine dumme Vorstellung und wissenschaftlich ganz sicher nicht zu erklären, aber der Glaube hatte bekanntlich schon immer Berge versetzt. Und wenn ein wenig Graben sie von ihrer Obsession heilen konnte, dann war das Risiko durchaus vertretbar.

Ihre gerade reparierte Beziehung stand zurzeit auf gläsernen Füßen, und bevor sie nicht fest verankert war, wollte er versuchen, ihre Wünsche zu erfüllen. Schließlich liebte er sie und was gab es Wichtigeres, als die Sehnsüchte des geliebten Menschen zu befriedigen? Vor allem, wenn er solche Augen und solch verführerische Lippen hatte!

Er griff nach Flos Hand, wirbelte sie herum, bis sie vor Überraschung quiekte, und küsste sie stürmisch. Er würde sie nie wieder gehen lassen!

»Bitte sei still.«

Flo schlug sich die Hand vor den Mund und ihr Gekicher wurde eine Spur leiser, bis es schließlich in einem Schluckauf endete.

»Tut mir leid«, flüsterte sie zwischen zwei Hicksern, »aber ich bin so aufgeregt. Schon als Kind musste ich, wenn wir verstecken spielten, entweder aufs Klo oder fing hysterisch an zu kichern. Ich gäbe einen miserablen Dieb ab.«

Alex rollte mit den Augen und prüfte das Schloss am Zaun. Unmöglich zu öffnen, ohne es zu zerstören, und er hatte keinen Bolzenschneider dabei. Es würde ihnen nichts anderes übrig bleiben, als am Gitter entlangzugehen und nach einer Möglichkeit Ausschau zu halten, entweder darüberzuklettern oder untendurch zu schlüpfen. Fein, schon die erste Hürde. Er wagte nicht zu spekulieren, wie viele noch folgen würden.

»Komm!«, wandte er sich an Flo, »wir gehen mal in Richtung Bahngleise. Sobald wir von den umstehenden Häusern aus nicht mehr gesehen werden können, nehmen wir die

Taschenlampen heraus. Bis dahin muss uns das Mondlicht reichen. Pass aber auf, das Gelände ist wegen der Regenfälle äußerst rutschig.«

Im blassen Mondschein sah er Flo nicken. Sie hatte seinen Rucksack geschultert, in dem sich zwei Lampen, die Pläne des Areals, eine Thermosflasche mit Pfefferminztee und zwei Regenjacken befanden. Er trug eine Schaufel und einen Spaten. Auf die Spitzhacke hatte er verzichtet, denn das Gelände hatte sich in den vergangenen Tagen in einen regelrechten Sumpf verwandelt.

Als sie sich vorhin in seinem Wohnzimmer über die Pläne der römischen Siedlung und die der Bahnlinie von 1863 gebeugt hatten, hatte er Flo in den Nacken geküsst, und beinahe hätten sie in der darauf folgenden leidenschaftlichen Umarmung ihren Ausflug vergessen. Doch plötzlich hatte sie sich aus seinen Armen befreit, nicht ohne ein Bedauern im Blick, und ihn mahnend an die Buddelei erinnert. Obwohl er die ganze Expedition für verschwendete Liebesmüh hielt, hatte er brav das Werkzeug aus seinem Schuppen geholt, während sie den Proviant vorbereitete. Ein wenig erinnerte ihn die Exkursion an eine Schulfahrt – nur fanden die meist tagsüber statt.

Seine Gummistiefel lösten sich mit einem schmatzenden Geräusch vom durchweichten Boden und ließen tiefe Abdrücke zurück. Hinter seinem Rücken hörte er Flo leise fluchen. Er hatte ihr ein Paar von Tanjas alten Stiefeln geborgt, die ihr aber zwei Nummern zu groß waren. Vielleicht würde ihr Enthusiasmus schon bald erlahmen, wenn ihr Schuhwerk im Morast stecken blieb und sie auf Strümpfen weitergehen musste. Der Gedanke erheiterte ihn und er unterdrückte ein Lachen.

Flo hatte recht gehabt, das Gelände vor ihnen war in schwaches gelbes Licht getaucht, das von den Straßenlampen der Autostraße und der Bahnlinie herkam. Sobald sie die letzten Häuser hinter sich gelassen hatten, knipste er die Taschenlampen an und reichte Flo eine. Die Wiese entlang des Zauns war alles andere als einfaches Terrain und er hatte keine Lust, dass einer von ihnen in einen Hasenbau trat und sich den Fuß verstauchte.

»Alles in Ordnung?«, wandte er sich an Flo, die keuchend hinter ihm herstiefelte.

»Könnte nicht besser sein!«, antwortete sie, doch ihre heitere Stimmung war aufgesetzt. Offenkundig kam sie langsam zu der Erkenntnis, dass ihr Vorhaben unüberlegt war. Wie bei seinen Schülern, dachte er, man musste ihnen einfach die Gelegenheit geben, sich von der Sinnlosigkeit gewisser Unterfangen selbst zu überzeugen. Aber der Himmel möge ihm beistehen, dies je laut zu äußern – er war ja nicht lebensmüde!

Vor ihnen erhob sich ein kleiner Hügel, der sich beim Näherkommen als Palettenstapel entpuppte. Alex überlegte. Wenn sie diese aufeinanderschichteten, könnten sie von dort oben vielleicht über den Zaun springen. Flo hatte vermutlich denselben Gedanken, denn sie zupfte ihm am Ärmel und sagte: »Der Gott des Zufalls ist mit uns!«

Nach einer Viertelstunde hatten sie die Paletten so weit am Zaun entlang aufgetürmt, dass sie hinaufklettern konnten. Das Konstrukt war etwas wacklig, aber sie hielten sich beim Klettern am Zaun fest. Oben angekommen leuchtete Alex die andere Seite ab.

»Sieht gut aus, hier ist noch Wiese. Gib mir den Rucksack, ich werfe ihn und das Werkzeug hinüber, dann springe ich als Erster. So kann ich dich auffangen. Alles klar?«

Flo nickte und er drückte ihr seine Taschenlampe in die Hand.

»Damit sie beim Sprung nicht kaputtgeht«, erklärte er. »Und jetzt ist wohl der Zeitpunkt gekommen, mich ein letztes Mal zu küssen, sollte ich es nicht überleben.«

»Hör sofort auf damit«, zischte sie, »damit treibt man keine Scherze!«

Er schloss sie in die Arme.

»Entschuldige, ich wollte dich nicht beunruhigen.«

Sie schüttelte unwillig den Kopf, presste sich kurz an ihn und trat dann einen Schritt zurück. Er warf die Schaufel und den Spaten über den Zaun, danach den Rucksack, und grätschte elegant über das Gitter. Er kam weich auf, ging in die Knie und streckte die Arme in die Höhe.

»Wirf mir zuerst die Taschenlampen zu und dann spring.«

Flo tat wie geheißen, blieb dann aber noch, beide Hände auf das Drahtgitter gestützt, stehen.

»Wie kommen wir denn wieder raus?«, fragte sie.

Er hatte sich dasselbe auch schon überlegt.

»Wir gehen über die Gleise«, rief er zu ihr hoch. »Nach Mitternacht fahren keine Personenzüge mehr. Nur ab und zu ein Güterzug und das Risiko hält sich in Grenzen. Aber erzähl das bitte nicht meinen Schülern; sie würden den Respekt vor mir verlieren.«

Sie kicherte überdreht, schwang ein Bein über den Zaun, dann das andere, blieb aber sitzen.

»Ich trau mich nicht«, sagte sie leise.

Er lachte. »Nun komm schon, du Hasenfuß. Ich fang dich auf.«

Er hörte, wie sie tief durchatmete. Dann ließ sie sich fallen. Zum Glück war sie nur eine halbe Portion und er schwankte lediglich ein wenig, als er sie auffing, doch er stolperte über die Schaufel und zusammen fielen sie ins nasse Gras.

»Der Fels in der Brandung«, meinte sie trocken und rappelte sich hoch. Er schnaubte empört, sprang auf die Füße und sammelte das Werkzeug und den Rucksack ein.

»So, wie du futterst, ist es kein Wunder, dass ich dich nicht halten kann«, witzelte er. Sie stieß ihn lachend in die Seite.

»Jetzt werd mal nicht frech!«

Er drehte sich einmal um die eigene Achse, um sich zu orientieren. Die Pläne der römischen Siedlung und der Streckenführung der Bahn aus dem 19. Jahrhundert hatte er mittlerweile so oft studiert, dass er sie auswendig kannte. Wenn man genau hinschaute, sah man sogar noch den Verlauf der Bahntrasse. Eine circa vier Meter breite, leicht eingesunkene Vertiefung zog sich in einem weitläufigen Halbkreis durch das abgesperrte Terrain. Die Natur vergaß eben nie. Daran konnten sie sich orientieren. Wenn sie etwa alle zwei Meter gruben, würden sie nach seiner Schätzung vermutlich zwei Wochen brauchen. Er schüttelte unmerklich den Kopf. Eine Schnapsidee blieb eben eine Schnapsidee. Flo würde nach dieser Nacht ihr Vorhaben sicher aufgeben. Vor allem, wenn sie morgen ein herzhafter Muskelkater malträtierte.

Es hatte wieder zu nieseln angefangen und sie reichte ihm die Regenjacke. Verdammter Niederschlag! Was war das nur für ein verregneter Frühling? Wenn sich das Wetter nicht besserte, würde bald die halbe Stadt unter Wasser stehen.

»Hier?«, fragte Flo und unterbrach seinen Gedankengang. Sie zeigte auf eine kleine Erhebung im Gelände. Er rief sich in Gedanken die Pläne in Erinnerung und dirigierte sie zwei Meter weiter westlich. Sie nickte und trieb den Spaten mit Elan in die Grasnabe, dann stemmte sie sich mit aller Kraft gegen das Werkzeug, doch es bewegte sich keinen Zentimeter. Kein Wunder, der Boden war von Nässe durchdrungen.

»Wir wechseln am besten«, sagte Alex und reichte ihr die Schaufel. »Ich hebe das Loch aus und du verteilst das Erdreich ringsum, alles klar?«

Sie nickte und er sah die Erleichterung auf ihrem Gesicht. Er drehte sich schnell zur Seite, damit sie sein Schmunzeln nicht bemerkte. Der Boxhieb von vorhin hatte ihm gereicht.

»Alex, sag mal, wie muss ich mir so ein Römergrab vor-stellen?«, fragte sie nach einer Weile und stützte sich auf die Schaufel.

Er wischte sich den Schweiß von der Stirn, der sich mit dem leichten Regen vermischte. Trotz der kühlen Tempera-turen schwitzte er und fühlte bereits, wie sich eine Blase in seiner rechten Hand zu bilden begann. Er hätte Handschuhe mitnehmen sollen.

»Die Römer verbrannten ihre Toten«, erklärte er, bückte sich nach der Thermosflasche und nahm vorsichtig einen Schluck heißen Pfefferminztee. Er streckte ihr die Kanne hin, doch sie schüttelte den Kopf. »Wir werden hier also, wenn wir denn Glück haben, Brandgräber finden. Keine Särge oder Sarkophage, eher Urnen. Ähnlich, wie wir sie heute verwenden. In diese Gefäße, die meist aus Keramik bestanden, wurden die Brandreste und Grabbeilagen gefüllt und dann in der Erde vergraben.«

»Dann wäre Adelaide, sollten unsere Schlussfolgerungen tatsächlich zutreffen und wir sie hier finden, als ganzes Skelett erhalten, nicht wahr?«

»Ja«, meinte er und nahm nochmals einen Schluck Tee, bevor er die Thermoskanne wieder sorgfältig verschloss und neben den Rucksack stellte, »das nehme ich an. Erschreckt dich das?«

Sie zuckte mit den Schultern.

»Keine Ahnung, ich habe noch nie ein Skelett gesehen. Aber Oma sagte immer: Es sind die Lebenden, die den Toten die Augen schließen. Es sind die Toten, die den Lebenden die Augen öffnen.« Sie seufzte, scharrte mit dem Fuß im nas-sen Erdreich und fügte dann leise hinzu: »Ich vermisse meine Oma, weißt du. Ich hatte keine Gelegenheit, ihr zu sagen, wie viel sie mir bedeutet. Ich habe mich von Marc dazu überreden lassen, sie nicht mehr zu besuchen. Ich war so dumm! Und jetzt ist es zu spät.«

Ein Schluchzer entrang sich ihrer Kehle und Alex ließ den Spaten fallen. Er nahm sie in die Arme und wiegte sie wie ein Kind.

»Schon gut, Chérie«, sagte er sanft und strich ihr eine nasse Haarsträhne aus dem Gesicht. »Sie hat bestimmt gewusst, dass du sie liebst. Omas sind klug.«

Flo schniefte ein wenig, holte dann tief Luft und nickte. »Ja, das stimmt. Omi war eine kluge Frau. Du hättest sie gemocht, und umgekehrt auch.«

Er beugte sich zu Flo hinunter und küsste sie. Ihre Lippen waren eiskalt und er beschloss, dem Mumpitz hier jetzt ein Ende zu machen. Niemandem war gedient, wenn sie sich den Tod holten. Adelaide musste eben unentdeckt bleiben, so leid ihm das auch tat.

»Hör zu, Chérie«, begann er, »lass uns …«

Weiter kam er nicht, denn in dem Moment fühlte er einen Schlag am Hinterkopf und mit einem Röcheln fiel er in den Dreck. Das Letzte, was er wahrnahm, war Flos Schrei und ein Paar Männerschuhe, die in sein Gesichtsfeld traten, danach war es dunkel.

68

The Avengers bereiteten sich für den ultimativen Kampf gegen Loki und seine außerirdischen Verbündeten vor, doch Gregor konnte seinem Lieblingsfilm nicht folgen. Selbst Iron Mans scharfzüngige Kommentare, die ihn sonst immer zum Schmunzeln brachten, wirkten wie der tausendste Aufguss und missmutig schaltete er schließlich den DVD-Player aus.

Er schüttelte zum wiederholten Mal den Kopf, als er an Alex' Besuch dachte. Wie waren Don Q. und die hübsche Florence bloß auf so eine hirnrissige Idee gekommen? Nun, er hatte ihnen deutlich gezeigt, was er von ihren Forderungen hielt. Römergräber, verschwundene Frauen aus dem 19. Jahrhundert – lachhaft!

Hellwach starrte er an die Zimmerdecke, an Schlaf war nicht zu denken. Deshalb schlug er die Bettdecke zurück und kleidete sich an. Er fuhr oft nachts ins Büro, um zu arbeiten. Dann störte ihn wenigstens keiner. So sehr er Madame Bellangers Qualitäten schätzte, manchmal ging sie ihm gehörig auf die Nerven. Vielleicht war es Zeit, die ältliche Sekretärin, die schon für seinen Vater gearbeitet hatte, durch eine jüngere zu ersetzen. Bei der Idee musste er sofort an Florence denken und seine Stimmung hellte sich ein wenig auf. Ob sie für so eine Aufgabe geeignet wäre? Aber wenn er sie für sich wollte, dann dürfte sie nicht für ihn arbeiten. Nein, eine Vermischung von Job und Vergnügen kam nicht infrage. Dennoch war der Gedanke, sie in seinem Vorzimmer sitzen zu sehen, durchaus reizvoll. Und als er darüber fantasierte, was er sonst noch alles mit ihr im Büro treiben könnte, bekam er feuchte Hände.

Er grinste vor sich hin, als er sich die Schuhe anzog. Aber erst musste er sie von der falschen Wahl ihrer Begleitung überzeugen. Denn welche Frau zog schon einen läppischen Lehrer dem reichsten Unternehmer der Region vor? Zwar war der heutige Ausflug nicht so verlaufen, wie er ihn sich vorgestellt hatte, kurzzeitig hatte er den Verdacht gehabt, dass sich Florence vor ihm fürchtete, aber vielleicht hing das mit ihrem Zusammenbruch in Fécamp zusammen. Obwohl ihn solche Reaktionen erschreckten, sie erinnerten ihn an die ewigen Nervenzusammenbrüche seiner Mutter, wollte er der kleinen Galabert noch eine Chance geben. Sie reizte ihn immer noch, möglicherweise gerade deswegen, weil sie so spröde zu ihm war.

Als er wenige Minuten später durch das Garagentor fuhr, regnete es wieder. Er fluchte leise. Verdammt, das konnte wirklich prekär werden. Er besann sich auf Xaviers Warnung bezüglich der Römerwiese und der Ausschachtungen. Was hatte er ihm vor ein paar Tagen aufgetragen? Zu seinem Ärger musste er sich eingestehen, dass er sich nicht mehr daran erinnerte. Aber vermutlich hatte Carpentier das Abböschen und den Verbau bereits in Auftrag gegeben.

Die Digitalanzeige seines Bordcomputers zeigte kurz vor Mitternacht an und die Straßen lagen dementsprechend verlassen unter dem stetigen Nieselregen da. Einige wenige Laternen spendeten Licht, das sich im nassen Asphalt spiegelte. Er drehte die Heizung auf und suchte nach einem Radiosender, der etwas poppigere Musik brachte, als er das Aufblitzen eines

Lichtkegels bemerkte. Er verlangsamte seine Fahrt und spähte durch den Regen. Da, nochmals, als würde jemand mit einer Taschenlampe herumlaufen. Ob da Diebe am Werk waren? Aber dort gab es keine Wohnhäuser mehr, das kam von der Römerwiese.

Er runzelte die Stirn. Wer zum Teufel trieb sich um diese Uhrzeit dort herum? Doch noch während er überlegte, wusste er die Antwort bereits. Hatte Dubois jetzt noch sein letztes bisschen Verstand verloren? Und wie war er überhaupt in das umzäunte Gelände gekommen? Das war, nebst einer unglaublichen Dummheit, Landfriedensbruch. Er schnaubte zufrieden. Das würde Don Q. endgültig das Genick brechen. Fabelhaft! Im Grunde musste er ihm sogar dankbar sein; er hatte sich sein eigenes Grab geschaufelt.

Gregor parkte den Jaguar vor dem Gittertor, kontrollierte, ob sein Handy genug Akku aufwies, um ein paar hübsche Beweisfotos von Dubois' Eindringen zu schießen, und stieg aus. Er blickte auf seine teuren Maßschuhe hinab und zuckte dann bedauernd mit den Schultern. Die würden dran glauben müssen. Obwohl in der Baubaracke Gummistiefel herumstanden, wollte er keine Zeit verlieren. Er öffnete das Vorhängeschloss und betrat die Römerwiese.

Der Regen hatte ganze Arbeit geleistet, das Gelände war zu einem sumpfigen Morast verkommen. Nicht weit vom Eingang entfernt schimmerte rot-weißes Absperrband in der Dunkelheit. Der archäologische Dienst hatte hier ein Rechteck im Umfang von zehn auf zwanzig Meter abgesteckt. Narren!, dachte er, sie würden nichts finden. Wenn überhaupt noch römische Reste unter dem Gelände schlummerten, dann dort, wo er den Lichtkegel bemerkt hatte. Nach seinen Informationen befanden sich dort die Überreste der Brandgräber.

Ja, er wusste, dass Alex mit seiner Vermutung recht hatte, er wusste das schon lange. Doch ein paar Knochen würden seine Millionenüberbauung nicht aufhalten. Schon im 19. Jahrhundert, als die Bahnlinie gebaut wurde, hatte seine Familie von der historischen Begräbnisstätte gewusst und die Behörden dahin gehend unter Druck gesetzt, die Schienen trotzdem über das Gelände zu ziehen. Warum auch nicht? Hätte man sie verschoben, wären die Castels um einen schönen Profit geprellt worden. Denn die Römerwiese gehörte schon damals seiner Familie, einer der einflussreichsten der Region. Und auch heute würde er sich, als Nachfahre jenes cleveren Familienoberhauptes, am Gewinn orientieren und nicht an irgendwelchen verkohlten Gebeinen.

Zielstrebig stapfte er durch den Morast und griff sich beim Vorbeigehen einen hölzernen Pfahl, der als Markierung diente. Sicher war sicher. Dubois war nicht zu unterschätzen. Sein Temperament war ihm schon in der Schulzeit oft in die Quere gekommen. Und ein paar schlagende Argumente gegen ihn könnten nicht schaden.

Obwohl dieser Teil des Areals durch die Straßenlaternen schwach illuminiert war, würde ihn Alex kaum bemerken, bis er tatsächlich vor ihm stand. Das Überraschungsmoment lag auf seiner Seite, denn die Gestalt vor ihm schaute weder nach links noch rechts, sondern gab sich reichlich Mühe, ein Loch zu graben.

Gregor fasste den Prügel fester, holte sein Handy hervor, um seinen Widersacher in flagranti zu fotografieren, und stoppte dann abrupt. Da war noch jemand bei ihm. Er kniff die Augen zusammen. Das konnte doch nicht wahr sein! Nicht genug, dass Don Q. sich selbst in Gefahr brachte, er besaß sogar die Kühnheit, auch die kleine Galabert mitzuschleppen. Was fiel dem Idioten ein, seine zukünftige Geliebte in diese Lage zu bringen?! Im gleichen Moment ließ Dubois den Spaten fallen, trat zu ihr und schloss sie in die Arme, dann küssten sie sich.

Gregors Magen krampfte sich vor Wut zusammen. Alle Demütigungen, die er im Laufe seines Lebens erfahren hatte, kumulierten in dieser einen Sekunde zu einem immensen Feuerball, der sein ganzes Denken vereinnahmte: die Hänseleien in der Schule wegen seiner Hasenscharte, die Ablehnung seiner Mutter, weil ihr Sohn nicht ihren ästhetischen Ansprüchen genügte, Tanja Dubois' Zurückweisung und wie ihn sein Vater zuweilen hatte spüren lassen, dass er seinem Sohn nichts zutraute. In dieser Sekunde hasste Gregor Alex mit jeder Faser seines Körpers, weil er all das verkörperte, was er sich immer ersehnt hatte: Eltern, die ihn liebten; Freunde, die ihn wegen seines Wesens respektierten und nicht, weil er reich war und ihnen alles kaufen konnte. Und wegen der Frauen, die ihn einfach so mochten und nicht, weil er ihnen Schmuck und teure Urlaubsreisen spendierte. Am liebsten hätte er sich mit wildem Geheul auf seinen ehemaligen Schulkollegen gestürzt, ihn geprügelt, bis sein Blut die Römerwiese tränkte und jeder einzelne Knochen in seinem Körper brach, doch ein winziger Rest Selbstbeherrschung hielt ihn zurück.

Die beiden hatten ihn noch nicht bemerkt, sie waren so in ihren Kuss versunken, dass sie nichts von ihrer Umgebung mitzubekommen schienen. Langsam schlich Gregor näher. Als sich Alex einen kurzen Moment von Florence löste, schlug er zu. Das Geräusch, das der Prügel auf dessen Kopf verursachte, klang übel. Gregor fletschte vor Freude die Zähne. Zeitgleich fing die kleine Galabert an zu schreien.

69

Flo starrte entsetzt auf Alex, der wie ein abgesägter Baum umfiel und nun mit dem Gesicht regungslos im Dreck lag. Dann wandte sie langsam den Kopf und gewahrte Gregor mit einem Prügel in der Hand. Seine Gesichtszüge waren vor Wut verzerrt, der Maßanzug ein nasser Fetzen, der an seinem muskulösen Körper klebte, als wäre er angeleimt. Er sah wie der leibhaftige Teufel aus. Ein überwältigendes Déjà-vu überrollte sie. Sie hatte das Gefühl, das alles schon einmal erlebt zu haben. Sie schaute wieder zu Alex und ihr Verstand wehrte sich gegen die Erkenntnis: Gregor hatte Alex getötet!

Ihr Schreien erstarb, als hätte ihr jemand die Stimmbänder durchgeschnitten. Wortlos stürzte sie sich auf den Bauunternehmer, schlug ihm ihre Nägel ins Gesicht und hieb wild auf ihn ein. Im ersten Moment schien er überrumpelt und wehrte sich nicht, doch dann ließ er den Pfahl fallen und griff nach ihren Handgelenken.

»Hör auf, Florence!«, keuchte er und presste ihre Arme nach unten.

Sie wollte ihm ihre Verzweiflung ins Gesicht schreien, doch kein Wort kam über ihre Lippen. Nein, stöhnte sie innerlich, nicht schon wieder! Nicht jetzt, bitte nicht jetzt!

Doch je mehr sie versuchte, sich zu artikulieren, desto weniger gelang es ihr, auch nur einen einzigen Laut hervorzubringen. Tränen der Verzweiflung liefen über ihre Wangen, vermischten sich mit dem Regen und dem Schweiß auf ihrem Gesicht. Gregor hatte sie unterdessen von hinten umklammert, presste seinen Unterleib gegen ihr Gesäß und sie spürte, wie erregt er war. Dieses kranke Subjekt! Sie musste sich befreien und Alex zu Hilfe kommen. Womöglich war er nur verletzt, aber wenn er noch lange mit dem Gesicht im Schlick lag, würde er ersticken.

Sie versuchte, sich fallen zu lassen. Irgendwo hatte sie einmal gelesen, dass man sich dadurch aus der Umklammerung eines Angreifers befreien konnte. Doch anscheinend kannte Gregor diesen Artikel ebenfalls, denn er ging gleichzeitig mit ihr in die Knie, packte sie dann unter den Achseln und wirbelte sie herum. Sein Gesicht war nur noch Zentimeter von ihrem entfernt.

»Nun hab dich nicht so«, presste er zwischen den Zähnen hervor. Sie roch seinen Alkoholatem und drehte den Kopf zur Seite, als er sie küssen wollte. »Du willst das doch auch, du kleine Wildkatze.«

Sie schüttelte vehement den Kopf, sodass die Regentropfen in ihren Haaren in alle Richtungen flogen. Wenn sie doch nur sprechen könnte, dann würde sie ihm ihre ganze Abscheu und Verachtung ins Gesicht brüllen, doch ihre Zunge war wie gelähmt. Wieder presste er seine Lippen auf die ihren, versuchte mit seiner Zunge in ihren Mund zu dringen. Ihr wurde übel. Die Pizza rumorte in ihrem Magen. Nicht mehr lange und sie musste sich übergeben.

Unvermittelt wurde sie von Gregor weggerissen. Sie taumelte und flog unsanft auf ihren Hintern, dabei rutschte ihr die Kapuze der Regenjacke über die Augen. Mit einer hastigen Bewegung riss sie sie vom Kopf. Was sie dann sah, schien ihr wie ein Wunder. Alex hatte sich erholt und rang jetzt mit Gregor. Vor Erleichterung, dass ihr Freund noch lebte, begann sie am ganzen Körper zu zittern. Sein Gesicht war voller Dreck, auf der linken Seite, oberhalb seiner Schläfe, klebte etwas Dunkles an seinem Kopf. Blut! Flo erbrach die Pizza.

»Lass meine Freundin in Ruhe!«, schrie Alex und drosch auf Gregor ein.

»Freundin?«, keuchte dieser und gab ihm mit gleicher Münze zurück. »Dass ich nicht lache! Wenn sie nach deiner verstorbenen Schwester kommt, wird sie sich über kurz oder lang sowieso mit mir einlassen. Du kannst sie mir also sofort abtreten.«

Abrupt stoppte Alex in der Bewegung und Gregor nutzte den Moment, um ihm einen kraftvollen Schwinger zu verpassen. Flo hörte etwas knacken und sie musste wieder würgen.

»Das hat sie dir wohl nie erzählt, was?«, feixte Gregor und rieb sich die Knöchel seiner rechten Hand. »Beim Klassentreffen vor ein paar Jahren habe ich Tanja im Wald vernascht. Und es hat ihr gefallen, Don Q.! Und wie es ihr gefallen hat!«

Alex heulte wie ein verwundetes Tier auf und warf sich mit aller Macht auf seinen ehemaligen Schulkollegen. Der schwankte kurz, fand sein Gleichgewicht aber schnell wieder und die beiden prügelten weiter aufeinander ein.

Ich muss Hilfe holen, ging es Flo durch den Kopf, während sich ihr Magen in Krämpfen zusammenzog. Die werden sich sonst umbringen. Sie tastete nach ihrem Handy in der Regenjacke. Zuerst griffen ihre eiskalten Finger ins Leere und sie befürchtete schon, es im Gerangel mit Gregor verloren zu haben, doch dann ertastete sie das Gerät und Erleichterung überflutete sie. Die Polizei wird kommen, ihn festnehmen und alles wird gut.

Sie zog ihr Mobilfunkgerät hervor und tippte mit fahrigen Bewegungen die Notrufnummer ein. Nach zweimaligem

Klingeln meldete sich eine weibliche Stimme: »Polizeinotruf, nennen Sie mir Ihren Namen, Ihren Standort und was passiert ist.«

Sie öffnete den Mund. Nichts. Sie schloss die Augen, versuchte sich zu konzentrieren. Null.

»Hallo? Sind Sie noch da? Wie ist Ihr Name und wo sind Sie?«

Flo schluchzte. Verdammt, was sollte sie nur tun?

»Hallo?«, die Stimme hatte an Schärfe zugenommen. »Wenn das ein Scherz ist, muss ich Sie darauf hinweisen, dass wir über Möglichkeiten verfügen, Ihr Mobiltelefon zu orten und den Besitzer ausfindig zu machen.«

Ja, ja, schrie es in Flo, macht mal! Aber bitte schnell! Sie warf einen Blick zu Alex und Gregor. Die zwei kämpften verbissen, nahezu lautlos, nur ab und zu war ein Keuchen zu hören, wenn einer der beiden einen Treffer landete. Obwohl der Bauunternehmer kräftiger war, glich Alex das mit Schnelligkeit aus. Doch langsam erlahmten seine Kräfte. Die Wunde an seinem Kopf musste ihm zu schaffen machen. Auch wenn sie nicht sah, ob sie noch blutete, hatte er höchstwahrscheinlich eine Gehirnerschütterung.

»Ich lege jetzt auf«, sagte die Stimme am anderen Ende der Leitung. »Wenn Sie nicht imstande sind zu sprechen, können Sie uns auch eine SMS mit Ihren Angaben senden.«

Es knackte, danach hörte Flo nur noch das Besetztzeichen. Eine SMS? Wie sollte sie jetzt die Ruhe finden, eine Kurzmitteilung einzutippen? Ihr blieb dazu keine Zeit, sie musste handeln!

Sie rappelte sich auf, warf ihr Handy in die Nähe des Rucksackes und hoffte, dass es auch dort landen würde, und schaute sich fieberhaft nach einer Waffe um. Nicht weit von den Kämpfenden entfernt in einer leichten Senke sah sie ihre Schaufel.

Obwohl sie noch nie jemanden bewusst geschlagen hatte, war sie so wütend, dass sie auf den Bauunternehmer einzuprügeln gedachte, bis dieser von Alex abließ. Sie wusste instinktiv, dass diese Schlägerei mehr als eine normale Abrechnung zwischen zwei Kontrahenten war. Es ging um Leben und Tod.

Epilog

Mit einem Misston endete das Lied des Schülerchors, was die Anwesenden jedoch nicht zu stören schien, denn frenetischer Applaus brandete auf und trieb den Drittklässlern die Röte in die Wangen. Der Himmel erstrahlte in Azurblau, nur über der Basilika der heiligen Thérèse hing eine einzelne weiße Wolke.

Flo atmete tief ein. Der Wetterbericht hatte für diesen Augusttag Temperaturen um die dreißig Grad versprochen, eher ungewöhnlich für die Normandie, doch um zehn Uhr morgens war die Luft noch frisch und roch nach Tau. Vor ihr erstreckte sich ein mit gelbem Band abgestecktes Feld, auf dem gerade die ersten grünen Halme einer Naturwiese durch die Humusschicht drangen. Ein paar schlanke Birkenbäumchen, die von Holzpfählen gestützt wurden, begrenzten das Areal zur Straße hin. Gegen die Bahnlinie erhob sich ein fester Gitterzaun. Der stattliche Gedenkstein war mit einem sackähnlichen Tuch abgedeckt. Er würde erst enthüllt werden, nachdem die Musik gespielt und der Bürgermeister seine Rede gehalten hatte. Irgendjemand fütterte den Bratrost neben der Straße bereits mit Holzkohle, denn dünne Rauchschwaden waberten über das Gelände und hüllten die Besucher ein. Flo schmunzelte, als ein paar vornehm gekleidete Damen mit ihren Programmheften in der Luft herumwedelten.

Sie drehte sich um und hielt nach Alex Ausschau. Er stand beim Schülerchor, zeigte den Kindern den erhobenen Daumen und lächelte, als er ihren Blick auffing. Mit wenigen Schritten war er bei ihr, legte seinen Arm um ihre Schultern und verzog das Gesicht. Seine Schulter schmerzte ihn zuweilen immer noch, obwohl der Bruch gut verheilt war. Die sichtbare Narbe über seiner linken Schläfe würde mit der Zeit verblassen, hatte der Arzt gesagt.

Flo zog das Notizheft aus der Gesäßtasche ihrer Jeans und kritzelte etwas darauf.

Wo bleiben Mireille und Damien?

»Sollten schon längst hier sein«, erwiderte Alex, schirmte seine Augen mit der Hand ab und sah sich suchend um. »Stehen vielleicht im Stau«, mutmaßte er und drückte ihr einen Kuss auf den Scheitel.

Sie nickte. Ihre Freunde würden sicher bald ankommen, sofern Damiens klappriger Renault die Anreise überlebte. In den letzten Monaten hatte sie sich mit Alex' ehemaligen Studienkollegen angefreundet, selbst Mike war ein Kamerad geworden, obwohl sie nicht unglücklich war, wenn er wieder abreiste.

Sie betrachtete nachdenklich die vor ihr liegende Wiese. Ihr komplettes Leben hatte sich in jener Aprilnacht vor fünf Monaten geändert. Und manchmal wusste sie nicht, ob der Preis nicht doch zu hoch gewesen war.

Die Wolkendecke riss auf und das Mondlicht warf einen bleichen Lichtschein auf das Gelände. Flo starrte entsetzt auf die kämpfenden Männer. Sie hastete in die Senke, griff nach der Schaufel und wollte zurücklaufen, als ihre Gummistiefel im dicken Morast versanken. Sie zerrte an den zu großen Schuhen, doch die bewegten sich keinen Millimeter, als würde die Erde sie nicht freigeben wollen. Deshalb schlüpfte sie kurzerhand aus den Stiefeln und lief auf Strümpfen zurück. In diesem Moment landete Gregor einen mächtigen Schwinger. Alex drehte sich wie ein Kreisel um sich selbst und fiel dann zu Boden, während sich Castel fluchend die Hand rieb.

Mit verzerrtem Gesicht stürzte Flo auf ihn zu, die Schaufel wie eine Lanze erhoben. Dieser wandte sich jedoch im gleichen Moment um, und noch ehe sie ihm das Werkzeug über den Schädel ziehen konnte, griff er danach und entriss es ihren Händen.

»Lass das, du dumme Kuh!«, keuchte er und schleuderte die Schaufel weit weg. Er packte sie am Arm, als sie zu Alex laufen wollte, der regungslos im Schlamm lag. »Du kommst jetzt mit mir.«

Flo wehrte sich mit Händen und Füßen, als Gregor sie vom Schauplatz des Kampfes wegschleifte. Sie musste zu Alex, musste ihm helfen! Was, wenn er tot war? Tränen der Wut und des Entsetzens liefen ihr übers Gesicht.

Lass mich!, wollte sie schreien, ich muss zu ihm, du Mörder!, doch kein Laut kam ihr über die Lippen. Unterdessen hatte Gregor sie zu einer Baubaracke gezerrt und blieb keuchend davor stehen.

»Hör auf, Florence!«, zischte er, als sie versuchte, ihn zu beißen, damit er sie aus seiner Umklammerung entließ. »Wenn du artig bist, rufe ich einen Krankenwagen, ansonsten lasse ich den Idioten im Dreck verrecken.«

Ihre Gegenwehr erlahmte und Gregor grinste siegessicher. Er öffnete die Tür zur Baracke, stieß sie hinein und knipste das Licht an. Flo stolperte über einen Schemel, fiel auf die Knie und ein heißer Schmerz zuckte durch ihr Bein. Sie wandte den Kopf, als Gregor ihr folgte, und hielt sich den Daumen und den kleinen Finger ans Ohr und an den Mund.

Ruf an!, sollte das bedeuten, doch er runzelte bloß die Stirn und griff sich dann stöhnend an die Lippe. Blut lief über sein Kinn, vermutlich hatte Alex mit einem Schlag seine Operationsnarbe zum Platzen gebracht.

»Scheiße nochmals!«, stieß er wütend hervor. »Euer Eindringen hier bricht ihm das Genick und er wandert für lange Zeit in den Bau.« Er lachte hämisch, zog ein Taschentuch aus seinem ruinierten Anzug und hielt es sich an die Lippe. »Don Q. ist Geschichte!«

In der Baracke war es drückend heiß. Flo rappelte sich auf und sah sich um. Anscheinend hatte jemand vergessen, den elektrischen Ofen neben der Tür auszuschalten. Ein Tisch, ein paar Hocker, Overalls und Handschuhe stapelten sich auf einem Gestell. An der hinteren Wand lehnten einige Gasflaschen. Sie versuchte Gregor noch einmal dazu zu bringen, dass er den Krankenwagen rief, indem sie abermals die Geste fürs Telefonieren machte. Himmel, wenn sie doch nur sprechen könnte!

»Was ist denn mit dir?«, fragte Gregor, als er ihre pantomimischen Versuche bemerkte. »Hat's dir die Sprache verschlagen?« Wieder lachte er meckernd, schubste sie zum Tisch und deutete ihr an, sich zu setzen.

Er wird nicht anrufen, schoss es Flo unvermittelt durch den Kopf. Er wird Alex dort liegen lassen, verletzt, vielleicht schon tot. Die Erkenntnis, dass Gregor sie mit einer List gefügig gemacht hatte, zog ihr den Boden unter den Füßen weg und schwer ließ sie sich auf einen Hocker fallen. Was konnte sie noch tun? Gregor versperrte den Weg nach draußen, da er jetzt lässig an der Tür lehnte und in den Taschen seines Anzugs kramte. Die Hütte hatte zwar ein Fenster, doch das war so klein, dass nicht mal sie hindurchgepasst hätte. Und je mehr Zeit verstrich, desto schlimmer für Alex. Die Nässe, die Kälte, seine Verletzungen, wie lange konnte er überleben, wenn er nicht schon tot war? Und sie, stumm wie ein Fisch, der nicht um Hilfe rufen konnte. Sie hätte Schuld an seinem Tod, weil sie ihn zu dieser Exkursion überredet hatte. Ein Unterfangen, das ihr jetzt absolut hirnrissig vorkam. Wie konnte sie mit dieser Schuld weiterleben?

Nein, sie durfte nicht aufgeben! Sie war es Alex und sich schuldig, weiterzukämpfen. Wenn Gregor listig sein konnte, dann konnte sie es auch.

Flo nahm ihre ganze Kraft zusammen, ignorierte den Schmerz in ihrem Knie und stand vom Tisch auf. Unterdessen hatte Gregor ein Päckchen Zigaretten aus seinem Sakko zutage gefördert, das reichlich ramponiert aussah. Er friemelte sich gerade einen zerdrückten Stängel hervor und schob ihn sich zwischen die Lippen, als Flo lächelnd auf ihn zuging. Trotz der Hitze in der Baracke war ihr eiskalt, sie spürte ihre Füße in den nassen Strümpfen schon gar nicht mehr. Dessen ungeachtet versuchte sie, so verführerisch wie möglich zu wirken. Sie zog ihre Regenjacke aus und öffnete den obersten Knopf ihrer Bluse. Gregors Augen weiteten sich. Seine Hand mit dem Feuerzeug, mit dem er die Zigarette anzünden wollte, blieb auf halbem Weg zu seinem Mund stecken. Dann wich sein Erstaunen der Erkenntnis und ein zufriedener Ausdruck legte sich auf sein Gesicht.

»Hier? Jetzt?«, fragte er lauernd.

Und als Flo lächelnd nickte, trat er zwei Schritte auf sie zu. Dies reichte ihr, um eilig an ihm vorbeizuschlüpfen, die Tür aufzustoßen und nach draußen zu laufen. Hinter sich hörte sie, wie Gregor überrascht aufschrie und ihr dann einen gotteslästerlichen Fluch nachschickte. Doch Flo sah nicht zurück und sprintete über das Gelände, rutschte auf dem aufgeweichten Boden aus, rappelte sich wieder auf und lief weiter. Plötzlich schlug ihr eine riesige, unsichtbare Faust in den Rücken. Gleichzeitig hörte sie einen ohrenbetäubenden

Knall. Sie flog wie ein Ball durch die Luft und prallte unsanft mit dem Gesicht voran auf den aufgewühlten Boden. Holzteile prasselten auf sie nieder, und als sie erschrocken einen Blick zurückwarf, war die Baubaracke, in der sie sich eben noch befunden hatte, nahezu verschwunden. Nur noch eine einzelne Wand erhob sich aus einem Wust brennender und rauchender Trümmer.

Flo wischte sich mit dem Blusenärmel zitternd den Dreck aus dem Gesicht, bevor sie sich umdrehte und auf allen vieren zu der leblosen Gestalt kroch, die wenige Meter vor ihr am Boden lag.

»Erde an Florence Galabert«, Alex schaute sie fragend an. »Alles in Ordnung, Chérie?«

Sie schüttelte die Erinnerung an die Aprilnacht ab, atmete tief durch und nickte. Manchmal hatte es auch seine Vorteile, wenn man nicht sprechen konnte. Erklärungen blieben ihr so oft erspart.

Die Sprachlosigkeit hatte sich nach der Schreckensnacht nicht wieder verflüchtigt, wie sie es die Male zuvor getan hatte. Sie waren bei Spezialisten gewesen, die ihr Verstummen auf den Schock zurückführten, den sie auf der Römerwiese erlebt hatte. Die Wörter totaler und selektiver Mutismus wurden in den Raum geworfen. Und noch viele andere skurrile Prognosen und Vermutungen: Erbkrankheit, Depressionen, psychische Probleme, Drogenmissbrauch. Sie durfte sich etwas aussuchen. Letztendlich wusste aber keiner der Ärzte, wie ihre Stummheit zu behandeln war und ob sie je wieder sprechen würde können.

Die losen Enden, die sie damals in der Pizzeria erwähnt hatte, fügten sich nach der Aprilnacht jedoch zusammen. Gregor war bei der Explosion der Baubaracke ums Leben gekommen. Spezialisten vermuteten, dass der Funke seines

Feuerzeuges die in der überhitzten Hütte gelagerten Gasflaschen zum Explodieren gebracht hatte. Angeblich ein häufiger Grund für solche Katastrophen. Was für eine schreckliche Tragödie!

Als man in den darauf folgenden Tagen seine Überreste barg, fand man in dem Krater, den die Explosion verursacht hatte, Überreste römischer Brandgräber. Knochenfragmente, Keramikscherben, kleinere Grabbeigaben und ein fast vollständig erhaltenes Skelett. Die Analyse ergab, dass es sich dabei um eine weibliche Person gehandelt hatte. Der Schädel wies ein Loch auf, jemand hatte die Frau anscheinend mit einem stumpfen Gegenstand erschlagen. Es brauchte nicht viel Fantasie, um die Überreste als diejenigen zu identifizieren, die sie auf der Römerwiese gesucht hatten: Adelaide Fouquet, die junge Witwe, die im 19. Jahrhundert plötzlich verschwand und eine kleine Tochter zurückgelassen hatte.

Jeanne, dachte Flo traurig, ein Kind von fünf Jahren. Aline hatte sie davon zu überzeugen versucht, dass Jeannes Geist in der Truhe gesteckt hatte, besser gesagt im Struwwelpeter. Sie sei es auch gewesen, die ihr diese wilden Träume beschert habe, damit sie das Geheimnis um Adelaide Fouquets Verschwinden löste.

Flo glaubte nach wie vor nicht an Geister, hatte Aline aber reden lassen. Wenn die Ladenbesitzerin damit ihr Weltbild im Gleichgewicht hielt, sollte es ihr recht sein. Schließlich durfte jeder glauben, was er wollte. Nur manchmal, wenn Flo mit ihrem Labradorwelpen an der Römerwiese vorbeifuhr oder zu den Ruinen von Noviomagus Lexoviorum spazierte, fühlte sie so etwas wie eine fremde Präsenz. Als ob jemand sie dabei begleitete. Das war schon ein seltsames Gefühl.

Sie erinnerte sich an ihren Geburtstag im Juni, als sie die ganze Wahrheit erfahren hatte.

Der Samstag war warm und sonnig, kleine weiße Schäfchen-wolken standen am Himmel und zogen gemächlich über Lisieux hinweg. Alex hatte seine Eltern, Delphine Picot und Aline zur Feier des Tages zu einem Barbecue eingeladen. Es war kurz nach sechs Uhr abends. Flo verstaute weitere Fla-schen Bier im Kühlschrank. Seit knapp drei Monaten wohnte sie bei Alex und sie genossen jede Minute miteinander. Die Ereignisse auf der Römerwiese warfen jedoch ihre Schatten auf ihre traute Zweisamkeit, da sie seit damals nicht mehr spre-chen konnte. Jeder Versuch, ein Wort zu artikulieren, schei-terte kläglich. Und nachdem sie sämtliche Ärzte bis nach Paris konsultiert hatte, diejenigen, die ihre Eltern vorschlugen, und ebenfalls alle Schamanen, die Aline kannte, musste sie sich langsam damit abfinden, nie wieder sprechen zu können.

Als es klingelte, schloss sie den Kühlschrank und lief zur Haustür, vor der Doolittle stand und wie ein Berserker bellte. Der schwarze Labrador war ein Geschenk von Alex' Nach-barn. Angeblich ein direkter Nachkomme von Professor Hig-gins. Flo öffnete die Tür, der Welpe flitzte hinaus, ohne den Besuch zu beachten, und stürzte sich winselnd auf Filou, der den Jungspund mit der Weisheit des Alters ignorierte.

»Florence, meine Liebe«, flötete Delphine Picot und kämpfte sich über die beiden Hunde hinweg in den Flur. »Vielen Dank für die Einladung und herzlichen Glückwunsch zum Geburtstag! Gut siehst du aus. Wie geht's dir denn?«

Flo hob beide Daumen in die Höhe. Sie hatte gelernt, sich durch Zeichen zu verständigen, trug aber immer ihr Notiz-buch und einen Stift bei sich, manchmal auch ihr iPad für längere Texte. Es war erträglich, wenn auch deprimierend, die Sprache verloren zu haben. Aber wenn sie an Gregor dachte, dankte sie Gott dafür, am Leben zu sein.

»Sind die anderen schon da?«, fragte Delphine und schälte sich aus ihrer obligaten Strickjacke. Flo wies auf den hinteren

Teil des Hauses, wo Paulette und Charles Dubois bereits im Garten saßen und an ihren Aperitifs nippten. »Verstehe.«

Delphine drückte ihr eine Schachtel Pralinen in die Hand und schritt durch den Flur, dicht gefolgt von Filou und dem hüpfenden Doolittle.

Flo schaute ihnen lächelnd nach und schüttelte den Kopf. Wer hätte gedacht, dass sich ihr Leben in so kurzer Zeit so radikal ändern würde? Ihre Eltern hatten sich die größten Sorgen um ihr einziges Kind gemacht, als sie von dem Unglück auf der Römerwiese erfuhren, doch Alex' souveräne Art hatte sie beruhigt. Ein Wunder, wenn sie bedachte, dass ihr Vater sie immer noch als sein Küken betrachtete.

Quietschende Reifen rissen sie aus ihren Gedanken und schon kam Alines Auto um die Kurve geschossen. Sie und Shiva sprangen beinahe gleichzeitig heraus.

»Oh, ma Chérie!«, rief Aline über das ganze Gesicht strahlend und kam mit ausgebreiteten Armen auf sie zu. »Joyeux anniversaire! Wie geht es meiner kleinen stummen Poupée?«

Aline war ihr mittlerweile eine gute Freundin geworden und Flo hatte sich an ihre direkte Art gewöhnt. Daher lächelte sie und wiegte die ausgestreckte Hand hin und her, blinzelte jedoch schelmisch, als Alines Lächeln erstarb.

»Du machst dich lustig über mich!«, schmollte sie und drohte Flo mit dem Finger. Dann drückte sie ihr zwei Küsschen auf die Wange und überreichte ihr eine Art Staubwedel, auf dessen Stiel seltsame Zeichen eingraviert waren. Flo musterte das Ding mit gerunzelter Stirn.

»Hält böse Geister fern«, erklärte Aline. »Wo ist denn der allerliebste Alex?«, fragte sie und linste über Flos Schulter.

Sie hakte sich bei ihrer Freundin ein und zusammen umrundeten sie das Haus. Alex stand am Grill, mühte sich mit dem Anzünden der Holzkohle ab und ertrug die gut gemeinten Ratschläge seines Vaters mit stoischer Ruhe. Als er Aline erblickte, leuchteten seine Augen auf. Entgegen Flos Befürchtung, die beiden könnten sich nicht mögen, war es Sympathie auf den ersten Blick gewesen, als sie sich kennengelernt hatten. Doolittle warf sich erfreut auf Shiva, die ihn mit einem Knurren in Schach hielt und ihrerseits neugierig Filou beschnupperte. Flo hielt es für klüger, die Fleischplatte auf dem Gartentisch in Sicherheit zu bringen.

»Aline, meine Liebe, wie geht es dir?«

Alex drückte seinem Vater den Grillanzünder in die Hand und umarmte Aline herzlich. In den nächsten Minuten unterhielten sich die beiden in dem typischen Dialekt der Region. Flo verstand ihn mittlerweile etwas besser, trotzdem gab es immer noch Ausdrücke, die sie nicht kannte. Und das Patois, diese vergessene normannische Sprache, in der Adelaide und Louis ihre Briefe geschrieben hatten, blieb für sie ein Buch mit sieben Siegeln. Es war einfach zu schwierig.

Ein paar Tage nach der Schreckensnacht im April hatte Alines Großmutter, Madame Simonet, Flo ein Paket geschickt, das eine Flasche Pommeau und einen dicken Brief enthielt. Bei einem Gläschen des fruchtigen Likörs öffneten sie und Alex den Brief und fanden darin, in altmodischer Schönschrift, eine komplette Übersetzung der Liebesbriefe. Alex hatte sie ihr vorgelesen. Sie zeugten von einer tiefen Verbundenheit der jungen Witwe mit dem bescheidenen Zimmermann.

Flo musste beim Zuhören heftig weinen. Zu traurig, dass den beiden damals kein Glück beschieden gewesen war. In einem Brief hatte sich Adelaide enthusiastisch bei Louis für die Hochzeitstruhe bedankt, die er ihr gezimmert hatte. Eine Holztruhe mit Eisenbeschlägen, auf deren Deckel eine geschnitzte Eule thronte. Flo wusste sofort, von welchem Möbelstück die Rede war. Es war bei Alines Geisteraustreibung in Omas Wohnung zu Bruch gegangen. Sie fragte sich zum wiederholten Mal, weshalb sich diese Truhe in Mathilde Blanc' Besitz befunden und wer die Briefe darin versteckt hatte. Diese Fragen ließen ihr keine Ruhe. Schlussendlich keimte in ihr ein Verdacht auf. Fantasie oder Tatsache? Sie brauchte unbedingt Klarheit und kontaktierte daraufhin einen Ahnenforscher.

Und heute Morgen war dessen Gutachten mit der Post gekommen. Flo hatte sich noch nicht getraut, den Brief zu öffnen. Obwohl sie fest davon überzeugt war, dass sie mit ihrer Vermutung richtiglag, brauchte ihr Verstand zusätzlich einen hieb- und stichfesten Beweis. Der letzte lose Faden würde heute, im Kreis ihrer neuen Freunde, geknüpft werden. Und dann konnte die Vergangenheit endlich ruhen.

»Florence?« Sie zuckte zusammen. Paulette Dubois stand neben ihr und schaute sie fragend an. »Kann ich dir in der Küche helfen?«

Flo nickte. Noch eine kleine Galgenfrist, dachte sie und war nicht unglücklich über den Aufschub.

»Auf Florence!«, Charles Dubois hob sein Glas. »Alles Gute zum Geburtstag, meine Liebe!«

Die Anwesenden hoben ebenfalls die Gläser und prosteten ihr zu. Flo deutete eine Verbeugung an und stürzte dann das Glas Champagner hinunter. Jetzt! Sie stand auf, um das Schreiben zu holen, doch Alex ergriff das Wort.

»Ich möchte ebenfalls ein paar Worte sagen«, begann er und räusperte sich. Sie schaute ihn verwundert an und setzte sich wieder. »Flo«, wandte er sich an sie, »wie sagen die Araber so schön? Du wandelst barfuß durch mein Herz. Genau so fühlt es sich an, seit dem Tag, als ich dich das erste Mal sah. Obwohl ich damals dachte, der gute Mike hätte dich bereits eingefangen.«

418

Die Anwesenden lachten und sie grinste vor sich hin. Diese Flunkerei würde er ihr vermutlich ihr ganzes Leben lang vorhalten.

»Wie dem auch sei«, fuhr er fort, »ich bin froh, dass du mehr auf den intellektuellen Typ stehst. Chérie ...«, er brach ab und zog eine kleine, blaue Schachtel aus seiner Hosentasche. »Das hier soll dir zeigen, wie viel du mir bedeutest.«

Paulette Dubois sog scharf die Luft ein und Alex runzelte verwirrt die Stirn. Dann hellte sich sein Gesicht auf und er sagte lachend: »Nicht doch, liebste Mutter, es ist kein Ring. Wenn, dann hättest du es als Erste erfahren.«

Seine Mutter errötete und schnaubte entrüstet, doch dann lächelte sie und Flo öffnete neugierig die Schachtel. Auf dunkelblauen Samt lag eine Eulenfigur an einer Kette. Sie war mit kleinen Strasssteinchen besetzt. Ihre Augen bestanden aus einem dunklen Stein und funkelten geheimnisvoll. Sie liebte sie auf den ersten Blick. Flo schüttelte gerührt den Kopf, was so viel wie ›du musst mir doch keine solchen Geschenke machen‹ heißen sollte. Dann stand sie auf und küsste Alex zärtlich. Und bevor der Mut sie vollends verließ, löste sie sich von ihm, lief ins Wohnzimmer, nahm das Gutachten aus ihrer Handtasche und kehrte in den Garten zurück. Sie riss den Umschlag auf und zog zwei Briefbögen heraus, die sie dem verblüfften Alex übergab. Er hob erstaunt die Augenbrauen, nahm die Schriftstücke entgegen und überflog sie rasch. Dann atmete er tief durch und warf ihr einen fragenden Blick zu.

»Soll ich vorlesen?«

Sie nickte und knetete dabei nervös ihre Hände.

»Hier steht: Sehr geehrte Madame Galabert, anbei sende ich Ihnen den Stammbaum Ihrer Großmutter Mathilde Blanc, geborene Duvall.« Alex ließ das Schreiben sinken. »Ich nehme an, du möchtest nur den weiblichen Zweig eurer Familie wissen, habe ich recht?«

Erneutes Nicken. Flos Knie wurden plötzlich weich und sie musste sich hinsetzen. Aline drückte ihr ein weiteres Glas Champagner in die Hand und strich ihr sanft über den Arm.

»Also«, Alex räusperte sich. »Ich lese dann mal die Frauenlinie von Flo bis … aber hört selbst:

Florence Galabert
Dominique Galabert, geborene Blanc
Mathilde Blanc, geborene Duvall
Béatrice Duvall, geborene Seydoux
Jeanne Seydoux, geborene Fouquet
Adelaide Fouquet, geborene …«

Er brach ab. Niemand sprach ein Wort. Außer dem Knistern der Holzkohle und Doolittles Japsen, der immer noch versuchte, die beiden älteren Hunde zum Spielen zu animieren, war es totenstill.

»Du hast es geahnt, nicht wahr?«, brach Alex schließlich das Schweigen.

Flo lächelte und zog eine Schulter hoch.

»Da steht noch ein Zusatz«, sagte er plötzlich mit eigenartigem Tonfall, »ein Post Skriptum.«

Sie zog die Augenbrauen hoch. Was konnte denn jetzt noch kommen? Es war doch alles klar.

Alex las wieder vor: »PS: Liebe Madame Galabert, in einem Zeitungsarchiv habe ich folgende Meldung gefunden. Ich lege Ihnen eine Kopie des Artikels bei.«

Er griff nach dem zweiten Blatt und las vor: »Caen, April 1868 – Das Amtsgericht der Stadt Caen gibt der Verschollenenerklärung, eingereicht durch Frédéric Castel im Auftrag der minderjährigen Jeanne Fouquet, statt. Der Todesbeweis für Adelaide Fouquet wird erteilt.

Wir erinnern uns, vor fünf Jahren verschwand die junge Witwe aus Lisieux spurlos und wurde nie wieder gesehen. Mit höchster Wahrscheinlichkeit fiel sie einem Verbrechen zum Opfer. Jeanne Fouquet, die damals fünfjährige Tochter der Vermissten, ist seitdem stumm. Sie lebt heute im Waisenhaus.«

Aline stieß einen Schrei aus.

»Mon Dieu, dieses Ungeheuer! Erst erschlägt er die Mutter und dann steckt er die Tochter in ein Waisenhaus? Kein Wunder hat das arme Würmchen nie wieder ein Wort gesprochen! Vielleicht hat die Kleine die Tat sogar mit angesehen. Florence, hast du etwas Derartiges geträumt? Hat dir Jeannes Geist die Dinge offenbart?«

Flo schluckte und blickte zu Alex. Sie erinnerten sich beide an den Traum, in dem sie ein Kind gewesen war. Konnte es tatsächlich so sein, wie Aline vermutete? Hatte sie den Mord an Adelaide durch Jeannes Augen gesehen? Aber das war doch gar nicht möglich!

»Florence?«, Aline schaute sie gespannt an. »Hast du?«

Flo nahm noch einen großen Schluck Champagner und schüttelte den Kopf. Alle außer Aline, die sie mit schmalen Augen musterte, atmeten sichtlich auf. Flo bückte sich, um Doolittle zu streicheln. Sie wäre jetzt gern allein gewesen, um das alles zu verarbeiten.

»Und was ist mit Louis?« Paulette Dubois sah zuerst ihren Sohn und dann ihren Mann fragend an. »Stammte er tatsächlich aus unserer Familie?«

»Wir könnten es vermutlich herausfinden«, meinte Alex daraufhin. »Aber ich denke nicht, dass das nötig ist. Adelaides Briefe in Großvaters Besitz sprechen für sich. Und irgendwie denke ich, man sollte der Vergangenheit nicht alle Geheimnisse entreißen. Ein Dubois hat vor 150 Jahren seine wahre Liebe gefunden, und ein anderer 150 Jahre später. Das ist meiner Meinung nach das größte Glück, mehr müssen wir nicht wissen.«

Flo nickte lächelnd und drückte ihm die Hand. Als Delphine Picot tief seufzte, besann sie sich ihrer Rolle als Gastgeberin. Im Kühlschrank stand eine Apfeltorte und jetzt war genau der richtige Zeitpunkt, sie anzuschneiden. Sie erhob sich und blickte in die Runde. Die Anwesenden sahen alle aus, als könnten sie etwas Süßes vertragen.

»… und deshalb entstand dieser Park, liebe Mitbürgerinnen und Mitbürger. Ein Mahnmal für die Verstorbenen unserer Stadt, einst und jetzt. Und so enthülle ich dieses Denkmal«, Jean Brisset zog das Tuch vom Findling, »im Gedenken an Adelaide Fouquet, die hier seit 1863 darauf wartet, dass ihre Gebeine gefunden und angemessen bestattet werden. Und auch an Gregor Castel, der auf dieser Wiese den Tod fand, wie auch zur Erinnerung an die vielen unbekannten Römer, die hier vor tausend Jahren beigesetzt wurden. Roger, bitte.«

Der Bürgermeister wandte sich an den Dirigenten der Blaskapelle. Dieser hob seinen Taktstock und die Musiker spielten eine wehmütige Weise, die den erhabenen Moment unterstrichen hätte, wenn nicht ein kleiner Knirps zwischen ihren Beinen hindurchgelaufen wäre und den einen oder anderen Musikanten damit aus dem Takt brachte.

Flo fasste nach Alex' Hand. Sie hatten sich entschieden, der Polizei die tatsächlichen Vorfälle in der Aprilnacht zu verschweigen. Wem nützte es, wenn man Gregors Reputation untergrub? Die Dinge ließen sich nicht mehr ungeschehen machen. Und auch über Adelaides mutmaßlichen Mörder bewahrten sie Stillschweigen. Das war so lange her und keinem wäre gedient, die Familie Castel deswegen in Verruf zu bringen. Sie hatten Kopien der Briefe, der Zeitungsausschnitte und ihre Notizen der Polizei übergeben, damit man dem Skelett einen Namen zuordnen konnte. Niemand hatte an ihren Ergebnissen gezweifelt. Flo war sich jetzt sicher, dass Jeanne die Briefe ihrer Mutter im Struwwelpeter versteckt hatte. Sie lagen nun zusammen mit denjenigen von Louis im Museum für Kunst und Geschichte. Seite an Seite, für immer vereint. Madame Picot hatte also jetzt tatsächlich ihre eigene Colombe und Lisieux seine Legende.

Gregors Mutter hatte nach der Unglücksnacht die Römerwiese der Stadt überschrieben, damit dort ein Park angelegt werden konnte, der ihres einzigen Sohnes gedachte. Auch wenn dies überall als noble Geste galt, munkelte man hinter vorgehaltener Hand, dass das Gelände ansonsten zu nichts mehr taugte, da sich der Grundwasserspiegel zu nahe an der Erdoberfläche befand und sich alle Investoren deshalb zurückgezogen hatten. So hatte also selbst die flatterhafte Madame Castel etwas von der Bauernschläue ihrer angeheirateten Familie geerbt.

Die Musik endete, die Leute klatschten und scharten sich dann um den Findling, um ihn angemessen zu bewundern. Eine Messingplatte, auf der die Namen von Adelaide und Gregor eingraviert waren, prangte in der Mitte, ansonsten war der Gedenkstein naturbelassen. Ein Lokalreporter knipste das Denkmal von allen Seiten.

Flo schaute sich erneut suchend nach Damien und Mireille um, als sie jemand unvermittelt um die Taille fasste, in die Luft hob und mit dröhnender Stimme rief: »Überraschung!«

»Heiliger Prämolar, Mike! Wie kannst du mich so erschrecken?«, keuchte sie. »Willst du mich umbringen? Lass mich gefälligst runter!«

Einen Moment herrschte Totenstille, dann schwatzten plötzlich alle wild durcheinander. Die Reporter zückten ihre Mikrofone, ein wahres Blitzgewitter brach los und alle redeten auf Flo ein und wollten wissen, wieso sie so urplötzlich wieder sprechen konnte. Nur sie blieb seltsam gelassen. Eine tiefe Ruhe hatte sie auf einmal ergriffen. Die Eule, die sie von Alex geschenkt bekommen hatte und die sie ständig um den Hals trug, fühlte sich plötzlich warm und organisch auf ihrer Haut an. Dann streifte sie ein flüchtiger Luftzug, wie das Ausatmen einer Person, und der Spuk war vorbei.

Sie wandte sich strahlend an Alex, dessen Mund offen stand und ihm ein leicht dümmliches Aussehen verlieh. Flo stellte sich auf die Zehenspitzen und gab ihm einen zärtlichen Kuss. Die Zukunft hatte begonnen.

Anmerkungen der Autorin

Wer schon einmal in Lisieux war, sucht die Römerwiese vergebens, denn sie ist meiner Fantasie entsprungen, wofür ich mich bei allen Ortskundigen natürlich entschuldige. Jedoch gibt es ein Feld, das die Einheimischen Tourettes nennen und auf dem beim Bau der Straße nach Caen im Jahr 1770 tatsächlich römische Ruinen gefunden wurden. Auch dass es in Noviomagus Lexoviorum, wie Lisieux zur Zeit der römischen Besiedelung hieß, ein Amphitheater gegeben hat, entspricht den Tatsachen. Die Verlegung der Bahnschienen erfand ich jedoch zur besseren Dramaturgie.

Das Gedicht am Anfang sowie das Zimmermannslied entstammen meiner Feder. Bei den Worten, die Florence im Zusammenhang mit der toten Adelaide zitiert, handelt es sich um ein slawisches Sprichwort.

Bedanken möchte ich mich bei Thierry Duchemin, der mir bei der Recherche des normannischen Patois geholfen hat. Merci bien!

Ein Dank gebührt ebenfalls Daniel Roth, KaPo Bern. Er informierte mich über das polizeiliche Vorgehen bei Ermittlungen bezüglich Brandstiftung.

Des Weiteren bedanke ich mich bei Jean-Marc Cuche, Schichtleiter der Regionalen Einsatzzentrale Nord, der mir erlaubte, einen Blick in die Schaltzentrale der Kantonspolizei zu werfen, in der alle Notrufe eingehen, und seinen Hinweis zum Vorgehen, wenn die Anrufenden nicht sprechen können.

Und zu guter Letzt bedanke ich mich ganz herzlich bei Ihnen, liebe Leserinnen und Leser, für das Interesse an meinen Geschichten, denn ohne Sie gäbe es sie nicht!